Arena-Taschenbuch
Band 51102

Ebenfalls von Alana Falk im Arena-Verlag erschienen:
Sternenfinsternis. Das Herz der Quelle

Alana Falk,
wurde 1980 geboren und wuchs in Süddeutschland auf. Nach einem Tiermedizin-Studium übersetzte sie eine Zeit lang Liebesromane, bevor sie sich voll und ganz dem Schreiben widmete. 2014 erschien der erste Band ihrer erfolgreichen Fantasy-Trilogie „Seelenmagie", der innerhalb weniger Tage zum E-Book-Bestseller wurde und auf der Shortlist für den Lovelybooks-Leserpreis stand. Alana Falk lebt mit ihrem Mann in München.

www.alanafalk.net

Alana Falk

Das Herz der Quelle

Sternensturm

Arena

Für meine Mutter.
Die stärkste, inspirierendste Frau, die ich kenne.

FSC
www.fsc.org
MIX
Papier aus verantwortungsvollen Quellen
FSC® C110508

1. Auflage im Arena-Taschenbuch 2019

Dieses Werk wurde vermittelt durch die
AVA international GmbH Autoren- und Verlagsagentur, München
Covergestaltung: Martina Eisele
Umschlagtypografie: Sibylle Bader
Gesamtherstellung: Westermann Druck Zwickau GmbH
ISSN 0518-4002
ISBN 978-3-401-51102-3

Besuche uns unter:
www.arena-verlag.de
www.twitter.com/arenaverlag
www.facebook.com/arenaverlagfans

Prolog

Die Toten verschwanden nicht. Sie lösten sich nicht auf und gingen auch nicht in eine andere Welt. Sie blieben. Das erzählten die Geschichten und Adara musste es einfach glauben. Sie durfte sich nicht verunsichern lassen von der finsteren Maske des Wächters, der ihr gegenüberstand. Durfte sich nicht einschüchtern lassen, vom leuchtend roten Mantel des Magiers, der ihn umgab wie eine schreckliche Vorahnung dessen, was gleich geschehen würde.

Verzweifelt schloss Adara die Augen. Sein Geist war noch hier. Irgendwo zwischen den Bergen Neuseelands, in den Wellen des Pazifischen Ozeans oder hier oben auf dem Dach des Wolkenkratzers mitten in Auckland. Sie sagte es sich immer und immer wieder. Aber wenn es so war, warum spürte sie ihn dann nicht? Warum konnte sie in dem leichten Windhauch auf ihren Wangen nicht die Liebkosung seiner Fingerspitzen erahnen? Warum waren die warmen Strahlen der Wintersonne kein sanfter Kuss auf ihren Lippen? Warum sah sie im blendenden Gegenlicht nicht seine Gestalt, nur um wenige Augenblicke später überzeugt zu sein, sich getäuscht zu haben?

Adara blinzelte die Tränen weg. Sie widerstand dem Drang, zu dem Obsidianaltar hinüberzusehen, auf dem seine sterblichen Überreste lagen, eingeschlagen in einfache schwarze Tücher, die nicht einmal das Symbol der Gemeinschaft trugen. Der Rat hatte verhindern wollen, dass er dem Himmel übergeben wurde, wie es Brauch war, damit sein Körper und seine Seele wieder eine Einheit werden konnten. Dass sie jetzt trotzdem hier standen, war seinem Großvater zu verdanken. Er hatte tagelang gekämpft und seinen ganzen Einfluss geltend gemacht, damit sein Enkel so bestattet wurde, wie es ihm zustand: gemeinsam mit den anderen Toten der Gemeinschaft, hoch über Auckland zwischen den Scharten aus Glas und Stahl, die wie eine Bergkette um sie herum aufragten. Achtundzwanzig Altäre aus schillerndem Obsidian bildeten einen Kreis, damit niemand alleine gehen musste.

Allein.

Außer ihr und seinem Großvater war niemand gekommen. Alle anderen glaubten die Geschichten, die der Rat über ihn verbreiten ließ, oder sie hatten Angst, ihre Verbindung zu ihm offen zu zeigen. Adara konnte es ihnen nicht verübeln.

Als der Wächter das Zeichen gab, nahm der Magier die Hand seiner Quelle und trat an den Altar heran. Adara wollte am liebsten hinstürzen. Sie wollte sich über ihn werfen, wollte ein letztes Mal seinen Körper unter ihrem spüren, ihn festhalten. Und daran glauben, dass sein Geist immer noch bei ihr war. Weil sie es glauben musste. Alles hing davon ab, einfach alles.

Doch sie durfte sich nichts anmerken lassen. Der Wächter musste denken, dass sie widerwillig gekommen war, aus reinem Pflichtgefühl, weil es der Anstand gebot, dass ein Magier seiner toten Quelle die letzte Ehre erwies. Also zwang sie sich, ruhig zu bleiben. Auch als Flammen aufloderten und sich in seinen Körper fraßen. Es war üblich, die Toten zu verbrennen und am Altar zu wachen, bis nichts als Asche von ihnen übrig war. Das konnte lange dauern, Zeit für die Angehörigen, sich in Ruhe zu verabschieden. Bitterkeit stieg in ihr auf, weil ihr das nicht vergönnt war. Der Rat hatte nur widerwillig in die Himmelsbestattung eingewilligt und nur unter der Bedingung, dass magisches Feuer verwendet wurde. Er würde innerhalb von Minuten vollkommen verbrennen.

Adara hatte geglaubt, Haltung bewahren zu können. Sie war eine Magierin, war es gewohnt, dem Schicksal die Stirn zu bieten. Aber zuzusehen, wie sein Körper langsam in sich zusammensank, raubte ihr die Luft zum Atmen. Und beinahe die letzte Hoffnung. Es kostete sie jedes bisschen Selbstbeherrschung, unbewegt stehen zu bleiben, bis die letzte Flamme verglühte.

Asche. Er war nur noch Asche.

Sie versuchte, nicht daran zu denken, dass er sie vor wenigen Tagen noch im Arm gehalten hatte. Sie versuchte zu vergessen, wie er sie angesehen hatte, als wäre sie der Mittelpunkt seiner Welt. Sie versuchte, sich nicht zu fragen, wie sie ohne ihn existieren sollte.

Nur ihre Aufgabe war jetzt wichtig.

Der Brauch sah vor, dass die Asche auf dem Stein liegen blieb, sodass der Wind sie in alle Himmelsrichtungen tragen konnte. Manchmal dauerte das Tage. Genau darauf hoffte sie.

Der Wächter trat an den Altar heran, betrachtete die glimmenden Überreste und nickte dem Magier zu. Bald war es vorbei. Sie hörte seinen Großvater leise schluchzen. Oder war es der Wind? Es wäre schön gewesen, mit seinem Großvater zu reden, sich gegenseitig zu trösten, aber auch das konnte sie sich nicht erlauben.

Adara drückte sich in die Schatten der riesigen, verspiegelten Glasscharten. Die anderen sollten vergessen, dass sie noch hier oben war. Der Wächter trat zurück und sein Großvater wandte sich ab. Adara atmete auf. Jetzt würden sie verschwinden. Dann war sie mit ihm allein und konnte seine Asche aufsammeln, um sie zu bewahren, bis sie eine Möglichkeit fand, ihn von den Toten zurückzuholen.

Der Magier hob seine freie Hand. Wind kam auf, wuchs sich zu einem Orkan aus. Laut und erbarmungslos fegte er über sie hinweg. Entsetzt schrie Adara auf, unhörbar im Sturm des Magiers, der zwischen die Asche fuhr und sie bis auf das letzte Körnchen in alle Windrichtungen trug. Wie gelähmt sah sie zu, bis der Wind abflaute, bemerkte kaum, dass sein Großvater verschwand, ebenso wie der Magier und seine Quelle. Der Wächter überzeugte sich, dass der Stein wieder unbefleckt war. Dann ging auch er.

Adara starrte auf den Obsidian, auf dem er gerade noch gelegen hatte. Nichts war von ihm geblieben. Nichts als die Linien, Kreise und Punkte auf ihren Händen und Handgelenken, das Zeichen ihrer magischen Verbindung, so deutlich als wäre es mit einer Nadel in die Haut gestochen worden. Der Beweis ihrer Macht, die nun ohne ihn tief in ihr verloren war.

Ihre Verzweiflung wurde zu Wut, weil sie leichter zu ertragen war. Man konnte sie herausschreien, anstatt daran zu ersticken.

»Ich lasse nicht zu, dass du mich einfach so verlässt.« Sie klammerte sich an den Stein, der trotz des Sturms immer noch die Hitze des magischen Feuers abstrahlte wie einen Nachhall seiner Wärme. »Ich lasse es nicht zu, hörst du?«

Sie würde nicht akzeptieren, dass er sich davonmachte und sie alleineließ. Nicht mit dieser gewaltigen, hässlichen Wahrheit in den Knochen und der Sehnsucht nach seiner Berührung im Herzen. Er hatte es angefangen, er sollte es auch zu Ende bringen. »Ich hole dich zurück«, schrie sie, als könnte sie dann eher daran glauben, dass sie es schaffen würde. Aber wie sollte ihr das gelingen, jetzt, da der Rat ihn ihr so endgültig genommen hatte?

1

Liliana stürzte vor den anderen Studenten aus der Tür und zu der Ampel, die in den rettenden Park gegenüber der Universität von Auckland führte. Es war einer jener brütend heißen Januartage und die stickige Hitze im Science Center war kaum auszuhalten gewesen. Zum Glück hatte die Physikprofessorin Erbarmen gehabt und sie ein paar Minuten vor dem Gong in die Mittagspause entlassen. So war sie früher dran als sonst und mit etwas Glück war die Begleiterin noch nicht da.

Während sie ungeduldig auf Grün wartete, klemmte Liliana sich ihren Ordner mit den Notizen über Thermodynamik etwas fester unter den Arm, obwohl sie die am liebsten im nächsten aktiven Vulkankrater versenkt hätte. Es hätte ihr große Genugtuung bereitet zuzuschauen, wie glühende Lava die schrecklich trockenen physikalischen Gleichungen auffraß, zusammen mit den ganzen komplizierten Beispielen, die ihr auch nicht halfen, den Zusammenhang zwischen Energie, Wärme und Druck besser zu durchschauen. Die Vorstellung zauberte ihr ein verträumtes Lächeln auf die Lippen.

Aber das Lachen verging ihr gleich wieder, als sie an das bevorstehende Examen dachte. Nicht zum ersten Mal verfluchte sie die

Tatsache, dass die Gemeinschaft bestimmte, welche Fächer die angehenden Magier belegen mussten. Und dass sie ihr vorgeschrieben hatten, die Sommerkurse an der Universität zu besuchen, damit sie ihren Abschluss auch wirklich schaffte.

Nicht, dass man sie nicht gewarnt hätte. Als man vor zehn Jahren ihr Potenzial entdeckte, hatte ihre Mutter ihr erklärt, dass es ein Privileg sei, Magier zu werden, und man sich das hart verdienen musste. Damals hatte Liliana allerdings nicht geahnt, dass sie damit auch das trockene Studium an der Universität gemeint hatte. Die Mischung aus Naturwissenschaften und Erdkunde, die ihren Stundenplan füllte, verlangte ihr täglich alles ab. Man musste wissen, wie die Welt beschaffen war, wenn man Magie erfolgreich ausüben wollte, das sah sie ja ein. Aber warum zum Teufel brachte ihr großes magisches Potenzial dann nicht automatisch ein Talent für Physik und den ganzen anderen Mist mit sich?

Die Ampel sprang auf Grün und Liliana setzte einen Fuß auf die Straße. Es war nicht weit bis zu ihrer Lieblingsstelle im Park unter einem Pohutukawabaum, dessen ausladende, knotige Zweige herrlich verträumten Halbschatten spendeten. Jetzt, im Hochsommer, war der Baum über und über mit roten Blüten bedeckt, und wenn sie sich an den Stamm lehnte und die Augen schloss, glaubte sie, das Meer zu riechen.

Warum konnte Magie nicht darin bestehen, die perfekte Surfwelle einzufangen? Darin war Liliana gut.

Auf der anderen Straßenseite angekommen, atmete sie auf. Nur noch wenige Meter, dann hatte sie es geschafft.

»Liliana?«

Sie erstarrte mitten im Schritt. Mist. Langsam drehte sie sich um. Die Begleiterin. Sie hatte sie doch entdeckt. Mit hochgezogener Augenbraue stand sie auf der anderen Straßenseite, in ihre schlichte schwarze, eng anliegende Uniform gekleidet und mit dem obligatorischen Headset am Ohr. Natürlich wusste sie genau, dass

Liliana vorgehabt hatte, sich davonzuschleichen, um dem täglichen Mittagessen mit ihren Eltern zu entgehen. Ihre Mutter liebte es, sie vor den Mahlzeiten mit einer kurzen Geschichte zu unterweisen, so wie es in der Gemeinschaft Brauch war.

Die Begleiterin räusperte sich. Es war deutlich, dass sie verärgert war. Immerhin war sie vom Rat beauftragt worden, dafür zu sorgen, dass die angehenden Magier ihre Pflichten erfüllten.

»Deine Mutter hat heute eine besonders wichtige Geschichte für dich«, sagte die Begleiterin missbilligend.

Seit Lilianas achtzehntem Geburtstag, seit sie alt genug für die Verbindungszeremonie war, bei der ihr eine Quelle zugewiesen werden würde, hatte ihre Mutter angefangen, ganz bestimmte Geschichten zu erzählen. Solche, die ihr dabei helfen sollten, sich in ihre Rolle als Magierin einzufinden und zu lernen, mit ihrer zukünftigen Quelle umzugehen. Ihre Mutter meinte es nur gut. Liliana wusste selbst nicht so genau, warum sie sich immer vor diesen Lektionen drückte. Vielleicht, weil sie die Geschichten im vergangenen Jahr schon zu oft gehört hatte. Inzwischen war sie neunzehn und die Zeremonie hatte immer noch nicht stattgefunden, weil der Rat bisher keine Quelle gefunden hatte, die für sie infrage kam.

»Liliana?« Die Stimme der Begleiterin riss sie aus ihren Gedanken. Sie starrten sich über die Straße hinweg an. Liliana mit dem rettenden Park im Rücken, die Begleiterin mit der erfolgreichen Erfüllung ihrer Pflicht im Sinn, die rote Ampel zwischen ihnen wie ein schützendes Bollwerk. Bis sie auf Grün umsprang.

»Ich kann ihr ja eine Geschichte erzählen, ich finde für mein Schwesterherz sicher eine, die ganz besonders pädagogisch wertvoll ist.«

Ihr Bruder, der gerade selbst aus einer Vorlesung gekommen sein musste, trat neben die Begleiterin. Wie immer mit Daniel, seiner Quelle, im Schlepptau. Im ersten Moment war Liliana erleichtert. Das Gesicht der Begleiterin hingegen verdüsterte sich, noch während sie ihre Hand an die Lippen hob, um Lilianas Bruder den ihm zustehenden Respekt zu erweisen. Sie wusste, wenn er sie wegschickte, konnte sie nichts dagegen tun. Als Magier konnte Naos sich so ziemlich alles erlauben, niemand durfte ihm etwas abschlagen. Die Magier mussten vollkommen freie Hand haben. Ihre Entscheidungen und Anordnungen durften nicht infrage gestellt werden. Das war eine der wichtigsten Regeln der Gemeinschaft. Ein Wort von Naos würde genügen, damit Liliana doch noch ihre geruhsame Mittagspause unter ihrem Lieblingsbaum bekam.

»Da müsstest du nur erst zu uns rüberkommen, Schwesterchen. Wir beißen nicht. Wirklich.« Er lächelte sein charmantes Lächeln und bedachte auch die Begleiterin damit, was ihre Miene etwas aufhellte. Naos war der Liebling aller, Vorzeigemitglied der Gemeinschaft, nicht nur, weil er ein guter Student und ein noch besserer Magier war. Auch äußerlich repräsentierte er die Gemeinschaft nahezu perfekt. Alle alten Familien, die regelmäßig Magier oder Quellen hervorbrachten, erkannte man sofort an ihrem Aussehen. Sie hatten alle das gleiche, fast schwarze Haar. Nur wenn die Sonne darauf fiel, sah man, dass es eigentlich dunkelbraun war. Sie hatten die gleichen nachtschwarzen Augen, in denen alle Geheimnisse der Gemeinschaft sicher verwahrt blieben. Und sie hatten die typische Hautfarbe, fast Weiß, aber mit einem warmen goldenen Schimmer, der sie zu etwas Außergewöhnlichem machte. Natürlich hatte Liliana die nicht. Sie hatte das Haar und die Augen. Aber ihre Haut war fürchterlich käseweiß und bekam auch durch Sonne keinen goldbraunen Schimmer, sondern nur eine ungesunde Röte. *Vielen Dank auch, Grandma.* Ihre Großmutter väterlicherseits stammte aus Norwegen. Sie hatte es nicht geschafft, ihre blonden Haare gegen das starke Erbe der Gemeinschaft durchzusetzen, aber ihre leichenblasse, empfindliche Haut hatte sie an Liliana weitergegeben.

Ein zweites Mal sprang die Ampel auf Grün.

Auch die Begleiterin sah es. »Deine Mutter wartet.«

Liliana rührte sich immer noch nicht. Sie wusste, dass sie sich kindisch verhielt. Doch seit die Zeremonie in greifbare Nähe gerückt war und ihre Mutter ständig darüber redete, war ihr bewusst geworden, dass sie bald keinen Moment ihres Lebens mehr alleine verbringen würde. Ihre Quelle würde ihr auf Schritt und Tritt folgen wie ein zweiter Schatten. Sie würde sogar bei ihr wohnen. Natürlich hatte sie das immer gewusst. Sabina, die Quelle ihrer Mutter wohnte schon länger bei ihnen, als Liliana denken konnte. Aber für sie hatte das immer in ferner Zukunft gelegen, erst mit ihrem achtzehnten Geburtstag war alles so real geworden. Es hatte sie erschreckt und sie wollte die kleinen Freiheiten, die ihr zwischen Studium und ihrer zukünftigen Rolle als Magierin der Gemeinschaft blieben, noch einmal auskosten. Ein letztes Luftschnappen an der Wasseroberfläche, bevor sie für immer ganz darunter versank.

»Die Geschichte ist wichtig«, drängte die Begleiterin.

»Wie gesagt, ich könnte das auch übernehmen. Nur zu gern«, säuselte ihr Bruder. In seinen Augen glitzerte etwas. Im ersten Moment hielt Liliana es für den Augenstern. Ihr Herzschlag beschleunigte sich. Bei ihrer Verbindungszeremonie würde auch sie einen bekommen, so wie jeder Magier und jede Quelle. Ein glitzernder Punkt, der am Grund ihrer Augen leuchten würde, solange sie lebte. Allerdings sah man ihn nur, wenn das Licht in einem bestimmten Winkel in die Augen fiel, und es war sehr unwahrscheinlich, dass sie Naos' Augenstern auf diese Entfernung erkennen konnte. So wie ihr Bruder grinste, war es wohl doch eher der Schalk, der ihr aus seinen Augen entgegenblitzte. Sie konnte sich schon vorstellen, was für eine Geschichte er ihr erzählen würde. Eine pädagogisch wertvolle sicher nicht. Unwillkürlich musste sie lächeln. Naos grinste, als ob er ihre Gedanken erriet.

Die Begleiterin erriet sie offenbar auch. »Ich glaube, Lilianas Mutter möchte das gerne selbst tun«, sagte sie, jetzt schon leicht verzweifelt. Lilianas Lächeln verblasste und ihr schlechtes Gewissen meldete sich. Immerhin bemühten sich die Begleiter wirklich, Lilianas Leben so einfach wie möglich zu machen, damit sie sich ganz auf ihre Pflichten konzentrieren konnte. In letzter Zeit hatte Liliana es ihnen ganz schön schwer gemacht. Wenn die Begleiterin ohne sie ankam, konnte sie das in Schwierigkeiten bringen, und das wollte Liliana sicher nicht. »Also gut«, grummelte sie. Als die Ampel das nächste Mal auf Grün sprang, überquerte sie die Straße.

Die Begleiterin atmete auf. »Dann hole ich den Wagen.« Sie verschwand zwischen den Studenten, die jetzt aus dem Uni-Gebäude strömten. Liliana warf einen letzten Blick zurück, über die Straße, in den Albert Park, wo sie in der Ferne die roten Blüten ihres geliebten Baumes zu erkennen glaubte.

Naos musste ihren elenden Gesichtsausdruck bemerkt haben, denn er stupste sie tröstlich an. »Na komm. Ist das denn wirklich so schlimm? Nur ein nettes Essen mit den Eltern.«

»Du hast leicht reden. Du wohnst ja nicht mehr zu Hause.«

»Mom freut sich, wenn du noch mal kommst, wo du doch auch bald ausziehst«, sagte Naos.

Liliana senkte den Kopf. Ja, sie würde ausziehen, in eine Suite im Gebäude der Gemeinschaft, irgendwo hoch über Auckland im fünfundzwanzigsten Stock, luxuriös, mit allen Annehmlichkeiten, die man sich vorstellen konnte. Es wäre gelogen zu sagen, dass sie sich gar nicht darauf freute. Weg von zu Hause in eine tolle Wohnung im Stadtzentrum. Für viele andere der Inbegriff von Freiheit und Unabhängigkeit. Für sie war es das genaue Gegenteil. Sie würde sich die Räume mit ihrer Quelle teilen müssen und von da an Tag und Nacht für Einsätze zur Verfügung stehen. Sie hätte keine Minute mehr für sich. Sie hatte nichts dagegen, ihr Leben in den Dienst der Gemeinschaft zu stellen. Sie war stolz, dass sie mit ihrem magischen Potenzial dazu beitragen konnte, Menschenleben zu schützen. Ohne die Magier wäre die Welt ein sehr viel unsicherer Ort. An den meisten Tagen konnte sie es kaum erwarten, endlich loszulegen, und ärgerte sich sogar darüber, dass die Zeremonie noch nicht stattgefunden hatte. Aber an manchen Tagen, so wie heute, war jede Stunde, die verging, ohne dass der genaue Termin der Zeremonie angekündigt wurde, eine willkommene Schonfrist.

Als die Begleiterin mit der Limousine an der Straßenecke auftauchte, das Fenster herunterließ und ihr zuwinkte, seufzte sie ergeben. »Na dann, bis später.« Sie schlich auf die Limousine zu.

Naos betrachtete sie mitleidig. »Das ist ja schrecklich. Nicht mit anzusehen. Also gut. Warte.« Er griff hinter sich, ohne sich umzudrehen. Das war auch nicht nötig, denn Daniel, der stumm in seiner Nähe gewartet hatte, wie es sich für eine Quelle gehörte, hatte seine Hand längst ausgestreckt, damit ihr Bruder sie nehmen konnte. Manchmal war es beängstigend, wie sehr die beiden sich ohne Worte verstanden.

Ihr Bruder warf der Begleiterin über die Straße hinweg einen Blick zu. Sie wirkte empört, nickte aber und fuhr davon.

»Gern geschehen.« Naos lächelte selbstzufrieden. Offensichtlich hatte er einen Zauber gewirkt und die Begleiterin per Gedankennachricht weggeschickt. Kein Wunder, dass sie so empört geschaut hatte. »Du hast ihr eine Gedankennachricht geschickt? Mit Magie? Wegen so was?« Ungläubig starrte Liliana ihn an.

Er zuckte mit den Schultern. »Ich wollte nicht zu ihr rüberschreien.«

»Du hättest dein Handy benutzen können. Oder rübergehen.«

»Ach.« Er grinste frech. »Aber das dauert so lang. Und sie stand im Halteverbot.«

Liliana gab es auf. Sie war viel zu erleichtert, dass sie nicht nach Hause fahren musste, und zu dankbar für die Mittagspause im Park, die er ihr verschafft hatte, um es ihm vorzuhalten. Bis sie seine Hand sah, die immer noch in Daniels lag. Das sanfte Schimmern, das ihre Handgelenke umfließen sollte, wenn sie zauberten, fehlte.

Ein dumpfes Gefühl der Angst breitete sich in ihrem Inneren aus.

»Du hast die Fessel nicht benutzt«, flüsterte sie mit einem Seitenblick zu Daniel.

»Na und?« Naos ließ Daniels Hand los

Liliana zog ihn ein Stück von Daniel weg. »Bist du verrückt? Wenn er deine Hand loslässt, während Magie fließt, kann er dich damit töten.«

»Aber das würde er nicht.« Naos wirkte vollkommen unbekümmert.

Zaubere niemals ohne die Fessel. Das war einer der Sätze, die ihnen immer und immer wieder eingeimpft wurden. *Riskiere niemals, dass die Verbindung abreißt, während Magie zwischen euch fließt. Vertraue nie deiner Quelle. Sie könnte dich töten.*

»Woher willst du das wissen?«, fauchte sie. Ihr Bruder war der Liebling aller, und auch wenn er manchmal nervte, ging es ihr genauso. Sie liebte ihn, und zu sehen, wie leichtfertig er mit seiner Macht umging, erschreckte sie. Sie mochte Daniel, sehr sogar, aber er war erst seit etwas über einem Jahr bei ihrem Bruder. Wie gut kannten sie ihn wirklich? »Sogar Mom zaubert nie ohne die Fessel, obwohl ihre Verbindung seit über zwanzig Jahren besteht.«

»Ruhig Blut, Schwesterchen, ich weiß schon, was ich tue. Bei so einem kleinen Zauber brauchen wir die Fessel nicht. Da fließt nicht viel Magie.« Er nickte Daniel zu, der fragend zu ihnen herübersah.

»Ich will nicht, dass du das tust, nicht wegen so was, nicht wegen mir.« Liliana starrte ihren Bruder böse an, aber das Läuten ihrer Handys erlöste ihn.

Es war der Klingelton der Gemeinschaftsnachrichten. Ihr Herz raste noch schneller, während sie ihr Handy gleichzeitig mit Naos und Daniel herauszog. Gemeinschaftsnachrichten wurden nur versandt, wenn es um etwas sehr Wichtiges ging. Vielleicht hing es mit ihrer Zeremonie zusammen. Sie öffnete die SMS.

Gestern Nacht ist es zwei Magiern der Gemeinschaft gelungen, eine Katastrophe besonderen Ausmaßes aufzuhalten. Avior und Naos ist es zu verdanken, dass das Seebeben unter dem Pazifik keine Flutwelle zur Folge hatte. Ihre Geschichte wird erzählt werden. Der Rat dankt allen Mitgliedern der Gemeinschaft für ihre Unterstützung, ohne die diese Erfolge der Magier nicht möglich wären.

Fassungslos starrte Liliana ihren Bruder an. »Du?«

»Nicht ich allein«, gab Naos zurück, wobei er so breit grinste, dass die Worte kaum verständlich waren.

»Ja, aber Avior ist nicht mein Bruder.«

»Den meinte ich auch nicht.« Er warf einen Blick über seine Schulter, wo Daniel immer noch ruhig auf ihn wartete, mit einem ebenso stolzen Strahlen auf dem Gesicht, wie ihr Bruder es gehabt hatte, als sie die Nachricht entdeckt hatte. Sie lächelte ihm zu. Naos war zu bescheiden, um das ganze Lob für sich alleine zu beanspruchen. Dabei hatte die Quelle keinen großen Anteil daran, dass eine Mission erfolgreich verlief. Sie lieferte dem Magier nur die magische Energie, die er für den Zauber brauchte. Natürlich konnte ein Magier ohne eine Quelle nicht zaubern, aber die wahre Arbeit machte der Magier. Er nahm sich die Energie, die er brauchte, er beurteilte die Lage, er wirkte die Zauber, die schreckliche Katastrophen verhinderten und Menschenleben retteten.

»War doch nur ein normaler Einsatz«, erwiderte Naos, aber er wusste genau, dass das Blödsinn war.

»Klar, deswegen wird die Geschichte auch in das Kollektiv aufgenommen.« Es war üblich, der Gemeinschaft von den Erfolgen der Magier zu berichten, aber nur herausragende Rettungsaktionen erhielten Einzug in die Geschichten.

Sein Grinsen wurde noch breiter. »Na gut, es war vielleicht nicht ganz normal.«

»Warum hast du nichts gesagt?«

»Und deinen herrlichen Gesichtsausdruck verpassen, wenn du die Nachricht liest? Um nichts auf der Welt.«

Seine Freude war so echt, sein Stolz so kindlich, dass sie nicht anders konnte, als sein Lächeln zu erwidern.

»Du hättest es sehen sollen«, meldete sich Daniel zu Wort, der nicht aushielt, dass ihr Bruder nicht endlich mit der ganzen Geschichte herausrückte. »Es war unglaublich, wie er ...« Daniel verstummte, als die Glocke auf dem altehrwürdigen Glockenturm über ihnen anschlug und alle bemitleidenswerten Studenten, die ohne Mittagspause auskommen mussten, zur nächsten Stunde rief.

»Mist, ich muss los«, murmelte Daniel, jedoch ohne sich auch nur einen einzigen Zentimeter wegzubewegen. Stattdessen faltete er die Hände vor seinem Gesicht und sagte mit übertriebener Anbetungsmiene zu Naos: »Oh, großer, mächtiger Naos, der letzte Nacht den gewaltigen Pazifischen Ozean bezwungen hat, gestattest du mir, mich zu entfernen?«

Liliana verdrehte die Augen. Sie hasste es, wenn sie das taten. Sie zogen bereits die ersten Blicke auf sich.

»Wo wirst du dich aufhalten, Quell meiner Magie?«, gab ihr Bruder in tiefstem Brustton und mit bester Magierstimme zurück.

Um sie herum blieben ein paar Studenten stehen.

»Könnt ihr das nicht lassen?«, zischte Liliana.

Naos hob pikiert eine Augenbraue. »Und das sagst gerade du? Miss Überkorrekt?«

»Ich meine doch nicht die Verabschiedung, ich weiß, dass das sein muss.« Als Magier musste Naos immer ganz genau wissen, wo seine Quelle war, für den Fall, dass eine Katastrophe eintrat und er gebraucht wurde. Niemand konnte alleine zaubern, das war unmöglich. Deswegen musste eine Quelle sich immer in der Nähe ihres Magiers aufhalten. Wenn sie sich entfernte, dann nie weit und nur nachdem sie ihren Magier um Erlaubnis gebeten hatte.

»Na eben.« Naos wandte sich wieder an Daniel. »Also wo?«, wiederholte er, diesmal ernst. Dabei kannte er Daniels Stundenplan sicher ganz genau. Aber es war eben so vorgesehen, also wurde es so gemacht. Selbst ihr Bruder würde sich darüber nicht hinwegsetzen. Unter Umständen hingen Menschenleben davon ab, dass er immer wusste, wo er Daniel finden konnte.

Daniel nannte den Ort der Vorlesung und das Fach. »Darf ich dann jetzt los? Ich komme zu spät und dafür willst du doch nicht verantwortlich sein, oh, Großartiger.« Er zwinkerte Naos zu.

Naos lachte nicht. »Ist dein Handy an?«

Daniel zog sein Smartphone aus der Hosentasche, das neueste Modell, ein Willkommensgeschenk von Lilianas Eltern. »Jap und voll aufgeladen.«

»Dann kannst du gehen.« Naos nickte hoheitsvoll, wobei jetzt wieder der Schalk aus seinen Augen blitzte.

Daniel senkte den Kopf und streckte gleichzeitig die Hand aus. Naos tat es ihm gleich. Für einen winzigen Moment berührten sich ihre Fingerspitzen und ihre Blicke trafen sich in einem einvernehmlichen Lächeln. Liliana betrachtete die beiden ein wenig neidisch. Nicht alle Magier hatten so eine gute Beziehung zu ihrer Quelle, sie hoffte nur, dass sie das auch hinbekommen würde. Daniel wandte sich um und verschwand in der Menge. Ein paar Studenten, die das Schauspiel verfolgt hatten, gingen kopfschüttelnd weiter. Manche murmelten etwas von Sekten, die verboten gehörten, und Gehirnwäsche, die aus normalen Menschen willenlose Sklaven machte.

»Muss das echt sein? Die halten uns eh schon für Freaks.«

Naos zuckte mit den Schultern. »Das ist doch der Sinn der Sache.«

Für die meisten ihrer Kommilitonen war die Gemeinschaft nichts weiter als ein verrückter, aber ungefährlicher Kult. Und genauso wollte es der Rat, damit sie ungestört agieren konnten. Komplette Geheimhaltung und Heimlichtuerei ließen sich nur selten durchhalten und riefen eher Neugierige auf den Plan, die in den Angelegenheiten der Gemeinschaft herumschnüffelten und in ungünstigen Momenten Aufsehen erregten. So interessierte sich keiner für die Gemeinschaft, der nicht selbst ein Teil von ihr war oder werden wollte.

Naos hatte offensichtlich großen Spaß daran, den Rat dabei zu unterstützen, dass das auch so blieb. »Ich tue nur meine Pflicht.«

»Klar«, sagte sie, musste aber doch lächeln. »Gib wenigstens zu, dass du es genießt.«

»Und wie. Vor allem die dummen Gesichter … so wie das von dem da.«

Liliana folgte seinem Blick. Nicht alle waren weitergegangen. Ein Student, vielleicht etwas älter als sie, stand starr da und musterte die Hände ihres Bruders. Er tastete die Linien, Punkte und Kreise, die sich über Naos' Finger, Handflächen und Handgelenke zogen, förmlich mit Blicken ab. Wahrscheinlich hielt er die Zeichnung, die Naos als vollwertigen Magier der Gemeinschaft auswies, für ein eigenwilliges Tattoo. Auch Liliana hatte das früher geglaubt. Aber die Zeichnung entstand beim Zaubern genau an den Stellen, wo die Hände von Magier und Quelle sich berührten. Daniels Zeichnung war genau gegengleich zu der von Naos, sie war einzigartig und unterschied sich deutlich von der eines anderen Magiers und seiner Quelle, und je öfter sie zauberten, desto dunkler wurde sie.

»Wahrscheinlich hält er uns für gefährliche Hexen mit scheußlichen Tattoos und denkt, wir sollten auf dem Scheiterhaufen verbrannt werden«, sagte Naos in ziemlich selbstzufriedenem Tonfall, als hätte er damit ja dann seine Mission erfüllt.

Liliana kniff die Augen zusammen, um den Fremden zu mustern. Er war deutlich größer als sie, wirkte sportlich, aber nicht, als wäre er gerade vom Surfen am Strand gekommen, auch wenn seine dunklen Haare aussahen, als hätte der Wind sie ordentlich zerzaust. Er schien eher der Typ Kampfsportler zu sein, aber das konnte natürlich täuschen.

»Das glaube ich nicht«, antwortete sie langsam. Etwas an ihm machte sie stutzig. Liliana trat auf ihn zu, um ihren Verdacht zu überprüfen. Dass sie ihn ungeniert anstarrte, war ihr egal, immerhin hatte er damit angefangen. Und noch nicht wieder damit aufgehört. Er schaute immer noch auf Naos' Zeichnung, mit leerem Blick, als würde er vor seinem inneren Auge etwas ganz anderes sehen. Wahrscheinlich hatte er nicht mal bemerkt, dass Liliana sich ihm näherte.

Die Haare des Fremden schimmerten in jenem typischen, fast schwarzen Sonnendunkelbraun und ein verräterischer goldener Schimmer lag auf seiner hellen Haut. Seine Augen konnte sie nicht sehen, trotzdem war sie sich sicher. Er musste einer von ihnen sein.

»Hey«, begann sie. »Bist du neu in Auckland?«

Er hob den Kopf. Liliana stockte der Atem. Er mochte das Haar und die Haut der alten Familien der Gemeinschaft haben, aber seine Augen waren nicht schwarz. Sie waren blau. Kein graues Sturmblau, kein helles Eisblau. Sie leuchteten in einem intensiven Grünblau wie einer der türkisen Bergseen am Mount Aspiring. Und tief unten – wie eine gefallene Sonne auf dem Meeresgrund – glitzerte der Augenstern.

»Du bist ein Magier«, platzte sie heraus. Zum ersten Mal in ihrem Leben wünschte Liliana sich für eine winzige Sekunde, sie wäre eine Quelle. Seine Quelle. Dann verfluchte sie den Gedanken. Niemand war freiwillig eine Quelle. Auch nicht für solche Augen. Tief versunken in seinen Blick brachte sie es nicht fertig wegzusehen. Es war schon fast peinlich. Trotzdem lachte er nicht über sie. Im Gegenteil. Statt frech zu grinsen oder sie aufzuziehen, warf er ihr einen Blick so voller Hass zu, dass sie aus ihrer Starre gerissen wurde und erschrocken einen Schritt rückwärtsstolperte. Er sah ein letztes Mal zu Naos hinüber, dann ging er an Liliana vorbei, wobei seine Hand ihre streifte. Sie zuckte zusammen, wollte ihm etwas nachrufen, aber er tauchte in der Menge der Studenten unter.

»Was war das denn?« Naos schnaubte empört. »Hat der sie noch alle?«

Liliana gab keine Antwort. Ihr Herz pochte immer noch viel zu schnell. Nicht nur, weil er sie angestarrt hatte, als hätte er vor, ihr heute Nacht einen Assassinen ins Schlafzimmer zu schicken. Als er noch ein letztes Mal die Zeichnung auf den Fingern ihres Bruders angesehen hatte, hatte sich der Hass in seiner Miene für den Bruchteil einer Sekunde in etwas anderes verwandelt. Sie konnte sich irren, schließlich hatte sie ihn nur im Profil gesehen. Aber sie war sich ziemlich sicher, dass es Schmerz gewesen war.

»Hast du seine Hände gesehen?«, fragte ihr Bruder.

»Ja.« Sie waren makellos. Keine Zeichnung. Dafür konnte es nur eine einzige Erklärung geben.

»Er hat einen Augenstern, aber keine Zeichnung. So schnell verblasst die Zeichnung nicht, das heißt, er hat seit Wochen, vielleicht Monaten nicht gezaubert. Und das, obwohl der Rat jeden verfügbaren Magier mehrmals die Woche braucht. Das kann nur bedeuten, dass er …«

»… seine Quelle verloren hat«, beendete Liliana den Satz leise. »Ja.«

Plötzlich schien es noch weniger erstrebenswert, seine Quelle zu sein, und seine Augen wirkten nicht mehr ganz so anziehend. Magie war gefährlich, das wussten sie alle. Trotzdem warf es kein gutes Licht auf einen Magier, wenn er seine Quelle verlor.

»Er ist kaum älter als ich, sie können noch nicht lange verbunden gewesen sein«, flüsterte sie.

Nach mehreren Jahren war der Tod einer Quelle meist ein Unfall. Nach ein paar Monaten … Unfähigkeit. Oder Gleichgültigkeit.

Noch einmal sah sie dem Fremden nach, aber er war längst fort. Der Schmerz in seiner Miene aber blieb in ihrer Seele haften. Er hatte seine Quelle verloren, ein Mensch war gestorben. Magie konnte töten und sie tat es auch. Immer und immer wieder. Ihr Bruder und

Daniel nahmen alles so locker, und ihre Mutter war bereits seit über zwanzig Jahren mit ihrer Quelle verbunden. Darüber vergaß Liliana manchmal, wie real die Gefahr tatsächlich war und wie berechtigt ihre Sorge, wenn Naos die Fessel nicht benutzte.

In diesem Moment wurde ihr klar, dass alles, was ihr in den letzten Monaten zu schaffen gemacht hatte, der drohende Verlust ihrer Unabhängigkeit, der Kampf mit der Physik und auch ihr kindischer Versuch, den Geschichten ihrer Mutter zu entgehen, nur dazu diente zu unterdrücken, was sie wirklich fühlte. Atemberaubende, blendende, alles verzehrende Angst. Sie würde für einen anderen Menschen verantwortlich sein. Einen Menschen, der sich immer in ihrer Nähe aufhalten musste und ihr auf Gedeih und Verderb ausgeliefert sein würde. Liliana fühlte sich plötzlich schrecklich hilflos. Sie war gerade mal neunzehn, sie wusste noch nicht einmal genau, wer sie selbst war. Wie sollte sie da die Verantwortung für einen anderen Menschen übernehmen? Wie sollte sie ihn vor den Gefahren der Magie schützen und gleichzeitig sich selbst?

Panik stieg so heftig in ihr auf, dass sie überlegte, sich ihrem Bruder anzuvertrauen. Aber ihr war von klein auf eingetrichtert worden, dass ein Magier sich seine Schwäche nie anmerken lassen durfte. Es war gefährlich, jemandem zu zeigen, dass man verunsichert war. Gegenüber der eigenen Quelle konnte es sogar dazu führen, dass sie zögerte, einen Befehl auszuführen, und das konnte in manchen Situationen den Tod unzähliger Menschen zur Folge haben.

Unsicher sah sie Naos an. Er tippte etwas auf seinem Handy und lachte, als er die Antwort las, die sich mit einem Pling bemerkbar machte. Sicher von Daniel.

Nein. Ihr Bruder würde sie nicht verstehen. Ihm fiel alles so leicht, er hatte es von Anfang an verstanden, sich Daniel gegenüber korrekt zu verhalten, und es trotzdem geschafft, eine Freundschaft zu ihm aufzubauen. Seine Verbindung war perfekt, wie alles, was er tat. Liliana hätte sich am liebsten in irgendein Mauseloch verkrochen. Stattdessen reckte sie das Kinn und kämpfte mühsam ihre Panik nieder. Sie gehörte einer der ältesten Familien der Gemeinschaft an. Man erwartete von ihr, dass sie ihre Rolle ebenso perfekt ausfüllte, wie Naos es tat. Und das würde sie. Sie würde nicht zulassen, dass ihre Angst sie lähmte oder sonst irgendetwas dazwischenkam. Nichts und niemand. Es war Zeit, sich zu fügen und ihre kindischen Fluchtversuche aufzugeben. Aber zuvor würde sie sich noch einen letzten Nachmittag zwischen die tröstenden Wurzeln ihres geliebten Pohutukawabaums kuscheln und in Selbstmitleid suhlen. Morgen war auch noch ein Tag.

2

Die Magie rief nach ihr. Sie spürte den Sog besonders stark in den frühen Morgenstunden, wenn Nacht und Tag sich überlagerten und eine zweite, grau schattierte Wirklichkeit schufen. In diesen wenigen Minuten glaubte Adara, auch ohne ihn nach der Magie greifen zu können. Es war nicht wie eine Erinnerung, sondern wie ein Abdruck in ihrem Geist, ein Zustand, den sie so oft erlebt hatte, dass sie einfach hineinschlüpfen konnte. Es war nicht echt, es floss nicht wirklich Magie, das war gar nicht möglich. Aber es fühlte sich echt an.

Er fühlte sich echt an.

Lächelnd griff sie nach seiner Hand, schloss ihre Finger um sein Handgelenk und er seine um ihres. Er öffnete sich für die Magie, nahm sie aus der Umgebung auf, bis sie ihn vollkommen ausfüllte. Seine Hand vibrierte in ihrer von der unglaublichen Menge an magischer Energie, die er für sie bereithielt.

Adara ließ zu, dass die Magie zwischen ihnen floss, sie überschwemmte und schließlich überschwappte. Wie eine grünblaue Welle ergoss sie sich über die Welt. Sie erfasste alles, benetzte Pflanzen, Steine, sogar den Himmel mit einem leuchtend grünen

Schleier, der nichts verbarg, sondern alles enthüllte. Die Beschaffenheit der Erde und das Wesen aller Dinge auf ihrem Antlitz. Adara sah die Welt, wie sie in ihrem Innersten konstruiert war, die kleinste Struktur, die tiefste Ebene.

Macht durchflutete sie, eine Macht, die sich ihr nur dank ihm erschloss. Die Welt gehörte ihr, sie konnte sie formen, verändern, wie sie wollte, überall dort, wo der grüne Schleier darüberlag, fast bis zum Horizont.

Lachend sah sie zur Seite. Er war bis in die letzte Faser mit magischer Energie angefüllt und seine Augen leuchteten von innen heraus, sodass sie ihre Farbe nicht mehr erkennen konnte. Er war nicht in der Lage, zu sehen oder zu hören, aber das spielte keine Rolle, denn wenn zwischen ihnen Magie floss, konnte sie in Gedanken mit ihm kommunizieren wie jeder Magier mit seiner Quelle.

Bist du bereit?

Er grinste. *Und wie ich bereit bin.*

Der Berg über ihnen grollte dunkel, als hätte er die Herausforderung in ihren Gedanken gehört. Ein Gletscher ergoss sich von seiner Spitze bis hinunter in den Dschungel. Ein Anblick, der ihr immer wieder die Sprache verschlug. So gegensätzlich und überraschend wie Neuseeland selbst. An den Seitenhängen des Gletschers lauerten unendliche Schneemassen. Ein winziges Beben würde genügen, um den ganzen Berghang in eine weiße Hölle aus tobendem Schnee und herabregnendem Eis zu verwandeln.

Wieder grollte der Berg, die Erschütterung war sogar bis hier unten zu spüren. Ein Donnern kündigte die erste Lawine an.

Adara lief los, auf den Berg zu, seine Hand fest umklammert. Sie zog ihn mit sich, hinter sich her, immer auf den Schnee zu, der ihnen wütend entgegenraste. Die Gewalt der Lawine erfasste sie, Wind zerrte an ihren Haaren, die Schwerkraft schlug ihnen winzige Eisstückchen ins Gesicht.

Jetzt! Adaras Schrei hallte in ihrer beider Gedanken wider, während Magie in die Lawine drang und die unerbittlich heranrollenden Schneemasse in kalten Staub verwandelte, der explosionsartig in die Luft stieg. Unzählige einzelne Flocken, die erst wild über ihnen tobten, um sich dann unendlich langsam und ungefährlich auf den Gletscher zu senken.

Schwer atmend standen sie im Auge der eiskalten Pracht, unversehrt durch den Schutzschild, den Adara um sie herum errichtet hatte, immer noch durchdrungen von der Magie und der Gewalt der Natur, die sie gebändigt hatten.

Ihr Körper vibrierte von seiner Nähe, das Bedürfnis nach Berührung war unerträglich intensiv. Adara packte seine Hand fester, spürte seine Wärme, seine Nähe, seine tiefsten Gefühle. Sie wollte mehr. Die Berührung ihrer Hände war nicht genug. Aber während die letzten Schneeflocken sein dunkles Haar mit Weiß sprenkelten und er sie an sich zog, zerfiel die Magieebene um sie herum. Die Berge, der Gletscher und schließlich auch er lösten sich auf.

Adara blieb allein zurück, schweißnass und zitternd in ihrem Bett in Rom, weit weg von Neuseeland, unerreichbar fern von ihm. Angefüllt mit Sehnsucht und gleichzeitig unglaublich leer. Es war nicht echt gewesen, war nicht einmal eine Erinnerung. Es war so nie passiert. Es war nur ein Spiel, das sie in ihrem Geist spielte, eine neue falsche Wirklichkeit, in der sie sich verlor, bis sie umso härter in der Realität aufschlug. Mit zitternden Fingern strich Adara sich ein paar verschwitzte Haarsträhnen aus der Stirn. Ihr Körper bebte immer noch im Nachhall der Magie, auch wenn sie nicht echt gewesen war. Ihre Finger spürten seine Haut, ihr Herz hungerte nach seinen Worten. Sie brauchte diese Momente am frühen Morgen wie die Luft zum Atmen. In diesen wenigen Momenten konnte sie glauben, dass sein Geist vielleicht doch noch da war und dass er es wirklich selbst war, der sie in ihre zweite Realität begleitete. Aber wenn sie herausfiel aus dieser unechten Wirklichkeit, war die Sehnsucht nach ihm und der Magie noch größer und der

Wunsch, ihr Spiel möge Ernst sein, brachte sie beinahe um den Verstand.

Sie musste ihn zurückholen. Dafür war sie schließlich nach Rom gekommen. Hastig schwang sie die Füße aus dem Bett und setzte sich auf. Ihre Beine zuckten, sie konnte nicht still sitzen, keine Sekunde lang. Sie sprang auf und begann, im Zimmer auf und ab zu laufen, um diesen Nachhall der Energie loszuwerden, der unter ihrer Haut kribbelte und sie auf unerträgliche Art erregte. Vergeblich. Sie schaltete den Fernseher ein, auf der Suche nach Ablenkung. Sie hielt den Nachrichtenstein in die Nähe des Bildschirms, das Fenster mit dem Pincode öffnete sich und sie gab eine Zahlenkombination ein, um den Kanal der Gemeinschaft freizuschalten.

Nachrichten flimmerten über den Bildschirm, so wie immer, Tag und Nacht in Endlosschleife. Eine riesige Flutwelle rollte auf die Kamera zu, in der Brandung stand ein Magier mit seiner Quelle. Steve, der Moderator schob sich ins Bild, konnte nur mit Mühe seine stylische Brille gegen den Wind verteidigen, der auch an seinen ohnehin in alle Richtungen abstehenden Haaren riss. Ein Ausläufer der Welle erfasste die Kamera, riss Steve von den Füßen, doch er rappelte sich wieder auf, und sobald der Magier die Flutwelle gebändigt hatte, hielt er ihm das Mikro unter die Nase. Steves Hang zu lebensgefährlicher Live-Berichterstattung entlockte Adara ein Lächeln. Der Magier jedoch runzelte unwillig die Stirn. Er hätte wohl, wie einige andere auch, lieber den alten, leicht angestaubten Moderator zurückgehabt. Aber seit Steve seiner Schwester in die Gemeinschaft gefolgt war, hatte er die Sendung übernommen, ohne dass es ernsthafte Versuche gegeben hätte, ihn auszutauschen. Seine Schwester war eine angesehene Magierin und niemand wollte es sich mit ihr verderben.

»Vielen Dank für das Interview. Möge deine Geschichte erzählt werden«, sagte Steve gerade an den Magier gewandt, schnippte sich mit dem Finger Seetang von der Schulter und schaute dann direkt in die Kamera. »Um mal zu etwas Unterhaltsamen zu kommen. Der zehnte Todestag von Sargas, einem unserer bedeutendsten Magier, steht an.« Er grinste schuldbewusst. »Entschuldigung, das meinte ich nicht mit unterhaltsam.« Hinter ihm wurde ein Bild eingeblendet, eine Mauer mit einem kleinen Graffiti. Die Kamera fuhr darauf zu, bis es deutlich zu erkennen war.

»Der Künstler, der in ganz Rom zu Sargas' Ehren diese winzigen Graffitis verteilt, ist immer noch am Werk. Drei neue, allein heute Nacht.«

Das Graffiti zeigte die Silhouette eines Magiers und seiner Quelle, in Grau und Schwarz gehalten. Die einzigen hellen Punkte waren der Stern in den Augen des Magiers und das Leuchten in den Augen der Quelle, so strahlend hell, dass es ihre Augen komplett vereinnahmte. Adara kannte das Motiv ziemlich genau, trotzdem beugte sie sich unwillkürlich nach vorne.

»Natürlich können wir das offiziell nicht gutheißen.« Steve machte ein strenges Gesicht. »Ihr wisst schon, Vandalismus und so.« Dann neigte er sich verschwörerisch zur Kamera, sodass sein Gesicht fast den ganzen Bildschirm ausfüllte. »Aber inoffiziell finden wir es geil«, flüsterte er so laut, dass man es deutlich hören konnte. »Ich meine, wer von euch Magiern da draußen hätte nicht gerne, dass man sich auf diese Art an ihn erinnert?«

Adara konnte nicht anders, sie musste grinsen.

Steve richtete sich wieder auf und fügte etwas ernster hinzu: »Mögen eure Geschichten erzählt werden.«

Kurz bevor ausgeblendet wurde, ging er noch einmal näher an die Kamera heran. »Und du, Spraydosenfanatiker, mach ruhig weiter, ich habe nämlich eine Wette laufen, wo das nächste Graffiti auftaucht und wie viele morgen Nacht dazukommen.« Er räusperte sich, dann schwenkte die Kamera noch mal auf das Graffiti. Adara starrte darauf, bis es verschwand.

Wegen des Graffitis war sie hier. Genauer gesagt wegen des darauf abgebildeten Magiers und seiner Quelle. Ihre Verbindung war eine der erfolgreichsten gewesen, von der jemals erzählt worden war. Ihnen waren Zauber gelungen, die sonst nur von zwei oder mehr Verbindungen ausgeführt werden konnten. Und das, obwohl sein Magiername, Sargas, nicht auf außergewöhnlich große Macht schließen ließ. Die Magiernamen wurden immer nur an einen einzigen lebenden Magier vergeben und es war immer der Name eines Sterns, dessen Helligkeit die Macht des Magiers widerspiegelte. Der Stern Sargas leuchtete weniger stark als ihrer, Adara. Was bedeutete, dass Sargas weniger Potenzial gehabt haben musste als sie. Trotzdem war er einer der mächtigsten Magier gewesen und seine Geschichten wurden zehn Jahre nach seinem Tod immer noch erzählt. Unzählige waren sogar in die Kollektivgeschichte aufgenommen worden.

Als die Graffitis aufgetaucht waren, hatte Adara sofort das nächste Flugzeug nach Rom genommen. Sargas' Quelle war die einzige, von der sie wusste, deren Augen beim Zaubern genauso leuchteten, wie seine es getan hatten. Alle anderen Quellen behielten beim Zaubern die Kontrolle über ihre Sinne. Nur er war taub gewesen, nur er hatte nicht mehr sehen können. Und jetzt Sargas' Quelle. Vielleicht konnte sie ihr bei ihrer Suche weiterhelfen. Sie musste Zugang zu Wissen haben, das den meisten anderen verborgen blieb. Wer, wenn nicht sie, würde einen Hinweis darauf kennen, wie man Tote zurückholte? Es war eine winzige Hoffnung, das war ihr bewusst. Aber die Erweckung von Toten war nun mal keine Geschichte, die man Kindern beim Einschlafen erzählte. Es war überhaupt keine Geschichte. Also musste sie sich an die einzige Spur klammern, die sie hatte.

Adara schaltete den Fernseher aus. Er half auch nicht gegen die unruhige Sehnsucht, die immer noch in ihr brannte. Unwillkürlich zuckte ihr Blick zum Telefon. Aber sie konnte es nicht wagen, ihre Familie zu kontaktieren. Vielleicht half frische Luft. Oder ein Besuch in Celio. Sie warf sich ein paar Anziehsachen über und verließ ihre Suite. Sie verkniff es sich, im Vorbeigehen einen Blick auf den Türbogen zu werfen, der in der Nähe des Eingangs in weitere Zimmer führte. Leere Zimmer. Zimmer, die er hätte bewohnen sollen.

Bevor ihre Augen feucht werden konnten, rettete sie sich auf den weitläufigen Flur und zog die Tür hinter sich zu. Kurz lehnte sie sich dagegen, während sie überlegte, ob es klug war, um diese Uhrzeit nach Celio zu fahren, um mit der Quelle des Magiers zu reden. Vor allem in ihrem Zustand. Ihre Finger zitterten immer noch leicht und ihr ganzer Körper schrie nach der Berührung eines anderen Menschen. Adara schloss die Augen. Niemand sollte sie so sehen. So schwach und angreifbar. So unglaublich verletzlich. So hungrig nach seiner Berührung, dass sie sogar jetzt seine Hand auf ihrem Arm zu spüren glaubte. Es war nur ein kaum wahrnehmbarer Hauch, trotzdem hielt sie die Augen fest geschlossen und wagte nicht, sich zu rühren, aus Angst, sie könnte das Gefühl vertreiben. Es war so real. Wärme drang in ihren Arm, floss durch ihre Adern und beruhigte endlich ihr Herz.

Es dauerte nur einen winzigen Moment, bis ihr klar wurde, dass die Berührung echt war. Adara riss die Augen auf. Als sie erkannte, wer vor ihr stand, entkam ihr ein Keuchen. »Seth!«

Die Überraschung, ihn hier in Rom zu sehen, wurde sofort von Entsetzen überlagert. Er musterte sie. Mit diesen nachtschwarzen Augen, die alles Licht aus der Umgebung zu absorbieren schienen. Adaras Herz begann zu rasen. *Sieh ihn nicht an. Lass dich nicht einsaugen von seinem Blick. Fall nicht hinein, in diese dunklen Augen.*

Er ist ein Wächter.

Sie versuchte, sich nicht einschüchtern zu lassen von seiner hochgewachsenen Gestalt, seiner aufrechten Haltung, den breiten Schultern, die ihr jeden Ausweg versperrten. Adara schluckte schwer. Seine Hand. Sie lag immer noch auf ihrem Arm. Etwas Düsteres ging von seiner Berührung aus, ein dunkles Schwelen, das ihr den Atem raubte. Hastig machte sie einen Schritt zur Seite, damit er sie losließ.

Das hätte nicht passieren dürfen. Gerade er hätte sie nicht so sehen dürfen. So schwach. Seth war nicht irgendein Wächter. Obwohl er erst Ende zwanzig war, war er innerhalb der Gemeinschaft bereits sehr weit aufgestiegen. Er betreute keine Magier mehr, sondern unterstand direkt dem Inneren Kreis des Rates. Niemand wusste, was genau seine Aufgaben waren, niemand wagte es, sich ihm in den Weg zu stellen. Nicht einmal ihre Eltern.

Adara bekam eine Gänsehaut. Aber sie durfte sich vor ihm keine Blöße geben. Sie straffte die Schultern, hob das Kinn und betrachtete ihn mit dem hoheitsvollsten Blick, den sie auf Lager hatte.

»Wie kannst du es wagen, mich zu berühren?« Sie zitterte. Nicht vor Wut, aber sie hoffte, dass er das glauben würde.

»Es tut mir leid.« In seiner angenehmen dunklen Stimme lag nichts als Höflichkeit. Er rechtfertigte sich nicht, sondern akzeptierte die Rüge ohne jeden Widerspruch. Und ohne jedes Anzeichen von Verärgerung oder Scham.

Immer noch bis in die Grundfesten erschüttert, nickte Adara, als Zeichen, dass sie seine Entschuldigung annahm.

Unbewegt stand er vor ihr und sah auf sie herunter. Meist konnte sie ziemlich gut erahnen, was ein Mensch dachte. Aber nicht bei ihm. Sie war noch nie in der Lage gewesen, in ihm zu lesen. Die Härchen in ihrem Nacken stellten sich auf. Ein Mensch, dem man nicht ansehen konnte, was ihn bewegte, war gefährlich. Noch dazu, wenn er dem Rat so nahestand.

Sie sollte gehen, aber sie war immer noch wie gelähmt. Seine Berührung geisterte über ihren Arm, sein Blick schien sie festzuhalten, als wüsste er, was in ihr vorging. Endlich trat er einen Schritt zurück.

»Was machst du hier?«, brachte sie heraus. Mehr, um ihn auf Abstand zu halten, als weil sie es wirklich wissen wollte.

Er schüttelte nur den Kopf. Wieder keine Regung. Kein spöttisches Lächeln wegen ihres armseligen Versuchs, ihn auszuhorchen. Sie biss sich auf die Lippe. Konnte sie ihn einfach stehen lassen? Sie musste sich nur umdrehen und zurück in ihre Räume gehen. Das wäre wahrscheinlich am besten. Sie legte die Hand auf den Türknauf.

»Die Frage ist eher, was du hier tust.« Er wirkte vollkommen uninteressiert. Aber Seth machte keinen Small Talk. Was er tat oder sagte, verfolgte immer einen Zweck.

Adara bemühte sich, ihm nicht zu zeigen, wie sehr er sie verunsicherte. Konnte es möglich sein, dass er hier war, weil der Rat wissen wollte, was sie trieb? Ahnten sie, dass sie nicht nur nach Rom gekommen war, um sich von den Ereignissen der letzten Wochen zu erholen? Angst schnürte ihr die Kehle zu. Der Rat durfte nicht erfahren, was sie vorhatte. Niemand durfte wissen, dass sie einen verurteilten Verräter ins Leben zurückholen wollte. Mühsam kämpfte sie um Haltung und gab sich wieder hoheitsvoll, mit einer Spur Verachtung. »Das geht dich nichts an.« Das leichte Schwanken ihrer Stimme hörte er hoffentlich nicht.

Seth senkte den Kopf als Zeichen, dass er ihre Antwort zur Kenntnis nahm. Kein zynisches Lächeln, das ihr einen Hinweis geben würde, ob er bereits etwas wusste. Kein misstrauischer Blick, der ihr verriet, dass er ihr auf den Fersen war. Verdammt, es machte sie wahnsinnig.

Als er sich zum Gehen wandte, atmete sie erleichtert auf, aber im letzten Moment drehte er sich noch einmal zu ihr um. »Sie brauchen dich.«

»Was?« Entsetzt starrte sie ihn an.

Unbewegt hielt er ihren Blick fest. »Bald.«

»Warum?« Ihre Stimme bebte, weil sie die Antwort längst kannte. »Ich soll eine neue Quelle bekommen«, flüsterte sie.

Er kommentierte es nicht. Warum hatte er es ihr gesagt? Wollte er sie etwa warnen? Aber wieso tat er das? Misstrauisch beäugte sie ihn.

Er nickte ihr zu. »Möge deine Geschichte erzählt werden.«

Der Wunsch, der aus dem Mund der meisten Mitglieder wie eine leere Floskel wirkte, klang aus seinem wie eine finstere Prophezeiung. Wie gelähmt sah sie ihm nach, bis er in den Schatten zwischen den Säulen verschwand. Sie versuchte, sich nicht von Panik überwältigen zu lassen. Sie wollte keine neue Quelle. Niemand konnte *ihn* ersetzen, nur mit ihm hatte sie ihr ganzes Potenzial ausschöpfen können. Aber sie konnte es nicht ablehnen, nicht, ohne Verdacht auf sich zu lenken. Es ging ihr nicht um ihre Freiheit oder ihr Leben. Wenn der Rat ihr auf die Schliche kam und sie die Möglichkeiten der Gemeinschaft nicht mehr nutzen konnte, würde sie es niemals schaffen, ihn zurückzuholen.

Ihr Herz raste immer noch, als sie ihr Smartphone nahm und einen Begleiter rief. Wenig später war er mit der Limousine vorgefahren und Adara befahl ihm, sie nach Celio zu bringen. Heute musste es klappen, sie musste einfach mit Sargas' Quelle reden. Es war nicht mehr nur die Sehnsucht nach *ihm,* die sie zur Eile antrieb, sondern die Zeit, die ihr zwischen den Fingern zerrann.

Wenig später hielt die Limousine vor dem Haus, vor dem sie die letzten Tage bereits mehrmals vergeblich darauf gewartet hatte, dass man sie einließ. Es war nicht sehr weitläufig und wirkte, als hätte man es nachträglich zwischen die anderen Anwesen gequetscht. Die rötliche Mauer war so hoch, dass man vom Haus dahinter nur das obere Stockwerk sah, und das massive eiserne Tor ohne jede Verzierung wirkte nicht gerade einladend. Was wohl genau die Absicht der Bewohner war. Adara hoffte wider besseres Wissen, dass sich das Tor öffnen würde, aber natürlich geschah nichts. Als der Begleiter aussteigen wollte, um zu klingeln, hielt Adara ihn einer Eingebung folgend zurück. »Lass nur. Heute versuche ich es selbst.«

Sie betätigte die Klingel. Nichts. Noch einmal läutete sie Sturm. Ein kaum hörbares Klicken ertönte.

Ihr Mund wurde trocken. »Hallo?« Keine Antwort. Aber auch kein zweites Klicken. »Ich muss mit der Quelle reden.«

Keine Reaktion.

»Bitte.« Verzweiflung schlich sich in ihre Stimme. Wenn Seth recht und der Rat beschlossen hatte, sie zu rufen, dann war es sicher nur noch eine Frage von Tagen. So wenig Zeit. Und das hier war nur eine erste Spur. Sie musste heute einfach Erfolg haben.

Als die Sprechanlage stumm blieb, überlegte sie fieberhaft, was sie sagen konnte. Schließlich beugte sie sich noch etwas weiter nach unten und flüsterte: »Ich weiß, was es mit den Augen auf sich hat.«

War das ein leises Atmen gewesen? Ein überraschtes Luftholen? Sie war sich nicht sicher. Aber so oder so, weiter geschah nichts. Verzweiflung wurde zu Wut, die heiß durch ihre Adern strömte. Was erlaubten diese Leute sich eigentlich? Wenn sie etwas befahl, mussten sie Folge leisten. »Ich bin eine Magierin der Gemeinschaft. Ich verlange, dass ihr mich einlasst.«

Kurz war es still, dann ertönte ein zweiter Klick. Die Leitung war tot.

Adara schloss die Augen und ließ sich mutlos gegen die Mauer sinken. Sie hatte es verdorben. Mit einem Moment der unkontrollierten Wut hatte sie alles kaputt gemacht. Es war nur eine winzige Spur, die vielleicht nirgendwohin führte, aber es war ihr einziger Ansatzpunkt und sie hatte ihn zerstört.

3

Die Limousine hielt im Zentrum von Auckland, auf dem kleinen Platz vor dem Gebäude der Gemeinschaft. Ein Wolkenkratzer, in dessen makelloser Glasfassade sich der Himmel spiegelte. Über dem mehrere Stockwerke hohen Eingangsportal prangte in silberglänzendem Stahl das Zeichen der Gemeinschaft: ein Kreis mit einem Punkt in der Mitte, durchbrochen von zwei weiteren Halbkreisen, ähnlich der Zeichnung auf den Händen von Lilianas Bruder. Sonst nichts. Das Glas der Fassade ließ keine Blicke nach innen durch, nichts vermittelte den Eindruck, dass Neugierige willkommen waren.

Liliana stieg aus der Limousine und ging zum Eingang. Die Tür öffnete sich nicht von selbst, es gab keine Klingel, kein Schild. Nur einen Fingerabdruckscanner, der unauffällig an der Seite angebracht war. Den Mitgliedern der Gemeinschaft stand das Gebäude Tag und Nacht offen, aber niemand sonst sollte sich aus Versehen hineinverirren. Die Gemeinschaft warb nicht um Mitglieder, jedenfalls nicht um solche, die zufällig auf der Straße vorbeischlenderten. Neue Mitglieder wurden aufgenommen, weil sie magisches Potenzial hatten. Manche heirateten auch ein, was vom Rat durchaus begrüßt wurde, vor allem, wenn sie aus einflussreichen Familien stammten. Und dann gab es noch die, die über Bekannte von der Gemeinschaft erfuhren und sich von sich aus um die Mitgliedschaft bewarben. Auch das war gern gesehen, sofern die Bewerber den Rat überzeugen konnten, dass sie wertvolle Mitglieder sein würden.

Liliana hielt ihren Zeigefinger an den Scanner. Die riesige Glastür glitt lautlos zur Seite und ließ sie ein. Im Inneren empfing sie die große Eingangshalle, die nicht weniger beeindruckend war, nur weil sie damit aufgewachsen war. Sie war so überwältigend anders als die schlichte kühle Fassade des Gebäudes, dass es ihr jedes Mal vorkam, als ob sie eine andere Welt betrat. Palmen, Farne und Lianen durchzogen die riesige Lobby, die etwa die Größe eines Fußballfeldes haben musste. In den Zweigen ein paar Stockwerke über ihrem Kopf zwitscherten bunte Paradiesvögel zwischen farbenprächtigen Blüten und in der Nähe des Empfangs plätscherte ein Wasserfall über gläserne Kaskaden.

Menschen liefen zwischen den Pflanzen umher, ruhten sich auf kleinen Bänken aus Glas und Stahl aus, warteten vielleicht auf jemanden oder waren etwas zu früh dran für das Kollektiv, das in einer knappen Stunde beginnen würde. Liliana wandte sich der Schranke zu, die die nicht öffentlich zugänglichen Bereiche des Gebäudes von den Gemeinschaftsräumen trennte. Im Normalfall wurde niemandem der Eintritt in die abgesperrten Bereiche verwehrt, wo sich die Büros der Ratsmitglieder und einige andere wichtige Räumlichkeiten befanden. Aber der Rat wollte wissen, wer sich dort aufhielt.

Liliana trat an den Empfangstresen heran und wartete, während ein Mann, den sie nur flüchtig vom Sehen kannte, dem Empfangsassistenten erklärte, warum er nach oben vorgelassen werden wollte. Ihr Blick fiel auf ein großes Display über den vielen Aufzügen, die die Mitglieder in die oberen Stockwerke brachten. Aktuelle

Nachrichten der Gemeinschaft aus der ganzen Welt liefen über die riesige Fläche. Liliana riss die Augen auf, als ihr Bruder ihr in übermenschlicher Größe vom Bildschirm entgegenstrahlte. Was er sagte, konnte sie nicht verstehen, weil der Ton ausgeschaltet war, aber dass Naos sogar in den Gemeinschaftsnachrichten gezeigt wurde, verdeutlichte, wie erfolgreich er war. Sie freute sich für ihn, trotzdem rief es ein mieses Gefühl in ihrem Bauch hervor. Wie sollte sie da mithalten? Bevor sie wieder ins Grübeln geraten konnte, wandte sich der Empfangsassistent an sie. »Guten Tag, Liliana.«

Liliana riss sich vom Anblick ihres Bruders los. »Hallo, Martin. Mein Onkel hat mich herbestellt. Lässt du mich rauf?«

»Sicher, kein Problem.« Er berührte mit den Fingerspitzen eine gläserne Schaltfläche und die Trennscheibe aus Glas, die die öffentlichen Aufzüge von den anderen abtrennte, glitt zur Seite.

Als Liliana hindurchtrat, flimmerte das Gesicht der Hohen Rätin über den riesigen Bildschirm. Sie sah es nur aus den Augenwinkeln, trotzdem war kein Zweifel möglich. Ihr rötlich blondes Haar war so ungewöhnlich, dass sie sofort überall herausstach, auch wenn es inzwischen von einigen grauen Strähnen durchzogen war. Liliana hatte die Hohe Rätin immer bewundert. Sie war das beste Beispiel dafür, dass man nicht in die Gemeinschaft hineingeboren sein musste, um von den Mitgliedern als Ihresgleichen akzeptiert zu werden. Sie hatte sich vor vielen Jahren in einen Magier verliebt und nach der Hochzeit in die Gemeinschaft eingefügt. Ihre steile Karriere innerhalb des Rates, bis hinein in den Inneren Kreis und schließlich sogar zur Hohen Rätin, wurde immer wieder als leuchtendes Beispiel dafür angeführt, dass jedes Mitglied die Chance hatte, in der Gemeinschaft etwas aus sich zu machen. Auch oder gerade diejenigen, die kein magisches Potenzial besaßen. Alles, was es brauchte, war Begeisterung und absolute Hingabe an die Gemeinschaft.

Im fünfzehnten Stock verließ Liliana den Aufzug und folgte einem langen Gang zum Büro ihres Onkels. Die Tür stand offen, also trat sie einfach ein. Ihr Onkel hatte das Glück, eines jener begehrten Eckbüros zu haben, das einen spektakulären Ausblick über den Hauraki Golf bot, einen kleinen Ableger des Pazifischen Ozeans, der sich in die Landmasse des Neuseelands fraß, genau dort, wo Auckland auf dem schmalen Streifen Land zwischen der Tasmansee und dem Südpazifik angesiedelt war. Ihr Onkel stand vor einem der großen Fenster und starrte in die Ferne, wahrscheinlich ungefähr in die Richtung, wo er Frankreich vermutete. Er suhlte sich im Allgemeinen gerne in seinem Fernweh, denn seine Aufgabe als Koordinator der Potenzialsucher ließ ihm kaum Zeit, die Welt zu bereisen. Er konnte nur den Berichten seiner Magier lauschen, die er in alle Herren Länder aussandte, um Menschen mit magischem Potenzial ausfindig zu machen und die Kinder der Gemeinschaft auf Potenzial zu prüfen.

Als sie sich räusperte, fuhr er zu ihr herum. Sofort erschien ein erfreutes Lächeln auf seinem Gesicht. »Lilly, wie schön, dass du es geschafft hast.« Seine ehrliche Freude, sie zu sehen, ließ sofort etwas von ihrer Anspannung verfliegen, die sie seit der Begegnung mit dem merkwürdigen neuen Magier verspürte. Schon als sie noch ein kleines Mädchen gewesen war, hatte ihr Onkel es immer verstanden, sie aufzuheitern, vielleicht, weil er ein ganzes Stück jünger war als ihre Mutter und sie immer das Gefühl gehabt hatte, er wäre eher ein älterer Bruder für sie.

»Ich freu mich auch, Matthew. Hast du mich wegen etwas Bestimmtem kommen lassen?«, fragte sie. Manchmal wollte er vor dem Kollektiv nur ein wenig plaudern, aber so hatte es vorhin am Telefon nicht geklungen.

In seinen Augen lag jetzt dieser Ausdruck von Vorfreude, den er immer hatte, wenn er ihr ein besonders originelles Geschenk präsentierte, das einer seiner Magier auf einem fernen Kontinent für sie erstanden hatte.

»Ich möchte, dass du jemanden kennenlernst.«

Liliana stutzte. Hatte er einen Freund? Einen festen? Nein, unmöglich. »Du hast doch nicht etwa vor, dich zu binden?«, fragte sie trotzdem.

Ihr Onkel blickte kurz verwirrt drein, dann lachte er. »Nein, sicher nicht. Es geht um etwas ganz anderes.« Seine Augen nahmen einen lauernden Ausdruck an. »Wir haben zwei neue Quellen ausfindig gemacht. Eine von ihnen könnte deine sein.«

Liliana starrte ihn an. »Meinst du etwa …«

Ihr Onkel wippte jetzt auf seinen Zehenspitzen auf und ab, als würde er vor Freude beinahe platzen. »Es ist uns endlich gelungen, genug Quellen ausfindig zu machen, damit die Zeremonie stattfinden kann. Ich wollte es dir selbst sagen, bevor die Nachricht an alle rausgeht.«

Für einen Moment sackte das Büro um sie herum weg. Das Blut rauschte in ihren Ohren und Freude und Panik mischten sich in ihr zu einem beängstigenden Strudel. »Wann?«

»In …« Ihr Onkel verstummte und fasste sich an die Stirn. »Ah, da ist sie.«

Auch Liliana spürte am ganzen Körper das Vibrieren, das einer kollektiven Gedankennachricht vorausging.

Der Rat freut sich, verkünden zu können, dass in drei Tagen die Verbindungszeremonie stattfinden wird. Alle in Neuseeland anwesenden Mitglieder werden gebeten, sich eine Stunde vor Sonnenuntergang auf dem Zeremoniegelände im Tongariro National Park einzufinden, um der Verbindung unserer neuen Magier mit ihren Quellen beizuwohnen. Der Rat entschuldigt sich für die Unannehmlichkeiten, die durch diese Kollektivnachricht entstehen.

Liliana hielt den Atem an, bis es vorbei war und das unangenehme Stechen hinter ihrer Stirn nachließ. Die Worte hallten immer noch in ihrem Kopf wider, gruben sich in ihr Gehirn, nicht nur, weil

Kollektivnachrichten immer diese Wirkung auf sie hatten, sondern auch, weil ihr mit voller Wucht bewusst wurde, was sie erwartete. Neuseeland war der Hauptsitz der Gemeinschaft. Die meisten Mitglieder lebten hier und sie alle waren aufgerufen worden, an der Zeremonie teilzunehmen. Sie alle würden sie beobachten und darüber urteilen, wie erfolgreich sie den Umgang mit ihrer neuen Quelle meisterte – und würden mitbekommen, wenn sie versagte. Dass ein Magier nicht zugeteilt wurde, kam so gut wie nie vor, aber es passierte, wenn es einfach keine Quelle gab, die richtig zu seinem Potenzial passte.

Sie hörte die Menge bereits johlen und pfeifen, weil sie es nicht schaffte, sich die Magie zu nehmen, die ihre Quelle für sie bereithielt. Oder weil sie keine Ahnung hatte, wie sie die Magieebene öffnen sollte. Sie kannte die Theorie bis zum Erbrechen, aber natürlich war es ohne Quelle nicht möglich, es in der Praxis zu üben. Die Zeremonie war der erste Moment, in dem sie einen Zauber ausführen würde. Vor aller Augen. Übelkeit stieg in ihr auf.

»Ich wusste, du würdest dich freuen«, sagte ihr Onkel.

»Sehr.« Sie quälte sich ein Lächeln ab. Sie freute sich ja auch. Irgendwie. Nur war die Freude tief unter ihrer Angst und Aufregung vergraben.

»Die letzten beiden Quellen, Zwillinge, sind gerade erst entdeckt worden. Sie sind außerhalb der Gemeinschaft aufgewachsen und kennen niemanden hier. Ich dachte mir, dass du ihnen alles zeigen könntest. Ich weiß, du hast viel um die Ohren mit dem Examen und bist sicher aufgeregt, aber vielleicht lenkt es dich ja auch ein bisschen ab? Und wenn tatsächlich eine von ihnen deine Quelle wird, kennst du sie schon.«

Sie nickte benommen. »Ja. Natürlich.«

»Danke dir. Sie haben nicht viel Zeit, um sich zurechtzufinden, da ist etwas Unterstützung nicht verkehrt.«

Sie erwachte aus ihrer Starre. »Warum eigentlich?« Warum wurde plötzlich alles so überstürzt? »Wäre es nicht besser, ihnen etwas mehr Gelegenheit zu geben, sich einzuleben? Und müssten sie nicht erst lernen, was ihre Aufgabe als Quelle ist, bevor sie zugeteilt werden?« Bei einem anderen Ratsmitglied hätte sie sich so eine Frage nie getraut, aber bei ihrem Onkel konnte sie es sich erlauben.

Ihr Onkel winkte ab. »Ach, das lernen sie, während sie mit ihrem Magier üben. Sie sind ja nur Quellen und brauchen kein Vorwissen. In der Übungsphase ist außerdem immer ein Wächter anwesend, sodass nichts passieren kann. Mach dir keine Sorgen.«

Seine offensichtliche Unbekümmertheit konnte Liliana nicht teilen. »Trotzdem, warum diese Eile? Eine Schonfrist zur Eingewöhnung wäre sicher gut.« Das wäre auch eine willkommene Galgenfrist für sie. Nach über einem Jahr Warterei kamen ihr die drei Tage bis zur Zeremonie plötzlich viel zu kurz vor, um sich darauf einzustellen.

Ihr Onkel zuckte mit den Schultern. »Die Naturkatastrophen folgen in den letzten Jahren immer dichter aufeinander, die Gemeinschaft braucht jeden Magier so schnell wie möglich.«

»Natürlich.« Der Planet bäumte sich auf gegen die Behandlung, die er in den letzten Jahrhunderten erfahren hatte, und die Magier waren kaum noch in der Lage, die schlimmsten Unglücke zu verhindern. Sie waren einfach zu wenige, und ihre Zahlen aufzustocken, war so gut wie unmöglich, auch wenn ihr Onkel alles dafür tat. Es gab kaum Menschen mit Quellen-Potenzial, Menschen mit Magier-Potenzial waren noch viel seltener und die wenigsten von ihnen verfügten über wirklich große Macht. Die Gemeinschaft wartete nun schon über ein Jahr darauf, die neuen volljährigen Magier endlich einsetzen zu können. Aber lag es wirklich nur daran? Sie musterte ihren Onkel prüfend. Er wich ihrem Blick aus. Das tat er sonst nie. Irgendetwas verheimlichte er.

»Bist du sicher, dass …« Bevor sie den Satz beenden konnte, nahm ihr Onkel zwei kleine Beutel von seinem Schreibtisch und drückte sie ihr in die Hand. Eine deutliche Geste, mit der er die Fragestunde beendete. Und da sie noch keine Magierin war, konnte sie auch nicht darauf bestehen, dass er ihr eine Antwort gab. Mit einem unguten Gefühl betrachtete sie die Lederbeutel in ihren Händen, auf die in Silber das Symbol der Gemeinschaft geprägt war. Jedes Mitglied besaß so einen Beutel, auch Liliana.

»Die sind für die Zwillinge. Ich dachte, es würde dir Spaß machen, ihnen zu erklären, wie es funktioniert. Heitert sie vielleicht auch etwas auf, ich glaube, sie sind noch ein bisschen schockiert und überrascht.«

Verwirrt über den plötzlichen Themenwechsel nahm sie die Beutel entgegen. Sie so abzubügeln, war sonst gar nicht seine Art. »Okay.«

»Es ist übrigens auch ein Magier angereist, der eine neue Quelle zugeteilt bekommen wird.«

Sie verzog das Gesicht. »Ich bin ihm schon begegnet.«

»Und? Nicht übel, oder?« Er zwinkerte ihr zu.

Unwillkürlich sah sie seine Augen vor sich, diese türkisen Augen, in denen man versinken konnte. »Nein, nicht übel.« Solange er einen nicht hasserfüllt anstarrte.

* * *

Die Zwillinge bildeten äußerlich einen so starken Gegensatz zum Rest der Gemeinschaft, dass es fast in den Augen wehtat, sie anzusehen. Sie hatten nicht das Haar. Auch nicht die Augen. Und schon gar nicht die Haut. Weißblonde Haare fielen in schimmernden Wellen über silbrige Augen und ihre Haut war so hell, dass sie durchsichtig erschien. Auch sonst waren sie so zart gebaut, dass sie geradezu zerbrechlich wirkten, kindlich, obwohl sie in Lilianas Alter sein mussten. Sie stammten eindeutig nicht aus einer der alten Familien, aber das war Liliana schon vorher klar gewesen, denn sonst hätte man sie bereits vor vielen Jahren entdeckt. Sie waren wilde Potenziale, die außerhalb der Blutlinien der Gemeinschaft auftraten. So was kam immer wieder vor, oft waren gerade diese wilden Quellen und Magier besonders stark. Trotzdem war Liliana jedes Mal im ersten Moment überrascht, wenn ein Potenzialträger so gänzlich anders aussah, als sie es gewohnt war.

»Liliana, das sind Ida und Sara. Sie sind heute Morgen aus Südafrika gekommen und …« Matthew erstarrte mitten im Satz und seine Augen wurden leer. Er musste eine Gedankennachricht erhalten haben. »Es tut mir leid, ich muss dringend vor dem Kollektiv noch etwas regeln.« Er nickte ihr und den Zwillingen zum Abschied zu und verschwand.

Liliana sah ihm kurz durch die Glasscheibe des riesigen Konferenzraumes nach, bevor sie sich wieder an die Zwillinge wandte, die etwas verloren neben dem langen, schmalen Tisch standen. Eines der beiden Mädchen musterte sie mit großen Augen, während die andere sie eher misstrauisch beäugte. Auch sonst waren sie nicht vollkommen gleich, das eine Mädchen schien noch zarter und kleiner zu sein als das andere. »Ähm«, begann Liliana verlegen. »Hallo.« Was für ein superorigineller Einstieg. »Also, ich bin Liliana, wie mein Onkel schon sagte. Tut mir leid, ich hab eure Namen zwar mitbekommen, aber …« Sie hob hilflos die Schultern. »Wer von euch ist wer?«

Die größere der Schwestern richtete sich etwas auf. Sie erwiderte den Gruß nicht, sondern sah sie so unverwandt aus ihren silbrigen Augen an, dass Liliana ein unangenehmer Schauder durchlief. »Ich bin Ida«, antwortete sie schließlich mit klarer, selbstbewusster Stimme, die nicht so recht zu ihrem elfenhaften Äußeren passen wollte. Sie deutete auf ihre Schwester, die sich halb hinter ihr in ihren Schatten drückte. »Das ist Sara.« Sara lächelte ihr schüchtern zu. Sie war Liliana sofort sympathisch, während sie sich bei Ida nicht ganz sicher war. Vielleicht wirkte sie auch nur so abweisend, weil sie immer noch erschrocken war. Sicher war es ein Schock gewesen, erst von ihrem Quellen-Potenzial zu erfahren und wenige Tage später schon hier zu sein. In einem fremden Land, unter lauter fremden Menschen. Der Flug nach Neuseeland dauerte so lange, dass man sie quasi direkt nach ihrer Entdeckung in ein Flugzeug gesetzt haben musste. Wieder kam ihr diese Eile merkwürdig vor. War das schon immer so gewesen? Sie konnte es sich kaum vorstellen. Allerdings hatte sie auch bisher die Verbindungszeremonien nur von außen mitbekommen und nie hinter die Kulissen geblickt.

Wenn Liliana gehofft hatte, dass sie nach der Klärung der Namen leichter einen Gesprächsansatz finden würde, hatte sie sich getäuscht. Die beiden Mädchen gaben von sich aus keinen einzigen Ton von sich, sondern starrten sie nur weiter an. Sara vorsichtig neugierig, Ida so misstrauisch, dass Liliana beschloss, sie lieber nichts Persönliches zu fragen. Dabei hätte sie gerne gewusst, ob sie alleine hier waren, wo sie wohnten und ob sie auch die Universität besuchen würden.

»Ich … ich hoffe, es gefällt euch hier«, begann Liliana etwas lahm.

Ida sah sie unverwandt an. »Würde es dir gefallen, jemandem, den du nicht kennst, als Batterie zu dienen?«

So viel dazu. Sie versuchte, Idas herausforderndem Blick standzuhalten.

»Es ist doch zum Wohle aller. Die Magier halten die Natur in Schach, damit die Welt für alle Menschen bewohnbar bleibt. Dafür ist die Gemeinschaft da. Es ist den Mitgliedern eine große Ehre, für diesen guten Zweck die Quellen zu stellen.« Auch wenn man natürlich lieber einen Magier in der Familie hatte, aber das sagte sie besser nicht.

»Na klar.« Idas bitterer Tonfall erschreckte sie.

»Ihr bekommt ja auch was dafür.« Dass sie das Falsche gesagt hatte, merkte sie sofort, als Ida wütend schnaubte.

Liliana runzelte die Stirn. »Oder etwa nicht?« Mitglied der Gemeinschaft zu sein, hatte für die Quellen und ihre Familien fast nur Vorteile. Besonders für solche, die dadurch neu in die Gemeinschaft aufgenommen wurden. Daniel zum Beispiel war außerhalb der Gemeinschaft aufgewachsen, hatte eine öffentliche Schule besucht und hätte sich ein Studium an einer Universität nie leisten können. Nur weil er als Quelle entdeckt worden war, konnte er jetzt eine elitäre Ausbildung genießen. Und weil für Quellen keine besondere Fächerkombination vorgeschrieben war, konnte er sogar frei wählen, was er studieren wollte. Solange seine Kurse in Naos' Nähe stattfanden. Außerdem erhielten die Quellen ebenso wie die Magier während ihrer aktiven Zeit einen großzügigen Lohn vom Rat, mit dem sie ein luxuriöses Leben führen konnten, und auch für ihre Familien wurde gesorgt.

»Doch«, antwortete Ida nur. Sie sah nicht aus, als wollte sie zu dem Thema noch mehr sagen, also ließ Liliana es vorerst darauf beruhen. Wie sollte sie ihr das Leben als Quelle schmackhaft machen, wenn ihr Ausbildung, Wohlstand und der gute Zweck nichts bedeuteten? Ihre Finger krampften sich um die Lederbeutel in ihren Händen. Richtig, die Steine. Vielleicht konnte sie Ida damit etwas aufheitern. Liliana hielt ihr die Beutel hin. »Außerdem bekommt ihr die hier.«

Ida zog die Nase kraus wie ein Hund, der nicht glaubte, dass von Seiten der Gemeinschaft irgendetwas Positives kommen konnte. Sara hingegen kam näher und betrachtete die Beutel interessiert. »Was ist das?«, fragte sie, mit einer angenehmen, ruhigen Stimme, die der ihrer Schwester zum Verwechseln ähnlich war und doch so ganz anders klang. Ohne die Mädchen richtig zu kennen, traute Liliana sich sofort zu, sie an der Art, wie sie sprachen, auseinanderzuhalten. Liliana drückte jeder der beiden einen Beutel in die Hand. »Macht sie auf.«

Ida starrte nur auf den Beutel, während Sara ihren längst geöffnet hatte. Sie linste vorsichtig hinein.

»Hol sie ruhig raus«, ermutigte Liliana sie. »Aber pass auf, dass sie außer dir niemand anfasst, das mögen sie nicht.«

Die Steine waren eigensinnig und wurden am liebsten nur von den Menschen berührt, die sie auch benutzten. Wenn jemand anders sie berührte, konnte ihre Magie gestört werden.

Sara kippte sich die Steine vorsichtig auf die Handfläche und riss staunend die Augen auf. Fünf Edelsteine glitzerten ihr entgegen, jeder etwa so groß wie eine Haselnuss. Dazwischen lag eine etwas größere hellgrüne spiralförmige Scheibe mit einem Loch in der Mitte. Sie sah aus wie der frische Trieb eines Farns. Wer nicht wusste, was es war, hätte die Steine für wertlosen, nicht besonders originellen Modeschmuck halten können. »Mit den Steinen könnt ihr kleine Zauber ausführen, ohne selbst ein Magier zu sein.« Es war eines der größten Geheimnisse der Gemeinschaft und eine der größten Annehmlichkeiten, die sie ihren Mitgliedern bot. Jeder bekam einen Satz Steine und konnte so kleinere Alltagszauber wirken.

»Bevor ich euch erkläre, wie das geht, müsst ihr versprechen, niemals jemandem davon zu erzählen. Die Menschen dürfen von uns erfahren, das sollen sie sogar. Falls jemand von selbst bemerkt, dass er magisches Potenzial hat, soll er sich an uns erinnern und an uns wenden können. Aber niemand dort draußen darf wissen, dass uns wirklich Magie zur Verfügung steht.«

Ida verdrehte die Augen. »Mystischer Hokuspokus. Was ist denn schlimm daran, wenn die Leute es erfahren? Ich hab's auch verkraftet.«

Nur mühsam konnte Liliana sich beherrschen, sie nicht anzufahren. »Magie ist rar, es gibt nicht viele Magier. Und die hier«, sie deutete auf die Steine in Saras Hand, »haben schon mehr als einen dazu verleitet, den Besitzer zu töten, um an sie ranzukommen.«

Zum ersten Mal wich etwas von der Ablehnung aus Idas Miene und sie schwieg.

»Was, wenn sie aus Versehen irgendwem in die Hände fallen?«, fragte Sara.

Als Kind hatte Liliana einmal einen Stein verloren und dafür eine ziemliche Standpauke kassiert. Verlorene Steine wurden gesucht, oft konnte man sie wiederfinden. Zum Glück war es meistens ungefährlich, wenn sie verschwunden blieben. »Es ist nicht so leicht, sie zu benutzen, man kommt nicht von selbst drauf. Jemand, der nicht weiß, worum es sich handelt, würde sie wohl einfach wegwerfen.«

»Sagst du uns endlich, wie sie funktionieren?« Es sollte wohl schroff klingen, aber Liliana hörte die Neugier aus Idas Worten heraus.

Sie lächelte, während langsam die Hoffnung in ihr aufstieg, dass sie sich mit Ida doch noch zusammenraufen würde. Dann deutete sie auf Saras Hand. »Die Steine sind alle unterschiedlich geschliffen, damit ihr sie im Beutel blind ertasten könnt. Der rote Stein ist für Feuer. Ihr wisst schon: Kerze anzünden und so. Früher war das wichtig und man merkt daran, dass die Steine eine ganz alte Tradition sind. Heute ist das ziemlich bekloppt, weil man einfach ein Feuerzeug benutzen kann.« Sie grinste. »Wenn man es überhaupt braucht. Aber das erwarten die Leute halt, wenn sie magische Steine bekommen. Sie wollen damit eine Kerze anzünden. Also bitte. Sollen sie.«

Sara kicherte und Idas einer Mundwinkel zuckte verräterisch.

»Der orange Stein ist für Wärme. Man kann damit die Körpertemperatur ausreichend hoch halten, um nicht in Lebensgefahr zu geraten. Ist auch ein netter Taschenwärmer, wenn es im August doch mal friert und einem die Finger abfallen.«

»Und der hier ist für Licht?« Sara deutete auf den gelben Stein.

»Genau.«

»Blödsinnig«, schnaubte Ida. »Kann man dafür nicht den roten oder den orangen Stein benutzen?«

Liliana verzog den Mund. »Versuch es ruhig. Aber wenn du die so hell machen willst, dass sie dir den Weg beleuchten, verbrennst du dir daran ordentlich die Finger. Oder entfachst ein kleines Taschenfeuer.«

Jetzt lachte Sara etwas lauter, ein silbriges, mitreißendes Geräusch, das Lilianas Stimmung noch weiter aufhellte.

Ida sah sie böse an. »Nicht sehr beeindruckend«, maulte sie, wohl um ihre Verlegenheit zu überspielen, weil sie daran nicht gedacht hatte.

»Stimmt«, lenkte Liliana ein, die es sich nicht gleich wieder mit Ida verderben wollte, jetzt, da sie gerade etwas auftaute. »Sie können nützlich sein, aber sie haben nicht viel Macht und keine große Reichweite. Du könntest mit dem Feuerstein zum Beispiel nicht einfach so Gebäude in Brand stecken und der Lichtstein erhellt den Boden nur einige Zentimeter vor deinen Füßen. Die wirklich interessanten Steine sind die anderen drei.« Sie zeigte auf den dunkelblauen Stein, aus dessen Tiefe ihr winzige Punkte entgegenglitzerten. »Der hier diente früher der Navigation mit den Sternen. Er kennt immer deine genaue Position und kann dir eine bestimmte Richtung weisen.« Ida öffnete den Mund, aber Liliana redete schnell weiter. »Du kannst diesen Stein aber auch auf einen bestimmten Ort prägen, dann führt er dich dorthin. Er darf nur nicht zu weit weg sein und du musst den Ort kennen.« Als keine Fragen kamen, deutete Liliana auf den schwarzen Obsidian, ihren Lieblingsstein, weil er in seiner Mitte einen Einschluss hatte, der wie ein Diamant strahlte. »Und mit dem Obsidian kann man eine Gedankennachricht verschicken, deswegen wird er auch der Nachrichtenstein genannt.«

Ida runzelte die Stirn. »Ist dies das, was wir vorhin gehört haben? Hab immer noch Kopfweh davon.«

»Fast. Das war eine kollektive Gedankennachricht, die an alle Mitglieder gleichzeitig verschickt wird. Das können nur manche Magier und Wächter und es steckt viel magische Energie dahinter, deswegen kriegen einige davon Kopfschmerzen.« Sie verzog das

Gesicht. »Ich leider auch.« Zum Glück hielt der stechende Schmerz nie lange an, inzwischen war er fast verschwunden.

»Aber seid vorsichtig, es ist nicht sehr höflich, einfach irgendwem eine Gedankennachricht zu schicken. Sie taucht direkt im Kopf auf, man dringt damit in die Privatsphäre ein. Außerdem bekommt die Person die Nachricht sofort, egal, was sie gerade macht.« Liliana stieg die Hitze in die Wangen, als sie daran dachte, dass ihr Bruder ihr mal eine Nachricht geschickt hatte, während sie in einen Kuss vertieft gewesen war. »Das kann … die Stimmung ziemlich zerstören.«

Das brachte nun auch Ida zum Grinsen. »Kann ich mir vorstellen.«

Liliana räusperte sich und deutete auf den letzten Stein, die grüne Jadespirale. »Der mächtigste ist der hier.«

Sara musterte den einfachen Stein auf ihrer Handfläche zweifelnd.

»Ich weiß, er sieht aus wie ein Schmuckstück aus einem Souvenirgeschäft. Aber er kann dir das Leben retten. Wenn du ihn berührst, erkennt er, ob du in Not bist. Er kann mit den anderen Steinen kommunizieren und den orangen Stein dazu bringen, deine Körpertemperatur oben zu halten, bis man dich findet. Vor allem aber kann er über den Obsidian ein Notsignal senden, damit man dich sucht, und über den blauen Stein kann er deine Position weitergeben, damit man dich findet. Deswegen solltet ihr die Steine immer bei euch haben, am besten am Gürtel.«

Sara nickte aufmerksam, während Ida auf den grünen Stein starrte, als hätte sie einen Geist gesehen. Liliana verkniff sich die Frage, warum sie so dreinblickte, Ida hätte ihr sicher sowieso keine Antwort gegeben.

Liliana wollte gerade ihre Erklärung fortsetzen, als ein sanftes Klingen durch das Gebäude hallte. Es schien aus den Wänden zu kommen, war überall gleichzeitig, aber nicht unangenehm wie die

Kollektivnachricht, sondern wohltuend. Eine gute Einstimmung auf die Geschichten.

»Mist. Wir müssen los. Das Kollektiv fängt gleich an.«

»Aber wie benutzt man denn die Steine?« Ida war aus ihrer Starre erwacht.

»Zeig ich euch nachher. Jetzt sollten wir schauen, dass wir nicht zu spät kommen.« Es gab dafür keine Strafe, aber vor aller Augen als Letzte in den Saal zu kommen, wenn das Erzählen bereits begonnen hatte, war keine angenehme Erfahrung. Sie hatte es ausprobiert. Mehrmals.

»Warte.« Ida rührte sich nicht vom Fleck. »Du hast doch gesagt, man soll die Steine immer dabeihaben. Wo sind deine?«

»Oh.« Liliana grinste. »Ich brauche die Steine nicht. Ich benutze die App.«

4

Nervös spielte sie mit den Steinen im Beutel an ihrem Gürtel, während sie ruhelos in ihrer Suite auf und ab tigerte. Vor einer Weile war Adara vom Kollektiv zurückgekehrt; heute waren Geschichten über Sargas erzählt worden, zu Ehren seines zehnten Todestages. Es wäre wichtig gewesen, sich darauf zu konzentrieren, vielleicht hätte ihr irgendetwas davon helfen können, an seine Quelle heranzukommen. Aber ihr spukten immer noch Seths Worte im Kopf herum und vor allem die Frage, was er damit bezweckt hatte. Hatte er sie aus der Reserve locken wollen? Sie in Panik versetzen? Das musste es sein. Er wollte, dass sie einen Fehler machte. Deswegen hatte der Rat ihn geschickt. Sie trauten ihr nicht oder schlimmer: Sie ahnten etwas.

Jetzt war es noch dringlicher, etwas herauszufinden. Sie konnte nicht länger geduldig versuchen, an Sargas' Quelle heranzukommen, sie musste sich beeilen. Sobald sie mit einer neuen Quelle verbunden wurde, würde das ihre Suche deutlich erschweren – wenn nicht gar völlig unmöglich machen.

Ungeduldig wartete sie darauf, dass es endlich dunkel wurde, damit sie sich davonschleichen konnte, ohne dass Seth es merkte.

Der Rat würde sie bald rufen lassen und dann musste sie sich wieder in ein Leben als Magierin der Gemeinschaft fügen. Der Gedanke hatte im ersten Moment etwas Erleichterndes. Es wäre so einfach, alles aufzugeben und so zu tun, als bliebe ihr keine andere Wahl. Natürlich war das unmöglich. Selbst wenn sie ihn nicht gebraucht hätte, um zu Ende zu bringen, was er angefangen hatte, die Sehnsucht nach ihm schwelte in ihr wie eine entzündete Wunde und ließ sie an nichts anderes denken. Immer wenn sie glaubte, dass es ihr besser ging, schien die Wunde wieder aufzubrechen. Sie pochte in ihrem Inneren und vereinnahmte ihren Körper und ihre Gedanken. Nur wenn sie nicht fühlte, nicht hoffte, nichts anderes tat, als sich der Aufgabe zu widmen, ihn zurückzuholen, gab die Wunde Ruhe und sie konnte den Schmerz für einen Augenblick vergessen.

Adara blieb an der großen Balkontür stehen und starrte auf die Sonne, die sich alle Mühe gab, sie mit einem spektakulären Untergang über dem Tiber abzulenken. Es sah aus, als stünde das Wasser unter der Brücke in Brand. Aber sie hatte keinen Sinn für die düstere Schönheit dieses Anblicks. Sie wartete nur, bis es vorbei war. Als der letzte leuchtende Streifen hinter den Häusern von Rom versunken war, atmete sie erleichtert auf und schnappte sich ihre dunkle Sweatjacke. Sie schlich sich nach unten, durch den Säulengang im weitläufigen Hof des Gemeinschaftshauses, hüpfte von Schatten zu Schatten, warf dabei immer wieder Blicke über ihre Schulter und kam sich reichlich albern vor. Sie sah schon vor sich, wie sie vor lauter Nach-hinten-Sehen direkt in Seth hineinrannte. Der Klassiker. Zum Glück blieb ihr das erspart und sie schaffte es aus dem Hof, ohne gesehen zu werden.

Auf dem Platz vor dem Haus warf die Dämmerung ihre grauen Schatten. Wie immer war sie erleichtert, das Gebäude der Gemeinschaft zu verlassen. Es erinnerte sie an Frankensteins Monster, die Perversion eines Bauwerks, zusammengeflickt aus den Überresten alter Epochen: Marmor der Antike, Ziegel und Stuck des Barock, aufgestockt und gewaltsam in Form gebracht mit Glas und Stahl der Moderne. Sie konnte nicht abstreiten, dass es eine schreckliche Schönheit besaß, so wie die alten Mauerreste sich in das spiegelnde Glas krallten, das nach oben strebte, während die braunen Ziegel dazu verdammt waren, sich für immer in die lehmige Erde zu graben.

Lieber wäre sie in einem der winzigen Hotels oder einer der kleinen Frühstückspensionen untergekommen. Aber als Magierin der Gemeinschaft erwartete man von ihr, dass sie die repräsentativen Räumlichkeiten bewohnte, die der Rat ihr in der Via Giulia zur Verfügung stellte. Sie wollte keine Aufmerksamkeit erregen, indem sie wegen so etwas eine Diskussion anfing.

Sie drückte sich in die Schatten einige Meter neben dem Eingang und überquerte schließlich den Platz, um in einer Nebenstraße zu warten, bis sie sicher war, dass ihr niemand folgte. Mit einem Blick zurück zum Portal rettete sie sich zwischen die eng stehenden Häuser der Gasse und rannte direkt in jemanden hinein.

»Verdammt.« Jetzt hatte sie sich doch erwischen lassen.

Aber es war nicht Seths beunruhigende Präsenz, die sie in den Schatten spürte, nicht sein durchdringender Blick, der sie aus der Dunkelheit zwischen den Häusern musterte, bis ihre Seele darunter zu zerbrechen schien. Es war ein Junge, der sie anstarrte wie ein auf der Flucht ertapptes Erdmännchen.

»Was machst du hier?«, fuhr sie ihn an, sich bewusst, dass es unfair war. Aber er hatte beinahe ihre Tarnung auffliegen lassen. Und ihr einen halben Herzinfarkt verpasst.

»Nichts! Echt nicht.«

Adara stutzte. Sie hatte ihn auf Englisch angesprochen und er hatte auf Englisch geantwortet. Akzentfrei. Dabei sah er aus wie der typische Italiener, zumindest das von ihm, was sie in der langsam schwindenden Dämmerung erkennen konnte. Natürlich konnte er zweisprachig aufgewachsen sein, aber es konnte auch etwas ganz anderes bedeuten. Alle Mitglieder der Gemeinschaft lernten von klein auf mehrere Sprachen und Englisch, die Sprache der Gemeinschaft, die Sprache der Geschichten, war die allerwichtigste.

Sie kniff die Augen zusammen und musterte den Jungen, der gerade mit farbfleckigen Händen einen ausgebeulten Rucksack auf seine Vespa schnallte. Er war zu jung, um einen Führerschein zu haben, aber das interessierte hier in Rom niemanden. Wahrscheinlich fuhr er schon, seit er den Lenker erreichen konnte. Hätte sie sich festlegen müssen, hätte sie ihn auf vierzehn Jahre geschätzt. Sie schnaubte, als ihr klar wurde, dass er dann nur sechs Jahre jünger wäre als sie selbst. Aber die unbeschwerte Lässigkeit, die ihn umgab, so typisch für Teenager, war für sie eine so ferne Erinnerung, dass es ihr vorkam, als lägen ganze Menschenalter zwischen ihr und dem Jungen.

Vielleicht sollte sie ihn bitten, möglichst laut und auffällig davonzufahren, um von ihr abzulenken. Stattdessen konnte sie nicht aufhören, ihn zu mustern, um herauszufinden, was ihr an ihm so merkwürdig vorkam. Seine Kleidung jedenfalls nicht. Er trug eine viel zu große Hose, die gefährlich lose auf seinen schmalen Hüften hing. Dazu ein viel zu weites Hemd, dessen kurze Ärmel fast bis zu seinen Ellenbogen reichten. Adara ließ ihren Blick zu seinem Gürtel sinken. Dort lugte unter seinem T-Shirt der Beutel mit dem Symbol der Gemeinschaft hervor. Also doch. Irgendetwas war hier faul. Gewaltig faul.

Vielleicht war es sinnvoller, ihn zu bitten, sie nach Celio zu fahren, anstatt ihn als Ablenkung zu benutzen. Die Limousine konnte sie jedenfalls nicht nehmen, wenn Seth keinen Verdacht schöpfen sollte. Und sie glaubte, dass das protzige Gefährt mit dem Symbol der Gemeinschaft auf der Kühlerhaube Mitschuld an ihrem bisherigen Misserfolg hatte. Wenn sie auf einer unscheinbaren, zerbeulten Vespa daherkam, hatte sie vielleicht bessere Chancen.

Der Junge schwang sich auf die Vespa.

»Warte«, flüsterte Adara eindringlich.

»Tut mir leid, aber ich muss ...«

Sie hob ihre Hände, damit er die Zeichnung sah, auch wenn sie sich sicher war, dass er den Augenstern längst entdeckt hatte. »Du wolltest sicher sagen, dass du mich nach Celio bringen musst.«

»Nach Celio?«, fragte er verdattert und bemühte sich sofort um ein Pokerface. Vergeblich. »Äh ... ich ... etwa damit?« In gespieltem Entsetzen deutete er auf seine Vespa, als hielte er sie nicht für ein angemessenes Beförderungsmittel, um eine der kostbaren Magierinnen der Gemeinschaft durch das römische Verkehrschaos zu kutschieren.

Adara lächelte betont liebenswürdig. »Unbedingt damit.«

»Echt jetzt? Aber ... ich muss auf meine Schwester warten ...«, druckste der Junge herum. »Sie ist dadrin.« Er deutete auf das monströse Gemeinschaftsgebäude. »Ich fahre sie immer durch die Gegend, ich habe sie zum Kollektiv gebracht und ...«

»Komm schon.« Irgendwie nahm sie ihm das nicht ab.

»Doch, ehrlich, das ... äh ... macht mir Spaß.«

Fast hätte Adara losgeprustet. Wollte er ihr wirklich weismachen, dass es einem Teenager Spaß machte, seine Schwester durch die Gegend zu fahren? »Und warum warst du nicht beim Kollektiv?«, fragte Adara. Sie konnte nicht verhindern, dass sich ein lauernder Tonfall in ihre Stimme schlich. Jetzt wäre sie gern wie Seth, der seine Gedanken mühelos hinter seiner gut aussehenden Fassade verbarg und niemals die Gewalt über seine dunkle, samtweiche Stimme verlor.

»Ich, also ... ich kann doch die Vespa nicht so stehen lassen, deswegen ...«

»Ich glaube, du solltest mich jetzt wirklich nach Celio fahren, bevor du dich noch um Kopf und Kragen redest.« Ohne seine Antwort abzuwarten, schwang sie sich hinter ihm auf die Vespa. »Wie heißt du?«

»Matteo.« Die Frage nach ihrem Namen verkniff er sich. Dass man Magiern der Gemeinschaft niemals Fragen stellen durfte, bezog sich eigentlich nicht auf ihre Namen, trotzdem war Adara dieses Verhalten gewohnt.

»Ich bin Adara«, gab sie zurück.

Der Junge zuckte zusammen. »Oh.«

Sofort verflog ihre gute Laune. Sie hatte gehofft, er würde nicht wissen, wer sie war, aber auch er hatte ihre Geschichte gehört. Sie reiste noch schneller von Kollektiv zu Kollektiv, als sie befürchtet hatte. Kein Wunder, die Gemeinschaft war wohl die einzige Gruppe von Menschen auf dem Erdball, unter denen Geschwätz sogar gern gesehen wurde. Es hätte sie auch nicht gestört, wenn es die wahre Geschichte gewesen wäre. Zwar war die Version, die der Junge gehört hatte, keine komplette Lüge, sondern eine leicht verdrehte Version der Wahrheit, die nur in wenigen Punkten von dem abwich, was wirklich passiert war. Aber es waren genau diese Punkte, die alles veränderten.

»Was für ein Scheiß«, stieß Matteo voller Inbrunst hervor. Mitleid troff aus seinen derben Worten. Dann wurde er knallrot. »Sorry, das wollte ich nicht sagen, ich …«

»Schon gut. ›Was für ein Scheiß‹ trifft es.« Außerdem hatte es sie unwillkürlich zum Lachen gebracht, was wesentlich besser gegen den bitteren Schmerz in ihrem Inneren half als die leeren, heuchlerischen Floskeln, die sie sonst tagein, tagaus zu hören bekam und die sich nur darauf bezogen, dass ihre Verbindung schiefgegangen war. Nie auf das, was sie wirklich verloren hatte.

»Und jetzt fahr. Aber bitte so langsam und leise du kannst.« Schon bevor sie ihm die Adresse genannt hatte, startete er die Vespa und fuhr behutsam los. Relativ zielsicher in die richtige Richtung. Ein zynisches Lächeln breitete sich auf Adaras Lippen aus. Sie hatte eben doch recht gehabt. Kein Teenager kutschierte seine Schwester gerne in der Gegend herum. Wahrscheinlich hatte er nicht mal eine.

***

»Ich habe mich verfahren.« Matteo hielt seine Vespa an. »Muss irgendwo falsch abgebogen sein.«

Adara wusste nicht, ob sie lachen oder weinen sollte. Glaubte er wirklich, dass sie ihm das abnahm? Sie hatte gemerkt, dass er ein paar Schleifen gefahren war, wohl um sie zu verwirren. Das war ihr ganz recht gewesen, denn so hatte er hoffentlich mögliche Verfolger abgehängt. Dass er sich wirklich verfahren hatte, auf dem kurzen Stück von der Via Giulia nach Celio, konnte sie sich nicht vorstellen.

»Keine Ahnung, wo wir sind«, beharrte er stur.

Adara sah sich um. Sie war noch nicht lange in Rom und diese kleinen Gassen sahen im Dunkeln alle gleich aus. An den größeren Kreuzungen gab es Straßenschilder, hier nicht. Sie seufzte. »Vielleicht solltest du dein Smartphone benutzen. Das Navi?«

»Äh, ja. Das ist hier so unzuverlässig. Kann man voll vergessen. Das GPS ist dauernd weg und so.«

Wollte er ihr wirklich weismachen, dass sie sich mitten in Rom verirrt hatten? Was erhoffte er sich davon? »Dann tue ich es eben.« Adara zog ihr Handy aus der Tasche, aber Matteo hatte recht gehabt, das GPS war hier sehr wankelmütig. Als sie von ihrem Handy aufsah, sah sie gerade noch, wie Matteo seine Hand, die an seinem Lederbeutel genestelt hatte, zurückzog. Sie verkniff sich ein Grinsen. Sich unauffällig zu verhalten, musste er noch lernen. Aber er war ja noch jung. Adara erstarrte. Er war noch jung. Endlich verstand sie, was ihr an ihm so merkwürdig vorgekommen war. Er war ein Teenager. Ein Junge. Er fuhr eine Vespa und seine Klamotten waren alles andere als bieder. Warum benutzte er die Steine?

»Warum benutzt du nicht die App?«, fragte sie. Die App war unter den Teenagern in Neuseeland der letzte Schrei. Und der Rat unterstützte, dass sie genutzt wurde, denn die Steine verloren immer wieder ihre Wirkung und mussten von Magiern neu geprägt werden. Zeit, die sie für Wichtigeres einsetzen konnten, seit viele Mitglieder die App benutzten.

Ein wachsamer Ausdruck trat in Matteos Augen, der überhaupt nicht zu seinem lässigen Achselzucken passte. »Handy-Akku ist dauernd leer. Dann muss ich die Steine ja doch wieder rumschleppen, also benutze ich sie halt auch.«

Adara glaubte ihm kein Wort. Die Teenager in Auckland, die sie kannte, würden sich niemals mit den Steinen erwischen lassen. Viel zu uncool. Sie trugen sie nur im äußersten Notfall, und wenn sie sie bei sich trugen, dann sicher nicht am Gürtel. Viel wahrscheinlicher war, dass ihm jemand befohlen hatte, die App nicht zu benutzen. Jemand, der allem Neuen gegenüber misstrauisch war, vor allem, wenn es vom Rat kam, und der die App genauso wenig mochte wie Adara selbst. Jemand, der sie vor der Tür stehen lassen und nicht auf ihr Klingeln reagiert hatte, weil sie in einer Limousine der Gemeinschaft vorgefahren war. Vielleicht tat sie ihm unrecht, aber es passte alles verdammt gut zusammen. »Hat man in deinem Alter nicht eine Powerbank, an der man das Handy immer und überall aufladen kann? Die wiegt wahrscheinlich sogar weniger als die Steine.«

»Schon, aber …« Er verstummte und sie konnte förmlich sehen, wie er nach einer weiteren Ausrede suchte. Er wischte sich mit der Hand über die Stirn und dabei fielen ihr die Farbflecken auf seinen Fingern wieder ins Auge. Adara beschloss, ihn nicht länger zu quälen. Sie war sich ihrer Sache sicher genug. »Dann benutz den Navigationsstein.« Sie nickte auffordernd zu dem kleinen Lederbeutel an seinem Gürtel.

»Dazu müsste ich ja den Ort kennen, wo wir hinwollen.«

Adara musste zugeben, dass sie das Katz-und-Maus-Spiel anfangs genossen hatte. Jetzt wurde es ihr aber zu bunt. »Verdammt, Matteo. Hör auf, mich für dumm zu verkaufen. Glaubst du wirklich,

ich weiß nicht, dass du die Graffitis gesprüht hast?« Sie deutete auf den Rucksack, in dem sie einen Haufen Spraydosen vermutete, und auf die Farbflecken auf seinen Händen. »Gib endlich zu, dass du zu Sargas' Quelle gehörst. Sie hat dich geschickt, damit du mich beobachtest, oder?«

Matteos Mund öffnete und schloss sich auf der Suche nach einer weiteren Ausrede. Schließlich sank er in sich zusammen und seufzte. »Ja, okay. Ich geb's zu.«

»Gut. Dann fahr mich jetzt nach Celio.«

Er biss sich auf die Lippe. »Das geht nicht.«

Sie verdrehte die Augen. »Du weißt wohl nicht, wann man aufhören muss.«

»Nein, doch, also … ich war so damit beschäftigt, so zu tun, als hätte ich mich verfahren, dass ich mich wirklich verfahren habe.«

Adara starrte ihn entgeistert an. Dann lachte sie los. »Nicht dein Ernst.«

Ein zerknirschtes Grinsen breitete sich auf seinem Gesicht aus. »Doch.«

»Also gut. Dann navigiere ich.« Das war sowieso vernünftiger, wenn er fahren musste. »Ich kenne den Ort ja auch.« Sie griff in den kleinen Lederbeutel und fand den Navigationsstein, ohne hinzusehen. Sie erkannte ihn an seiner glatten, von vielen winzigen Bläschen durchsetzten Oberfläche. Während ihre Finger sich darum schlossen, stellte sie sich die Einfahrt zu dem Anwesen in Celio so genau vor, wie sie nur konnte. Sie sandte die Vorstellung in den Stein, prägte sie förmlich hinein, bis er in ihrer Hand warm wurde. Das war das Zeichen, dass es funktioniert hatte. Sie öffnete die Augen. Der Stein leuchtete, aber nur an einer Seite. Auf diese Art zeigte er die Richtung an. Sie deutete auf eine Straße. »Dort lang.«

Erleichtert nickte Matteo. Er versuchte jetzt nicht mehr, sie abzulenken, sondern folgte ohne Murren ihren Anweisungen. Es war nicht immer ganz einfach, denn natürlich kannte der Navigationsstein keine Wege. Er zeigte immer die direkte Richtung, was die Reise durchaus schwierig machte, wenn ein Fluss oder ein Gebirge zwischen einem und dem Ziel lag. Hier war das zum Glück nicht der Fall und nur wenige Minuten später brachte Matteo die Vespa in der winzigen Gasse vor dem Tor des Anwesens in Celio zum Stehen.

»Vielen Dank. Und jetzt bring mich bitte rein.«

»Sie weiß nicht, dass …«

»Natürlich weiß sie es. Du hast doch die ganze Show nur abgezogen, um Zeit zu schinden, und ihr dann eine Gedankennachricht geschickt, während ich mit meinem Handy beschäftigt war.«

Es war zu niedlich, wie überrascht er war, dass sie ihn durchschaut hatte. Langsam fragte sie sich, ob die Quelle gewollt hatte, dass sie ihn enttarnte.

»Es ist Zeit, sich endgültig geschlagen zu geben«, sagte sie sanft.

Schicksalsergeben griff er in seine Hosentasche, zog eine Fernbedienung heraus und öffnete das Tor.

»Danke.« Sie meinte es ehrlich. Das hier war ihre einzige brauchbare Spur und sie war froh, dass sie nun endlich eine Chance bekam, ihr zu folgen. Als sie durch das Tor fuhren, blieb Adara im ersten Moment der Mund offen stehen. Von draußen hatte alles so klein gewirkt. Hinter der Mauer jedoch öffnete sich ein Vorhof, der zwei Autos Platz bot und sogar noch Matteos Vespa, die er zwischen das eine Auto und einen riesigen, tönernen Blumentopf auf einem Podest quetschte. An der Mauer, die den Autos gegenüberlag, prangte ein riesiges Graffiti. Ein lebensgroßes Bild eines Mannes und einer Frau, die sich an den Händen hielten, umgeben von Feuer und Wasser und über ihnen die Sterne. Sargas und seine Quelle. Adara hätte vor Erleichterung fast aufgeschluchzt. Sie hatte es geschafft. Das Bild sah aus wie das Original der kleinen Graffitis, die Matteo überall in der Stadt verteilte.

»Hast du das gemacht?«, fragte Adara mit belegter Stimme.

Matteo nickte.

»Es ist toll.« Die Figuren waren leicht abstrahiert, bis auf ihre Gesichter, die unheimlich lebensecht wirkten. Der Augenstern des Mannes war deutlich zu erkennen und die Augen der Frau leuchteten unnatürlich hell. Beide entsprachen auf den ersten Blick äußerlich den typischen Gemeinschaftsmitgliedern, wobei die Gesichtszüge der Frau vermuten ließen, dass sie Maoriblut in sich trug. Und sie hatte mehrere Piercings im Gesicht.

»Hat es einen Namen?«

»Fresko mit Sternen.«

Die rauchige Stimme ließ Adara herumfahren. Unwillkürlich zuckte sie zurück. Vor ihr stand eine Frau, vielleicht Anfang fünfzig. Genau konnte sie es nicht sagen, denn es war nicht ihr Gesicht, sondern ihre Hände, die ihre Aufmerksamkeit auf sich zogen. Sie waren von leuchtend roten Narben entstellt, die sich als aufgeworfene Wulste von ihren Fingerspitzen bis über ihre Handgelenke zogen. Als sie aufsah, erkannte sie, dass es die Frau auf dem Graffiti war. Eindeutig, auch wenn ihr Haar grau war. Sie erkannte sie an den Gesichtszügen, die Matteo unglaublich gut gelungen waren, und am Augenbrauenpiercing, das der Frau trotz ihres Alters gut stand. Als Adara ihren Blick einfing, musste sie ein Keuchen unterdrücken. Die Nachtschwärze ihrer Augen war von weißen, nebeligen Schlieren durchzogen. Sie war blind oder zumindest kurz davor. Mitleid hielt Adara gefangen, sodass sie nicht wegsehen konnte. Schließlich bemerkte sie, was ihr zunächst entgangen war. Die Frau hatte keinen einzelnen Augenstern wie die anderen Quellen. Unter den wirbelnden Nebeln in der Finsternis ihrer Pupille glitzerten unzählige winzige Punkte wie Sternenstaub in einer weit entfernten Galaxie.

Sprachlosigkeit und Entsetzen ließen Adara staunend still stehen, gefangen von der schrecklichen Schönheit dieses Anblicks. Was war dieser Frau bloß zugestoßen?

Magie ist gefährlich.

Sie schüttelte die Worte ab und versuchte, sich nicht zu sehr anmerken zu lassen, wie sehr der Anblick sie aufwühlte. Mühsam rief sie sich ins Gedächtnis, worüber sie gesprochen hatten. »Fresko mit Sternen? Das klingt schön.«

»Fresko mit Sternen«, wiederholte die Frau.

Matteo blickte etwas gequält drein. »Das ist Adara. Sie möchte mit dir sprechen. Ihr Name ist Tauru«, fügte er an Adara gewandt hinzu.

»Guten Tag, Tauru. Ich … ich bin gekommen, um …« Adara verstummte. Jetzt, da sie endlich mit ihr sprechen konnte, wusste Adara nicht, was sie der berühmtesten Quelle der Gemeinschaft sagen sollte.

»Fresko. Fresko mit Sternen«, sagte die Quelle.

»Oh.« Eine kalte Ahnung senkte sich über Adara. Die Ahnung, dass sie ganz umsonst gekommen war. »Bist du das auf dem Bild?«, fragte sie, einfach nur als Test.

Die Frau nickte heftig. »Mit Sternen.«

Adara wandte sich an Matteo. »Ist sie immer so?«

»Ja, leider. Seit dem Unfall. Seit … seit er tot ist. Alles, was sie sagt ist ›Fresko mit Sternen‹ sonst nichts.«

Deswegen hatte man ihr also nicht aufmachen wollen. »Das tut mir wirklich leid.« Auch für sie selbst. Diese Quelle würde ihr keine Fragen mehr beantworten.

»Fresko«, stöhnte Tauru.

Während sich in ihrem Inneren Hoffnungslosigkeit breitmachte, zwang Adara sich äußerlich zu einem freundlichen Lächeln, bevor ihr einfiel, dass die Quelle es gar nicht sehen konnte. »Ja, es ist wunderschön«, flüsterte sie mit erstickter Stimme. Sie warf noch einen Blick auf das Graffiti. Es hatte wirklich etwas von einem Fresko. Und Sargas' Gesicht kam ihr bekannt vor. Woher nur? Sie war sich sicher, ihm nie begegnet zu sein. Vielleicht hatte sie ihn mal als Kind in den Gemeinschaftsnachrichten gesehen.

»Soll ich dich zurückfahren?«, bot Matteo an, aber Adara schüttelte den Kopf. Der Spaziergang zurück zur Via Giulia würde ihr guttun. Jetzt, da ihre einzige Spur sich in Nichts aufgelöst hatte, brauchte sie dringend Zeit zum Nachdenken. »Danke, trotzdem.« Sie wandte sich zum Gehen. Als sie das Tor erreicht hatte, hörte sie noch einmal die raue Stimme von Sargas' Quelle. »Sterne«, jammerte sie jetzt, beinahe auffordernd. »Fresko ohne Sterne«, zischte sie dann, so leise, dass Adara es fast nicht gehört hätte.

Adara erstarrte mitten im Schritt. Ohne Sterne? Wieso denn jetzt ohne Sterne? Hatte die Frau sie in die Irre führen wollen? War sie vielleicht gar nicht verrückt? Und warum outete sie sich gerade jetzt, da sie ihr Ziel erreicht hatte, Adara loszuwerden? Langsam drehte sie sich um. Adara kroch eine Gänsehaut über die Arme.

Hinter der Frau, halb im Schatten des Hauses, stand Seth.

5

»Warum bekommen wir die App nicht?« Ida stand neben Liliana im Aufzug und betrachtete die Steine, als hätte man sie mit einem Kinderspielzeug abgespeist. Ärger stieg in Liliana auf, weil sie diese wertvollen magischen Gegenstände nicht zu schätzen wusste. Sie verbiss sich eine heftige Erwiderung, um Saras willen, die sie interessiert ansah.

»Mein Bruder bekam die App vor den Steinen, als sie noch neu war. Er hat drei Smartphones zu Plastikklumpen zerschmolzen, bevor er beschlossen hat, doch erst mit den Steinen zu üben.«

Sara kicherte.

»Und er war nicht der Einzige. Seitdem bekommt man den Zugangscode für die App erst, wenn man gezeigt hat, dass man mit den Steinen umgehen kann.«

Ida schwieg, bis sie im zwanzigsten Stock des Gemeinschaftszentrums aus dem Aufzug stiegen. Blendender Sonnenschein empfing Liliana, drang in ihre Augen und vibrierte in ihrem Kopf. Sie wandte das Gesicht ab, aber die Sonne war um diese Uhrzeit überall, fiel unerbittlich durch die mehrere Stockwerke hohen Panoramafenster und tauchte die Vorhalle des Kollektivsaales in ihr schonungsloses

Januarlicht. Trotzdem hielten sich die meisten Mitglieder der Gemeinschaft vor dem Saal auf, um die Neuigkeiten des Tages auszutauschen, bevor das Kollektiv begann. Das Raunen ihrer Stimmen kribbelte unruhig in ihr. Oder war es nur die Anspannung wegen der Ehrung ihres Bruders oder der bevorstehenden Verbindungszeremonie? Oder die Tatsache, dass ihre zukünftige Quelle sich bereits hier befand. Bebend atmete Liliana ein und straffte die Schultern. Einige Mitglieder hatten bereits bemerkt, dass sie angekommen war, und musterten sie neugierig. Sie durfte sich nicht anmerken lassen, wie verunsichert sie war.

»Wow.« Ida blieb wie gebannt vor den mächtigen Flügeltüren aus Obsidian stehen, in die in Silber das Symbol der Gemeinschaft eingelassen war. Der schwarze Stein glitzerte in der Sonne wie ein Portal in eine andere Welt. Als kleines Mädchen war das Kollektiv für Liliana auch genau das gewesen: eine andere Welt, in der man sich verlieren konnte. Am liebsten wäre Liliana schon reingegangen, um in die herrliche Ruhe des Saals abzutauchen. Die Türen blieben immer geschlossen, in sein Inneres drangen keine Gesprächsfetzen von außen und auch alle, die durch die Pforte des Kollektivsaals traten, schwiegen. Aus Respekt und wegen der Akustik. Jedes einzelne Wort wurde bis in den hintersten Winkel des Saales transportiert. Im Saal des Kollektivs gab es keine Geheimnisse. Es wurde nicht gesprochen, außer man wollte, dass jeder mitbekam, was man zu sagen hatte.

Liliana hörte Sara leise keuchen und folgte ihrem Blick. Zu beiden Seiten der riesigen Türflügel stand ein Wächter in dunkler Robe, die ihn von Kopf bis Fuß verhüllte. Liliana hatte gelernt, ihre stumme Gesichtslosigkeit hinzunehmen, doch sie konnte gut verstehen, dass Sara sich hinter ihre Schwester drückte. Oder sie wollte nur die neugierigen Blicke meiden, die sie von allen Seiten trafen und die Ida mit feindseligem Gesichtsausdruck abzuwehren versuchte. Es war nur natürlich, dass man sich nach ihnen umdrehte, nicht nur wegen ihrer fremdartigen Schönheit, sondern auch, weil jeder in ihnen die neuen Quellen erkannte. Liliana machte eine Nische in der Vorhalle aus, die etwas abseits lag, und nickte den Zwillingen zu, damit sie ihr folgten.

Als sie an den hohen Flügeltüren vorbeikam, hob sie unwillkürlich das Gesicht zur Inschrift, die in silbernen Lettern den Torbogen zierte. *Wer die Welt kennt, kann sie verändern*. Das Motto der Gemeinschaft. Ein winziges Lächeln schlich sich auf Lilianas Lippen und es fiel ihr leichter, die neugierigen Blicke zu ertragen, bis sie die schützende Nische erreicht hatten. »Wir warten hier, bis der zweite Gong ertönt.« Der Abstand vom ersten Gong zum zweiten war nicht jeden Tag gleich. Erst, wenn alle Erzähler anwesend waren, wurde der zweite Gong geläutet. Bis dahin hatten die Mitglieder Gelegenheit, sich untereinander auszutauschen. Viele lachten, machten Scherze, freuten sich über ein Wiedersehen. Es versetzte Liliana einen Stich. Gerne hätte sie sich dazugesellt und gehört, was es Neues gab. Sie entdeckte Naos und Daniel, die von einem Pulk aus Teenagern umlagert wurden. Zweifellos wollten sie Naos' Geschichte aus erster Hand erfahren, bevor sie die offizielle Version des Kollektivs hörten. Liliana überlegte, was sie den Zwillingen noch erklären konnte, doch die tuschelten ebenfalls miteinander. Ihr Blick wanderte weiter, nervös, unter Strom, so wie ihr ganzer Körper. Sie erwischte sich dabei, dass sie die Menge absuchte. Nicht etwa nach ihrer möglichen Quelle. Nein. Nach ihm. Dem Magier, der ihr an der Uni begegnet war. Sein wütender türkiser Blick ließ sie einfach nicht los.

»Liliana.« Eine Hand legte sich schwer auf ihre Schulter. Sie wandte langsam den Kopf. Vor ihr stand ihr Lehrer, der wie ein zweiter Vater für sie war. Sie kannte ihn schon seit ihrer Kindheit und konnte sich einfach nicht daran gewöhnen, dass sein schwarzer Vollbart langsam grau wurde und sich Fältchen um seine braunen Augen bildeten.

Liliana rang sich ein Lächeln ab. »Rat Danes.«

Danes musterte sie eindringlich. »Mach dir keine Sorgen. Du bist gut auf die Zeremonie vorbereitet.«

»Das hoffe ich.« Sein freundliches Mitgefühl brachte ihre Stimme zum Schwanken.

»Halt dich an die Regeln und lass dich von dem Aufruhr nicht einschüchtern. Ich habe vollstes Vertrauen in dich.«

Sie krampfte die Hände ineinander. »Danke.«

Danes drückte ihre Schulter, eine Geste, die er sonst nur bei ihrem Vater machte. Er wollte an ihr vorbeigehen, blieb dann jedoch wie angewurzelt stehen. Sein Blick hing an Ida, die sich sofort schützend vor Sara aufbaute, als sie es bemerkte. Danes schüttelte den Kopf und verschwand in der Menge.

»Wer war das denn?«, wollte Ida ungehalten wissen. »Ein Magier?«

Liliana schüttelte den Kopf. »Rat Victor Danes. Er koordiniert die Einsätze der Magier und unterrichtet sie auch.«

»Er unterrichtet die Magier, obwohl er selbst keiner ist?« Ida verzog den Mund. »Kann ja kein besonders guter Unterricht sein.«

»Es gibt viel zu wenige Magier, jeder einzelne wird für Einsätze gebraucht, deswegen sind nur selten Magier beim Unterricht dabei, nur wenn es nicht anders geht. Und man muss kein Magier sein, um die Theorie zu vermitteln«, fügte Liliana ungehalten hinzu. »Rat Danes hat uns gut vorbereitet.«

»Schon kapiert.« Ida lächelte spöttisch. »Du bist seine Lieblingsschülerin.«

Ruhig bleiben, dachte Liliana. *Sie könnte deine Quelle werden. Verdirb es dir nicht mit ihr, aber lass dich auch nicht provozieren.* Außerdem hatte sie recht. Danes mochte sie und das hatte sie sich durch Fleiß hart erarbeitet. Liliana grinste selbstbewusst. »Das nehme ich als Kompliment.«

Ida knurrte etwas Unverständliches, bevor sie laut weitersprach.

»Hat dein Onkel nicht gesagt, du sollst uns alles erklären? Dann los.« Sie deutete mit einer abschätzigen Handbewegung auf das Motto der Gemeinschaft.

Idas Unverschämtheit brachte Liliana auf die Palme, aber sie wollte Ida nicht vor den anderen zurechtweisen. Es stand ihr auch nicht zu, da sie noch keine Magierin war. Ida würde sich schon noch einfügen, wenn sie merkte, wie wichtig die Dienste der Gemeinschaft für die gesamte Menschheit waren. »Das Kollektiv findet jeden Abend um die gleiche Uhrzeit statt. Alle Mitglieder, die sich in der Nähe eines Gemeinschaftszentrums aufhalten, sollen daran teilnehmen. Meine Eltern sind meistens auch dabei, aber Mutter hat heute einen Einsatz und Vater ist in seiner Eigenschaft als Rat im Ausland.« Sie hatte es aufgegeben, seine Reisen im Blick zu behalten. Wenn sie mit ihm reden wollte, schrieb sie eine SMS oder rief an. Sara hörte aufmerksam zu und Liliana sprach schnell weiter, bevor Ida sie mit einem abfälligen Kommentar unterbrechen konnte. »Im Kollektiv werden alle wichtigen Geschichten des Tages erzählt und im Anschluss einige alte Geschichten wiederholt.«

»Also eine Art Nachrichtenaustausch?«

Liliana nickte Sara dankbar zu. »Genau.«

Ida schnaubte. »Klingt nach Hippies, die auf einer Wiese tanzen und singen, um ihre Aura zu reinigen.«

Unwillkürlich stellte Liliana sich vor, wie ihr Onkel und ihre Eltern mit der Hohen Rätin und den Wächtern im Kreis über Gänseblümchen tanzten. Gegen ihren Willen musste sie lachen. »Die Tradition verbietet jegliche Aufzeichnungen. Wissen darf nur mündlich weitergegeben werden. In Form von Geschichten oder …« Liliana stockte. »Manchmal auch in Form von Tänzen und Gesängen, weil man sich das leichter merken kann«, gab sie zu.

Sara lachte so ansteckend, dass Liliana mit einfiel. Ida nickte nur, als hätte sich ihr Eindruck bestätigt, unter eine Horde weltfremder Verrückter geraten zu sein. Liliana überlegte, es auf sich beruhen zu lassen. Sie wollte nicht mit Ida streiten. Aber wenn die beiden sich einfügen sollten, mussten sie die wichtigsten Grundlagen der Gemeinschaft verstehen.

Sara nahm ihr die Entscheidung ab. »Warum darf nichts aufgezeichnet werden?«

Liliana lächelte sie an. »Wir glauben, dass man Geschichten erzählen muss, damit sie leben. Aufgeschriebene Geschichten werden weniger erzählt. Sie sterben. Deswegen verändern sich die Geschichten auch immer ein wenig, sie entwickeln sich sprachlich mit uns weiter. Der Rat überwacht dann, dass der Wortlaut modernisiert wird. Außerdem haben die Geschichten viele Ebenen, die würden sich in einer Aufzeichnung verlieren. Die Geschichte eines Seefahrers, der über das Meer nach Neuseeland kommt, ist ein schönes Märchen für die Kinder, bis sie alt genug sind, um zu verstehen, dass es eine wahre Begebenheit aus unserer Vergangenheit ist. Eingeweihte, die danach suchen, finden in der Geschichte die Anleitung, wie man anhand der Sterne über das Meer navigiert.« Es war so simpel und doch hatte Liliana jedes Mal vor Ehrfurcht eine Gänsehaut.

»Ist ja auch total nützliches Wissen.« Ida rollte mit den Augen.

Liliana ignorierte es. »Magie ist gefährlich. Die Geschichten verraten, wie man sie benutzt. Unser Wissen darf nicht in falsche Hände geraten, also geben wir es mündlich weiter. Ausschließlich an Mitglieder der Gemeinschaft. Jeder von uns ist wichtig, um das Wissen zu erhalten. Damit keine Geschichte in Vergessenheit gerät, sammeln wir sie alle in der Kollektivgeschichte. Sie ist ein Inhaltsverzeichnis für das gesamte Wissen der Gemeinschaft. Hinter jedem Wort versteckt sich ein Hinweis auf eine der anderen Geschichten. Wichtige Ereignisse werden der Kollektivgeschichte angehängt.«

»Die wird immer noch länger?« Sara starrte sie ungläubig an. »Wie soll man sich so was denn merken?«

»Du musst sie dir nicht auf einmal merken«, beruhigte Liliana sie.

»Man erzählt sie uns von klein auf, Stück für Stück, immer wieder, und bringt uns Techniken bei, damit wir alles behalten. Irgendwann geht es dir in Fleisch und Blut über.«

Zweifel überschatteten Saras zartes Gesicht und weckten Lilianas Mitgefühl. Sie wusste nur zu gut, wie es sich anfühlte, jede Aufgabe perfekt meistern zu wollen. Liliana erinnerte sich an das, was Rat Danes ihr im Unterricht immer gesagt hatte: »Niemand erwartet von dir, dass du alles beim ersten Mal kannst.« Sie legte Sara eine Hand auf die Schulter und drückte sie, so wie Rat Danes es bei ihr getan hatte. »Keine Sorge, dein Magier wird dir bei allem helfen.« Liliana hoffte, dass sie dieser Magier sein würde. Natürlich wäre es einfacher gewesen, eine Quelle zu haben, der sie nicht erst alles beibringen musste. Aber sie hatte sich vom ersten Moment an zu Sara hingezogen gefühlt. Mit ihr hätte sie eine Chance, eine ebenso enge Verbindung aufzubauen wie Naos mit Daniel. Ob ihr Onkel doch wusste, dass Sara ihre Quelle werden würde, und sie deshalb gebeten hatte, sich um die Zwillinge zu kümmern?

»So ein Blödsinn. Keine Aufzeichnungen. Ihr habt einen Fernsehkanal«, schnarrte Ida dazwischen.

»Das stimmt. Aber es wird nichts aufgezeichnet. Die Nachrichten werden nur einen Tag lang gezeigt, damit die Familien, die nicht in der Nähe eines Gemeinschaftszentrums sind, sie auch mitbekommen. Danach wird alles gelöscht. Die wichtigsten Ereignisse werden im Kollektiv erzählt und ein paar Mal im Jahr wird etwas in die Kollektivgeschichte übernommen. Ein Archiv gibt es nicht. Nicht schriftlich und auch nicht in Form von Videos.«

Ida schnaubte. »Und das glaubst du? Woher willst du wissen, dass die Sachen wirklich gelöscht werden?«

Langsam wurde es Liliana zu bunt. »Mein Onkel ist im Rat, er wüsste es, wenn jemand sich nicht an die Vorgaben halten würde«, zischte sie. Im nächsten Moment tat es ihr schon wieder leid. Sie musste sich und die Gemeinschaft nicht rechtfertigen. Nicht vor jemandem, der keine Ahnung von ihren Werten hatte. Die Mitglieder würden eher sterben, als den uralten Traditionen der Gemeinschaft zuwiderzuhandeln. Trotzdem war es nicht klug gewesen, Ida so anzufahren. Seit der Kollektivnachricht ruhten alle Augen auf ihr. Eine Magierin sollte immer besonnen bleiben und sich mühelos gegen andere durchsetzen können. Etwas ruhiger fügte sie hinzu: »Du solltest dich bemühen, uns zu verstehen, Ida, wenn du dich einfügen möchtest.«

»Wer sagt, dass ich das möchte?«, fragte Ida unbekümmert.

»Das wirst du müssen, um mit deinem Magier eine erfolgreiche Verbindung aufzubauen.«

»Mein Magier?« Ida schnalzte abfällig mit der Zunge. »Der soll nur versuchen, mich dazu zu bringen, dass ich mich einfüge.«

Zum ersten Mal fühlte Liliana bei Idas Worten keinen Ärger, sondern Sorge. Wenn Ida so weitermachte, kam sie in Teufels Küche. Den Neuen sah man einiges nach, aber niemand würde dulden, dass Ida abfällig über die Magier sprach oder sich gegen sie auflehnte. Liliana öffnete den Mund, um Ida zu warnen, etwas vorsichtiger zu sein, als Sara ihrer Schwester die Hand auf den Arm legte. »Ida, bitte, du hast es versprochen.« Ida hielt dem verzweifelten Blick ihrer Schwester eine Weile stand, doch schließlich senkte sie den Kopf. »Tut mir leid.«

Was wohl dahinterstecken mochte? Bevor sie sich dazu durchringen konnte nachzuhaken, bemerkte sie aus dem Augenwinkel eine Bewegung. Sie wusste nicht, warum in der unruhigen Menschenmenge gerade diese Bewegung sie dazu brachte, sich umzudrehen.

Es war der Magier mit den türkisfarbenen Augen. Jetzt, da sie ihn ansah, fragte sie sich, warum sie ihn nicht früher bemerkt hatte. Seine Anwesenheit schien in ihrem Körper widerzuhallen.

Er stand ein Stück von ihr entfernt, kerzengerade mit hinter dem Rücken verschränkten Händen, und sein im Überfluss vorhandenes Selbstvertrauen umgab ihn wie eine Mauer. Sie konnte nicht anders, als ihn zu beneiden. Er würde keine Probleme haben, seine Quelle in den Griff zu kriegen. Selbst eine wie Ida. Bei dem Gedanken musste Liliana unwillkürlich lächeln. Wenn man die beiden einander zuteilen würde, gäbe das sicher Mord und Totschlag.

»Sieht ziemlich arrogant aus, der Neue«, tuschelte ein Mädchen hinter ihr.

»Sind die Magier nicht alle so?«, erwiderte ein Junge. Das Mädchen kicherte.

Liliana verdrehte die Augen. Am liebsten hätte sie ihnen die Meinung gesagt. Aber es war nicht ihre Schuld, man brachte ihnen von Anfang an bei, dass die Magier eine Stellung außerhalb der restlichen Gemeinschaft einnahmen und man sie mit Respekt und Ehrfurcht behandeln musste. Wie sollten sie da merken, dass Magier auch nur Menschen waren? Vielleicht war es sogar besser so.

»Ich finde ihn ziemlich heiß«, raunte der Junge.

Liliana seufzte. Wann kam nur endlich der zweite Gong? Wenn sie gewusst hätte, dass es so lange dauern würde, hätte sie die Zeit mit den Zwillingen besser nutzen können.

»Hätte nichts dagegen, ihm als Quelle zugeteilt zu werden«, fügte der Junge noch hinzu.

Hitze stieg Liliana in die Wangen. Hatte sie nicht heute Vormittag genau den gleichen Gedanken gehabt? Und doch hatte sie die beiden gerade noch für ihr dummes Geschwätz verurteilt, dabei war sie selbst nicht besser.

»Oh doch, hättest du.« Die Stimme des Mädchens zitterte vor Sensationsgier. Liliana horchte auf. »Es gab einen schrecklichen Unfall. Angeblich war es seine Schuld.«

Der Junge sog scharf die Luft ein. »Und trotzdem wird er verbunden? Was, wenn er noch mal jemanden umbringt?«

»Eben. Sicher stimmt mit ihm irgendwas nicht. Aber wahrscheinlich ist er total mächtig und wir brauchen ihn. Da wird das in Kauf genommen.«

Am liebsten hätte Liliana den beiden ins Gesicht gesagt, dass der Rat wusste, was er tat, und es nicht ihre Sache war, das infrage zu stellen. Aber ebenso wie bei Ida bewahrte sie Haltung. Sie hatte die Blicke der Umstehenden bemerkt, die immer wieder verstohlen zu ihr hinübersahen. Manche lächelten ihr zu, andere blickten sorgenvoll oder skeptisch. Als wüssten sie, dass unter Lilianas selbstbewusster Fassade Zweifel tobten. Dieses Kollektiv erschien ihr wie eine Feuerprobe, und sie zu meistern, bedeutete, ruhig zu bleiben und die Kontrolle zu behalten.

»Hey, Liliana.«

Sie fuhr herum und stöhnte innerlich auf. Vor ihr stand Clarence St. John und lächelte sie schief an. Es kribbelte leicht in ihrem Bauch. Verärgert unterdrückte sie es und verdrängte, wie gut er aussah, mit seinen blonden, halb verwuschelten Haaren und den breiten Schultern, die sich unter seinem weißen Hemd abzeichneten. Die Bücher und Ordner in seinen Händen wirkten fehl am Platz, meist hielten sie ein Surfboard. Clarence war der Vorzeige-Neuseeländer, ein Kiwi durch und durch. Immer freundlich, mit einem Scherz auf den Lippen. Niemand konnte sich seinem Charme entziehen, auch Liliana nicht, die sich händeringend bemühte, sein ansteckendes Lächeln nicht zu erwidern. Vergeblich.

Schon bevor er den Mund aufmachte, wusste sie, was er sie fragen würde. »Heute nicht, okay?«, kam sie ihm zuvor.

Er grinste. »Dann also morgen?«

Gegen ihren Willen musste sie lachen. »Du weißt, was ich meine.«

»Komm schon, Liliana. Geh mit mir aus. Nur einmal. Gib mir eine Chance.«

Jeden Tag fragte er sie und jeden Tag wies sie ihn ab. Clarence hatte kein Magie-Potenzial, er studierte Politik und mit diesem Lächeln und seiner unwiderstehlichen Art hätte er sicherlich auch ohne den Rückhalt der Gemeinschaft Karriere gemacht. Und genau deswegen konnte Liliana nicht mit ihm ausgehen. Leider war es verdammt schwer, standhaft zu bleiben, wenn er seinen ganzen Charme in die Waagschale warf. »Wann hörst du auf, mich zu fragen?«, erwiderte sie schwach.

Sein Grinsen wurde breiter. »Wenn du Ja gesagt hast.«

Daran war sie jetzt wohl selbst schuld. »Clarence …«

»Hey, ich versteh schon. Heute dauert's sicher länger als sonst. Danach hab ich auch keine Lust auf Restaurant oder so was.« Er beugte sich ein wenig zu ihr. »Aber die Wellen sind grandios, hab ich mir sagen lassen. Wir könnten uns nachher den Heli schnappen und noch schnell ein paar davon mitnehmen. Was meinst du?«

Liliana biss sich auf die Lippe. Es war so verlockend. Schon lange hatte sie nicht mehr das Meer unter ihren Füßen gespürt. Viel zu lange. Sie sah vor sich, wie Clarence lachend an ihrer Seite eine Welle nach der anderen bändigte. Spürte die Gischt, schmeckte das Salz. Roch den Seetang. Sie atmete tief durch, als würde sie den Geruch der See tief in sich einsaugen. Allein die Vorstellung reichte aus, das merkwürdige Vibrieren und die Anspannung in ihrem Kopf zu übertünchen. Seufzend öffnete sie die Augen. Warum musste gerade Clarence so witzig und interessant sein? Seine Mutter war eine der engsten Vertrauten der Hohen Rätin. Sie war für die Interaktion der Gemeinschaft mit den Regierungen der verschiedenen Länder zuständig und hätte es sicher gerne gesehen, wenn ihr Sohn sich eine der mächtigsten angehenden Magierinnen der Gemeinschaft, und damit eine Menge magische Unterstützung, sicherte. Liliana schüttelte den Kopf. Egal, was auch passierte, egal, wie sehr sie ihn mochte oder wie gut es ihr vielleicht tat, mit ihm zusammen zu sein, sie würde sich nie sicher sein können, dass er sie wirklich mochte. Sie, nicht ihr magisches Potenzial.

Bedauernd verabschiedete sie sich von dem Gedanken an einen Sonnenuntergang in den Wellen. »Tut mir leid. Es geht nicht.«

»Vielleicht …«, begann Clarence.

»Nein.« Liliana richtete sich auf. Sie musste ihm endlich klarmachen, dass daraus nie etwas werden würde. Sonst würde sie irgendwann vielleicht doch vor seinem charmanten Lächeln kapitulieren. »Kein Vielleicht. Nach der Zeremonie werde ich mich auf meine Aufgabe konzentrieren müssen. Das verstehst du doch?« Sie hoffte es. Sie wollte nicht noch deutlicher werden und ihn vor den Kopf stoßen. Nicht nur, weil sie ihn mochte. Clarence hatte eine glänzende Laufbahn vor sich, er würde eines Tages in der Gemeinschaft eine hohe Position einnehmen, daran zweifelte sie nicht. Es war sehr wahrscheinlich, dass sie irgendwann mit ihm zusammenarbeiten musste.

»Okay.« Clarence wirkte ehrlich enttäuscht und für einen Moment tat es ihr leid, aber ihre Mutter hatte ihr von Anfang an eingebläut, dass es gefährlich war, Partei zu ergreifen, und dass Magier sehr vorsichtig sein mussten, bevor sie sich zu jemandem bekannten. Dass sie außerhalb der Gesellschaft standen, war nicht nur ein Privileg. Es war auch ein Schutz, um nicht zwischen politische Fronten zu geraten. Liliana wusste, dass das richtig war. Trotzdem sah sie Clarence mit einem nagenden Gefühl in der Magengrube nach. Obwohl sie zwischen Hunderten von Menschen stand, fühlte sie sich plötzlich schrecklich allein und erschöpft. Das Vibrieren zehrte an ihr, die Anspannung verursachte einen stechenden Schmerz hinter ihrer Stirn, verstärkt durch die Sonne, die auf sie herunterknallte. Warum dauerte es heute nur so lange, bis das Kollektiv eingeläutet wurde? Sie suchte die Menge nach einer Spur der Erzähler ab, dabei fiel ihr Blick wieder auf den Magier mit den türkisen Augen. Er stand immer noch etwas abseits, ebenso allein wie sie. Er bemühte sich nicht um ein Gespräch und sein ziemlich abweisender Gesichtsausdruck verhinderte, dass sich ihm jemand näherte. Ohne es zu wollen, öffnete sich ihr Herz für ihn. Auch er dachte wohl, dass es für Magier sicherer war, alleine zu bleiben. Und genau wie sie wirkte er nicht so, als würde ihm das besonders gefallen.

»Warum hast du das gemacht?«, fragte Sara.

Liliana riss sich von dem Magier los und wandte sich zu Sara um. In ihrem silbrigen Blick lag nicht nur Verwunderung, sondern auch Mitgefühl. Liliana war sich sicher, dass sie Sara alles hätte anvertrauen können und dass sie es verstehen würde. Der Wunsch, Sara möge ihre Quelle werden, überfiel sie so heftig, dass ihre Knie weich wurden. Es wäre so einfach, eine Verbindung zu ihr aufzubauen, so leicht, ihr zu vertrauen. Sara würde sich nicht wie ein Fremdkörper in ihrem Leben anfühlen, sondern wie ein Teil davon. Die Zeit blieb stehen und in Saras märchenhaften Augen spiegelte sich die Zukunft, die Liliana sich immer erträumt hatte. Eine echte Verbindung. Ein Mensch, dem sie rückhaltlos vertrauen konnte. Ein echter Partner an ihrer Seite. Die Vision war so stark, dass sie die nagende Einsamkeit aus Lilianas Brust vertrieb und ihr ein Lächeln auf die Lippen zauberte. Sara erwiderte das Lächeln offen, aber auch leicht verwirrt, und Liliana fiel auf, dass sie noch nicht geantwortet hatte. Sie überlegte händeringend, was die Frage gewesen war. »Entschuldige, ich …«

»Sie wollte wissen, warum du dem Typ eine Abfuhr erteilt hast«, ging Ida dazwischen und die Vision von Sara als Quelle, die immer noch wie ein Schleier über der Realität lag, zerplatzte.

»Ich …«, begann Liliana, aber Idas feindseliges Stirnrunzeln ließ sie verstummen. Erst auf den zweiten Blick merkte sie, dass es nicht ihr galt, sondern einem jungen Mann, der halb neben, halb hinter ihr stand und die Zwillinge interessiert musterte. Liliana kannte ihn nicht, und da er vollkommen untypisch aussah, mit kastanienbraunen Haaren und grünen Augen, war sie sich auch absolut sicher, ihm noch nie begegnet zu sein. Wahrscheinlich war er für die Zeremonie angereist.

»Es kann überwältigend sein, wenn man neu ist.« Er hatte eine weiche, angenehme Stimme. »Keine Sorge, du wirst bald deinen Platz finden«, sagte er zu Sara.

»Vielleicht will sie das ja gar nicht«, zischte Ida. Sofort fasste Sara sie an der Hand, es wirkte wie eine Bitte.

Der junge Mann lächelte und ein Glitzern trat in seine Augen, das Liliana eine Gänsehaut im Nacken verursachte, ohne dass sie erklären konnte, warum. Wahrscheinlich bildete sie es sich nur ein, denn eigentlich sah er sehr sympathisch aus. »Ihr seid also die neuen Quellen. Ich bin Laurent. Aus dem Gemeinschaftszentrum in Paris, heute in Auckland angekommen.«

Sara lächelte zögerlich, als Liliana die Zwillinge vorstellte. Ob er ein Magier war oder eine Quelle? Leider galt es als unhöflich, so etwas direkt zu fragen. Während Laurent ein paar Sätze mit den Zwillingen tauschte, wanderte Lilianas Blick unwillkürlich wieder zu dem Magier mit den türkisen Augen. Er stand immer noch etwas abseits, aber er starrte nun nicht mehr in die Ferne, sondern musterte sie mit düsterem Blick. Was hatte er eigentlich für ein Problem?

»Es ist nicht leicht, die Rolle einer Quelle anzunehmen, ohne je gelernt zu haben, was das bedeutet«, bemerkte Laurent gerade und Liliana wandte sich ihm wieder zu. Er schien den Zwillingen wirklich helfen zu wollen. Und er war der Erste, der sie überhaupt von sich aus angesprochen hatte.

»Bestimmt ist es für einen Magier auch nicht einfach, mit einer Quelle zu arbeiten, die nichts über Magie weiß.« Sara wirkte entspannter, im Gegensatz zu Ida, die immer noch ihre Hand umklammert hielt.

Laurent lächelte Sara wohlwollend an. »Die Magie kommt von alleine. Dabei muss eine Quelle ohnehin nicht viel tun. Aber es gibt viele Dinge, die eine Quelle beachten muss. Viele Möglichkeiten, sich aus Versehen in eine schwierige Situation zu bringen, weil man die Traditionen nicht kennt.«

»Wir werden uns anstrengen, es schnell zu lernen, nicht wahr, Ida?« Ida brummte nur, während Sara Laurent entschuldigend anlächelte.

Laurent wurde ernst. »Es gibt nur eine wichtige Regel, die ihr euch merken müsst: bedingungsloser Gehorsam«, raunte er. Seine leisen Worte enthielten so viel Selbstbewusstsein, sein Blick so viel Dominanz, dass sogar Liliana beinahe die Augen gesenkt hätte, obwohl er sie nicht einmal ansah. Trotzig reckte sie ihr Kinn. Sara hingegen senkte den Kopf, was Laurent ein zufriedenes Lächeln entlockte. »Das ist lebenswichtig. Eine Quelle, die das versteht, ist für ihren Magier von unschätzbarem Wert.«

Liliana hatte plötzlich das Bedürfnis, Laurent von Sara wegzuzerren. Laurents Gegenwart fiel auf Sara wie die sengenden Strahlen der Wüstensonne auf eine Orchidee. Die Sonne war nicht gemein oder böse, aber ihre Kraft konnte die Orchidee zerstören. Fieberhaft überlegte sie, was sie tun konnte, um Laurent abzulenken, als er sich an sie wandte. »Es war interessant, dich kennenzulernen, Magierin. Ich bin sicher, wir werden in Zukunft gut zusammenarbeiten.« Er beugte sich etwas vor, sodass Sara und Ida ihn nicht hören konnten. »Verdirb sie mir nicht.« Er richtete sich wieder auf, lächelte erst Liliana, dann die Zwillinge an und verabschiedete sich. Mit offenem Mund starrte Liliana ihm nach.

»Ekelhafter Typ.« Ida schüttelte sich. »Ich glaube, ich brauche eine Dusche.« Zum ersten Mal stimmte Liliana ihr zu. Immerhin wussten sie jetzt, dass Laurent ein Magier war. Als sie Saras entsetztes Gesicht sah, hätte sie ihr nur zu gerne versprochen, dass sie nicht Laurents Quelle werden würde. Leider konnte sie das nicht. Niemand wusste, wer wem zugeteilt werden würde. Auch der Rat konnte nur eine grobe Einschätzung vornehmen, die auf den unterschiedlichen Stärken ihrer magischen Potenziale beruhte. Diese Information wurde jedoch streng geheim gehalten.

Ein Raunen in der Menge ließ sie auffahren. Ein Schopf rötlich blonder Haare wurde sichtbar und die Hohe Rätin schob sich lächelnd durch die Mitglieder, die ihr zujubelten. Sie war umgeben von ihren engsten Vertrauten, dem sogenannten Inneren Kreis des

Rates. Hinter ihr ging ein Magier, die Hand seiner Quelle lag fest in seiner. Der Leibmagier der Hohen Rätin. Auf sie hatten sie also so lange gewartet. Sie nahm nur sehr selten am Kollektiv teil, war viel unterwegs, und wenn sie in Auckland war, hatte sie meist andere Termine. Sicherlich war sie heute da, um Naos zu ehren und um eine Ansprache wegen der bevorstehenden Zeremonie zu halten. Es dauerte lange, bis sie bei der Tür angekommen war, sie blieb ständig stehen, wechselte ein paar Sätze mit jemandem oder strich einem Kind über die Haare, während der Magier sich in ihrem Schatten hielt. Vielleicht war die Hohe Rätin auch gekommen, um sich die neuen Mitglieder anzusehen, denn als sie bei dem Magier mit den türkisen Augen und der schlechten Laune vorbeikam, hielt sie kurz inne.

Als die Hohe Rätin schließlich durch das Portal trat, ertönte der erlösende Gong und die Menge drängte sich in den Saal. Liliana wartete, bis der Strom abgeebbt war, dann bedeutete sie den Zwillingen, ihr zu folgen. Doch als sie den Raum betreten wollte, blieben Ida und Sara vor der Tür stehen, gefangen von dem Anblick, der sich ihnen bot. Liliana konnte es ihnen nicht verdenken. Der Kollektivsaal umfasste mehrere Stockwerke des Wolkenkratzers. Die Wände aus dunklem, fast blickdichtem Glas, durch das man nicht nach draußen sehen konnte, erstreckten sich unendlich weit nach oben. Tatsächlich war die Decke so hoch, dass Liliana als Kind geglaubt hatte, es gäbe gar keine. Ein angenehmes Dämmerlicht herrschte hier, das es leicht machte, sich in die Geschichten hineinzuversetzen. Der Saal war leer, bis auf Sitzreihen aus schwarzem Stein, die sich von der Mitte aus spiralförmig nach oben zogen. Unzählige Mitglieder folgten dem kaum merklich ansteigenden Weg zu ihren Plätzen.

»Wir sollten uns setzen«, sagte Liliana.

»Einfach irgendwohin?«, fragte Sara.

Liliana schüttelte den Kopf. Die Sitzordnung in der Spirale folgte strengen Regeln. Die Magier und die Mitglieder des Rates saßen auf der obersten Stufe, einander im Halbkreis gegenüber. Auf der Stufe darunter saß die jeweilige Quelle zu Füßen ihres Magiers und die Wächter in ihren düsteren Roben zu Füßen der Räte. Dann kamen einige wichtige Würdenträger der Gemeinschaft und besonders einflussreiche Mitglieder. Auf den mittleren Rängen saßen die Jugendlichen, wobei zukünftige Magier ein Anrecht auf die höheren Plätze hatten, das sie aber nur selten nutzten. Meist wurde unter den Jugendlichen durchgemischt. Ganz unten, im flachen Bereich, saßen die Kinder, wobei die ganz kleinen von Eltern oder Kindermädchen begleitet wurden.

Liliana erspähte einige freie Plätze auf den mittleren Stufen und sah Laurent dort sitzen. Seine Worte hallten in ihren Ohren wider. *Verdirb sie mir nicht.* Laurent hatte sie bemerkt und warf ihr einen interessierten Blick zu, als fragte er sich, was sie jetzt wohl tun würde. Und er war nicht der Einzige. Eine andere Magierin, Aurelia, die auch an der Verbindungszeremonie teilnehmen würde, musterte Liliana und die Zwillinge mit zusammengezogenen Augenbrauen. Liliana hätte sich ohrfeigen mögen. Beinahe hätte sie einen großen Fehler gemacht. Es war keine gute Idee, wenn sie sich zu viel in der Gesellschaft der Zwillinge sehen ließ. Wenigstens eine von ihnen würde einem anderen Magier zugeteilt werden und der könnte glauben, dass Liliana versucht hatte, sie für sich einzunehmen und gegen ihren zukünftigen Magier auszuspielen. Die Zwillinge hatten es schwer genug, es war besser, sie saßen nicht auch noch beim Kollektiv neben ihr. Wo man saß und neben wem, konnte einem politischen Statement gleichkommen, deswegen saß Liliana am liebsten allein, um gar nicht erst irgendwelche Vermutungen aufkommen zu lassen. Ihr Onkel hatte es gut gemeint, als er die Zwillinge in ihre Obhut gegeben hatte, aber womöglich hatte er ihnen damit keinen Gefallen getan.

Liliana hielt nach einem Platz Ausschau, der für die Zwillinge infrage kam, und deutete auf eine freie Stelle im unteren Bereich bei den Jugendlichen. Sich dorthin zu setzen, zeugte von Demut und Respekt, das würden die anderen Mitglieder, so wie Laurent und Aurelia, wohlwollend zur Kenntnis nehmen. Und das konnte den beiden Mädchen nur helfen. Sie deutete auf die freien Sitzgelegenheiten. »Das da sind gute Plätze für euch.«

»Und du?« Sara hätte wohl lieber bei Liliana gesessen.

»Ich sitze etwas weiter oben. Allein.« Sie schob die beiden durch die Tür und auf die Plätze zu, um sich dann selbst nach einer Sitzmöglichkeit umzusehen.

»Wie es einer hochwohlgeborenen Magierin zusteht.« Die verächtlichen Worte, leise von außerhalb des Saales geflüstert, trafen Liliana wie ein Peitschenhieb. Noch bevor sie sich umgedreht hatte, wusste sie, dass türkise Augen sie wütend anblitzen würden. »Es wäre schließlich unter deiner Würde, neben Menschen zu sitzen, die die Magieebene nicht sehen können.«

Wut kochte in Liliana hoch, so blendend, dass sie für einen Moment vergaß, was sie sich vorgenommen hatte. Was erlaubte er sich eigentlich? Reichte es nicht, dass Ida ihr die ganze Zeit das Leben schwer machte? »Sie sind Quellen, verdammt noch mal. Sie müssen lernen, sich zu fügen. Wir tun ihnen keinen Gefallen, wenn wir sie schonen.«

Der Magier sah sie mit hochgezogener Augenbraue an, den Mund zu einem so verächtlichen Lächeln verzogen, dass Liliana erst sehr spät bemerkte, wie still es schlagartig um sie herum geworden war. Mit einem miesen Gefühl in der Magengegend drehte sie sich um. Alle Augen ruhten auf ihr. Die meisten entsetzt, einige empört. Ein paar der Jugendlichen schienen amüsiert. Die Akustik des Saales musste ihre Worte deutlich wiedergegeben haben. Worte, die aus dem Kontext gerissen völlig anders wirkten, als sie gemeint waren. Abfällig. Geringschätzig. Als hielte sie die Quellen für Menschen zweiter Klasse. Als wäre ihr der Ehrenkodex für Magier egal.

Liliana stieg die Hitze in die Wangen und sie verfluchte sich dafür. Wenn ihr Gesicht knallrot anlief, wurde es sicher nicht einfacher, einen letzten Rest Würde zu bewahren. Wie unfassbar peinlich. So ein Ausbruch vor der versammelten Gemeinschaft. Und vor allem vor ihrer zukünftigen Quelle. Vorsichtig warf sie einen Blick zu den Zwillingen hinüber. Ida wirkte noch wütender als zuvor und Sara verletzt, als wäre ihr gerade klar geworden, dass Liliana ihnen die ganze Zeit etwas vorgemacht hatte und nun ihr wahres Gesicht zeigte. Es versetzte Liliana einen Stich. Wie sollte sie das je wieder ausbügeln? Hatte sie mit einem unbedachten Satz all ihre Hoffnungen auf eine harmonische magische Verbindung zerstört?

Es war verlockend, Ida die Schuld zuzuschieben, die an ihren Nerven gezerrt hatte, oder den türkisen Augen, die sie immer wieder so merkwürdig angesehen und sie schließlich in einem schwachen Moment zu einem dummen Kommentar getrieben hatten. Aber Liliana wusste genau, dass sie sich das Ganze selbst zuzuschreiben hatte. Jemandem wie Laurent wäre das sicher nicht passiert. Oder Naos. Ein Magier musste Druck aushalten, er musste damit umgehen können, dass alle an ihm zerrten, und musste auch an schlechten Tagen über den Dingen stehen. Gerade hatte sie vor aller Augen bewiesen, dass sie diese Fähigkeiten nicht besaß. Ein Erklärungsversuch würde wahrscheinlich mehr schaden als nutzen, daher wartete sie, bis sich die Gesichter der Menge wieder von ihr abwandten. Am liebsten hätte sie sich irgendwo verkrochen. Aber das kam nicht infrage. Nicht heute, wenn ihr Bruder geehrt wurde und die Hohe Rätin etwas über die bevorstehende Zeremonie sagen könnte.

Liliana ließ den Magier mit den türkisen Augen stehen. Sie wollte ihm die kalte Schulter zeigen. Leider gelang ihr das nicht. Es war wie ein Sog, der sie zwang, ihm ihre Aufmerksamkeit zu schenken. Als sie sich nach ihm umsah, blitzten seine Augen immer noch, obwohl sein Blick inzwischen nicht mehr auf ihr, sondern Rat Danes ruhte. Dann lag es vielleicht doch nicht an ihr. Er schien ein generelles Wutproblem zu haben. Sie versuchte, die Sache abzuhaken, schließlich zwang sie niemand, sich mit ihm anzufreunden. Sie würden gemeinsam lernen, mit ihren Quellen umzugehen. Danach würden sie getrennte Wege gehen und sich höchstens bei Einsätzen begegnen, die mehrere Magier erforderten. Das war alles. Sie konnte nicht bestreiten, dass sie bei diesem Gedanken erleichtert war, auch wenn es ihr um seine schönen Augen leidtat. In einer Gemeinschaft von Schwarzäugigen war das Leuchten seiner grünblauen Augen wie eine Erholung für die Sinne. Natürlich hatte sie dafür auch noch die Zwillinge. Sie sah zu ihnen hinüber. Ihre ätherische Schönheit und ihre silbergrauen Augen berührten sie tief. Seltsamerweise war das nicht das Gleiche wie geballte türkisfarbene Wut.

Zum Glück unterbrach die Hohe Rätin ihre Gedanken. Undenkbar, wohin sie sonst noch gewandert wären. »Bei all der Aufregung wegen der Zeremonie sollten wir nicht vergessen, dass wir heute einen Magier ehren wollen, der der Gemeinschaft große Dienste erwiesen hat.«

Liliana wollte zuhören, wie die Hohe Rätin die neuen Mitglieder in ihren Reihen begrüßte, Naos ehrte und danach die Geschichte über die allererste Verbindungszeremonie erzählte. Aber sie konnte sich nicht konzentrieren. Immer wieder wanderte ihr Blick zu Sara und ihrer Schwester, die ihr ständig etwas ins Ohr flüsterte. Selbst im Zwielicht des Kollektivsaales war deutlich zu sehen, dass Saras Gesichtsausdruck immer finsterer wurde, immer enttäuschter. Lilianas Herz sank. Mit einem unbedachten Satz hatte sie Saras Ohren für Idas Kritik geöffnet und Idas schlimmste Annahme bestätigt. Angst nagte an Liliana. Wenn Ida ihre Quelle wurde, würde sie Liliana nach diesem Ausbruch, der von mangelnder Selbstbeherrschung zeugte, nie respektieren. Und wenn es Sara wurde … Liliana verspürte ein sehnsüchtiges Flattern in ihrem Magen. Wenn es

Sara wurde, würde sie vielleicht niemals wieder glauben, dass Liliana keine arrogante Magierin war, die sie nur ausnutzen wollte. Mit jeder Minute, die verstrich, mit jedem Satz, den Ida ihrer Schwester zuraunte, schien Lilianas Traum in weitere Ferne zu rücken.

6

Sie hatte also recht gehabt. Seth hatte sie gewarnt, dass man sie bald neu verbinden würde, um sie aus der Reserve zu locken. Er hatte gewusst, dass sie Sargas' Quelle aufsuchen würde, und wartete nur darauf, dass sie einen Fehler machte. Er sollte beweisen, dass sie ebenso eine Verräterin war wie ihre Quelle, und sie dann dem Rat ausliefern. Wahrscheinlich hatte er zu diesem Zweck sogar gelogen und der Rat plante gar nicht, sie neu zu verbinden. Eine Verräterin wollte der Rat sicher nicht mit magischer Macht ausstatten.

»Magierin.« Seth senkte den Kopf und berührte seine Lippen als Zeichen der Ehrerbietung mit den Fingerspitzen. Er ließ nicht erkennen, ob er Genugtuung empfand oder Triumph, weil er sie im Haus von Sargas' Quelle erwischt hatte. Die vollkommene Ausdrucksleere seiner Miene ließ seine Gesichtszüge verschwimmen. Einzig seine düsteren Augen hoben sich ab. Adara konnte den Blick nicht von ihnen wenden. Als müsste sie standhalten, weil wegzusehen eine Niederlage bedeutete. Verletzlichkeit. Als würde sie dem Löwen ihre ungeschützte Kehle präsentieren, damit er sie zerreißen konnte.

Sie unterdrückte ein Aufatmen, als Seth sich abwandte und seine Aufmerksamkeit auf den Jungen neben ihr richtete. »Matteo.« Im Gegensatz zu gerade eben sprach er den Namen nicht ohne Ausdruck, sondern mit einer gewissen Verwunderung aus. Gleichzeitig hob er eine Augenbraue. Zwei winzige Regungen, die mehr ausdrückten als tausend Worte. Adara überlief es kalt. Seth konnte nicht nur verbergen, was er fühlte, er konnte sein Gesicht einsetzen wie andere ihre Stimme. Konnte Gefühle erzeugen, wie es ihm gefiel. Und obwohl sie es wusste, konnte sie sich der Missbilligung nicht entziehen, die Seth Matteo spüren ließ.

Matteos Augen waren aufgerissen und seine Hände zitterten. Sie legte ihm eine Hand auf die Schulter und drückte sie tröstend.

»Tut mir leid, dass ich jetzt erst komme. Ich …«, stammelte Matteo.

»Du hast das Kollektiv verpasst.«

»Du auch, Wächter«, mischte Adara sich ein, die nicht ganz sicher war, was hier vor sich ging. Ein Kollektiv zu verpassen, war kein Verbrechen, auch wenn es nicht gerne gesehen wurde.

Seth wandte sich ihr zu. »Ich habe hier ein Kollektiv abgehalten, zu Ehren von Sargas, da seine Quelle das Haus nicht mehr verlässt. Und ich denke, man kann von dem Sohn seiner Quelle erwarten, dass er daran teilnimmt«, erwiderte er kühl und bestätigte damit, was Adara schon eine Weile vermutete. Matteo war Taurus Sohn.

»Ich war im Gemeinschaftszentrum, um dort das Kollektiv zu besuchen …« Matteo verstummte, als Seth für alle deutlich sichtbar seine Hand in den Beutel an seinem Gürtel schob. Matteo verfolgte die Bewegung nervös. Es war deutlich, was Seth vorhatte. Per Gedankennachricht überprüfen, ob Matteo wirklich beim Kollektiv gewesen war.

Adaras Herz stolperte über die unterschwellige Drohung in dieser Geste. Warum überwachte Seth Matteo derart? Sofort meldete sich Adaras Beschützerinstinkt. Sie räusperte sich. »Schon ärgerlich, wenn die Technik einen im Stich lässt.« Sie nickte zu der Vespa hinüber.

Matteo blinzelte, dann breitete sich wackelige Erleichterung auf seinem Gesicht aus. »Ja. Ärgerlich. Ich musste sie reparieren und kam deshalb viel zu spät zum Kollektiv. Darüber war ich so entsetzt, dass ich mich schrecklich aufgeregt habe. Danke, dass Ihr mich begleitet habt, Magierin, um sicherzugehen, dass ich gut nach Hause komme.«

»Du hast den Jungen also nur begleitet?« Von jedem anderen hätte sie einen lauernden Tonfall erwartet. Seth betrachtete sie nur mit mildem Interesse.

Sie lächelte kühl. »Allerdings.« Es war die perfekte Ausrede. Die Seth ihr natürlich nicht abnehmen würde. Aber er konnte sie auch nicht widerlegen.

Seth erwiderte nichts. Kein Ärger sprach aus seiner Miene, kein Spott. »In diesem Fall möchte ich dir für den Rückweg meine Begleitung anbieten, Magierin. Die Limousine trifft in wenigen Minuten ein.« Adara versank für einen Moment in den dunklen Tiefen seiner Stimme, bevor sie die Aufforderung wahrnahm, die darin verborgen lag.

Sie hätte es ahnen müssen. Und jetzt? Mit Seth den ganzen Weg zurück zur Via Giulia im Fond einer Limousine eingesperrt sein? Seinem Blick ausgesetzt, seiner ausdruckslosen Musterung? Wo er die Gefahr auszuströmen schien wie eine Quelle die Magie? Niemals. Keine einzige Minute würde sie allein in seiner Gesellschaft verbringen.

Außerdem konnte sie nicht gehen. Nicht jetzt. Nicht, wenn Sargas' Quelle ihr zu verstehen gegeben hatte, dass sie mit ihr reden wollte. Aber wie konnte sie Seths Angebot ablehnen, ohne sich verdächtig zu machen? Adara öffnete den Mund, obwohl sie keinen blassen Schimmer hatte, was sie sagen sollte. Ein Zerren an ihrem Arm brachte sie vollends aus dem Konzept. Tauru hatte sich an sie geklammert, stöhnte leise und wankte gefährlich. Schnell legte Adara einen Arm um sie und stützte sie.

Matteo sprang zu ihr und griff nach ihrem anderen Arm. »Mama? Ist alles in Ordnung?«

Der Sternenstaub in den blinden Augen blitzte auf, als die Quelle erneut jammerte und stöhnte. Sie krallte ihre Finger in Adaras Arm und zog daran. Als wollte sie ihr etwas sagen. Adara riskierte einen Blick zu Seth, der ihnen gegenüberstand. Regungslos und ohne die Quelle aus den Augen zu lassen.

»Was ist mit ihr?«, wandte Adara sich an Matteo, fixierte aber Seth dabei wachsam.

»Es geht ihr nicht gut«, sagte Matteo. »Die Aufregung …«

Adaras Herz machte einen Satz. Das war ihre Chance. Schlau eingefädelt von Tauru, die sicher nicht so verrückt war, wie sie tat. »Es tut mir leid, Wächter, aber ich fürchte, ich muss das Angebot ausschlagen. Scheinbar hat das Kollektiv zu Ehren ihres ehemaligen Magiers sie sehr aufgewühlt.«

»Vor Freude«, warf Matteo hastig ein. »Wir sind sehr dankbar.«

Seth nickte hoheitsvoll. »Natürlich bleibe ich, bis ich mich überzeugt habe, dass es ihr besser geht.«

Adara fluchte innerlich und überlegte fieberhaft, wie sie ihn loswerden konnte. Die Quelle brabbelte aufgeregt vor sich hin, fasste sich an die Stirn und wiegte sich vor und zurück, wobei sie sich hinter Matteo verkroch, sodass Seth sie nicht sehen konnte. Adara runzelte die Stirn. Wollte sie ihr damit einen Tipp geben? »Die Anwesenheit eines Wächters setzt sie unter Druck, ich glaube, es beschämt sie, dass du sie in diesem Zustand siehst. Ich werde Matteo helfen, sie zu beruhigen. Danach werde ich einen Begleiter rufen. Aber ich danke dir für dein freundliches Angebot.«

Zu ihrem Erstaunen akzeptierte Seth ihre Ablehnung mit einem Nicken. Als hätte er nichts anderes erwartet. Angst legte sich um Adaras Herz wie eine eiserne Faust. Das konnte nur eines bedeuten. Seth nahm die Tatsache, dass sie bei der Quelle blieb, als Zeichen, dass sie sich mit ihr verbündete. Mit jemandem, der den Rat ganz offen ablehnte und offensichtlich magische Geheimnisse kannte. Für ihn musste es der Beweis sein, dass sie eine Verräterin war. Sie zermarterte sich das Gehirn nach einer Möglichkeit, diesen Verdacht zu zerstreuen. Es gab keine. Sogar mit ihm zu gehen, würde nichts bringen, außer ihr die einzige Chance zu nehmen, mit Tauru zu reden.

Als Seth sich verabschiedete und auf das Tor zuging, vor dem bereits eine Limousine der Gemeinschaft wartete, wusste sie, dass ihr nur wenig Zeit blieb. Seth würde den Rat informieren. Und dann würde man sie holen. Jede Sekunde zählte jetzt. Gemeinsam mit Matteo schleppte sie die Quelle auf das Haus zu. Immer noch brabbelte sie und wirkte benommen. Solange sie in diesem Zustand war, hatte es nicht viel Sinn, mit ihr zu reden. Aber es gab noch etwas anderes, das Adara auf der Seele brannte.

»Warum hat Seth es auf dich abgesehen?« Sie betraten das Wohnzimmer, das erstaunlich modern eingerichtet war, und setzten Tauru auf ein schwarzes Ledersofa.

Matteo zuckte mit den Achseln. »Weiß nicht.«

Adara legte den Kopf schief und musterte ihn. Seth hatte gefragt, warum er nicht beim Kollektiv gewesen war, aber dahinter steckte mehr, da war sie sich sicher. Nur was? Matteo schüttelte ratlos den Kopf. Adara seufzte und sah sich im Zimmer um. An einer sonst vollkommen leeren Wand hing ein großes Gemälde von einem Mann, sicherlich Sargas. Sie musterte den legendären Magier. Er sah aus wie alle Mitglieder der Gemeinschaft, fast schwarze Haare, golden schimmernde Haut, schwarze Augen. In seinem Blick lag etwas Freches, das seinen angegrauten Haaren trotzte. Ein Ausdruck, der Adara merkwürdig bekannt vorkam. Wieder überlegte sie, ob sie ihn, abgesehen von Matteos Graffiti, schon einmal irgendwo gesehen hatte. »Er sieht sympathisch aus.«

Matteo nickte. »War er auch.«

Der Schmerz in seiner Stimme ließ Adara aufhorchen. Eine Ahnung erwachte in ihr. »Hat Seth es deshalb auf dich abgesehen? Weil du Sargas' Sohn bist?«

Matteo biss sich auf die Lippe. Natürlich würde er nicht zugeben, dass er ein verbotenes Kind war. Der eindeutige Beweis für die verbotene Liebe zwischen Magier und Quelle. Eines der großen Tabus der Gemeinschaft. Hochverrat. Adara schluckte schwer. Es musste so sein. Es erklärte alles. Sie wollte nicht daran denken, was mit Matteo geschehen würde, wenn Seth dem Rat Beweise vorlegen konnte. »Matteo, du kannst es mir sagen, ich könnte …«

Matteo wollte etwas erwidern, doch seine Mutter fiel ihm ins Wort. »Das reicht jetzt!« Ihre Stimme zitterte und doch duldete ihr Tonfall keinen Widerspruch.

»Mama?« Matteo, plötzlich gar nicht mehr trotziger Teenager, sondern ganz besorgter Sohn, warf Adara einen bösen Blick zu. »Sie soll sich nicht so aufregen.«

»Hör auf, wenn hier einer jemanden bemuttert, dann ich dich«, knurrte sie, packte den Jungen aber gleichzeitig und zog ihn in eine feste Umarmung. Dann flüsterte sie ihm etwas ins Ohr, woraufhin er in den Tiefen des Hauses verschwand.

Sie hatte also wirklich nur gespielt. Ihre Verrücktheit, damit sie nur mit den Leuten reden musste, mit denen sie reden wollte. Und ihre Schwäche und Aufregung, um Seth loszuwerden. Es war Zeit, offen zu reden. »Warum spionierst du mich aus?«

Die Quelle hob den Kopf und ihre blinden Augen starrten Adara so direkt an, dass sie eine Gänsehaut bekam. »Ich weiß nicht, was du …«

»Gib dir keine Mühe. Ich weiß, dass Matteo mir aufgelauert hat.«

Tauru strich andächtig über ihr Augenbrauenpiercing. Dann beugte sie sich verschwörerisch zu Adara. »Wie wäre es«, flüsterte sie mit bebender Stimme, »wenn ich dir sage, dass er dir gefolgt ist, weil ich wissen wollte, ob du die Erwählte bist, deren Schicksal ich in den Sternen gesehen habe?«

»Bitte was?«, machte Adara verdattert.

Tauru hob die Schultern und ließ sich wieder nach hinten in das Sofa fallen. »Dann eben nicht. Ich wollte wissen, wer da täglich in einer Luxuslimousine des Rates vor meiner Tür auf der Lauer liegt, das ist alles.«

Adara starrte sie an.

Ein Grinsen breitete sich auf ihrem Gesicht aus. »Was ist? Dachtest du, nur weil ich blind und vernarbt bin und meine Haare grau sind, muss ich auch weise sein und halb weggetreten mystisches Zeug plappern, das dir hilft, deine Mission zu erfüllen?«

Im Moment fragte sie sich eher, wie die Frau wissen konnte, dass sie sie angestarrt hatte.

»Ich höre es an deinem Atem. Ich fühle es daran, wie dein Schatten auf mich fällt oder wie er sich verändert. Man bekommt Übung darin, solche Zeichen zu lesen, notgedrungen. Und nein, ich kann keine Gedanken lesen. Schön wär's. Dann hätte ich vorhin am Tor einfach in deinem Kopf herumgewühlt und hätte Matti nicht auf seiner Vespa losschicken müssen, um zu erfahren, wer du bist.«

»Tut mir leid, ich wollte nicht …«

»Ach. Du wolltest nicht zu der berühmten Quelle des legendären Magiers, der so anders war als die anderen? Du wolltest keinen Blick auf die entstellte Verrückte werfen und sie dann um Rat bitten, weil Verrückte ja eine Verbindung zum Universum haben und Dinge können, die andere nicht beherrschen?«

Beschämt senkte Adara den Blick. Ersteres traf zwar nicht zu, sie hatte weder gewusst, dass die Frau entstellt war, noch dass sie als wahnsinnig galt. Dazu hätte sie mit anderen über sie reden müssen und das hatte sie nicht getan, um keine Aufmerksamkeit auf ihre Nachforschungen zu lenken. Dafür traf die zweite Anschuldigung mitten ins Schwarze. Sie hatte sich von ihr einen Rat erhofft. Offensichtlich war sie nicht die Erste.

»Wenn ich für jeden Magier der Gemeinschaft, der meine Auffahrt entlangpilgert, weil er einen Rat von mir will, eine Geschichte zu hören bekäme, könnte ich mit einer neuen Kollektivgeschichte meine eigene Gemeinschaft aufmachen, das sage ich dir.«

Adara wollte sich verteidigen, aber die Quelle hatte ja recht. Sie hatte nur ihre eigenen Ziele im Kopf gehabt. Sie hatte nicht einen Gedanken an die Frau verschwendet. »Tut mir leid.«

»Schon gut. Und jetzt leg die Hand an meine Wange.«

»Wie bitte?«

»Ich kann wirklich Dinge, die andere nicht beherrschen. Könnte zwar gut drauf verzichten, aber so ist es nun mal. Manches davon ist sogar nützlich. Ich kann an deiner Berührung lesen, wer du bist, also los, leg mir die Hand auf die Wange.«

Adara hob unwillkürlich eine Hand, ihr Blick fiel dabei aber auf die Hände der Frau.

Die lachte bitter. »Die da?« Sie hob ihre vernarbten, wulstigen Finger. »Ich kann damit Besteck halten oder mich an der Wand abstützen, aber das war's auch schon. Ich fühle damit nichts.«

Sie hörte nur halb, was die andere sagte, denn zum ersten Mal nahm sie Taurus Narben ganz bewusst wahr. Adaras Hand verharrte in der Luft, gelähmt von der Erkenntnis, worum es sich handelte. Es waren Kreise, Punkte und Linien, nicht zart, sondern rot und aufgeworfen, sodass sie es im ersten Moment nicht erkannt hatte. »Die Zeichnung«, flüsterte sie. Adara starrte auf die entartete Zeichnung und für einen winzigen verzweifelten Moment überfiel sie der perverse Gedanke, dass diese Frau das Glück hatte, für immer von ihrem Geliebten gezeichnet zu sein. Nie wieder würde sie in der Lage sein, einen anderen Menschen so zu fühlen wie ihn. Es war die ultimative Erinnerung. Das perfekte Vermächtnis. Sofort hasste sie sich dafür und zwang sich, für ihre gesunden Hände dankbar zu sein. Sie schloss die Fäuste und presste sie an ihre Brust. Sie war dankbar, sogar sehr. Immer dann, wenn die Narben in ihrem Inneren ihr genug Luft zum Atmen ließen.

»Es ist bei dem großen Unglück geschehen, bei dem er gestorben ist, ebenso wie das mit meinen Augen.«

Das große Unglück. Es war einer der größten Unfälle in der Geschichte der Gemeinschaft gewesen. Unzählige Magier und Quellen waren dabei ums Leben gekommen. Aber sie hatte bisher nicht gewusst, dass auch Sargas dabei gewesen war. Und dass seine Quelle eine der wenigen Überlebenden war.

Adara erschauerte. Eine Liebe, die es nicht geben durfte. Ein verbotenes Kind. Ein schrecklicher Unfall. Sargas und seine Quelle waren der entsetzliche Beweis dafür, dass die Liebe zwischen Magier und Quelle aus gutem Grund verboten war.

»Immerhin hast du Matteo«, flüsterte Adara.

Die Quelle wandte das Gesicht ab, oder nein, sie wandte Adara das Ohr zu. Sie horchte. Überlegte vielleicht. Schließlich griff sie nach Adaras Hand und legte sie sich auf die Wange. »Adara.« Sie sagte es bedächtig, drehte jeden Buchstaben auf ihrer Zunge hin und her. »Einer der hellsten Sterne, die man von der Erde aus sehen kann. Ich habe deine Geschichte im Kollektiv gehört.« Bedauern klang in ihren Worten an. Sie ließ die Hände sinken. »Es war gut, dass du meine Auffahrt entlanggepilgert bist.« Sie lächelte. »Aber Gedanken lesen kann ich nicht, und wenn du mir nichts sagst, kann ich dir nicht helfen.«

Adara biss sich auf die Lippe. Im Angesicht der Geschichte dieser Frau, die sie nicht kannte und die doch tief genug in ihr Antlitz und das ihres Sohnes gegraben war, um sich für immer in Adaras Herz einzubrennen, brachte sie es nicht über sich, ihre Frage zu stellen. Wenn sie einen Weg kannte, Tote zurückzuholen, hätte gerade sie es dann nicht längst getan?

»Kannst du ihn spüren? Sargas?«, fragte sie stattdessen.

»Oh ja.« Sehnsucht strömte aus ihren Worten. »Ich spüre ihn. Er hat mich nie verlassen.«

Adara nickte mit Tränen in den Augen. Sargas war hier. Warum war sie allein?

»Manchmal ist es nicht mehr als ein leises Summen, ein Unterton in meinem Leben, eine Saite meines Herzens, die er spielt. Hörbar nur für mich. Manchmal ist es viel mehr. Dann sehe ich seine Gedanken.«

»Wie kann man denn Gedanken sehen?«

Die Quelle lachte leise, beinahe verträumt. »Er schickt mir Bilder, direkt in meinen Kopf. Wunderbare Bilder.«

Verzweiflung erfasste Adara so unerbittlich, dass sie beinahe in die Knie ging. *Warum bist du nicht hier? Warum schickst du mir keine Bilder? Ich brauche dich. So sehr.*

Die Quelle hob eine Hand und strich ihr tröstend über die Wange. »Dein Atem klingt wie der eines Menschen, dem man das Herz aus der Brust gerissen hat.«

Adara verbiss sich das Schluchzen, das in ihrer Kehle hing. »›Die Toten bleiben‹, sagt man. Das sagst auch du. Aber er ist nicht da. Habe ich …« Sie schwieg, versuchte, die Gewalt über ihre Stimme zu behalten. »Habe ich ihn vielleicht nicht genug geliebt? Hat er mich nicht genug geliebt?«

»Vielleicht hat er dich zu sehr geliebt«, gab die Quelle rau zurück.

Zu sehr? Konnte man jemanden zu sehr lieben? So sehr, dass man den Schmerz, den er fühlte, nicht mit ansehen konnte? War er deshalb nicht bei ihr? »Dann glaubst du, dass er noch da ist?«

»Natürlich. Sie lösen sich doch nicht einfach auf. Das wäre ja noch schöner.« Sie schnalzte mit der Zunge.

Adara lächelte tränenschwer. »Kannst du mir helfen, ihn zu finden?« Es ging nicht mehr darum, dass sie ihn zurückholen wollte. Sie wünschte sich einfach nur, ihn zu spüren. Seine Gedanken, die sich mit ihren mischten, seine Erinnerungen, die er ihr als Bilder in den Kopf zauberte. Seine Magie, die sie immer noch erfüllte.

»Vielleicht.«

Magierin Adara. Bitte finde dich unverzüglich im Gemeinschaftszentrum ein.

Adara erstarrte entsetzt. »Nein.« Nicht jetzt.

Die Quelle sah sie fragend an.

»Eine Gedankennachricht des Rates.« Seth hatte sie also wirklich ausgeliefert. Man würde sie zurück in die Via Giulia holen und verhören. »Ich habe nicht mehr viel Zeit. Bitte sag mir, wie ich seinen Geist finden kann.«

Die Quelle schüttelte den Kopf und griff nach Adaras Hand. Nur ein paar kleine Suchbewegungen verrieten, dass sie nicht genau wusste, wo sie war. »Wenn die Zeit drängt, dann gibt es etwas Wichtigeres, was ich dir sagen muss.«

Adara schüttelte den Kopf. »Nein, bitte, ich …«

»Hör mir zu.« Ihr Tonfall duldete keinen Widerspruch. »Es ist wichtig für dich, dass du verstehst, was ich dir sagen will, also hör gut zu.« Der Sternenstaub in ihren Augen glomm auf, als sie sich zu Adara beugte. »Sie werden dir eine neue Quelle zuweisen. Ich bin keine Hellseherin, ich habe keine Ahnung, wann sie es tun werden und wer es sein wird, aber ich bin sicher, dass es geschehen wird, denn sie brauchen dich. Im Gegensatz zu mir, ich bin für sie nutzlos geworden.« Sie hob vielsagend die Hände. War das Erleichterung in ihrer Stimme? »Nur für wenige ist Magie eine Verbindung der Seelen. Tief und brennend, echt und wunderbar. So wie für dich. Wenn du mit jemandem verbunden bist und die Magie euch durchströmt, berührt er dein Herz und fühlt deine Gedanken.«

Wie konnte sie so genau beschreiben, was in ihr vorgegangen war, wenn sie mit ihm verbunden gewesen war? »Aber doch nur, wenn man jemanden liebt.« Dass sie damit die verbotene Beziehung zu ihrer Quelle zugab, war ihr egal.

»Nein, für dich wird es immer so sein.«

»Was, wenn ich mit jemandem verbunden werde, dem ich nicht trauen kann?«

»Dann … wird derjenige deine tiefsten Gedanken kennen und deine Seele entblößen. Dein Körper wird dich betrügen. Du wirst verletzt werden.«

Adara schluckte schwer. »Woher weißt du, dass ich zu den Menschen gehöre, die eine magische Verbindung so tief fühlen?«

Mitleid huschte über das Gesicht der Quelle. »Dein Schmerz verrät dich. Die offene Wunde, die nicht heilen kann. Weil die Verbindung zu tief war. Und weil sie für dich immer noch existiert. Du wirst nie in der Lage sein, dich dem zu entziehen. Auch bei einer neuen Verbindung nicht.«

»Was soll ich tun?«, flüsterte Adara entsetzt.

»Du musst deine Zeit nutzen.«

Magierin Adara, bitte begib dich umgehend ins Gemeinschaftszentrum.

Adara stöhnte leise auf und griff sich an die Stirn. »Was … was meinst du damit?«

»Du musst gehen, sie sind bereits draußen und ich will nicht, dass sie reinkommen.«

»Ja, natürlich … Matteo.« Adara stand auf. Matteo sollte dem Rat so wenig wie möglich unter die Augen treten.

»Ruf nicht an. Schick keine Gedankennachrichten. Und pass das nächste Mal besser auf, wenn du kommst«, raunte die Quelle. Adara wollte noch etwas sagen, aber die Quelle schob sie auf den Hof zu. Von Matteo keine Spur. »Möge deine Geschichte erzählt werden, Magierin.« Aus ihrem Mund war es keine Floskel. Es war ein echter Wunsch, der Adara tief berührte. Nachdem die Quelle hinter den hohen Türen ihres Hauses verschwunden war und sie die Worte immer und immer wieder in ihrem Geist hin und her bewegt hatte, fiel ihr auf, warum es sie so berührte. Deine Geschichte. Deine. Sie hatte es betont. Als wüsste sie, dass die Geschichte, die der Rat über Adara verbreitete, nicht der Wahrheit entsprach.

Als Adara auf die Straße trat, wartete dort bereits eine Limousine der Gemeinschaft auf sie. Ein Wächter mit verhülltem Gesicht stand davor. Er war nur wenig größer als sie, zu klein, um Seth zu sein. Erleichtert stieg sie in den Fond der Limousine, rutschte auf die Rückbank … und zuckte zusammen. Seths düstere Augen ruhten auf ihr. Unwillkürlich warf sie einen Blick zurück zur Tür der Limousine. Mit einem lauten Knall schloss sie sich hinter ihr. Flucht unmöglich.

»Was tust du hier?«, zischte sie. Dabei war das völlig klar. Er wollte persönlich dafür sorgen, dass sie nicht unterwegs abhandenkam.

Seths Gesicht lag im Schatten, aber das war in seinem Fall ja auch schon egal. »Ich habe Order, dich zum Gemeinschaftszentrum zu begleiten.«

»Die Via Giulia finde ich auch alleine.«

Seth legte den Kopf schief und seine Augen glitzerten spöttisch. Die Härchen in Adaras Nacken stellten sich auf. Dass sie nicht in ihm lesen konnte, hatte sie schon immer verunsichert. Jetzt fragte sie sich, ob es nicht gefährlicher war, wenn er sie wissen ließ, was er dachte. Unwillkürlich legte sie die Hand auf den Griff der Autotür, um rauszuspringen, sobald sie angekommen waren. Sie würde keine Sekunde länger als unbedingt nötig in Seths Gegenwart ertragen. Die Limousine setzte sich in Bewegung und Adara sah aus dem Fenster in die staubige, milde Abendsonne über Rom. *Deine* Geschichte. Es musste etwas zu bedeuten haben. Sie musste Tauru unbedingt wiedersehen. Wie konnte sie dem Rat – und Seth – nur entkommen?

Plötzlich stutzte sie. »Das ist nicht der Weg in die Via Giulia.« Sie wandte sich Seth zu, beherrschte nur mühsam ihre Panik und setzte eine hoheitsvolle Miene auf. »Ich verlange, dass du mir sofort sagst, wohin wir fahren.«

»Zum Flughafen. Der Jet erwartet uns.«

Adara starrte ihn entsetzt an. Der Jet? »Du hast gesagt, du begleitest mich zum Gemeinschaftszentrum.« Ihre Stimme wurde leiser, als ihr schwante, was das zu bedeuten hatte.

»In Auckland.« Seths dunkle Stimme waberte zu ihr hinüber. Und darin lag ein Unterton, von dem sie nicht sicher war, ob er gewollt hatte, dass sie ihn wahrnahm. Neugier.

Adara verkniff sich eine Antwort. Sie warf Seth nicht vor, dass er sie absichtlich im Unklaren gelassen hatte. Sie schrie auch nicht Zeter und Mordio, weil sie nicht hatte packen können. Sicherlich befand sich ihr Gepäck im Kofferraum. Daran, dass man einfach für sie packte und sie direkt in ein Flugzeug setzte, musste man sich als Magier gewöhnen. Das kam ständig vor, weil man überall auf der Welt für Einsätze gebraucht wurde. Adara ließ sich auch nicht anmerken, dass der Gedanke an zwei Tage mit Seth im Flugzeug ihr Herz zum Rasen brachte und ihren Mund trocken werden ließ. Irgendwie würde sie es überstehen. Aber man würde sie als Verräterin zur Rede stellen und sie würde vielleicht nie wieder Gelegenheit bekommen, nach Rom zurückzukehren. Adara begann zu zittern. Wenn es doch nur allein ihre Zukunft gewesen wäre, die davon abhing. Aber es ging um so viel mehr.

7

Gelähmt vor Aufregung harrte sie aus, während ihre Mutter sie zurechtmachte. Der Wind riss heftig an den Planen des Zeltes, das man Liliana für die Zeremonie zugeteilt hatte. Am Eingang stand der Wächter, der sie und ihre Quelle in den ersten Wochen überwachen würde. Lilianas Magen krampfte sich noch mehr zusammen, als ihr Blick auf seinen düsteren schwarzen Umhang fiel, dessen Kapuze über sein Gesicht gezogen und um den Hals geschnürt war. Eine Maske ohne jegliche Gesichtszüge, aus der nur der Glanz dunkler Augen hervorstach. Nicht zu wissen, wer sich darunter verbarg, sollte bewirken, dass man unvoreingenommen war. Die Magier sollten dem Urteilsvermögen des Wächters vollkommen vertrauen können, unbeeinflusst von persönlichen Vorlieben oder Abneigungen. Von klein auf war sie an das düstere Äußere der Wächter gewöhnt, doch jetzt verunsicherte es sie.

Gewissenhaft steckte ihre Mutter ein paar letzte aufsässige Haare in den festen Knoten, den sie aus Lilianas langen Haaren gedreht hatte. Währenddessen versuchte Liliana, nicht daran zu denken, dass ihr nur noch wenige Minuten blieben, sich hier zu verstecken. Vielleicht kam ihre Nervosität von der ungewohnten Kleidung, den

Gewändern der Magier, die sie nun für die Zeremonie zum ersten Mal tragen durfte. Ihre Beine steckten in einer eng anliegenden schwarzen Hose, ihre Füße in nagelneuen Lederstiefeln, die mit dem Symbol der Gemeinschaft versehen und so bequem waren, als hätte sie sie schon wochenlang eingelaufen. Über dem engen, langärmeligen Oberteil, ebenfalls schwarz, trug sie eine leichte, ärmellose Weste, die an der Taille verschnürt und von einem Gürtel zusammengehalten wurde, an dem das Säckchen mit den Steinen baumelte, die sie heute notgedrungen statt des Handys bei sich trug. Die Weste war blutrot, damit man die Magier bei einem Einsatz besser finden konnte. Unten, am Saum, war in Silber das Emblem der Gemeinschaft eingestickt, an dem Liliana nervös herumfingerte.

Ihre Mutter legte eine Hand auf ihre, damit sie aufhörte, ihre neue Uniform zu malträtieren, und sah sie mit ihren dunklen Augen fest an. »Du wirst deine Sache großartig machen, da bin ich sicher.« Sie meinte es nur gut. Trotzdem wäre ihr ein *Ich hab dich lieb, egal was passiert* oder ein *Niemand erwartet, dass es beim ersten Mal perfekt klappt* lieber gewesen. Liliana schwieg, während ihre Mutter ihr in den langen, zeremoniellen Mantel half, der blutrot bis auf den Boden fiel. Er war ärmellos wie die Weste und wurde ebenfalls an der Hüfte geschnürt, an einer Seite halb offen, sodass der Magier große Schritte machen konnte, ohne darüber zu stolpern und nicht durch den Stoff greifen musste, um die Steine am Gürtel zu erreichen.

Ihre Mutter schob sie vor den Spiegel. Lilianas Kehle war wie zugeschnürt. Zwar trug sie die Sachen einer Magierin, aber sie fühlte sich nicht wie eine. Saras enttäuschtes Gesicht ging ihr einfach nicht aus dem Kopf und erinnerte sie daran, wie sehr sie versagt hatte. Dabei war sie sich mehr denn je sicher, dass Sara ihre Quelle werden würde. Und dass alles schrecklich schieflaufen würde, weil sie Sara schon vor der Verbindung so schwer enttäuscht hatte. Zum millionsten Mal fragte sie sich, ob sie ihrer Mutter sagen konnte, wie es wirklich in ihr aussah. *Ich habe Angst,* wollte sie sagen. *Schreckliche Angst. Was, wenn es schiefgeht? Was, wenn die Magie mir entgleitet? Was, wenn Sara mich für immer hasst?* Ihre Unterlippe bebte, während sie die Worte formte. Ihre Mutter beugte sich ein wenig zu ihr, damit der Wächter sie nicht hörte. »Dein Onkel hat mir unter dem Siegel der Verschwiegenheit gesagt, dass du dieses Jahr das größte Potenzial von allen hast.« Der Stolz in ihrer Stimme ließ alle Worte, die Liliana auf der Zunge lagen, zu einem bitteren Gefühl zerfallen, das sich in ihrem ganzen Körper ausbreitete.

»Sogar mehr als Naos damals. Deswegen war es so schwierig, für dich eine Quelle zu finden. Der Rat ist froh, dass es gelungen ist und sie bald so eine starke Magierin wie dich zur Verfügung haben. Du wirst dringend gebraucht. Es wird großartig laufen, du wirst sehen.«

Als Liliana ihre Mutter stumm ansah, bemerkte sie den verspannten Zug um ihren Mund, der ihre zuversichtlichen Worte Lügen strafte. Ihr wurde bewusst, dass nicht nur sie selbst unter den hohen Erwartungen litt. Liliana kam aus einer der ältesten Familien der Gemeinschaft, die schon seit Generationen einen Magier nach dem anderen hervorbrachte. Häufig mit besonders großem Potenzial. Es hatte nie Probleme bei der Zeremonie gegeben und man erwartete, dass Liliana sich in diese Tradition einreihte. Lilianas Blick sank zu der Stickerei auf der zeremoniellen Magierrobe ihrer Mutter. Es war ihr Magiername, symbolisch in Kreisen und Punkten ausgedrückt.

Wenn alles gut ging, würde in wenigen Wochen nach der Namenszeremonie auch Lilianas Robe und die ihrer Quelle ein solches Symbol zieren, das für Lilianas Magiernamen stand. Zitternd atmete sie ein. Es musste einfach alles gut gehen. Aber was, wenn sie gleich auf Sara traf und Sara zu verängstigt war, um ihre Pflicht zu erfüllen? Sie war neu, hatte gerade mal zwei Tage Zeit gehabt, um sich auf die Zeremonie und ihre Rolle als Quelle vorzubereiten.

Und sie hielt Liliana jetzt auch noch für eine arrogante Magierin, die ihre zukünftige Quelle lediglich als Energielieferant sah. Der Gedanke lag Liliana wie ein Klumpen im Magen. Das durfte nicht sein. So konnte die Zeremonie ja gar nicht gut gehen. Sie musste mit Sara reden. Sofort.

Ihre Mutter verabschiedete sich. »Und keine Angst, es ist auszuhalten.« Als sie fort war, warf Liliana dem Wächter einen unsicheren Blick zu. Seine ausdruckslose Maske schien an ihr vorbeizustarren, aber sie war sich sicher, dass er sie genau beobachtete. Sie hob das Kinn und ging zum Zelteingang. Der Wächter machte einen Schritt auf sie zu, aber Liliana, noch durchtränkt von der Gegenwart ihrer Mutter, warf ihm einen Blick zu, der sich so magierhaft anfühlte, dass der Wächter stehen blieb und kein Wort sagte, als sie das Zelt verließ.

»Ich bin rechtzeitig zurück«, behauptete sie, obwohl sie keine Ahnung hatte, wann man sie rufen würde. Sie hoffte einfach, dass es klappte und der Wächter nicht nach ihr suchen würde.

Draußen vor dem Zelt umheulte sie der Wind, riss unbarmherzig an ihrer Uniform und zerstörte die Frisur, die ihre Mutter so sorgsam zusammengesteckt hatte. Liliana war es egal. Sie wollte nur Sara finden. Sie lief durch die karge Mondlandschaft des South Crater, trotz des Namens kein Krater, sondern eine Hochebene in den Bergen des Tongariro National Park, die von den gezackten Gipfeln mehrerer Vulkane umgeben war. Majestätisch ragten sie hinter den Zelten auf, uralte Götter der Maori in unruhigem Dämmerschlaf. Düstere Wolken schirmten das Vulkanplateau vor den Blicken Unbeteiligter ab, Blitze zuckten auf unerschrockene Wanderer nieder, die sich trotz Unwetterwarnung und gesperrten Pfaden an den lebensgefährlichen Aufstieg zum South Crater wagen wollten. Niemand sollte die Verbindungszeremonie stören, für die sich die Menge bereits zwischen den Vulkanen am Fuß des Mount Ngauruhoe versammelt hatte. Lilianas Blick blieb kurz an seinem gewaltigen, rot-schwarzen Krater hängen, bevor sie sich wieder den Zelten zuwandte. Entsetzt schlüpfte sie hinter eines davon, als sie eine Gruppe schwarz gekleideter Menschen in ihre Richtung kommen sah. Eine Gänsehaut überlief sie. Die Hohe Rätin, ihr Leibmagier und einige andere Angehörige des Rates. Sie machten sich bereit und versammelten sich vor dem ersten Zelt. Sie musste Sara finden, bevor diese an der Reihe war, und ohne dass die Hohe Rätin sie bemerkte. Sonst würde sie Liliana in ihr Zelt zurückschicken. Hastig suchte Liliana die anderen Zelte ab und fand Sara schließlich im dritten. Sie hatte sich in eine Ecke des Zeltes gedrückt und das Gesicht in den Händen verborgen. Ein leises Wimmern, das wie »Ida« klang, drang an Lilianas Ohren. Der Wächter ignorierte es.

»Musstest du dein Herz an der Garderobe abgeben, als du deine Wächterrobe bekommen hast?«, zischte Liliana und stürzte zu Sara hin.

Sie nahm sie in die Arme, streichelte ihr über den Rücken und murmelte beruhigende Worte. Langsam hörte Saras Zittern auf und seltsamerweise beruhigte sich auch Lilianas Herzschlag.

»Ganz ruhig, Sara. Du musst keine Angst haben.«

»Sie haben Ida weggebracht.« Saras Stimme war viel zu leise, ihre Worte zerbrechlich.

»Das ist Tradition«, erklärte Liliana. »Jeder muss vor der Zeremonie alleine sein und nach dem Gong darf auch nicht mehr geredet werden.«

Sara sah auf, ihre silbrigen Augen mit Tränen gefüllt wie ein See, in dem sich der Mond spiegelte. »Du bist hier.«

Liliana lächelte gequält. »Der Gong ist noch nicht erklungen. Aber es kann nicht mehr lange dauern.«

»Was werden sie mit uns machen?«

Liliana biss sich auf die Lippe. Sie wusste nicht, ob es die Sache einfacher machen würde, wenn sie es ihr erklärte. Vielleicht bekam sie dann nur noch mehr Angst. »Wir haben nicht lange Zeit«, antwortete sie ausweichend, »und wenn der Gong kommt, muss ich gehen. Das Schweigen ist wichtig, damit die Magie uns findet. Vor allem dich. Als Quelle.« *Meine Quelle. Hoffentlich.* Liliana lächelte aufmunternd.

Aber aus Saras Miene schlug ihr plötzlich Misstrauen entgegen. »Was, wenn ich es doch nicht möchte?«

Liliana starrte sie entsetzt an. »Was?«

»Was, wenn ich lieber gehen möchte? Vielleicht ist die Gemeinschaft doch der falsche Ort für uns.«

»Das geht nicht, Sara.« Liliana warf dem Wächter einen erschrockenen Blick zu. Hatte er Saras Worte gehört? »Ihr gehört jetzt zu uns. Es gibt kein Zurück«, flüsterte sie.

Sara begann, unter Lilianas Händen wieder stärker zu zittern. »Aber ich habe Angst.«

»Ich werde dir nichts tun, Sara, das musst du mir glauben«, stieß Liliana hervor. Bevor ihr bewusst wurde, dass es ja doch die Möglichkeit gab, dass sie nicht ihre Quelle war. »Kein Magier wird dir etwas tun. Es gibt einen Ehrenkodex, der den Magiern genau sagt, was sie dürfen und was nicht. Der Kodex ist heilig. Jeder Magier hält sich daran.«

Sara sah auf und schüttelte langsam den Kopf. »Was, wenn ich versage?«

Lilianas Herz zog sich zusammen. Sie hatte gar keine Angst, verletzt zu werden, sondern ihrer Aufgabe nicht gewachsen zu sein. So sehr, dass ihr Tränen über die Wange rollten und ihre Nase lief. Liliana kramte in ihren Gewändern und zog ein Stofftaschentuch hervor. »Hier.« Sie tupfte Saras Tränen ab und drückte ihr dann das Taschentuch in die Hand. »Du wirst es großartig machen.« Liliana seufzte innerlich. Jetzt fing sie auch schon so an wie ihre Mutter. »Und selbst wenn nicht, niemand erwartet, dass beim ersten Mal alles glattgeht. Wir schaffen das schon.«

Ein winziges Lächeln schlich sich auf Saras Gesicht. »Ja, wir schaffen das.«

»Dann ... bist du nicht mehr traurig wegen dem, was ich im Kollektivsaal gesagt habe?« Angespannt wartete sie auf Saras Antwort.

Sie schüttelte den Kopf. »Ida wollte, dass ich dich für arrogant und gemein halte, so wie ... alle Magier. Aber ich glaube ihr nicht. So bist du nicht. Das war sicher ein Missverständnis.«

Lilianas Herz machte einen freudigen Satz. »War es. Wenn du magst, erkläre ich es dir nachher. Und ... die anderen Magier sind auch nicht so.« Doch noch während sie es sagte, musste sie an den Magier mit den türkisen Augen denken. Er hatte schon ziemlich arrogant gewirkt. Trotzdem war es nicht er, sondern dieser Laurent, der ein ungutes Gefühl in ihr wachrief. »Kopf hoch, du bist stark. Alles wird gut gehen. Okay?«, sagte sie mit größerer Überzeugung, als sie fühlte.

»Okay«, erwiderte Sara zittrig. Liliana half Sara beim Aufstehen, zupfte ihre verrutschte Kleidung zurecht und half ihr, über die schwarzen Sachen den breiten roten Gürtel zu ziehen, der sie als Quelle auswies. Liliana wollte gehen, aber Sara hielt sie zurück. »Ich habe solche Angst um Ida. Du hast gesagt, wir müssen uns einfügen und das will ich auch. Ich will meine Pflicht erfüllen, aber was ist mit ihr?«

Es dauerte eine Weile, bis Liliana sich zu einer Antwort durchringen konnte, denn sie teilte Saras Sorge. Ida war rebellischer, als gut für sie war. Als Liliana gerade den Mund öffnete, kam ein zartes Klingeln ihr zuvor. Es schwebte durch die Luft, leise und doch allgegenwärtig. Sofort presste Liliana die Lippen zusammen und legte den Finger darauf. Sara nickte, starrte sie aber immer noch entsetzt an. Liliana griff in ihre Gürteltasche und schloss die Hand um den Nachrichtenstein. *Wir werden auf Ida aufpassen, du und ich. In Ordnung?*

Saras Augen weiteten sich. Dann nickte sie. Mit einem letzten

Lächelnd verließ Liliana das Zelt und stürzte durch die grausamen Windböen zurück in ihr eigenes. Bildete sie es sich nur ein oder atmete ihr Wächter tatsächlich erleichtert auf, als sie ihren Platz in der Mitte des Zeltes einnahm?

In Schweigen bereitet die Magierin sich auf die erste Berührung mit ihrer Quelle vor. Die völlige Abwesenheit von Klang öffnet ihren Geist, ihre Seele und ihr Herz für die Magie.

So wurde es seit Anbeginn der Gemeinschaft erzählt und ihr Lehrer hatte versucht, ihr beizubringen, wie man sich in völliger Stille in Einklang mit der Umgebung brachte. Es konnten nur wenige Minuten gewesen sein, trotzdem kam es ihr wie eine Ewigkeit vor, die sie mit vergeblichen Versuchen verbrachte, sich für die Magie zu öffnen, anstatt auf Schritte zu lauschen, die sich durch die Windböen zu ihr verirrten. Oder auf Schmerzenslaute aus den anderen Zelten. Wäre der Wächter mit seinem gesichtslosen Blick nicht gewesen, hätte sie vielleicht zu zittern angefangen. Sie war froh, dass er sie davon abhielt, sich wie ein ängstliches Kind aufzuführen anstatt wie die Magierin, die sie bald sein würde.

Trotzdem zuckte sie zusammen, als die Zeltplane zur Seite gerissen wurde und die Hohe Rätin vor sie trat. Ihr Leibmagier und seine Quelle begleiteten sie. Verschwommen durch die Aufregung nahm Liliana auch noch einige andere Ratsmitglieder wahr, die sich schweigend hinter ihnen ins Zelt drängten und sie nach und nach umringten. War ihr Onkel dabei? Und ihr Vater? Sie hätte es nicht sagen können, auch wenn ihr Leben davon abgehangen hätte. Die Hohe Rätin nickte ihrem Magier zu. Er näherte sich Liliana und legte ihr eine Hand auf die Stirn. Mit der anderen Hand hielt er seine Quelle fest. Liliana schloss die Augen und wollte sich gerade bereit machen, als die Finger des Magiers schon wärmer wurden, schließlich heiß, so heiß, dass sie befürchtete, sie würden sich in ihre Haut brennen. Sie widerstand dem Bedürfnis zurückzuweichen. Ihre Mutter hatte recht, es war auszuhalten. Dann ließ der Magier seine Hand weiter nach unten gleiten, sodass sie über ihren Augen zu liegen kam.

Hitze ergoss sich zwischen ihre Augenlider, drang stechend in ihre Pupillen ein und füllte sie mit blendendem Schmerz, der sich durch ihr Gehirn fraß und schließlich mit ihrem Blut durch ihren ganzen Körper rauschte. Liliana keuchte auf, rang nach Luft, fühlte, wie ihr Herz aussetzte, weil ihr Gehirn für einen Moment nichts anderes mehr verarbeiten konnte als die Qual hinter ihren Augen.

Es ist zu unserem Schutz, sagte sie sich verzweifelt. *Nur dank des Augensterns können die Wächter im Notfall den Magiefluss zwischen Magier und Quelle stoppen. Schutz.* Sie unterdrückte ein Stöhnen. *Er dient unserem Schutz.*

Dann war es vorbei und der Magier nahm seine Hand von ihrem Gesicht. Liliana riss die Augen auf, aber die Welt um sie herum war schwarz. Nur mühsam konnte sie sich beherrschen, konnte gerade noch verhindern, dass ihr die Knie wegsackten und die Panik sie übermannte. Es kostete sie ihre gesamte Kraft, sich nicht ins Gesicht zu fassen. Nicht zu fragen, ob etwas schrecklich schiefgegangen war. Sie ließ sich nichts anmerken, aber tief in ihr tobte die Angst, dass man sie geblendet hatte. War der Schmerz nicht zu groß gewesen? Die Hitze nicht zu stark? War es normal, dass sie sich fühlte, als hätte man ihr die Augäpfel mit bloßer Hand herausgerissen? Sie biss sich auf die Lippe, um die Übelkeit zu unterdrücken, die in ihr aufstieg. Schweigen. Die Zeremonie musste in vollkommenem Schweigen abgehalten werden.

Mehrere Leute traten vor sie, das spürte sie an ihren Schritten auf dem weichen Boden. Sie schienen sie zu begutachten. Sie alle strahlten vollkommene Ruhe aus. Langsam beruhigte sich Lilianas Herzschlag. Das musste bedeuten, dass alles in Ordnung war. Die Blindheit würde vergehen und bald würde nur noch der Augenstern sie an den Schmerz erinnern, wenn sie in den Spiegel sah. Sie atmete tief durch. Als jemand sie an der Hand fasste, zuckte sie zusammen, folgte dann aber sofort und ohne Widerstand. Sie ließ sich nicht anmerken, wie schwach ihre Knie immer noch waren. Während man sie an den Zelten vorbeiführte, die sie bei ihrer Ankunft gesehen hatte und die sie jetzt nur im Wind flattern hörte, wühlte immer noch der Schmerz hinter ihrer Stirn und in ihrem Magen hatte sich ein mieses Gefühl festgesetzt, als hätte ihr jemand mit voller Wucht einen Schlag verpasst. Liliana versuchte, es beiseitezuschieben, und sich zu freuen. Endlich war es so weit. Das Warten hatte ein Ende. Sie konnte den Platz einnehmen, der ihr vorherbestimmt war, und ihre Aufgabe innerhalb der Gemeinschaft erfüllen. Sara war nicht mehr wütend und Liliana war voller Hoffnung, dass sie gut miteinander auskommen würden. Es war ein schönes Gefühl. Für ein paar wenige Sekunden.

Bis ihr das geballte Schweigen mehrerer Tausend Menschen entgegenschlug. Sie wusste, dass sie da waren, auch wenn sie sie nicht sehen konnte. Sie fühlte ihre Augen auf sich gerichtet, während man sie in die Mitte des Vulkanplateaus führte. Die stumme Erwartung der gesamten Gemeinschaft traf ihre Haut wie unzählige winzige Nadelspitzen. Über ihr, das wusste sie, schwebte eine riesige Leinwand von Magie gehalten in der Luft, damit den Zuschauern nicht das kleinste Detail, nicht die kleinste Regung in ihrem Gesicht entging. Und nur wenige Meter von ihr entfernt übertrug ein Kamerateam jede ihrer Bewegungen an die Mitglieder in aller Welt.

Ihr Wächter, der sie führte, drückte mit seiner behandschuhten Hand die ihre, damit sie stehen blieb, und drehte sie in die richtige Richtung. Vor Aufregung wurde ihr schwindelig. Möglicherweise stand ihre zukünftige Quelle ihr schon gegenüber. Sie lauschte, aber natürlich wäre die Quelle zu weit weg, um ihren Atem zu hören, und der Wind toste viel zu laut über den South Crater hinweg. Ihr blieb nichts übrig, als abzuwarten, bis die Dunkelheit sich legte und sie wieder sehen konnte. Erst dann würde sie verbunden werden.

In diesem Moment ging ein Raunen durch die Menge.

Liliana wandte verwirrt den Kopf in der undurchdringlichen Schwärze, die sie umgab. Was war da los? Noch nie hatte sie erlebt, dass das Schweigen bei der Zeremonie gebrochen wurde. Nicht einmal durch ein leises Flüstern. Und schon gar nicht durch ein Raunen. Es war sofort wieder vorbei, aber das Gefühl, dass etwas nicht in Ordnung war und man es ihr nicht sagte, hinterließ einen bitteren Nachgeschmack. Plötzlich nahm sie Schatten in der Düsternis wahr. Das Dunkel vor ihren Augen begann sich zu lichten. Erst sah sie nur Umrisse, die alles und nichts bedeuten konnten. Dann grau. Endloses, sich kaum veränderndes Grau. *Sara,* dachte sie, aber sie konnte nichts erkennen. Liliana versuchte, sich wieder auf sich selbst zu konzentrieren. Sich für die Magie zu öffnen, wie man es sie gelehrt hatte. Aber als sie sich in ihr tiefstes Inneres versenkte, fand sie dort keine Ruhe und Gelassenheit. Stattdessen war alles in ihr durchdrungen von einer sanften Vibration, die ihre Nervenenden erregte und sie alles viel intensiver wahrnehmen ließ. Das Grau war plötzlich viel zu grell, es schmerzte in ihren geschundenen Augen und das Pochen hinter ihrer Stirn schwoll wieder an. Immer mehr öffnete sich ihr Blickfeld und sie wusste, dass dies der Moment war, in dem sie sich bereit machen musste. Wenn nur dieses merkwürdige Vibrieren nicht gewesen wäre. Wie ein Störsender verhinderte es, dass sie sich in vollkommene Gedankenleere versenkte. Ein Schatten trat auf sie zu, in dem sie den Wächter erkannte. Er nahm ihre Hand. Mit verschwommenem Blick sah Liliana sich um, sah den anderen Schatten, den der Wächter nun zu ihr heranzog. Ihr Herz begann zu rasen. Das musste ihre Quelle sein. Sie kniff die Augen zusammen, bemüht, endlich etwas zu erkennen und die unerträgliche Ungewissheit loszuwerden. Sobald sie wieder sehen konnte, würde man sie verbinden. Doch während die letzten Schatten sich legten und das Stechen in ihren Augen abebbte, wuchs die Vibration in ihrem Inneren und mit ihr eine schreckliche Ahnung.

Sie hatte das schon einmal gefühlt. Sie blinzelte verzweifelt in die Helligkeit. Der letzte Rest Verschwommenheit verlief wie Wasser auf einer Scheibe und Liliana konnte wieder klar sehen. Sie riss die Augen auf und hätte beinahe dem Wächter ihre Hand entzogen, als ihr Blick endlich auf ihre Quelle fiel.

Nein, das konnte nicht sein. Durfte nicht sein. Nicht er.

Panik überrollte sie und sie wollte einen Schritt rückwärtsmachen, doch die Finger des Wächters gruben sich unbarmherzig in ihr Handgelenk. Er zog sie aufeinander zu, bis ihre Finger die seinen fast berührten.

Türkise Augen. Angefüllt mit Hass.

Es musste ein Fehler sein. Ein schrecklicher Fehler. Er war doch ein Magier, keine Quelle.

Seine Lippen verzogen sich zu einem verächtlichen Lächeln, so als wüsste er ganz genau, was sie dachte. Die Magierin, die glaubte über den anderen zu stehen, die glaubte, alles zu wissen. Die ihn nicht als Quelle erkannt hatte, weil er selbstbewusst war. Weil er sich nicht unterwürfig verhielt, sondern arrogant. Weil er sich nicht gescheut hatte, ihr in die Augen zu sehen. Er war ihre Quelle. Nicht Sara. Sondern er. Gerade er. Wie sollte sie ihn jemals unter Kontrolle halten? Ihn und seinen unbändigen Hass, der ihr aus seinen Augen entgegenblitzte.

Lilianas Atem ging abgehackt, alles in ihr schrie, dass sie es nicht zulassen durfte. Aber sie konnte nichts tun. Sie konnte nicht ablehnen, hier, vor Tausenden von Menschen. Es war undenkbar. Es würde sie beschämen und Schande über ihre Familie bringen. Die Worte ihrer Mutter hallten in ihren Ohren wider. *Sie brauchen dich. Die Welt braucht dich.* Nein. Alles, was sie tun konnte, war, es mit Würde zu ertragen, selbstbewusst wie die Magierin, die sie von nun an sein würde. Sie riss sich zusammen und richtete ihren Blick auf ihn. Sein verächtliches Lächeln wankte nicht. Erst in dem Sekundenbruchteil, bevor ihre Finger sich berührten, zuckte etwas über sein Gesicht. Angst. Rohe, verzweifelte Angst. Liliana blieb keine Zeit, darüber nachzudenken. Denn als seine Haut ihre streifte, als der Wächter seine Hand um ihr Handgelenk legte und ihre Finger um sein Handgelenk schloss, sackte die Welt um sie herum weg. Es war, als wäre sie wieder blind und taub, und alles, was sie wahrnahm, war jenes unglaubliche Vibrieren. Es durchdrang sie von Kopf bis Fuß, so laut, so aufdringlich, dass es kaum zu ertragen war. Von so etwas hatte sie noch nie gehört, nichts hatte sie darauf vorbereitet, dass das passieren würde. Sie nahm nichts mehr wahr, als dass seine Finger sich noch fester um ihr Handgelenk schlossen und auch sie selbst konnte nichts weiter tun, als sich an ihn zu klammern, während sie in unendlicher Schwärze dahintrieb.

Bis sie es spürte.

An die Stelle des Vibrierens war ein sanftes Schwingen getreten, das ihren Körper nicht störte, sondern nach und nach erfüllte. Noch nie hatte sie etwas so Wunderbares erlebt. Noch nie hatte sie sich so ganz gefühlt, so zufrieden und gleichzeitig voller Energie. Nur weil er sie berührte.

Es war kein Fehler. Er war kein Magier. Er war eine Quelle. Ihre Quelle. Seine Energie passte zu ihrer, als wären sie zwei Teile eines Ganzen, die endlich wieder zusammengefunden hatten. Vollkommener Einklang. Ihr Verstand mochte ihn ablehnen, aber ihr Herz hatte ihn als ihr perfektes Gegenstück erkannt. Liliana öffnete versuchsweise die Augen. Und tatsächlich, sie konnte ihn sehen. Sie sah die türkisen Augen und tief darin den Augenstern. Sie spürte die magische Energie, die ihn durchfloss. Einen Herzschlag lang sahen sie sich überrascht an und Liliana erkannte in seiner Miene die Gewissheit, die auch in ihr ruhte. Eine Vorahnung auf das, wozu sie mit ihm an ihrer Seite fähig sein würde. Der Augenblick war viel zu schnell vorbei, denn der Wächter legte seine Hände auf ihre und erinnerte sie daran, was als Nächstes zu tun war.

Die Fessel. Der allererste Zauber, den ein Magier mit seiner neuen Quelle ausführte. Liliana kannte die Theorie, sie hatte den Ablauf in Rat Danes' Unterricht hundert Mal studiert. Trotzdem war ihr Mund staubtrocken, als sie nun versuchte, das Gelernte in der Realität umzusetzen. Zitternd vor Nervosität öffnete sie sich seiner magischen Energie. Er hatte sie aus der Natur gezogen und hielt sie nun in seinem Körper für sie bereit. Die Magie würde von seinem Körper in ihren fließen und ihr die Macht verschaffen, die Welt so zu verändern, wie sie sie haben wollte. Theoretisch. Praktisch jedoch geschah nichts. Liliana umfasste sein Handgelenk fester. Öffnete sich innerlich noch mehr. Lud die Magie ein, sich in sie zu ergießen. Ihr ganzer Körper stand unter Strom von dem unerfüllten Verlangen nach der Macht, die sie unter seiner Haut rumoren spürte.

Warum geschah nichts? Sie musterte sein Gesicht und den verwirrten Ausdruck darauf. Er zog die Augenbrauen zusammen, als konzentrierte er sich angestrengt darauf, ihr die Magie zu überlassen. Ein Kribbeln erfasste ihre Finger, ihre Hand und schließlich ihren Arm. Triumphierend griff Liliana nach der Magie, ließ sie durch ihre Haut nach außen dringen und stülpte sie wie eine Schablone über die Realität. Macht brachte ihre Nervenenden zum Klingen und sie sah staunend dabei zu, wie sich die Magieebene vor ihr auftat. In einem wunderbaren schillernden Dunkelgrün. Der Farbe seiner Magie. So viel hatte sie schon davon gehört, so oft hatte ihre Mutter versucht, ihr zu beschreiben, wie es sich anfühlte, wenn einem die Welt zu Füßen lag. Gespannt beobachtete Liliana, wie sich alles grün färbte. Die meisten Magieebenen waren grün, aber es gab durchaus auch andere Farben. Wie weit würde die Ebene sich öffnen? Wie groß war ihr Potenzial wirklich? Über den Krater hinaus? Oder vielleicht noch viel weiter?

Die grüne Farbe fraß sich in die Wirklichkeit, fraß sich in die Vulkankegel, sodass sie für Liliana durchsichtig wurden. War es normal, dass es so lange dauerte? Liliana runzelte die Stirn. War es normal, dass die Ebene flackerte wie ein kaputter Computerbildschirm? Hastig konzentrierte sie sich auf die Magie. Sie floss nicht mehr. Sie griff danach, wollte mehr aus seinem Körper ziehen, um die Ebene weiter zu öffnen, aber es gelang ihr nicht. Verzweifelt versuchte sie es wieder und wieder, krallte ihre Finger dabei so fest in sein Handgelenk, dass sie ihn vor Schmerz aufstöhnen hörte. Es musste funktionieren. Das konnte nicht alles gewesen sein. Ihre Mutter hatte selbst gesagt, dass sie so viel Potenzial hatte wie schon lange niemand mehr. Mehr als Naos. Und seine Magieebene, das hatte er ihnen erzählt, hatte bei seiner Zeremonie weit über den South Crater hinausgereicht. Fassungslos beobachtete sie, wie das wenige, was sie von der Magieebene hatte öffnen können, wieder in sich zusammenbrach. Tränen der Scham traten in ihre Augen. Sie hatte versagt. Sie hatte tatsächlich versagt. Ihr schlimmster Albtraum war Wirklichkeit geworden.

Langsam hob sie den Kopf und sah ihn an. *Tu doch was,* wollte sie schreien, *immerhin warst du schon mal verbunden, du musst doch wissen, wie es geht*. Aber er starrte sie nur wütend an. *Du bist die Magierin,* schien seine Miene zu sagen. *Sorg gefälligst selbst dafür, dass es funktioniert.* Er hatte recht. Sie war die Magierin. Sie trug die Verantwortung, auf ihr lasteten die Erwartungen aller. Sie durfte sie nicht enttäuschen. Noch einmal schloss Liliana die Augen und öffnete sich für die Magie. Doch nichts passierte. Erhitzt und verzweifelt gab sie es schließlich auf, es hatte keinen Sinn. Irgendwas lief schrecklich falsch. Nie hätte sie geglaubt, dass gerade ihr so etwas passieren würde. Aber es kam vor. Nur eins war jetzt wichtig. Die Zeichnung, die sich in ihrer beider Hände gebrannt haben musste und ihn als ihre Quelle auswies. Nur damit war sie eine vollwertige Magierin.

Der Wächter trennte ihre Hände und hielt sie hoch. Liliana erstarrte. Hitze stieg ihr in die Wangen und Tränen der Verzweiflung brannten in ihren Augen. Sie konnten es sehen. Auf der Leinwand über ihren Köpfen war es für alle sichtbar. Die Haut ihrer Hände war unversehrt. Keine Linie, kein Kreis, kein einziger, noch so winziger Punkt. Die Magie, die zwischen ihnen geflossen war, hatte nicht ausgereicht, um sie zu zeichnen. Nur die roten, halbmondförmigen Abdrücke ihrer Fingernägel zierten seine Handgelenke.

Sie hatte versagt. So sehr, wie man nur versagen konnte. Sie hatte ihre Quelle nicht gezeichnet, sie war keine richtige Magierin. Immer noch nicht. Liliana versuchte, nicht daran zu denken, was ihre Mutter sagen oder wie ihr Vater sie ansehen würde. Die Enttäuschung auf ihren Gesichtern krallte sich in ihren Magen, ebenso wie der wütende Blick ihrer neuen Quelle. Sie ließ die Hände sinken und sah den Wächter fragend an. Was bedeutete das nun? War die Verbindung gescheitert? Der Wächter schüttelte kaum merklich den Kopf und legte ihre Hand noch einmal in die ihrer neuen Quelle. Die Geste war deutlich. Sie waren einander zugeteilt, auf Gedeih und Verderb. Obwohl jeder ihre Schande an ihren Händen ablesen konnte, war er doch von nun an ihre Quelle, mit allem, was dazugehörte. Liliana hätte sich am liebsten in eine Höhle verkrochen, um nie wieder herauszukommen. Nicht nur, dass sie vor den Augen aller versagt hatte. Man hatte ihr eine Quelle zugeteilt, die sie aus tiefstem Herzen hasste. Eine Verbindung wie die von Naos konnte sie sich damit endgültig abschminken. Und eine Karriere als angesehene Magierin wohl auch.

Zum ersten Mal, seit sie wieder sehen konnte, sah sie sich um. Sara. Voller Sehnsucht suchte sie nach dem Mädchen und entdeckte sie schließlich. Sie hielt die Hand von Aurelia, der Magierin, die Liliana im Kollektivsaal so zweifelnd angesehen hatte. Beide lächelten. Liliana fühlte einen Stich in ihrer Brust und für den Bruchteil einer Sekunde hasste sie Aurelia. Aber immerhin war Sara nicht diesem Laurent zugeteilt worden. Hastig sah Liliana sich um. Und erstarrte. Sara war Laurent nicht zugeteilt worden. Sondern Ida. Als der Wächter ihre Hände hochhielt, sah Liliana darauf die Zeichnung. Und Idas Hand zitterte, erfüllt von einer Wut, die auch aus ihren Augen blitzte. *Ich habe solche Angst um Ida.* Lilianas Nackenhärchen stellten sich auf. Es war falsch. Das alles war vollkommen falsch. So hätte es nicht laufen dürfen. Sie wandte sich wieder ihrer eigenen Quelle zu. Und in ihrem Herzen erwachte die Gewissheit, dass das, was heute geschehen war, viel schlimmere Konsequenzen haben würde, als sie jetzt auch nur erahnen konnte.

8

Mit hoch erhobenem Kopf stieg sie aus dem Aufzug. Erleichtert atmete sie auf, als die Türen sich schlossen und der Aufzug ihn weiter nach oben trug, zur Etage des Rates. Zwei Tage lang war Adara mit Seth unterwegs gewesen. Endlich war sie ihn los. Nur noch wenige Schritte trennten Adara von ihren Räumen, das Licht im Flur war dämmrig, nächtliche Notbeleuchtung. Sie beließ es dabei. Sie mochte die Stimmung, die die düsteren Glaswände zu ihrer Rechten im Halbdunkel erzeugten. Hätte sie hindurchschauen können, hätte sie den Kollektivsaal gesehen. Doch das Glas ließ nur eine Ahnung dessen zu, was dahinter verborgen lag. Die Räume der Magier befanden sich an der Außenseite des Gebäudes, alle mit gigantischer Aussicht auf einen der beiden Ozeane, die Auckland zwischen sich gefangen hielten.

Nur noch wenige Meter. Wenige Schritte aufrecht gehen, den Anschein wahren, dass sie eine selbstbewusste Magierin war, für den unwahrscheinlichen Fall, dass ihr jemand begegnete. Kurz vor ihrer Tür angekommen, blieb sie stehen. Hatte sie in der Dunkelheit etwas gesehen? Ein leises Rascheln gehört? Sie sah sich um. Nichts. Es mussten ihre überspannten Sinne sein, die ihr etwas vorgaukelten.

Als die Tür ihrer Wohnung sich hinter ihr schloss, lehnte sie sich erschöpft dagegen und widerstand nur gerade so der Versuchung, sich auf den Boden gleiten zu lassen und einfach dort liegen zu bleiben. Sicher wäre es sinnvoller gewesen, vor dem Ratszimmer zu warten. Trotzdem hatte sie beschlossen, wenigstens ein paar Minuten in ihren Räumen zu verbringen. Hier, wo *er* noch präsent war. Wo wenigstens die Erinnerung an *ihn* sie tröstlich umfing. Wo sie sich sicher fühlte. Zwei Tage in Seths Gesellschaft, zwei Tage unter seinem ausdruckslosen Blick hatten sie vollkommen zermürbt. Die ganze Zeit hatte er versucht, sie zu entschlüsseln wie eine rätselhafte Erzählung und die tiefere Wahrheit in jedem ihrer Worte freizulegen. Sie fühlte sich wie eine Kurzgeschichte, die endlos analysiert und diskutiert worden war, bis der Sinn dahinter verschwand und man sie totgeredet hatte. Aber sie durfte jetzt nicht nachlässig werden. Für Erholung war keine Zeit. Der Rat wollte sie sehen. Bald. Wenn nur diese bleierne Müdigkeit nicht gewesen wäre.

Adara stand auf und schleppte sich in die Zimmer, die nicht ihr gehört hatten. Sie ging zu seinem Bett und strich mit den Fingerspitzen über die Bettwäsche. Längst hatten die Reinigungskräfte ganze Arbeit geleistet. Es hatte keinen Sinn, die Nase im Stoff zu vergraben, in der Hoffnung, dass eine Ahnung seines Geruchs darin hängen geblieben war. Trotzdem blieb Adara stehen, wartete, dass sie sich ihm nahe fühlte. Nichts. Nur Erinnerungen.

Bitte finde dich jetzt im Ratszimmer ein, Magierin.

Eine Gedankennachricht ohne jeden Hinweis, was ihr drohte. Wenige Minuten, nachdem Seth vor den Rat getreten war und ihnen erzählt hatte, dass er sie für eine Verräterin hielt. Vielleicht würde man sie dazu verdammen, das Schicksal ihrer Quelle zu teilen. Adara erschauerte, als sie daran dachte, was sie ihm angetan hatten. Trauer und Verzweiflung überrollten sie. Sie atmete sie weg. Was immer im Ratszimmer auf sie wartete, sie musste einen klaren Kopf behalten. Flucht war unmöglich, denn sie brauchte die

Mittel der Gemeinschaft, um ihre Suche fortzusetzen. Sie musste so schnell wie möglich einen Weg finden, zu Sargas' Quelle zurückzugehen.

Adara trat auf den Flur. Wieder hatte sie das Gefühl, etwas zu hören. Sie spitzte die Ohren, sah sich um. Da! In den Schatten vor dem düsteren Glas zeichnete sich eine Silhouette ab. Etwas blitzte auf. Sie fuhr herum, bereit, sich zu verteidigen. Aber was sie gesehen hatte, war kein Messer, sondern eine Flut weißblonder Haare. Und darunter glitzerten ihr silbrige Augen entgegen.

»Du? Was machst du hier?«

Die silbrigen Augen weiteten sich. »Ich … ich wollte nur … ich dachte …« Zitternd atmete sie aus. »Nichts. Vergiss es.«

Adara hob eine Augenbraue.

»Magierin«, drang es kleinlaut aus dem Halbdunkel zu ihr hinüber. Das »Möge deine Geschichte erzählt werden« verklang beinahe ungehört in den hastigen Schritten, die sich in Richtung der Aufzüge entfernten. Verwirrt sah Adara ihr nach. Unter normalen Umständen wäre sie ihr gefolgt, um mit ihr zu reden, aber sie konnte den Rat nicht warten lassen, auch wenn sie ein dumpfes Ziehen im Magen verspürte, weil sie sie einfach gehen ließ.

Als sie wenig später das Ratszimmer betrat, raubte die unnachgiebige Sterilität des Raumes ihr beinahe den Mut. Der Saal nahm die ganze obere Etage des Wolkenkratzers ein. Darüber befand sich nur noch das Dach mit den Altären. Hart glänzender Stahl, durchbrochen von Lavagestein bildete eine riesige Treppe, die auf eine Empore führte, wo achtundzwanzig schwarze Obsidianstühle standen. Adara fand immer, dass sie trotz ihrer Schlichtheit wie Throne aussahen, unverziert und gerade deshalb Furcht einflößend. Der Saal selbst bot dem Auge keine Ablenkung, unweigerlich sah man die Empore an, zu der man die Augen erheben musste, wenn man vor der Treppe stand. Adara ging so nah wie möglich heran und stockte, als sie die Hohe Rätin auf dem Obsidianthron in der Mitte sitzen sah. Seth stand halb hinter der Hohen Rätin. Auf dem Thron neben ihr saß Medea St. John, ihre engste Vertraute. Und auf ihrer anderen Seite – Adara wäre beinahe einen Schritt rückwärtsgestolpert – Victor Danes. Sein grimmiger Gesichtsausdruck verriet ihr alles, was sie wissen musste. Man würde sie richten. Jetzt gleich. Warum sonst sollte der gesamte Innere Kreis anwesend sein. Fieberhaft überlegte sie, wie sie verhindern konnte, dass das Urteil sofort vollstreckt wurde. Ihr Mund war schlagartig trocken, schlucken war unmöglich geworden. Zeit. Sie brauchte mehr Zeit.

»Magierin.« Die Hohe Rätin erhob sich.

Verzweifelt suchte Adara nach einem Ausweg. Es gab keinen. Kurz spürte sie Erleichterung. Bald war alles vorbei. Der Kampf hatte ein Ende. Sie würde ihn wiedersehen und alles andere würde unwichtig. Sie gab sich dem Gedanken hin, schloss sogar die Augen. Frieden. Endlich. Doch etwas nagte an ihr. Seine Worte. Sein allerletzter Gedanke. Langsam, widerwillig, öffnete sie die Augen. Hielt dem Blick der Hohen Rätin mühevoll stand. Es ging nicht nur um sie und ihn. Wenn sie starb, würde sie Tausende von Menschen mit sich reißen.

»Der Rat hat eine Entscheidung getroffen.« Die Stimme der Hohen Rätin war leise und trug doch jedes Wort glasklar durch den Saal. Ihre Miene war ausdruckslos.

Adaras Herz sank. Man würde sie nicht einmal anhören.

»Bitte verzeih, dass es so lange gedauert hat«, fuhr sie fort. »Es war nicht leicht, zu einer Einigung zu kommen, wer dir als neue Quelle zugeteilt werden soll.«

Adara blinzelte sie an. Ihr Kopf wurde leicht und sie hätte beinahe ungläubig aufgelacht. Man würde sie nicht verurteilen. Sie würde nicht sterben. Nicht heute. Zittrig sah sie Seth an. Er hatte sie also doch nicht als Verräterin angezeigt. Im Gegenteil. Er musste sie vollkommen von jedem Verdacht reingewaschen haben, sonst würde man ihr niemals eine neue Quelle geben. Aber warum hatte er das getan? Die nächsten Worte der Hohen Rätin vertrieben alle Fragen und auch die Erleichterung. »Es tut mir leid, dass es nun so übereilt geschehen muss.«

Eine neue Quelle. Sie würde eine neue Quelle zugeteilt bekommen. Sie war dem Teufel von der Schippe gesprungen, nur um im Feuer der Hölle zu landen. Die Hohe Rätin winkte sie heran und Adara folgte mit zitternden Knien ihrer Aufforderung, bis sie nur noch wenige Schritte von ihr entfernt stand. Victor Danes' Miene hatte sich deutlich verfinstert, Seths Gesicht lag im Schatten.

»Wir sind uns einig, dass es das Beste ist, die Verbindung sofort zu vollziehen, da niemand anders infrage kommt«, fuhr die Hohe Rätin fort.

»Jetzt … gleich?«, fragte Adara. Ihre Stimme schwankte und verriet viel zu sehr, wie sie sich fühlte. Überrumpelt. Verwirrt. Ohnmächtig.

»Es ist natürlich etwas ungewöhnlich. Aber Seth ist der Einzige, der deinem Potenzial das Wasser reichen kann.«

Die Welt um sie herum sackte weg. »Seth?«, brachte sie hervor, als sie sich wieder unter Kontrolle hatte. Nein, das musste ein Irrtum sein. Sie musste es falsch verstanden haben. Seth war ein Wächter, keine Quelle. Sicher hatte die Rätin gemeint, dass Seth die neue Verbindung überwachen sollte.

Aber dann trat Seth aus dem Halbdunkel hinter dem Thron hervor und hob den Kopf. Adara unterdrückte ein entsetztes Keuchen. Inmitten der Finsternis seiner nachtschwarzen Augen glomm der Augenstern wie ein Schwelbrand im tiefsten Schacht einer Kohlemine. Sie hatten ihm bereits den Augenstern gegeben, damit die Verbindung sofort vollzogen werden konnte. Sie unterdrückte den Impuls, einen Schritt nach hinten zu machen. Seth. Gerade er. Adara spürte Panik in sich aufsteigen. Ballte die Fäuste. Niemals würde sie sich mit ihm verbinden lassen. Niemals würde sie zulassen, dass er ihr so nahe kam, so nah, dass er in die Tiefen ihrer Seele blicken konnte. Um nichts in der Welt würde sie sich jemandem wie Seth so ausliefern. Jemandem mit solchen Augen.

Die Hohe Rätin schien ihr Entsetzen nicht zu bemerken oder sie entschied sich, es für Überraschung zu halten. »Er ist eine der stärksten Quellen in der Geschichte der Gemeinschaft. Wir haben ihn zurückgehalten – bis jetzt. Als wir dich zum ersten Mal getestet haben, haben wir nicht absehen können, wie groß dein Potenzial wirklich ist. Jetzt, da wir es wissen, sollst du eine Quelle bekommen, die dir gerecht wird. Jemand, der es dir ermöglicht, dein ganzes Potenzial auszuschöpfen und der Gemeinschaft so zu dienen, wie du es vermagst.«

Es kostete Adara alle Kraft, die sie noch hatte, nicht laut zu protestieren. Stattdessen musterte sie Seth, der keinerlei Regung zeigte. »Seth ... ist ein Wächter«, brachte sie hervor. »Wie soll er seine Pflicht als Quelle erfüllen?« Sie konnten doch nicht erwarten, dass er beide Pflichten wahrnahm.

»Wir stellen ihn von seinen Pflichten als Wächter frei.«

Bildete sie es sich nur ein oder bemerkte sie in Seths Gesicht tatsächlich eine echte Gefühlsregung? Vielleicht war er genauso gegen diese Verbindung wie sie. Hatte er deshalb versucht herauszufinden, ob sie eine Verräterin war? Um der Verbindung zu entgehen? Bedeutete das, dass er tatsächlich nichts herausgefunden hatte?

»Die Verbindung wird sofort vollzogen, mit allen Pflichten, die damit einhergehen.«

Die Worte der Hohen Rätin rissen Adara aus ihrer Starre. *Mit allen Pflichten. Sofort.* »Nein«, hauchte sie. Wenn Seth ihre Quelle war, würde sie mit ihm zaubern müssen. Das durfte nicht sein.

»Warum die Eile?«, begann sie nervös. »Warum warten wir nicht auf die nächste Zeremonie?«

Die Hohe Rätin schüttelte den Kopf. »Unmöglich. Wir brauchen dich jetzt.«

Das hatte sie bereits befürchtet. »Eine solch überhastete Zeremonie ist würdelos«, versuchte sie es trotzdem, um Zeit zu schinden, bis ihr etwas Besseres einfiel. »Meine Familie …«

»… wird es verstehen.« Die Hohe Rätin sah auf Adara herunter, mit einer Miene, die keinen Widerspruch duldete. Und sie war wohl auch der Meinung, dass das letzte Wort gesprochen war. Sie wusste nicht, dass Adara nichts mehr zu verlieren hatte. Eine Verbindung mit Seth würde ihren Plänen genauso wirkungsvoll ein Ende setzen wie eine Verurteilung als Verräterin.

Die Hohe Rätin streckte die Arme aus. »Gebt mir eure Hände, damit ich euch verbinden kann.« Seth gehorchte und reichte seine Hand der Rätin. Adara sah zu, wie ihre langen, schlanken Finger sich um Seths Handgelenk schlossen. Eine schreckliche Enge legte sich um ihre Brust. Seth. Er würde ihre neue Quelle werden. Adara brauchte all ihre Selbstbeherrschung, um nicht am ganzen Körper zu zittern. Vor Erschöpfung und vor Angst. Zwei Tage in Seths Gegenwart hatten sie an den Rand des Erträglichen gebracht. Und nun sollte sie jeden Tag rund um die Uhr an seiner Seite verbringen?

»Die Linien auf meinen Händen sind noch nicht einmal verschwunden«, stieß sie hervor. Und in dem Moment, in dem sie es sagte, überfiel sie die ganze Tragweite dessen, was hier gerade geschah. Eine Verbindung mit Seth würde die letzten Fäden zerreißen, die sie an *ihn* banden. Seths Magie würde eine neue Zeichnung in ihre Haut brennen, würde sich mischen mit der letzten Erinnerung, die sie an *ihn* hatte. Und sie dann auslöschen. Adaras Herz schmerzte und sie konnte kaum noch atmen. Plötzlich ging es nicht mehr um ihre Pläne, sondern nur noch darum, dass sie ihn nicht vollkommen verlieren wollte. Aber die Rätin durfte das nicht wissen und Adara durfte sich nicht zu sehr aufregen, sonst würden sie Verdacht schöpfen. Nur mühsam konnte sie ihre Gefühle unterdrücken. Es kam ihr wie ein Frevel vor, dass sie ihr überhaupt eine neue Quelle aufdrängten. So schnell. Viel zu schnell. Nicht nur ihre Hände waren noch gezeichnet. Auch ihr Körper vibrierte noch von seiner Energie. Sie spürte ihn immer noch überall in sich. Es war unfassbar, dass er nicht mehr da war, wo sie ihn doch fast mehr fühlte als sich selbst. »Die … Zeichnungen werden sich vermischen«, brachte sie mühsam heraus.

Die Hohe Rätin verzog keine Miene und Victor Danes würde ihr sicher nicht helfen. Verzweifelt wandte sie sich an Medea St. John, die bisher schweigend zugehört hatte. Die blonde Frau stand auf, näherte sich ihnen und warf mit krausgezogener Stirn einen Blick auf Adaras Hände. Dann sah sie zu Victor Danes hinüber. »Victor, das ist doch dein Fachgebiet, wie siehst du das?«

Mürrisch kam Danes näher und musterte die blassen Linien auf Adaras Haut. »Wir wissen nicht, wie sich das auswirken könnte«, gab er unwillig zu.

Die Hohe Rätin verzog missmutig das Gesicht und warf Medea St. John einen vielsagenden Blick zu. Die nickte nur und wandte sich an Danes. »Die Magier werden keine weitere Verzögerung hinnehmen, nicht jetzt, da die neuseeländische Regierung ein weiteres Mal unser Gesuch abgelehnt hat. Adara ist unsere stärkste Magierin, wir brauchen sie und können es nicht länger verantworten, ihr Potenzial brachliegen zu lassen. Die Hohe Magierin sitzt mir schon seit Wochen im Nacken, damit wir Adara endlich verbinden …«

»Die Hohe Magierin«, zischte Danes, als läge ihm ein abfälliger Kommentar auf den Lippen, doch ein Blick der Hohen Rätin ließ ihn verstummen.

»Sie hat recht«, verkündete die melodische Stimme der Hohen Rätin. Adaras Nackenhaare stellten sich auf. Sie musste etwas tun, bevor sie eine endgültige Entscheidung traf.

»Ist es nicht ein Zeichen von Respekt gegenüber den …« Adara stockte. Dann zwang sie sich, es auszusprechen. Mit fester Stimme, damit sie nicht merkten, wie sehr es ihr zusetzte. »… gegenüber den Toten, mit einer neuen Verbindung zu warten, bis die Zeichnung verschwunden ist?«

»Ist es«, gab die Hohe Rätin widerwillig zu.

Aber er hat diese Art von Respekt nicht verdient.

Es stand unausgesprochen zwischen ihnen wie ein Mahnmal für das, was geschehen war, eine stumme Anklage vonseiten der Rätin, entgegnet von Adaras unbändigem, nur mühsam verstecktem Hass.

»Was ist mit mir?«, gab sie zurück, als hätte die Hohe Rätin die Worte wirklich ausgesprochen. »Ich bin eine Magierin der Gemeinschaft. Ich habe nur meine Pflicht getan. Ich habe in diese Verbindung viel Zeit und Arbeit investiert. Und jetzt war alles umsonst.« Sie bemühte sich um eine feste Stimme. Verlorene Zeit, verlorene Arbeit. Das waren Dinge, die der Rat verstand. Verlorene Liebe – noch dazu zu einer Quelle – gehörte sicher nicht dazu. Sie straffte die Schultern. »Der Rat hat mir eine Quelle zugeteilt, die sich als … Verräter entpuppt hat.« Es brachte sie beinahe um, so über ihn zu reden, aber es war ihre einzige Chance. »Verdiene nicht wenigstens ich diesen Respekt?«

»Wir sollten dem Wunsch der Magierin Adara Folge leisten«, meldete sich zu Adaras Erstaunen Danes zu Wort. Warum half er ihr? »Es ist nicht nur eine Tradition, mit der neuen Verbindung zu warten, bis die Zeichnung verschwunden ist. Die Geschichten schreiben es vor. Und das hat meistens einen guten Grund.«

Medea St. John legte die Stirn in Falten. »Ist das eine gute Idee? Die Hohe Magierin ist ohnehin ungehalten, weil wir Adara gestattet haben, das Studium an der Universität zu unterbrechen …«

»Sie wird einsehen, dass wir unsere stärkste Magierin nicht der möglichen Gefahr zweier vermischter Zeichnungen aussetzen wollen«, knurrte Danes.

»Also gut.« Die Hohe Rätin nickte. Dann wandte sie sich an Adara und lächelte, doch es wirkte gezwungen. Der Druck, den die Gruppe der Magier auf sie ausübte, lastete offensichtlich schwer auf ihr. Unwillkürlich empfand Adara Bewunderung. Es konnte nicht einfach sein, ständig zwischen den Magiern und den Räten zu vermitteln. »Was passiert ist, war nicht deine Schuld. Wir warten, bis die Linien vollständig verschwunden sind.«

Adaras Herz machte einen Satz. Sie hatte es geschafft!

Ein Ausdruck der Entschlossenheit legte sich über die Miene der Hohen Rätin. »Aber ich muss die Wünsche der Magier achten. Daher erkläre ich euch schon jetzt als verbunden.«

Adara erstarrte. »Aber …«

»Seth gilt von jetzt an offiziell als deine Quelle und ihr werdet das Leben einer aktiven Verbindung führen. Es kann schließlich nicht lange dauern. Ein paar Tage vielleicht.«

Adara ballte die Fäuste, als könnte sie damit verhindern, dass seine Zeichnung, der letzte Beweis, dass es ihn je gegeben hatte, von ihren Fingern verschwand. Ein paar Tage. So kurz. Zu wenig Zeit. Sie würde ihn endgültig verlieren. Adara hielt die Tränen zurück, um sich keine Blöße zu geben. Egal, wie müde sie war, egal, wie traurig, von nun an würde sie sich nie wieder eine Blöße geben dürfen. Seth würde immer in ihrer Nähe sein, Tag und Nacht. Und in den frühen Morgenstunden. Jenen Augenblicken, die sie so liebte, weil sie nur ihr und *ihm* gehörten.

Zum ersten Mal, seit die Hohe Rätin mit ihr gesprochen hatte, wandte Adara ihren Blick Seth zu.

Du wirst verletzt werden. Die Stimme von Sargas' Quelle hallte in ihrem Kopf wider und brannte ihre Worte in Adaras Herz. Als Seths düstere Augen sich auf sie richteten, wusste sie, dass sie niemals zulassen durfte, dass er sie auch nur berührte. Allein seine Anwesenheit schien jede Hoffnung im Keim zu ersticken. Und einen Herzschlag lang dachte Adara, der Tod wäre eine Gnade gewesen, gegen das, was ihr bevorstand.

9

Wie heißt du überhaupt?«, fragte Liliana. Sie stand in der Mitte des großen Wohnzimmers, das von nun an zu ihrem Zuhause gehörte. Es wirkte fremd mit den neuen, unbenutzten Möbeln. Unpersönlich. Unnahbar. Eine Wand des Zimmers bestand vollkommen aus verspiegeltem Glas und die Lichter von Auckland glitzerten von weit unten zu ihnen herauf. Dahinter, wie ein düsteres Nichts, das nächtliche Meer.

»Chris«, antwortete er.

»Ich bin Liliana.«

Er sagte nichts, lächelte nur sein verächtliches Lächeln, als fände er es lustig, dass sie glaubte, er hätte ihren Namen noch nicht mitbekommen. Plötzlich schämte sie sich dafür, dass sie seinen hatte erfragen müssen. Jetzt erst, nachdem man sie allein gelassen hatte, obwohl sie den ganzen Nachmittag zusammen verbracht hatten. Natürlich hatten sie nicht viel Gelegenheit zum Reden gehabt. Die Zeremonie war direkt in die rituellen Feierlichkeiten übergegangen und hatte in einem abschließenden Kollektiv ihren Höhepunkt gefunden. Es hatte sich für Liliana wie der reinste Spießrutenlauf angefühlt. Trotzdem, es wäre sicher möglich gewesen, seinen Namen herauszufinden. Irgendwer hatte ihn sicher angesprochen, während sie dabei gewesen war.

Sie hätte ihm gerne gesagt, dass es ihr leidtat, aber das würde bedeuten, sich vor ihm eine Blöße zu geben, und das durfte sie auf keinen Fall riskieren. Trotzdem konnte es nicht schaden, es mit ein wenig Freundlichkeit zu versuchen. Sie räusperte sich. »Wo kommst du her? Ich habe dich noch nie zuvor hier gesehen.« Was ziemlich merkwürdig war, wenn sie darüber nachdachte.

Er verzog den Mund. »Ich habe dich auch noch nie zuvor gesehen. Das hat nichts zu sagen. Und … Irland.«

Liliana presste die Lippen zusammen. Offensichtlich musste sie die Freundlichkeit mit mehr Nachdruck anbringen. »Ich war die meiste Zeit auf einem Internat in England.« Auf einem, das bekannt für die naturwissenschaftliche Ausbildung war. Leider hatte das auch nicht viel genutzt, obwohl es ihr dabei half, in Physik nicht vollständig zu versagen. Sondern nur ein wenig.

»Verstehe. England ist natürlich ein rückständiges Land ohne Technik. Kein Wunder, dass du nichts mitbekommen hast.«

Liliana wurde rot. Verdammt. Sie wurde nie rot. Es musste die Wut sein, die das bewirkte. Eigentlich hatte man sie dazu verpflichtet, das Kollektiv täglich über Skype abzuhalten. Aber sie hatte es vermieden, wo es ging, und Naos hatte sie gedeckt. Weil er genau gewusst hatte, wie es sich anfühlte, von den Mitschülern als verrücktes Sektenmitglied verachtet zu werden. Liliana verspürte einen Stich in der Brust, als sie an ihre beste Freundin dachte. Damals hatte sie zumindest geglaubt, dass sie ihre Freundin war. Liliana hob den Kopf. Sie meinte, etwas wie Verständnis in Chris' Augen zu sehen, als wüsste er, was sie dachte. Wie gerne hätte sie diese belastenden Gedanken mit jemandem geteilt. Aber sie traute sich nicht, Chris so eine schwache Seite von sich zu zeigen. Es war besser, vorsichtig zu sein. »Wenn du in Irland warst, warum haben sie dann so lange gebraucht, dich zu finden?«, fragte sie.

»Haben sie nicht. Sie haben nur so lange gebraucht einzusehen, dass sie keine andere Wahl haben, als auf mich zurückzugreifen.«

Liliana starrte ihn an. Dann stimmte es also? Sie konnte sich gerade noch zurückhalten, ihn danach zu fragen. Ist es wahr, dass du an dem schrecklichen Unfall schuld bist, von dem alle reden? Ist es wahr, dass du deinen ersten Magier umgebracht hast?

Chris sah sie an, auch jetzt schien er wieder zu wissen, was sie dachte. Als sie nichts weiter sagte, schnaubte er nur. »Na dann …« Chris wollte sich abwenden, wahrscheinlich, um in seine Räume zu gehen. Sie lagen auf der anderen Seite des Wohnzimmers, ihren gegenüber.

»Warte«, stieß sie hervor, selbst nicht ganz sicher, warum.

»Was ist?« Er blieb stehen.

Händeringend suchte sie nach Worten. Wie gerne hätte sie gesagt, dass sie hoffte, dass sie sich zusammenraufen würden. Oder ihn gefragt, warum er sie so grundlos hasste. Stattdessen starrte sie ihn an wie ein Kiwi das Opossum, das unerlaubt in seinen Lebensraum eingedrungen war, um ihm das Leben zur Hölle zu machen.

»Oh, ich verstehe.« Langsam kam Chris auf sie zu.

Liliana schluckte und wünschte sich, sie würde auch verstehen. Als er direkt vor ihr stand, wurde ihr klar, wie viel größer er war und dass sie gezwungen war, zu ihm aufzusehen. Wahrscheinlich war er ihr genau deswegen so nahe gekommen. Er wollte ihr zeigen, dass sie keine Macht über ihn hatte. Das fing ja gut an. Liliana widerstand der Versuchung, den Kopf in den Nacken zu legen. Sie würde nicht zu ihm aufsehen. Niemals.

Aber sie konnte auch nicht zur Seite gehen, um mehr Raum zwischen sich und ihn zu bringen. Er hatte sie in eine Ecke gedrängt, auf einer Seite die Wand, auf der anderen das riesige Panoramafenster.

Er war ihr so nah, dass sie seinen Geruch einatmen konnte. Salzig und wild wie das Meer unter einem Orkan. Lilianas Atem beschleunigte sich und sie erinnerte sich an die erste Begegnung mit ihm. Wie sie in den Tiefen seiner Augen versunken war, bis der Hass darin sie zurückgestoßen hatte. Sie konnte nicht bestreiten, dass Chris etwas an sich hatte, das eine Saite in ihr zum Klingen brachte. Hastig schob sie den Gedanken beiseite. Selbst wenn er sie nicht hassen würde, war er immer noch ihre Quelle und sich von ihm angezogen zu fühlen, war absolut unangebracht. Dummerweise ließ sich so etwas nicht so einfach abschalten. Selbst sein Hass hatte das bisher nicht geschafft.

»Was verstehst du?«, fragte sie und hoffte, dass es nicht so atemlos klang, wie sie sich fühlte.

Er sah von oben auf sie herab und ihr wurde bewusst, wie breit seine Brust war. Er war nicht nur größer als sie. Er war auch stärker. Wenn er gewollt hätte, hätte er sie mit einer Hand gegen die Wand drücken können. Sie hätte keine Chance gegen ihn gehabt.

»Du weißt genau, was ich meine«, zischte er. »Aber wenn du glaubst, dass ich mich von dir abrichten lasse wie ein Hund, dann hast du dich geschnitten.« Die Wut in seinen Worten traf sie mit einer Heftigkeit, die sie sprachlos machte. Gegen ihren Willen schloss sie die Augen und wandte das Gesicht ab. Das meinte er also. Er hatte gedacht, sie wollte, dass er sie um Erlaubnis fragte, bevor er sich entfernte. Das hatte sie zwar nicht vorgehabt, aber sie hätte es tun sollen. Und jetzt war es erst recht nötig. Sie konnte nicht zulassen, dass er sich ihr widersetzte. Und dass er so mit ihr redete.

Liliana zwang sich, die Augen wieder zu öffnen. »Das Gesetz schreibt vor, dass du immer an meiner Seite bleiben musst, bis ich dir erlaube zu gehen.« Verdammt, bebte ihre Stimme etwa?

»Ja«, spottete er. »Damit der Magier jederzeit und überall auf die magische Energie zugreifen kann. Aber das kannst du ja ohnehin nicht. Also wozu sollte ich in deiner Nähe bleiben?«

Damit drehte er sich um und ließ sie stehen.

Am ganzen Körper zitternd, blieb Liliana zurück. Wut mischte sich in ihr mit der Angst, endgültig versagt zu haben. Nach dem Desaster bei der Zeremonie hatte sie nun auch noch den ersten Machtkampf mit ihrer Quelle verloren. Und dabei hatte ihre Mutter ihr immer eingeschärft, wie wichtig es war, von Anfang an die Oberhand zu behalten. Erschöpft und müde ließ Liliana die Stirn gegen die kalte Glasscheibe sinken. Die Lichter von Auckland verschwammen vor ihren Augen. Sie hatte die Erwartungen aller enttäuscht. Offensichtlich sogar die von Chris, der ziemlich deutlich gemacht hatte, dass er sie für unfähig hielt. Aber wer wollte auch schon mit einer Magierin verbunden sein, die nicht mal das Einfachste zustande brachte, was es überhaupt gab: sich Magie von ihrer Quelle zu nehmen. Chris verachtete sie bestimmt noch mehr als zuvor, kein Wunder, dass er sich nicht an die Regeln halten wollte, wenn sie in seinen Augen keine vollwertige Magierin war. Er respektierte sie nicht, und damit er sich ihrer Kontrolle unterwarf, musste sie sich seinen Respekt erst verdienen. Erst dann konnte sie mit vollem Recht seinen absoluten Gehorsam einfordern. Aber wie sollte sie das anstellen? Sie hatte keine Ahnung, was bei der Zeremonie schiefgelaufen war. Sie hatte alles genau so gemacht, wie man es ihr erklärt hatte. Und für ein paar Sekunden hatte es ja auch funktioniert. Verzweifelt überlegte sie, ob sie irgendetwas übersehen hatte. Natürlich könnte sie bis zur ersten Übungsstunde am nächsten Tag warten und den Wächter fragen. Aber dann müsste sie ihre Hilflosigkeit vor den anderen neuen Magiern eingestehen, und das wollte sie auf keinen Fall. Sie konnte sich nicht in eine Position begeben, die sie so angreifbar machte. Nein, sie musste selbst eine Lösung finden. Sie überlegte, ihre Mutter anzurufen, aber nach der Zeremonie war die Enttäuschung ihrer Eltern ihr so intensiv entgegengeschlagen, dass sie geglaubt hatte, daran zu ersticken. Naos. Er war der Einzige, mit dem sie jetzt reden konnte. Mit zitternden Fingern zog sie ihr Handy heraus und tippte auf seinen Namen. Er war immer noch unter George eingespeichert, seinem Geburtsnamen, den seit seiner Namenszeremonie niemand mehr verwenden durfte. Nicht einmal seine eigene Familie. Den vertrauten Namen auf dem Display zu sehen, ließ ihre Augen feucht werden, und allein der Gedanke, ihn anzurufen und seine Stimme zu hören, hatte etwas Tröstliches.

»Ja?«, meldete er sich fast sofort.

»Hey, ich bin's.«

»Schwesterchen. Alles okay?« Es klang vorsichtig, als könnte er sich nach dem heutigen Tag nicht wirklich vorstellen, dass alles okay war.

»Nein«, antwortete sie und erschrak darüber, wie viel Verzweiflung in diesem einen Wort steckte.

»Oh, Lilly, es tut mir so leid. Ich wünschte, ich könnte dir helfen.« Dass er damit quasi schon verriet, dass er sich Gedanken gemacht hatte und trotzdem nicht wusste, wie er ihr beistehen konnte, ließ ihre Kehle eng werden.

»Ich weiß nicht, was ich tun soll«, flüsterte sie, sich bewusst, dass Chris jederzeit wieder ins Wohnzimmer kommen konnte. Oder dass er vielleicht hinter seiner Tür stand und jedes Wort mithörte. Unwillkürlich griff sie nach den Steinen, die sie immer noch am Gürtel ihrer zeremoniellen Robe trug. Ihre Finger fanden den Stein, mit dem man Gedankennachrichten schicken konnte. *Ich kann nicht reden, er ist hier,* schickte sie in Gedanken an Naos, während ihre Finger den Stein umklammert hielten wie einen rettenden Anker.

»Soll ich rüberkommen?«

Sofort wollte Liliana Ja sagen. Naos war nicht weit weg, auch seine Räume befanden sich im Gebäude der Gemeinschaft und die Sehnsucht, ihn jetzt zu sehen und an seiner Schulter Trost zu suchen, war überwältigend stark.

Ich weiß nicht. Dann denkt er vielleicht, ich komme nicht alleine zurecht und will mich bei dir ausheulen.

Das würde alles noch schlimmer machen. Falls das überhaupt möglich war. Sie sah seinen verächtlichen Blick so bildhaft vor sich, dass sie erschrocken den Kopf hob und einen Blick zu seiner Tür warf. Aber er war nicht da.

»Was ist denn da eigentlich los bei euch? Warum ...«, er zögerte. Er wollte es sicher genauso wenig aussprechen wie sie. Dass ein Magier ihrer Familie derart versagt hatte.

»Ich weiß es nicht.« *Aber du musst mir helfen. Bitte. Wenn das morgen noch mal passiert, sterbe ich vor Scham.*

»Kannst du es beschreiben?«

Liliana bemühte sich, Naos genau zu erklären, was vorgefallen war. Gar nicht so leicht, mit einer Gedankennachricht, denn ihre Gedanken ließen sich nicht so einfach in eine lange, geradlinige Erzählung pressen, sondern brachen immer wieder aus. Ein Grund, warum Gedankennachrichten meist nur für kurze Mitteilungen eingesetzt wurden. Als sie geendet hatte, schwieg Naos lange, bevor er antwortete. »Tut mir leid, Lilly, aber von so was habe ich echt noch nie gehört. Vielleicht warst du einfach nur abgelenkt. Ich war auch echt sauer, dass die Leute nicht ruhig bleiben konnten, als der Wächter Chris zu dir geführt hat. Klar haben alle gedacht, er wäre ein Magier. Ich auch. Aber sie wissen doch, wie wichtig absolute Stille für die allererste Verbindung ist.«

Er klang jetzt wirklich wütend und Liliana begann zu hoffen, dass er recht hatte. Vielleicht hatte es daran gelegen, dass ihre Konzentration gestört worden war und alles würde sich in der Übungseinheit am nächsten Tag in Wohlgefallen auflösen. Fast alles. Dass Chris sie hasste, würde sich sicher nicht so einfach ändern. Und dann war da noch diese unbändige Wut in seinen Augen. Liliana bekam eine Gänsehaut. *Ich kann sicher heute Nacht kein Auge zumachen.* Sie schluckte schwer, als sie daran dachte, dass er nur wenige Meter entfernt von ihr schlafen würde. »Was, wenn er in der Nacht einfach rüberkommt?« Liliana sah sich erschrocken um, als ihr klar wurde, dass sie den Satz laut ausgesprochen hatte. Aber Chris war nicht da und er würde auch nachts nicht rüberkommen, das war lächerlich! Egal, wie sehr er sie hasste, er hatte es sicher nicht darauf abgesehen, sie im Schlaf zu töten. Er war eine Quelle, kein Assassine.

»Das würde er niemals wagen, nicht, wenn ihm etwas an seinem Leben liegt«, knurrte Naos. »Er wird sich an die Regeln halten, keine Sorge.«

»Ich weiß nicht«, flüsterte sie. Ob ihm überhaupt irgendwas an etwas lag? Er respektierte sie nicht, das hatte er deutlich gemacht, und ihm war völlig egal, was sie von ihm verlangte. Warum sollte er die Regeln der Gemeinschaft akzeptieren? Warum sollte er sich an das Gesetz halten, das den Quellen genau vorschrieb, wie sie sich zu verhalten hatten?

Naos lachte leise. »Komm schon. Ich verstehe, dass du verunsichert bist. Aber übertreib nicht. Er ist ein Kerl, klar, aber du bist wirklich nicht die erste Magierin, die eine männliche Quelle zugeteilt bekommt. Ihr seid nicht mal das einzige gemischte Paar dieses Jahr.«

Liliana verschluckte sich beinahe. »Nein, so meinte ich das nicht.« Chris hasste sie, wenn er nachts aufstand, dann wohl eher, um sich davonzustehlen, ganz sicher nicht, um in ihr Bett zu kriechen.

Naos registrierte es gar nicht. »Denk nur mal an Ida und Laurent.«

Mit einem Stich in der Brust musste Liliana daran denken, wie ängstlich Sara auf der Feier immer wieder zu Ida hinübergesehen hatte. Liliana hatte versucht, sie etwas aufzuheitern, war aber so mit ihrer Schande und dem wütenden Chris an ihrer Seite beschäftigt gewesen, dass sie kaum tröstende Worte für das Mädchen hatte finden können. Jetzt, viel zu spät, fiel ihr ein, was sie ihr hätte sagen können. Laurent würde seine Macht niemals ausnutzen. Ihm war von klein auf eingeschärft worden, dass seine Quelle nicht nur seiner Kontrolle, sondern auch seinem Schutz unterstand.

»Du hast recht. Ich bin albern.« Sie ließ den Stein los, damit Naos nicht aus Versehen Gedanken hörte, die sie für sich behalten wollte. Dass sie nämlich ganz und gar nicht sicher war, dass er recht hatte. »Es ist nur merkwürdig, weißt du? Mit einem Fremdem zusammengeworfen zu werden. Und natürlich … natürlich wusste ich, dass meine Quelle ein Mann sein könnte. Ich habe nur wirklich nicht damit gerechnet. Irgendwie habe ich geglaubt, dass man mir Sara zuteilen würde.«

Die Tradition, aus der Zuteilung ein Geheimnis zu machen, sollte bewirken, dass Magier und Quellen bei der Zeremonie möglichst unvoreingenommen aufeinandertrafen, damit die Magie sich zwischen ihnen unbelastet entfalten konnte. Liliana schnaubte. Bei ihr und Chris hatte es genau den gegenteiligen Effekt gehabt. Oder hätte das Wissen, dass er ihre Quelle werden würde, ihre Abneigung gegen eine Verbindung mit ihm vielleicht noch verstärkt? Hatte er es vielleicht gewusst und war deswegen von Anfang an so gegen sie eingestellt gewesen? Aber wer hätte es ihm sagen sollen?

»Hey, ich versteh dich schon. Was meinst du, wie merkwürdig es für mich und Daniel war? Ich glaube, die ersten paar Nächte haben wir nur wach gelegen und darauf gelauscht, was der andere in seinem Zimmer treibt.« Er lachte leise. »Das war echt furchtbar. Aber wir haben es auch hinbekommen. Warte doch erst mal ab und gib ihm eine Chance.«

Ihm eine Chance geben. Bis morgen abwarten und riskieren, sich noch einmal vor allen zu blamieren. Genau das, was sie nicht wollte. Aber es blieb ihr wohl nichts anderes übrig. »Ich versuche es.« Zögerlich verabschiedete sie sich und legte auf. Unschlüssig blieb sie im Wohnzimmer stehen. Warum hatte gerade sie eine Quelle zugeteilt bekommen, mit der sie wahrscheinlich nie eine so enge Verbindung haben würde wie Naos und Daniel? Gerade sie, die sich so sehr jemanden an ihrer Seite wünschte, mit dem sie durch dick und dünn gehen konnte?

»Ich muss noch mal weg.«

Liliana fuhr zusammen. Chris stand mit finsterem Gesicht in der Tür. Seine Worte hatten nicht nach einer Bitte geklungen. Ärger regte sich in ihr. Sie hatte vergessen, Naos zu fragen, wie sie die allgemeine Situation mit Chris in den Griff kriegen sollte.

»Du kannst nicht einfach weg. In den ersten Wochen nach der Zeremonie ist es verboten, sich zu trennen.«

Er hielt ihrem Blick stand. »Das weiß ich. Aber es gibt schließlich Ausnahmen oder hast du vor, mich jedes Mal auf die Toilette zu begleiten?«

Schon wieder wurde Liliana rot. Wie eine dumme Gans. Sie hasste es, dass er diese Wirkung auf sie hatte. »Da geht es nur um ein paar Minuten und ich nehme mal nicht an, dass du nur zwei Minuten frische Luft schnappen willst.«

Er funkelte sie an. »Ich gehe. Du kannst mich nicht aufhalten.«

Natürlich konnte sie das nicht. Wie sie es hasste, dass sie noch nicht mit ihm zaubern konnte. Dann hätte sie ihn nur berühren müssen, um sich von ihm Magie zu nehmen und zu verhindern, dass er einfach ging. Aber das konnte sie nicht und auch sonst hatte sie keine Möglichkeit, ihm ihren Willen aufzuzwingen, und sie wussten es beide. Ohne seinem Blick auszuweichen, überlegte sie fieberhaft, was sie tun konnte.

»Wo willst du hin?«, fragte sie, um Zeit zu schinden.

»Das geht dich nichts an«, gab er zurück.

Sie machte ein paar Schritte auf ihn zu. »Stimmt. Aber wenn du mir sagen würdest, was du willst, könnte ich vielleicht darüber nachdenken, es dir zu erlauben.« Oder ihn zu begleiten. Aber das würde sie ihm nicht auf die Nase binden.

»Es interessiert mich nicht, ob du es mir erlaubst.«

»Ach ja? Warum stehst du dann noch hier?«, zischte sie. »Warum bist du dann nicht einfach gegangen?«

Er blinzelte sie an und Liliana hätte beinahe gelacht. Plötzlich wusste sie, was er hier tat. Er wollte nur ihre Grenzen ausreizen und testen, was sie im Ernstfall unternehmen würde. Wahrscheinlich hatte er nie vorgehabt zu gehen.

»Da hast du recht.« Er drehte sich um und ging mit großen Schritten zum Ausgang. Er war bei der Tür, bevor Liliana aus ihrer Starre erwachte. So viel dazu.

»Bleib stehen«, rief sie, während sie ihm so würdevoll wie möglich nachging. Sie würde den Teufel tun und ihm hinterherlaufen.

Sie musste ihn aufhalten. Wenn er jetzt ging und man merkte, dass er sich ihr zu allem Übel auch noch widersetzte, wäre sie morgen endgültig das Gespött der ganzen Gemeinschaft. Niemand sollte von ihren Problemen mit ihm erfahren. Chris legte eine Hand auf den Türknauf und warf ihr mit hochgezogenen Augenbrauen einen vielsagenden Blick zu, bevor er ihn herumdrehte. Die reinste Kampfansage.

Natürlich hätte sie die Wächter rufen können, die sicherlich dafür gesorgt hätten, dass Chris die Pflichten einer Quelle achtete. Aber damit hätte sie ihm endgültig ihre Hilflosigkeit eingestanden. Sie wollte nicht mal damit drohen, die Wächter zu rufen. Sie wäre sich vorgekommen wie ein Kindergartenkind, das nach der Erzieherin rief. Nein. Sie wollte es selbst schaffen. Sonst konnte sie es gleich aufgeben. Aber es war ziemlich offensichtlich, dass Drohungen und Hinweise auf die Sitten der Gemeinschaft nicht helfen würden. Liliana stellte sich zwischen die Aufzugtüren, bevor sie sich schließen konnten. »Du solltest besser wieder mit zurückkommen.«

Statt einer Antwort drückte er auf den Knopf für das Erdgeschoss.

Sie lächelte kalt. Hoffte sie jedenfalls. »Es gibt Kameras, überall im Gebäude. Jeder würde sehen, dass du alleine unterwegs bist, obwohl du das so kurz nach der Zeremonie eigentlich nicht darfst. Der Rat wird uns dafür zur Rechenschaft ziehen. Es würde nicht nur auf uns zurückfallen, sondern auch auf unsere Familien.«

Liliana wusste sofort, dass es funktioniert hatte. Chris' Augen weiteten sich kaum merklich und er starrte sie lange an, bevor er schließlich aus dem Aufzug heraustrat und an ihr vorbei zurück zur Wohnungstür ging. Erleichterung ließ ihre Knie weich werden, sodass sie noch eine Weile stehen blieb und wartete, bis Chris in seinen Räumen verschwunden war. Triumph wollte sich allerdings nicht einstellen. Sie bekam seinen Gesichtsausdruck einfach nicht aus dem Kopf. In jenem Moment, kurz bevor er nachgegeben hatte, hatte es nicht so gewirkt, als hätte er nur gehen wollen, um ihre Grenzen zu testen. Und bei dem Wort Familie hatte sich etwas in seinem Gesicht verändert.

Das schlechte Gewissen regte sich in ihr und während sie langsam zur Wohnungstür zurückging, überlegte sie, ob sie ihn danach fragen sollte, was er vorgehabt hatte. Aber er hatte ja ziemlich deutlich gemacht, dass er ihr nichts sagen würde. Mit ihm zu reden, war unmöglich. Das miese Gefühl in Lilianas Brust wurde noch stärker. Sie hatte einen winzigen Sieg gegen ihn errungen. Vielleicht würde sie es sogar irgendwann schaffen, sich gegen ihn durchzusetzen. Aber dafür hatte sie seinen Widerwillen gegen sie noch verstärkt. Sie hatte ihn erpresst, damit er tat, was sie wollte. Sicher würde sie dafür morgen seine ganze Feindseligkeit zu spüren bekommen. Sie hatte zwar einen kleinen Kampf gewonnen, aber irgendwie hatte sie es geschafft, damit alles noch schlimmer zu machen.

Liliana sank gegen die offen stehende Tür und schloss die Augen. So würde das nie was werden. Und morgen schon musste sie beweisen, dass sie es draufhatte, vor aller Augen. Wenn Chris sich ihr dann so widersetzte wie eben, wäre sie bei der gesamten Gemeinschaft unten durch. Liliana biss sich auf die Lippe. Vielleicht war es das kleinere Übel, sich ihre Hilflosigkeit jetzt gleich einzugestehen. Wenigstens vor einem Menschen, der ihr vielleicht einen Rat geben konnte. Noch einmal zog sie ihr Handy aus der Tasche und wählte, während sie in ihr Schlafzimmer ging und die Tür hinter sich schloss. Als ihre Mutter sich meldete, versuchte Liliana, ihr ruhig und gefasst alles zu erklären. Aber ihre Stimme zitterte vor Wut, Scham und Angst. Mit jedem Wort etwas mehr. Ihre Mutter musste es bemerken, aber sie kommentierte es nicht.

»Ich kann es mir einfach nicht erklären«, beendete Liliana ihren Bericht.

Ihre Mutter seufzte. »Vielleicht passt er nicht zu dir, Liliana. Dann musst du ihn zurückgeben.«

Die Worte ihrer Mutter klumpten sich in Lilianas Magen zusammen. Ihn zurückgeben? Wie ein defektes Surfboard? »Geht das denn?«

»Das passiert ab und zu. Natürlich musst du dann wieder auf die nächste Zeremonie warten.«

Noch einmal die Warterei? Vielleicht mehrere Monate oder ein Jahr? »Das dauert mir zu lange. Du hast doch gesagt, der Rat braucht mich.«

»Es gefällt mir auch nicht. Aber wenn ihr nicht zusammenpasst, hilft es nichts. Wahrscheinlich berät der Rat im Moment schon darüber, ob das eine gute Lösung für euch ist. Jeder konnte ja sehen …« Ihre Mutter verstummte, aber ihre Enttäuschung summte förmlich durch die Leitung. »Das gibt es gelegentlich, auch wenn die Potenziale sich perfekt ergänzen, schwingt die Energie einfach nicht im Einklang. Dagegen kann man nichts tun. Es fühlt sich dann die ganze Zeit an, als würde man sich abstoßen wie zwei Wellen, die im Meer aufeinandertreffen und sich gegenseitig brechen, anstatt ineinanderzufließen.«

Liliana dachte daran, wie sie ihn berührt hatte, an dieses Vibrieren, das ihren ganzen Körper angefüllt und ihre Seele zum Schwingen gebracht hatte. »Nein«, flüsterte sie. »Das kann es nicht sein. Ich weiß, dass er perfekt zu mir passt. Ich habe es gespürt. Sofort.«

Ihre Mutter schwieg einen Herzschlag lang, dann fragte sie: »Woran hast du es gespürt?«

»Als er meine Hand genommen hat, hat es sich angefühlt, als

wären wir eins. Die Energie zwischen uns war perfekt im Einklang. Ich weiß es einfach. Er ist die richtige Quelle für mich.«

»Dann«, begann ihre Mutter mit einem kaum hörbaren Schwanken in der Stimme, »hast du großes Glück, Liliana. So etwas passiert nicht oft. In den letzten Jahren habe ich nur von einem einzigen anderen Fall dieser Art gehört. So eine harmonische Schwingung der magischen Energie darfst du nicht verschwenden. Was immer bei euch nicht in Ordnung ist, du musst es in den Griff kriegen. Dann steht dir eine noch glänzendere Zukunft bevor, als wir geglaubt haben.«

Während ihre Mutter sprach, wich die bleischwere Enttäuschung in ihrer Stimme einem Anflug von Hoffnung, die den Klumpen in Lilianas Magen noch vergrößerte.

»Und wie soll ich das machen? Er lehnt sich gegen mich auf, er hat mich schon vorher gehasst und jetzt hält er mich auch noch für unfähig.«

»Das darfst du dir auf keinen Fall von ihm bieten lassen.«

»Wie soll ich das schaffen, wenn ich keine Magie einsetzen kann?«

Ihre Mutter holte tief Luft. »Wenn er weiter Probleme macht, bring ihn zu mir.«

»Und was willst du dann tun?«

Liliana lauschte dem Vorschlag ihrer Mutter. Und nicht nur ihr Tonfall bescherte ihr eine Gänsehaut. Als sie auflegte, wusste sie, dass sie alleine klarkommen musste, denn was ihre Mutter ihr angeboten hatte, würde sie niemals auch nur in Erwägung ziehen.

10

Sie stieß das schwere Portal auf, das hinauf auf das weitläufige Dach des Gemeinschaftsgebäudes führte. Wie eine Schwerverbrecherin sah Adara sich um, ob niemand anders hier war. Seth war von der Hohen Rätin gebeten worden, noch dazubleiben. Im ersten Moment hatte Adara sich darüber geärgert, wie ein kleines Kind vor die Tür geschickt zu werden. Doch dann hatte sie die Gelegenheit genutzt, ein paar letzte Minuten ohne Seth zu verbringen. Zögerlich näherte sie sich dem Altar, auf dem vor einigen Wochen sein Körper gelegen hatte. Eingewickelt in ein schlichtes schwarzes Tuch. Sie legte die Hände auf den Stein. Er war zu glatt, zu makellos, um noch etwas von seiner Asche in sich versteckt zu halten. Adara seufzte. Schon vor ihrer neuen Verbindung war ihr Unterfangen unmöglich gewesen. Sie musste seinen Geist finden. Das allein war schwierig genug, wenn sie nicht wusste, wo sie suchen sollte. Sie musste herausfinden, wie sie seinen Geist wieder an seinen Körper binden konnte. Und sie brauchte seinen Körper – der verbrannt worden war. Restlos. Selbst eine mächtige Magierin wie sie konnte den Körper eines Menschen nicht aus dem Nichts wieder erschaffen. Sie brauchte seine Asche. Sie dachte an den unbarmherzigen Wind, der jedes einzelne Körnchen davongetragen hatte. Es war so verdammt aussichtslos. Adara ging in die Knie und ließ den Kopf auf den schwarzen Stein sinken. Er war verloren und mit ihm Tausende von Menschenleben.

Danes würde gewinnen. Wut stieg in ihr auf, als sie daran dachte, wie er ihre Hände gemustert hatte. Wie er sich für sie eingesetzt hatte. »Verdammter Heuchler«, stieß sie hervor. Er fühlte sich sicher. Wahrscheinlich wusste er nicht einmal, dass sie ihm auf den Fersen war. Er hielt sie für ungefährlich. Was sehr praktisch gewesen wäre, wenn sie die geringste Chance gehabt hätte, ihre Quelle zurückzuholen und Danes aufzuhalten.

»Ich will es doch, ich will dich zurückholen. Aber wie?« Der Wind trug mit ihren Worten auch ihren letzten Rest Mut davon. Seth würde sie von nun an ständig beobachten und bei ihrer Suche behindern. Und selbst wenn ihr etwas einfiele, wie sie ihn loswurde, die Zeit war zu kurz, die Zeichnung würde bald verblassen. Schon allein der Flug zurück nach Rom dauerte zwei Tage.

Sie konnte mit Tauru nicht von hier aus Kontakt aufnehmen. Sie hatte sie selbst davor gewarnt. Ob telefonisch oder über das Internet, es war zu gefährlich. Und per Gedankennachricht war es unmöglich, so lange, komplizierte Gespräche zu führen. Sie musste es einsehen. Es war vorbei.

Eine flüchtige Bewegung an ihrem Arm ließ sie zusammenzucken. Adara hob den Kopf. Silbrige Augen sahen auf sie herunter. Sie erhob sich.

»Tut mir leid wegen vorhin im Flur, ich wollte dich nicht erschrecken.« Der widerwillige Tonfall der Entschuldigung brachte Adara gegen ihren Willen zum Lächeln.

»Schon gut.« Kann ich dir irgendwie helfen?, wollte sie fragen, aber sie sah nur noch ein paar Strähnen weißblonder Haare im Wind zwischen den Altären. »Warte!« Sie nahm die Verfolgung auf, aber die Tür zum Dach fiel zu, lange bevor sie sie erreichte.

Lass gut sein. Wollte nur nicht, dass du mir einen Wächter auf den Hals hetzt, weil ich unhöflich war.

Adara schüttelte ungläubig den Kopf. Merkwürdigerweise schien ein wenig ihrer bleiernen Müdigkeit verflogen zu sein. Nur die Hoffnungslosigkeit war noch da.

Sie schleppte sich zurück in ihre Wohnung, wo Seth auf sie wartete. Es kam ihr unfassbar vor, dass er einfach in ihr Refugium eindringen und die Räume der Quelle belegen durfte. Am liebsten hätte sie es ihm verboten. Sie gehörten ihm nicht. Unwillkürlich warf sie ihm einen bösen Blick zu. Doch wie immer zeigte Seth keinerlei Reaktion und schwieg. Er gab ihr keinen Grund, ihn zu maßregeln und so ihre Wut und Verzweiflung auf ihm abzuladen.

»Ich werde mich zurückziehen.« Sie konnte plötzlich nur noch an ihr Bett denken. Ruhe. Frieden. Selbstmitleid. Ein paar Tage lang.

»Es wird nicht lange dauern«, sagte Seth leise, als sie an ihm vorbeiging.

Der dunkle Steinboden schien sich in Lava zu verwandeln und sie festzuhalten. Unwillkürlich sah sie auf ihre Hände. Die Zeichnung war blass. Schrecklich blass. Nicht lange war eine Untertreibung. Tage vielleicht. Sie hatte nur noch wenige Tage, bevor sie sich in ihr Schicksal fügen und mit Seth zaubern musste.

Er wird deine Seele entblößen.

Ja, das würde er. Und nicht nur das. Wenn sie ihn auch nur berührte, würde er wissen, wonach sie sich tief in ihrem Herzen sehnte. Er würde erfahren, was sie plante und dass sie eben doch eine Verräterin war. Niemals durfte sie zulassen, dass er sich ihr näherte. Sie machte einen Schritt von ihm weg. Wollte ihm ins Gesicht sagen, dass sie niemals mit ihm zaubern würde. Dass sie eher sterben würde. Aber das waren leere Drohungen. Sie würde gehorchen, wenn es so weit war. Denn sie war nicht allein auf der Welt. Sie hatte Eltern. Familie. Zu viele Menschen, die sie mehr als ihr eigenes Leben liebte. Menschen, mit denen man sie unter Druck setzen würde. Die plötzliche Sehnsucht danach, die Stimme ihres Vaters zu hören, überfiel sie völlig unerwartet und sie verdrängte sie nur mühsam. Es war zu gefährlich, sich bei ihnen zu melden. Das würde sie nur im äußersten Notfall tun.

Nein. Sie würde bis zur letzten Sekunde abwarten, um mit Seth zu zaubern. Dann würde er wissen, was sie vorhatte, und sie als Verräterin outen. Vielleicht würde man sie hinrichten so wie *ihn*. Aber ihre Familie würde nicht mit hineingezogen. Sie nickte, ohne Seth anzusehen. »Du hast recht, es wird nicht lange dauern. Ein Glück.« Jedes ihrer Worte musste ihm verraten, dass sie aufgegeben hatte. Hätte sie doch nur Kraft übrig gehabt, um ihre Würde zu wahren. Nichts. Da war nur Leere. Adara ging zu ihrem Zimmer und legte eine Hand auf den Türknauf.

»Es tut mir leid, dass du nicht nach Rom zurückgehen kannst.«

Adara legte die Stirn an das glatte Holz der Tür. *Mir auch. Du ahnst nicht, wie sehr.* Sie stieß die Tür zu ihren Räumen auf, doch etwas in Seths Worten ließ sie innehalten. *Du kannst nicht zurück.* Eigentlich spielte es keine Rolle mehr, aber die Selbstverständlichkeit, mit der er es feststellte, entzündete eine winzige Flamme der Wut in der schwarzen Leere in ihr. Sie wandte sich halb zu ihm um. »Ach, und warum?«

»Ich habe hier Verpflichtungen.«

»Wenn ich mich dafür entscheide, musst du dich fügen.« Nicht, dass sie es vorhatte. Es ging ums Prinzip. Um diesen letzten Rest Würde, den er ihr auch noch nehmen wollte. Schließlich war sie die Magierin und er hatte ihr Respekt zu zollen.

»Ich stehe kurz davor, in den Rat gewählt zu werden. Es wird sich negativ auswirken, wenn ich nicht anwesend bin.«

»Du willst in den Rat?« Adara starrte ihn an. Das war doch verrückt. Wieso teilten sie ihr eine Quelle zu, die so hohe politische Ambitionen hatte? »Du kannst nicht in den Rat gewählt werden, wenn du dich in einer aktiven magischen Verbindung befindest. Hat dir das niemand gesagt?« Diese Regelung gab es, damit magische und politische Macht sich nicht in einer Person konzentrierten und diese Person zu mächtig wurde. Außerdem war die Zeit der Magier viel zu kostbar, um sie für Politik zu verschwenden.

Seth lächelte matt. »Ein Magier kann das nicht. Eine Quelle aber schon.«

Hatte er recht? Vielleicht. Es spielte keine Rolle. Sie zuckte mit den Schultern und wollte sich umdrehen.

»Du solltest wissen, dass ich nicht zulassen werde, dass diese Verbindung meinen Plänen schadet.« Das war eine Warnung. Unmissverständlich. Die winzige, wütende Flamme in ihrem Bauch wuchs an, wärmte ihr Blut, bis es durch ihre Adern rauschte und Adara herumfuhr. »Deshalb warst du in Rom, nicht wahr? Um mir etwas anzuhängen. Du hast gehofft, dass du beweisen kannst, dass ich eine Verräterin bin wie … wie er.«

»Nicht alles dreht sich um dich, Magierin.« Keinen Hinweis darauf, wie er das meinte oder ob sie recht mit ihrer Anschuldigung hatte. Es machte sie wahnsinnig.

»Du hast gewusst, was passieren würde, und hast mir nichts gesagt.« Sie gab ihrer Stimme einen verächtlichen Klang.

»Ich habe es dir gesagt.«

»Nicht alles.«

»Ich habe dir gesagt, was ich konnte.«

Nein, dachte sie. *Du hast mir gesagt, was dir genutzt hat, um mich zum Handeln zu zwingen.*

Er verzog spöttisch den Mund, als könnte er tatsächlich ihre Gedanken lesen. »Ich musste sichergehen, dass ich nicht mit einer Verräterin verbunden werde.«

»Sippenhaft existiert nicht in der Gemeinschaft.« Bei allem, was ihr widerfahren war, das konnte sie definitiv sagen.

»Nein. Nicht, was die Magie angeht.«

Natürlich. Adara wurde klar, was er meinte. Für eine magische

Karriere war die ehemalige Verbindung zu einem Verräter kein Hindernis, weil der Rat die Magier und Quellen so dringend brauchte. Außerdem wurden Magier nicht gewählt, sie wurden geboren. Aber wer in den Rat wollte, musste über jeden Zweifel erhaben sein. Sonst würden ihm nicht genug Leute trauen, um ihm ihre Stimme zu geben. Plötzlich kam Adara ein Gedanke. Eine Idee, die die Hoffnungslosigkeit in ihr zurückdrängte. »Es ist nicht richtig, dass der Rat dich verbindet, wenn du eine Karriere im Rat anstrebst«, schlug sie einen verständnisvollen Ton an. »Sie haben uns einen Aufschub gewährt, bis die Zeichnung an meinen Händen verschwunden ist. Sicherlich lassen sie sich überreden, das Gebot zusammenzubleiben bis dahin auszusetzen, wenn du ihnen die Situation erklärst. Dann kannst du hierbleiben und ich fliege alleine nach Rom.«

Seths Lippen kräuselten sich. »Das glaube ich kaum.«

»Was, wenn wir sie vor vollendete Tatsachen stellen?« Adaras Herz klopfte schmerzhaft. Wenn sie Seth dazu bringen konnte, diesem Vorschlag zuzustimmen, konnte sie in Rom unbeobachtet ihre Suche fortsetzen – und es ihm überlassen, es dem Rat zu erklären.

»Netter Versuch.« Er lächelte spöttisch. »Die Hohe Rätin wird ihre Anweisung nicht zurücknehmen.«

»Kannst du denn nicht …«

»Nein«, unterbrach er sie.

Die Flamme in ihr wuchs zu einem Feuer heran. Sie könnte ihm ihren Willen einfach aufzwingen. Adara bekam eine Gänsehaut. Nein. Niemals. Niemals wieder.

»Was immer du in Rom suchst, du wirst es aufgeben müssen.« Seine Worte, leidenschaftslos ausgesprochen, tropften wie Spiritus auf das Feuer in ihr. Er ließ nicht locker. »Sie werden dich nicht gehen lassen.«

»Ich werde nicht um Erlaubnis bitten. Sie haben mir eine Schonfrist gewährt, bis die Zeichnung verschwunden ist. Und in dieser Zeit bin ich frei zu tun, was ich will.«

»Nur solange sie nicht erfahren, was du vorhast.«

Wut blendete Adara, weil er einfach nicht aufhören konnte, ihr zu drohen. Er hatte nichts gegen sie in der Hand. Er wusste nichts. Sonst wäre es gar nicht zu der Verbindung gekommen. Vielleicht ahnte er etwas, aber er hatte keinerlei Beweise.

»Es ist ein Zeichen von Würde zu wissen, wann man aufgeben muss.«

Jetzt reichte es wirklich. Was glaubte er eigentlich, wer er war, ihr etwas von Würde zu erzählen? »Ich gebe nicht auf. Niemals«, knurrte sie und hielt mühsam die restlichen Worte zurück, die ihr auf der Zunge lagen. *Ich darf nicht aufgeben. Es geht nicht nur um mich.*

Ohne ein weiteres Wort wandte sie sich um und ging in ihr Schlafzimmer. Vielleicht hatte sie nur noch wenige Tage, aber die musste sie nutzen, so gut sie konnte. Sie wusste noch nicht, wie, aber auf dem Flug würde sie genug Zeit haben, darüber nachzudenken. Sie holte ihren Koffer aus dem Schrank, der inzwischen ausgepackt worden war. Er sank in die verlockend weiche Bettdecke ein. Wie schön wäre es jetzt gewesen, sich in die Kissen sinken zu lassen und eine ganze Nacht tief und fest zu schlafen. Aber in Seths Gegenwart würde ihr ohnehin keine Nachtruhe vergönnt sein. Also konnte sie genauso gut sofort zum Flughafen fahren. Sie öffnete den Koffer und warf ein paar Sachen hinein.

»Was tust du da?«

Sie sah nicht auf, rügte Seth nicht dafür, dass er ihre Räume betreten hatte, legte nur weiter Sachen in den Koffer. »Packen.«

»Daraus wird nichts, denn du bist verpflichtet, in meiner Nähe zu bleiben, und ich werde nicht gehen.« Die Endgültigkeit in seiner Stimme brachte sie fast um den Verstand. Was erlaubte er sich? Trotzdem blieb sie ruhig, nur ihre zitternden Finger verrieten sie. Es war Zeit, sich daran zu gewöhnen, dass sie keine ruhige Minute mehr haben würde, keinen unbewachten Moment. Von jetzt an musste sie in jeder Sekunde auf der Hut sein.

»Nur falls es dir entgangen ist«, zischte sie. »Ich bin die Magierin in dieser Verbindung. Du hingegen bist nur die Quelle.« Die Verachtung in ihrer Stimme erschreckte sie selbst. Früher hätte sie so etwas nie gesagt. Aber sie hatte auch noch nie eine Quelle erlebt, die sich so arrogant als Anführer aufspielte. *»Du«,* sie funkelte ihn an, »bist verpflichtet, dich in meiner Nähe aufzuhalten. Und das bedeutet, dass du mit mir nach Rom gehen wirst.«

Seth schwieg. Sein Gesicht zeigte keine Regung, seine Hände blieben entspannt. Adara lief es kalt den Rücken hinunter, weil er sogar jetzt seine Gefühle so unglaublich gut unter Kontrolle hatte, obwohl sie ihn dazu zwang, alle seine Ziele aufs Spiel zu setzen. Als er sich mit einem winzigen Nicken geschlagen gab, schmeckte der Triumph modrig wie eine alte, ausgelutschte Erinnerung. Denn diesmal regte sich etwas in der Tiefe seiner Augen. Ein Blitzen, ein Schimmer, der dafür sorgte, dass Adaras Nackenhaare sich aufrichteten. Sie sagte sich, dass es nur der Augenstern gewesen war. Aber sie wusste genau, dass sie sich damit selbst belog.

11

Ihr Blick schweifte über das Hochplateau, über die hohen Klippen und das tief darunterliegende Meer. Als Kind hatte sie oft zwischen den schroffen Felsen gespielt und nach Naos' Namenszeremonie hatte sie auf dem Sandstrand in der türkisen Brandung mit ihm gefeiert. Jetzt war von entspannter Feierlaune nichts zu spüren, was unter anderem an Chris' finsterem Blick lag. Salziger Wind riss an Lilianas Haaren und machte es beinahe unmöglich, die Worte von Rat Danes zu verstehen. Ganz in ihrer Nähe stand Aurelia und ihr gegenüber, nur wenige Schritte von Chris entfernt, Sara. Ihre helle Haut wirkte noch durchscheinender als sonst und ihre Augen viel zu groß. Ob etwas vorgefallen war? Oder spürte Sara nur den gleichen Druck wie sie? Es war nicht einfach, mit so einer neuen Situation klarzukommen, während einem die ganze Welt dabei zusah. Liliana ließ ihren Blick weiterwandern, bis sie Ida entdeckte. Sie wirkte gefasst und entschlossen. Als hätte sie alles im Griff. Liliana lächelte. Ja, Ida würde sich nicht so leicht unterkriegen lassen. Wenn jemand mit Laurent umgehen konnte, dann sie.

Liliana nickte Sara aufmunternd zu, was ihr in ihrer eigenen vertrackten Situation nicht gerade leichtfiel. Es schien, als ob Danes jeden ihrer Schritte mit Argusaugen verfolgte, und auch der gesichtslose Blick ihres Wächters lastete auf ihr. Sie wandte sich wieder Chris zu. Er wirkte abwesend, was sicher nicht die beste Voraussetzung dafür war, dass sie die Magie in den Griff bekamen.

»Es ist sehr wichtig, dass ihr alle die heutige Lektion meistert«, erklärte Danes. Er warf Liliana einen vielsagenden Blick zu. »Die Namenszeremonie wird in drei Wochen stattfinden. Bis dahin müsst ihr zeigen, dass ihr sicher zusammenarbeiten könnt.«

Entsetzt starrte Liliana ihn an. Drei Wochen? So schnell? Auch die anderen warfen sich fragende Blicke zu. Niemand schien sich einen Reim darauf machen zu können, warum dieses Mal alles so übereilt geschah. Erst die Tatsache, dass man den neuen Quellen keine Gelegenheit gegeben hatte, sich einzugewöhnen. Dann die hastig vollzogene Verbindungszeremonie. Und jetzt die viel zu frühe Vergabe der Namen, nach der ein Magier als fertig ausgebildet und einsatzbereit galt. Liliana betrachtete die anderen. Keiner von ihnen würde nach nur drei Wochen fertig ausgebildet sein. Nicht annähernd. Normalerweise betrug die Spanne zwischen der Verbindungszeremonie und dem Namensritual wenigstens einige Monate.

»Was … was ist die Namenszeremonie?«

Danes wandte sich zu Sara und runzelte die Stirn, als ob er sich fragte, warum sie ihn ansprach. Dann machte er einen Schritt auf sie zu. »Namen bergen Geschichten. Und wenn aus einem jungen Menschen ein vollwertiger Magier wird, geht seine bisherige Geschichte zu Ende. Eine neue beginnt. Der alte Name und die alte Geschichte sind dann Vergangenheit. Sie sollen die Zukunft nicht beeinflussen.«

Schweigen folgte seinen Worten. Lilianas Kehle wurde eng. Bald würde sie ihr altes Leben hinter sich lassen und ihren Platz als Magierin einnehmen. Sie würde ihre Pflicht erfüllen, so wie die anderen Magier ihrer Familie vor ihr. Bei diesem Gedanken schlich sich ein Lächeln auf ihre Lippen.

»Warum kriegen die Quellen keine neuen Namen?« Idas Stimme durchschnitt die Stille gerade laut genug, dass alle sie über den Wind hinweg hören konnten.

Danes sah Ida an und etwas blitzte in seinem Gesicht auf, das Liliana nicht einordnen konnte. Wut?

»Das Kollektiv findet heute Abend statt, dann ist Zeit für Geschichten, nicht jetzt. Wenn es recht ist, werden wir mit der Übung beginnen«, sagte Danes ungeduldig. »In drei Wochen müsst ihr bereit sein.«

»Was passiert, wenn wir es nicht schaffen?«, fragte Ida.

Sara warf ihrer Schwester einen besorgten Blick zu. Liliana runzelte die Stirn. Was sollte das? Wollte Ida Danes mit Absicht wütend machen?

Diesmal jedoch antwortete Danes mit der üblichen Geduld, die er auch immer in den Stunden für die angehenden Magier gezeigt hatte. »Dann wird die magische Verbindung als gescheitert angesehen und aufgehoben. Magier und Quelle werden neu zugeteilt. Sofern man für sie jemand Passenden findet.«

Chris zuckte bei diesen Worten zusammen. Die Aussicht, dass ihre Verbindung aufgehoben werden könnte, schien ihm nicht zu gefallen. Nein, sie musste sich irren. Es konnte ihm doch nur recht sein, wenn alles schiefging und man ihn von ihr befreite. Aber das würde sie nicht zulassen. Sie wusste einfach, dass seine Magie perfekt zu ihrer passte, und wenn sie es schaffte, mit ihm zu zaubern, würde sie bestimmt über große Macht verfügen. Dann würde sie allen zeigen, dass sie in die Fußstapfen ihrer Familie treten konnte.

Entschlossen griff sie nach Chris' Hand. Sofort erfasste sie das überwältigende Gefühl, vollkommen mit ihm im Einklang zu schwingen. Und dann kam die Magie. Sie strömte so plötzlich in ihren Körper, dass Liliana vor Schreck aufkeuchte. Sie versuchte, die Magie zu fassen, sie zu beherrschen und die Magieebene damit zu öffnen. Es blitzte grün auf, eine Ahnung von dem, was sie erwartete. Aber die Magie war zu stark, zu viel, bemächtigte sich ihrer vollkommen, raste durch ihre Adern und trieb ihr Herz in einen viel zu schnellen Rhythmus. Dann riss der Energiestrom ab. Hastig entzog Liliana Chris ihre Hand und starrte ihn an.

Es gab einen schrecklichen Unfall. Angeblich war es seine Schuld.

»Was ist?«, fragte Chris. »Hast du Angst, dass du mich nicht unter Kontrolle hast?« Dass er ihr das so entgegenschleuderte, vor allen anderen, während sie immer noch zitterte und ihr Herz immer noch raste, weil seine magische Energie sie fast überfordert hätte, löste ihre Zunge.

»Nein, ich habe Angst, dass du mich umbringst, genau wie deinen ersten Magier«, fauchte sie.

Chris wurde kreidebleich. Sofort tat es ihr leid und sie hätte es am liebsten zurückgenommen. Aber der Schaden war angerichtet. Chris presste die Lippen zusammen und ein Muskel an seiner Wange zuckte. »Du bist auch nicht besser als die anderen«, gab er durch zusammengebissene Zähne zurück. »Wäre nicht schade drum.«

Liliana stockte der Atem. Hatte er das wirklich gerade gesagt? Meinte er das ernst? War er deswegen so wütend auf sie? Sie dachte daran, in welchen Situationen er sie hasserfüllt angestarrt hatte.

Zum ersten Mal, als sie Naos gesagt hatte, dass er einer Quelle niemals trauen durfte. Und dann als sie Ida und Sara gesagt hatte, dass sie nicht neben ihr sitzen durften. Natürlich, er musste ja glauben, dass sie dem Bild eines typischen, arroganten Magiers entsprach. Dass er sich offensichtlich schon ein Urteil über sie gebildet hatte, bevor er sie überhaupt kannte, ärgerte sie. Aber davon würde sie sich nicht abhalten lassen. Sie biss die Zähne zusammen und nahm seine Hand. Diesmal war sie vorbereitet, als seine Macht sie mit voller Wucht erfüllte. Ihr Wächter machte einen Schritt auf sie zu, als wollte er eingreifen, aber sie schüttelte den Kopf. Sie wollte es alleine schaffen. Im selben Moment trat Rat Danes hinzu. Trotz seiner prüfenden Blicke gelang es ihr, unter Aufbietung all ihrer Kräfte, sich die magische Energie zu nehmen und sie in die Welt hinausfließen zu lassen. Die Magieebene legte sich wie eine grüne Schablone über die Landschaft. Schwer atmend versuchte Liliana, sich darüber zu freuen, dass es funktionierte, aber irgendetwas war nicht ganz richtig. Die Schablone flackerte, überall blitzten die Farben der Realität hindurch. Liliana öffnete die Ebene noch etwas weiter.

»Nicht zu viel«, mahnte Danes, der jetzt dicht neben ihr stand. »Du musst mit der Energie deiner Quelle haushalten. Wenn du zu viel Magie von ihm nimmst, verbrauchst du seine Kraft. Machst du das zu oft, zehrst du ihn nach und nach aus.«

Liliana antwortete nicht. Sie wusste all diese Dinge und es ärgerte sie, dass Danes glaubte, sie hätte sie nicht Wort für Wort verinnerlicht. Aber sie wollte auch nicht zugeben, dass sie nicht zurechtkam. Also versuchte sie weiter, Chris' Magie unter Kontrolle zu bekommen.

»Weniger, Liliana«, mahnte Danes erneut. »Für einen Zauber wie die Fessel brauchst du nur sehr wenig Magie.«

Sie nickte, wütender auf sich selbst als auf Danes, und versuchte, die Ebene stabil zu halten, aber sie flackerte immer noch. Danes sah sie erwartungsvoll an. Auch über ihm lag jetzt der grünliche Schimmer ihrer Magieebene. Zum ersten Mal verstand sie wirklich, was es bedeutete, Magie zu benutzen. Sie sah den Ursprung der Welt, ihre tiefste Beschaffenheit, jede Einzelheit jeder Zelle gleichzeitig. Wie den Quellcode einer riesigen Website. Den Bauplan des Lebens. Und sie konnte jedes noch so kleine Detail verändern. Theoretisch. Im Moment hatte sie aber noch mit den größeren Details Probleme.

»Die Fessel«, raunte Danes. »Du musst die Fessel erschaffen, jetzt.«

Sie wollte es ja. Sie wusste selbst, wie wichtig das war. Aber gerade dort, wo die Fessel entstehen sollte, um ihre gefassten Hände herum, flackerte die Ebene besonders stark, sodass sie kaum erkennen konnte, wo sie ansetzen musste. Sie starrte darauf, versuchte, mehr Magie in diese Stelle zu leiten, damit die Ebene dort stärker wurde und einen Zauber tragen konnte.

Endlich. Es funktionierte. Liliana rief sich alles Wissen über die Fessel in Erinnerung und wirkte den Zauber. Ein leuchtendes Band aus Magie legte sich wie ein Schimmer um ihre Hände und war auch außerhalb der Magieebene sichtbar. Wärme drang durch ihre Haut. Ein heißes Kribbeln, das in ihren Fingerspitzen begann und sich über ihre Hände und Handgelenke in winzigen Kreisbewegungen fortsetzte.

Chris' Finger gruben sich in ihre Handgelenke, aber sie konnte nicht zu ihm aufsehen. Danes trieb sie weiter an. »Den nächsten Zauber.«

Der Wind. Deswegen waren sie hier. Sie sollten versuchen, den Wind zu bändigen. Voller Zuversicht griff Liliana nach mehr magischer Energie, öffnete sich dafür und zog sie an sich, damit sie über Chris in ihren Körper strömte.

Vergeblich. Der Strom versiegte, egal, wie sehr sie versuchte, ihn aufrechtzuerhalten. Nun hob sie doch den Kopf. Chris' Gesicht war vor Anstrengung verzerrt. Sie drückte auffordernd seine Hand, aber er nahm es gar nicht wahr. Verzweifelt versuchte sie es erneut. Es wollte ihr einfach nicht gelingen. Genau wie bei der Zeremonie. Die Magie wollte einfach nicht mehr fließen. Hilflos musste sie zusehen, wie die Magieebene um sie herum zusammenbrach, bevor sie auch nur daran denken konnte, sich um den Wind zu kümmern. »Es klappt einfach nicht.« Ihre Stimme schwankte vor Scham.

Danes betrachtete sie missmutig. Dann fasste er nach ihren Händen. Er nickte Liliana zu und sie löste die Fessel. Danes zog ihre Hände auseinander und hielt sie so in die Höhe, dass alle sie sehen konnten. Lilianas Herz setzte einen Schlag aus, als sie die Linien und Punkte entdeckte, die sich über ihre Haut zogen. Die Zeichnung. Endlich. Die Magie hatte sie in ihre Haut gebrannt. Ihre

Erleichterung brach sich Bahn, trieb ihr Tränen in die Augen, löste ihre Unruhe jedoch nicht auf, sondern floss durch ihre Adern und setzte ihren ganzen Körper unter Strom.

»Du hast deine Quelle gezeichnet. Damit gehört er zu dir.« Danes nickte ihr zu und Liliana lächelte zittrig. Ein Nicken von Danes war ein großes Lob. Chris jedoch war leichenblass, und als sein Blick auf die Zeichnung fiel, zuckte eine Verzweiflung über sein Gesicht, die Liliana mitten ins Herz traf. Er hasste die Zeichnung ebenso sehr, wie sie sich darüber freute. Sie konnte es ihm nicht verdenken. Für ihn war es das Zeichen, dass sie, die Magierin, die er aus tiefstem Herzen verabscheute, endlich das Recht hatte, über ihn zu bestimmen.

Noch einmal betrachtete Danes die Zeichnung. Diesmal mit einem Stirnrunzeln. »Eure Magie muss perfekt im Einklang sein. Die Zeichnung ist unglaublich stark für einen ersten Zauber, vor allem für einen so schwachen Zauber wie die Fessel.« Er hob den Kopf und musterte sie eindringlich. »Ich glaube nicht, dass ihr weiter Probleme haben werdet. Versucht es noch mal.«

Liliana wollte gehorchen, als sie merkte, dass Chris' Finger immer noch zitterten. Das schlechte Gewissen ballte sich in ihr zusammen. Hatte sie doch zu viel von seiner Kraft verbraucht? »Vielleicht könnten wir eine kurze Pause machen?«, schlug sie vor.

Danes sah sie ernst an. »Nein, wir können uns keine Verzögerungen erlauben.«

»Warum nicht?«

Zustimmendes Gemurmel kam von den anderen. Sie alle wollten unbedingt wissen, was die Eile zu bedeuten hatte. Danes sah von Liliana zu Laurent und zu Aurelia. Schließlich seufzte er. »Weil es bald einen größeren Einsatz geben wird. Wir brauchen euch alle.«

»Einen Einsatz?«, hakte Ida nach. »Was soll das heißen?«

Danes Miene verfinsterte sich. »Das hat dich nicht zu kümmern. Eure Aufgabe ist es, daran zu arbeiten, dass ihr rechtzeitig bereit seid. Unzählige Menschenleben hängen davon ab.«

»Warum hat man uns das nicht früher gesagt?«, fragte sie weiter.

Sara sah aus, als wollte sie Ida persönlich zum Schweigen bringen. Laurent starrte seine Quelle finster an. Liliana stockte der Atem. Wenn Ida nicht endlich den Mund hielt, würde Laurent sie dafür maßregeln. Zu ihrem Erstaunen antwortete Danes ihr trotz allem. »Die Verbindungszeremonie sollte davon nicht überschattet werden.« Er wandte sich wieder an Liliana. »Versucht es weiter.« Damit ließ er sie stehen und widmete sich Laurent und Ida, die ihm wütend entgegenstarrte. Als er sie ansprach, hob sie widerspenstig das Kinn.

Liliana sah nicht, wie Laurent darauf reagierte, denn Chris entzog ihr seine Hand, als wollte er nicht weitermachen. »Was soll das? Du hast ihn doch gehört.« Sie hielt ihm auffordernd ihre Hand hin. »Wir müssen üben. Es wird einen großen Einsatz geben.«

Chris schüttelte den Kopf. »Das muss warten.«

»Das ist jetzt nicht der richtige Zeitpunkt für deine Spielchen!«

Er beachtete sie gar nicht, aber vielleicht wurden ihre Worte auch ungehört vom Wind davongetragen. Sie wollte nicht schreien, denn dann würden es auch die anderen hören, also holte sie ihr Handy hervor und startete die App. Sie tippte auf das Symbol für Gedankennachrichten und sah Chris fest an. Er wirkte, als würde er sich jeden Moment umdrehen und gehen.

Wenn du das tust, dachte sie, so eindringlich wie möglich, *lässt du mir keine Wahl.*

Endlich hatte sie seine Aufmerksamkeit. Er starrte sie an, diesmal ganz ohne Wut. Aus seinen Augen blitzte eher Mitleid. Als wäre er sich sicher, dass sie sowieso nichts tun konnte. Lilianas Zorn wuchs ins Unermessliche. Wie konnte er es wagen?

»Ich hätte schon gestern gehen müssen.« Er drehte sich um und ließ sie stehen.

Die Blicke der anderen bohrten sich förmlich in ihren Rücken. Wie konnte er sie nur so bloßstellen? Das konnte sie ihm doch nicht durchgehen lassen.

Danes trat an sie heran. »Was soll das?«

»Ich … ich glaube …« Sie hätte behaupten können, dass er nur auf die Toilette wollte. Aber wenn er in ein paar Minuten nicht zurück war, würden alle merken, dass sie gelogen hatte. Und wie unfähig sie wirklich war. »Ich habe ihm erlaubt zu gehen. Es ging ihm nicht gut.«

Danes hob eine Augenbraue. »Ist er magiekrank?«

»Nein!« Sie schüttelte entsetzt den Kopf. Magiekrankheit war eine ernste Sache, die wollte sie nicht mal als Ausrede benutzen. »Ich schätze, er hat sich überfordert.« *Oder ich ihn.* »Darf ich … nach ihm sehen?«

Danes musterte sie von oben herab. Schließlich nickte er. Erleichtert lief Liliana los. Sie musste Chris dazu bringen, mit ihr zurückzukommen und die Übung abzuschließen. Sie holte ihn ein, kurz bevor er den Hohlweg erreichte, der der einzige Zugang auf das Hochplateau war. Zwei Wächter hatten sich vor ihm aufgebaut und versperrten ihm den Weg. Selbst von hinten erkannte Liliana die Wut, die aus jeder von Chris' Fasern strahlte. Einer der Wächter bemerkte Liliana und warf ihr einen fragenden Blick zu. Entsetzt hoffte Liliana, dass Chris es nicht gesehen hatte. Das würde alles nur noch schlimmer machen. Sie schüttelte den Kopf und stellte sich dann zwischen Chris und die Wächter. »Tut mir leid, er … braucht nur eine Pause.« Sie lächelte die Wächter an und zog Chris zur Seite, erstaunt, dass er ihr tatsächlich folgte.

Als sie abseitsstanden, erwachte er aus seiner Starre und seine ganze Wut entlud sich auf Liliana wie ein Gewitter. »Wag es nicht, das noch mal zu machen. Du musst dich nicht für mich entschuldigen. Ich bin nicht dein Eigentum, verdammt.«

»Bist du fertig?« Liliana stemmte die Hände in die Hüften. So langsam hatte sie wirklich genug.

Chris starrte sie mit offenem Mund an. »Wie bitte?«

»Denkst du etwa, du bist der Einzige, dem das alles hier schwerfällt?« Wut trieb die Worte aus ihr hinaus, eine Wut so groß, als hätte ihre eigene sich mit der von Chris vermischt. Ihr war jetzt egal, dass sie sich vor ihm vielleicht eine Blöße gab. »Falls es dir nicht aufgefallen ist, für mich ist das Ganze auch kein Zuckerschlecken! Wir sind die Einzigen, deren Verbindung nicht funktioniert und ich habe keine Ahnung, warum. Wenn du mich anfasst und ich mir Magie nehme, fühlt es sich an, als würdest du mich jeden Moment umbringen. Und in ein paar Tagen ist auch noch das Examen, das ich auf keinen Fall verhauen darf, weil der Rat mir sonst aufs Dach steigt.« Schwer atmend sah sie ihn an, wartete darauf, dass sich sein schlechtes Gewissen zeigte. Stattdessen sah sie etwas anderes, etwas, das sie gestern Abend schon gesehen hatte. Sorge.

»Es tut mir leid. Ich kann einfach nicht bleiben«, sagte er.

Liliana biss sich auf die Lippe. Was, wenn er ihr gar keine Schwierigkeiten machen wollte? Was, wenn ihm das alles genauso zu viel war wie ihr? Der Druck. Die Tatsache, dass es nicht einfach funktionierte.

Plötzlich empfand sie für ihn das gleiche Mitleid, das sie vorhin in seinem Blick gelesen hatte. »Chris, verstehst du denn nicht, dass es nicht nur um uns geht? Wir müssen bis zu diesem Einsatz bereit sein. Menschenleben stehen auf dem Spiel.«

»Ich weiß«, antwortete er leise, mit abgewandtem Gesicht.

Sie seufzte. »Verdammt, ich verstehe dich doch. Wirklich. Ich …«

»Magierin? Rat Danes hat eine Nachricht geschickt. Du sollst zurückkommen. Mit deiner Quelle. Notfalls sollen wir dir … helfen.«

Liliana stöhnte innerlich. Musste das sein? Gerade jetzt, da sie beinahe einen Zugang zu Chris gefunden hatte? »Nein, schon gut, ich habe alles im Griff.« Sie wusste, dass sie das Falsche gesagt hatte, als sie den beißenden Spott in Chris' Augen sah.

»Wie gut du mich doch verstehst. Aber wie sollte jemand wie du auch wissen, wie es sich anfühlt? Das kannst du gar nicht. Ich gehe. Und du wirst mich nicht aufhalten. Diesmal nicht.«

»Verdammt, Chris, warum hasst du mich so sehr? Was habe ich dir je getan?«

»Gerade eben dachte ich …« Er schüttelte den Kopf. Wut und Enttäuschung mischten sich in seiner Stimme. »Aber nein, du tust und sagst nur das, was dich weiterbringt. Du bist genau wie alle anderen Magier. Herrschsüchtig und arrogant.«

Diese Anschuldigung war so ungerecht, dass ihre Stimme bebte, als sie antwortete. »Du kennst mich gar nicht! Ich … ich habe dich vor Danes gedeckt, als du abgehauen bist.«

»Das hast du für dich getan«, knurrte er. »Damit keiner merkt, dass du deine Quelle nicht unter Kontrolle hast.«

»Chris«, schrie sie ihm nach. »Ich verbiete dir zu gehen!« Laut hallte ihre Stimme durch die plötzliche Stille, weit über das Hochplateau, auf dem die anderen den Wind mittels Magie zum Schweigen gebracht hatten. Entsetzt sah Liliana sich um. Alle starrten sie an. Laurent. Aurelia. Ida. Rat Danes.

Nur Chris nicht. Als sie sich wieder zu ihm umwandte, war er fort. Die Wächter sahen sie mit großen Augen an, leicht verwundert, dass Chris es geschafft hatte, sich seiner Magierin zu widersetzen.

Wut und Scham klumpten sich in Lilianas Magen zusammen. Wie konnte er ihr das antun? *Du bist genau wie alle anderen Magier. Herrschsüchtig und arrogant.* Die Erinnerung an seine Worte schmerzte in ihrer Brust, als hätte sich jedes einzelne davon in ihre Seele gebohrt. Aber warum? Warum tat es so weh? Sie kannte Chris kaum, er bedeutete ihr nichts. Während sie versuchte, Haltung zu bewahren, wurde ihr bewusst, warum Chris' Feindseligkeit sie so verletzte. Sie würde mit ihm niemals das haben, was sie sich am meisten wünschte: einen echten Partner an ihrer Seite. Die Einsamkeit, die sie schon so lange fühlte, schlug über ihr zusammen wie eine dunkle Welle. Sie schloss die Augen, drängte die Tränen zurück. Dachte an Naos und Daniel. An die Vertrautheit, mit der sie miteinander umgingen. Und dann, ganz langsam, verabschiedete sie sich von dieser Vorstellung. Sie hatte mehrfach versucht, mit Chris zu reden. Er hatte abgeblockt. Er nutzte jede Gelegenheit, ihr seine Verachtung zu zeigen. Egal, wie weh es tat, sie musste einsehen, dass ihr Traum für Chris und sie niemals wahr werden würde.

Aber etwas anderes würde sie nicht aufgeben, und zwar seine Magie. Sie konnte ihn nicht zwingen, ihr Partner zu sein. Aber sie konnte dafür sorgen, dass er sich in die Rolle als ihre Quelle fügte. Nicht für sie und ihr Ego. Sondern weil die Gemeinschaft eine mächtige Verbindung wie die ihre brauchte. Sie konnte nicht zulassen, dass Chris' kindische Auflehnung gegen das System unzählige Menschen das Leben kostete. Er musste lernen, wie wichtig es war, dass er ihr gehorchte, dass er ihrem Urteil vertraute und immer in ihrer Nähe war, damit sie ihr Bestes geben konnte. Er musste lernen, die Regeln der Gemeinschaft zu respektieren, die Magie und vor allem sie. Nur würde sie das alleine nicht schaffen. Sie konnte sich nicht gegen ihn durchsetzen. Sie brauchte Hilfe.

Entschlossen zog sie ihr Handy aus der Tasche und wählte die Nummer ihrer Mutter.

»Liliana? Alles in Ordnung?«, meldete sie sich sofort.

Liliana zögerte. Sie wusste, wenn sie das jetzt tat, dann verlor sie jede Chance darauf, jemals mit Chris ins Reine zu kommen. Er würde sie hassen, noch mehr als zuvor. Und diesmal zu Recht. Doch dann dachte sie an die Blicke der anderen. An die Enttäuschung ihrer Mutter. An den bevorstehenden Einsatz. An den unglaublichen Gleichklang ihrer Magie und was sie gemeinsam bewirken konnten, wenn sie ihn nur dazu brachte, ihr zu gehorchen. Sie atmete tief durch. »Nichts ist in Ordnung, Mom. Ich möchte, dass du es tust.« Ihre Stimme zitterte. Die Angst vor ihrer eigenen Entscheidung machte sie schwindelig. Am liebsten hätte sie zurückgenommen, was sie gesagt hatte. Aber sie wusste nicht, was sie sonst tun sollte. Die Zeit lief ihr davon.

Er ließ ihr keine andere Wahl.

12

Der Flug zurück nach Rom an Seths Seite war nicht minder anstrengend, als der nach Auckland es gewesen war. Vielleicht sogar noch mehr. Sie versuchte zu schlafen, um bei ihrer Ankunft in Rom ausgeruht zu sein, aber Seths Anwesenheit machte es schwer, sich zu entspannen. Der Gedanke, dass er sie beobachtete, während sie schlief, vielleicht versuchte, an ihrem Gesicht ihre Träume abzulesen, verschaffte ihr eine Gänsehaut. Aber auch die Frage, warum er das alles mit sich machen ließ, hielt sie wach. Er musste einen guten Grund dafür haben, sich in die Rolle als ihre Quelle zu fügen. Es war allgemein bekannt, dass Seth keine Familie mehr hatte. Freundschaften pflegte er nicht. Er verschaffte also niemandem einen Vorteil, wenn er die Aufgaben einer Quelle übernahm. Und das ließ nur einen Rückschluss zu: Er war dem Rat wirklich und wahrhaftig ergeben. Ein verdammt beunruhigender Gedanke.

Schon vor der Landung hatte Adara Matteo eine Gedankennachricht geschickt, und als sie in Rom ankamen, half er ihr dabei, Seth im Getümmel am Gepäckband zu entwischen. Noch einmal würde er sich bestimmt nicht so einfach an der Nase herumführen lassen. Deshalb musste sie die Zeit, die sie sich gestohlen hatte, so gut wie möglich nutzen. Sie war froh, dass Matteo mit seiner Vespa da war und sie blitzschnell durch den staubigen Verkehrsinfarkt der ewigen Stadt bugsierte. Ein großer Vorteil gegenüber der Limousine, mit der Seth ihre Spur aufnehmen würde, sobald er ihr Verschwinden bemerkt hatte. Ein weiterer großer Vorteil war, dass der Begleiter, der Seth fahren würde, ihr noch einen Gefallen schuldete. Adara lächelte. Seth würde einige neue römische Straßen kennenlernen. Ob er wollte oder nicht.

Als sie in Celio ankamen, erwartete Tauru sie bereits und Matteo sah neugierig zwischen ihnen hin und her, bis die Quelle ihn ungeduldig fortscheuchte. Mürrisch verzog er sich. Tauru streckte die Hand aus und Adara legte ihre hinein. »Wohin gehen wir?«

Tauru lachte blechern und das Piercing in ihrer Augenbraue zuckte. »Wir gehen nirgendwohin.«

Adaras Mund wurde trocken. »Du hast gesagt, du kannst mir helfen.«

»Nicht bevor du mir deine Geschichte erzählt hast.«

Adara erstarrte. Ihre Geschichte. Die Quelle wollte sie hören. Natürlich. Sie hätte es sich denken können. Tauru wusste, dass die Version des Rates nicht der Wahrheit entsprach, kannte aber die echten Fakten nicht. Ein eisiger Verdacht kroch in ihr hoch, als sie daran dachte, dass sie Seth im Haus der Quelle vorgefunden hatte, obwohl sie scheinbar sonst niemanden von der Gemeinschaft einließ. Was, wenn das Ganze ein abgekartetes Spiel war? Was, wenn Tauru mit Seth zusammenarbeitete, um die Wahrheit über Adara herauszufinden? »Was meinst du damit?«, fragte sie vorsichtig.

»Ich meine, dass ich wissen muss, ob ich dir vertrauen kann. Dafür brauche ich ein Unterpfand. Die Wahrheit über dich. Es war bisher schon gefährlich für mich, mit dir zu reden, weil dieser Wächter immer um dich herumschleicht. Nun ist er auch noch deine Quelle. Gerade er«, brummte sie. »Eines der gefährlichsten Mitglieder der Gemeinschaft. Du darfst ihm nicht trauen.«

Adara schnaubte. »Woher weiß ich, dass du nicht mit ihm zusammenarbeitest?«

Hass zuckte über das Gesicht der Quelle, so tief und inbrünstig, dass Adara schon befürchtete, sie würde ihr eine schallende Ohrfeige versetzen und sie wegschicken. »Ich würde lieber sterben, als mit ihm zusammenzuarbeiten.« Tauru spie die Worte förmlich aus.

»So ähnlich geht es mir auch.« Adara verzog gequält das Gesicht.

Das Augenbrauenpiercing schnellte nach oben, die blinden Augen funkelten. Dann seufzte die Quelle. »Also gut. Da du Matteo geholfen hast, ist es wohl nun an mir, dir einen kleinen Vertrauensvorschuss zu geben. Damit du weißt, dass deine Geschichte bei mir in guten Händen ist.«

»Matteo«, flüsterte Adara und erinnerte sich daran, wie sie ihn vor Seth in Schutz genommen hatte. »Das war doch nichts.«

»Das war mehr, als du glaubst. Viel mehr.«

Adara runzelte die Stirn, während die Quelle sie an einer Hand fortzog, in das Haus hinein und eine schmale Kellertreppe hinunter, hinein in modrige Dunkelheit. »Warum ist Matteo in Gefahr?«, fragte sie, ohne ihre Theorie über das verbotene Kind zu erwähnen.

»Weil er … dumm ist. Nein. Zu schlau. Aber unvorsichtig. Matteo eben.«

Prima. Dann wäre das ja geklärt. Nicht. Auf jeden Fall weckte es Adaras Neugier, denn es klang, als wäre es nicht nur Matteos Abstammung, die ihn in Schwierigkeiten brachte. Taurus abweisende Haltung machte jedoch deutlich, dass sie ihr nicht mehr verraten würde. Stattdessen führte sie sie immer tiefer unter die Stadt. Aus den steinernen Stufen wurde festgestampfte Erde und schmale Gänge führten hier und da in die Dunkelheit. Am Fuß der Treppe zog Tauru sie sofort in einen der düsteren Gänge, in denen man die Hand vor Augen nicht sehen konnte. Tauru bewegte sich sicher ohne Licht, während Adara hinter ihr herstolperte. Sie fingerte nach dem Stein, um Licht zu machen, aber Tauru hielt sie davon ab. So folgte Adara ihr immer weiter hinein in die Erde unter Celio. Aus diesen weitläufigen Katakomben würde sie alleine nie wieder herausfinden. Adara bekam eine Gänsehaut, als ihr klar wurde, dass sie der Quelle längst ihr Leben anvertraut hatte, ohne es zu wollen.

Tauru blieb so unvermittelt stehen, dass Adara in sie hineinlief. »Jetzt darfst du Licht machen.«

Adara zog den Stein heraus und ließ ihn aufleuchten. Erstaunt keuchte sie auf. Sie befanden sich in einer Höhle, die in die Erde gemauert war. Die groben Wände zierte ein Fresko. Es war das Bild eines Mädchens, dessen Gesichtszüge kaum noch erkennbar waren und doch so viel Hoffnung ausstrahlten, dass es Adara die Tränen in die Augen trieb. »Das ist wunderschön.«

»Fresko ohne Sterne«, sagte die Quelle. »Weil das Mädchen unter der Erde niemals den Himmel sieht. Sargas hat es entdeckt.« Es war das erste Mal, dass Adara sie den Namen ihres Magiers sagen hörte. Darin steckte so viel Gefühl, dass sie sofort wusste, warum sie ihn normalerweise nicht erwähnte. Der Name verriet zu viel. Er machte sie angreifbar und verletzlich. Aus dem gleichen Grund konnte Adara *seinen* Namen nicht einmal denken. Seit der Zeremonie auf dem Dach nicht. Es tat zu weh und kostete zu viel Kraft, nicht daran zu zerbrechen.

»Er stammte aus Rom. Nach der Verbindungszeremonie in Auckland hat man uns wieder hierhergeschickt. Es gab einen schrecklichen Orkan, wir konnten die Menschen hier in den Katakomben in Sicherheit bringen und das Schlimmste verhindern. Danach erkundeten wir alles und fanden das Fresko. Einige Jahre darauf … starb er.«

Adara hatte das Gefühl, dass die Quelle etwas anderes hatte sagen wollen, drängte sie jedoch nicht. »Warum bist du nicht nach Auckland zurückgegangen?«

Die Quelle deutete auf das Fresko. Es war nicht zart und märchenhaft wie die Fresken unter der Kuppel des Petersdoms, sondern rau und ungelenk. Die Farben waren verblasst, an einigen Stellen waren Teile abgeplatzt. Trotzdem konnte man es noch gut erkennen. »Sargas liebte dieses Bild, auch wenn es kein Meisterwerk ist. Aber er mochte es, weil es echt ist und unverändert. Genau wie die Geschichte, die es erzählt. Er glaubte, dass Geschichten nicht verändert werden sollten, weil den genauen Worten eine ganz eigene Magie innewohnt. Er kam oft hierher. Und wenn ich hier bin, dann fühle ich mich ihm nah. Sein Geist ist hier.«

»Glaubst du das wirklich?«

»Ich weiß es.«

Adara versuchte, sich nicht anmerken zu lassen, wie groß ihre Zweifel waren. Dabei war der Glaube daran, dass *er* weiterexistierte, das Einzige, was ihrem Leben einen Sinn gab.

Die Quelle drückte ihre Hand. »Du wirst ihn finden.«

Adara nickte. Sie wollte es ja glauben. Denn nur dann konnte sie ihn auch zurückholen.

»Und du kannst es schaffen.«

Adara blinzelte sie an. »Was meinst du?«

»Ich bin vielleicht blind, Adara, aber ich ahne längst, was du dir mehr als alles andere wünschst.«

Die Quelle umfasste ihre Hände etwas fester. Adara merkte, wie ihre Finger die feinen Narben auf ihren Händen nachfuhren. Unwillkürlich. Zärtlich. »Du verstehst, dass sie nicht nur eine Bürde sind«, flüsterte sie. »Weil du dir wünschst, dass deine Zeichnung niemals verblasst. Du wünschst dir nicht die Schmerzen und nicht die wulstigen Narben, aber du willst seine Zeichnung für immer in deine Haut eingegraben haben, so wie ich. Du möchtest ihn zurück.«

»Glaubst du, dass es möglich ist?« Alle Angst, alle Vorsicht war vergessen.

»Ich weiß es. Und das Fresko ist der Beweis. Es ist nicht nur ein Fantasiegemälde, es zeigt das Mädchen, das hier begraben liegt. Sargas war überzeugt, dass nur jemand, der das Mädchen geliebt hat, so viel Kraft in das Bild hineinmalen konnte. Wer auch immer dieses Fresko angefertigt hat, hat es getan, damit dieses Mädchen sich zurechtfindet, wenn sie hier unten erwacht.«

Adara dachte daran, dass das Bild sie sofort merkwürdig berührt hatte, als sie in die Höhle getreten war. Aus jedem Strich, aus jedem Farbtupfer sprach eine eigenartige Macht zu ihr, die nichts mit der Art von Magie zu tun hatte, wie sie sie wirkte. Es stimmte. Das Fresko besaß eine ganz eigene Magie.

Adara wusste, dass die Quelle ihr einen großen Vertrauensbeweis erbracht hatte, indem sie ihr das Fresko gezeigt hatte. Sie hatte ihr vielleicht keine brisanten Details verraten, aber sie hatte Adara ihre Seele geöffnet. Es blieb ein Risiko für Adara, ihr die Geschichte anzuvertrauen, denn immer noch war sie sich nicht ganz sicher, ob Tauru nicht doch mit Seth im Bunde war. Aber sie hatte keine Wahl. Die Quelle wusste etwas. Sie glaubte daran, dass die Toten zurückkommen konnten. Und sie wollte ihr helfen. Dies hier war ihre einzige Chance. Das letzte, einzige Risiko, das einzugehen, sich wirklich lohnte. »Ich werde dir ein Unterpfand geben.«

Der glitzernde Sternenstaub in den blinden Augen der Quelle schien umherzuwirbeln. Vor Aufregung? Neugier? Angst? Adara nahm die Hände der Quelle. Sie konnte ihr nicht die ganze Geschichte erzählen. Sie brachte es einfach nicht über sich. Aber sie konnte ihr etwas geben und hoffen, dass es genug war. »Sie sagen, dass ich nichts damit zu tun hatte«, brachte Adara mit schwankender Stimme hervor. Sie versuchte, die schrecklichen Erinnerungen in Schach zu halten, die in ihr aufblitzten. Wie er sie benutzt hatte. Was sie ihm angetan hatten. Seine blasse Haut. Die leeren Augen. »Sie sagen, dass er mich genauso benutzt und betrogen hat wie die Gemeinschaft«, flüsterte Adara. »Und … es ist wahr.« Sie pausierte, um ihre Stimme wieder unter Kontrolle zu bringen. »Er hat mich benutzt. Aber nicht so, wie sie es behaupten. Ich wusste, was er vorhatte, und ich will ihn zurückholen, damit er es vollenden kann.

Ich bin eine Verräterin. Genau wie er.« Stockend atmete sie ein. Da. Sie hatte es wirklich getan. Sie hatte sich Tauru ausgeliefert. »Das ist alles, was ich dir sagen kann.«

Die Quelle schwieg lange, dann hob sie die Hand und legte sie an Adaras Wange. »Es ist genug. Ich glaube dir. Und ich nehme deine Bezahlung an, Adara. Wenn du mir versprichst, dass du eines Tages zurückkommst und mir die ganze Geschichte erzählst.«

Adaras Knie wurden weich vor Erleichterung. »Ich möchte es versprechen, aber ich weiß nicht, ob ich es kann.«

»Du wirst es können. Irgendwann. Wenn du wieder leben willst«, erwiderte sie sanft. »Aber für heute ist es genug.«

Bevor Adara fragen konnte, was sie damit meinte, bedeutete Tauru ihr, das Licht zu löschen. Dann packte sie sie am Arm und zog sie weiter, durch Gänge und über kleine Treppenfluchten. Adara vermutete, dass Tauru sie verwirren wollte, bevor sie sie zurückbrachte, damit sie auf keinen Fall alleine die Höhle mit dem Fresko fand. Doch schließlich öffnete sich ein Spalt in einer Wand und blendendes Licht fiel hindurch. Sie hob schützend die Hand vor Augen.

»Wir sind da. Komm rein.«

Adara betrat den Raum, und als sie sich langsam an das Licht gewöhnte, tauchten vor ihr steinerne Reliefs mit schrecklichen Fratzen und ein großer Steinaltar auf. Neben ihr in der Wand plätscherte es. Ein Brunnen unter der Erde. Wohin war sie geraten?

»Keine Sorge. Wir sind kein verrücktes Überbleibsel des Mithras-Kults. Wir benutzen nur ihren alten geheimen Tempel, den wir vor langer Zeit freigelegt haben. Er ist versteckt und schwer zu finden, selbst für die, die sich hier auskennen.«

Adara sah sich um. Tatsächlich erkannte sie jetzt überall Überreste des Mithras-Kultes, der einige Katakomben unter Rom erbaut hatte. Meist Tempel wie diesen, in dem sie ihre geheimen Rituale abgehalten hatten, über die selbst heute so gut wie nichts bekannt war. Die Quelle zog Adara hinter den Altar und eine weitere Treppe nach unten. Lichter tanzten flackernd auf rohen Steinwänden. Adara schrak zusammen. Ein riesiger Stier raste auf sie zu. Sie keuchte auf, wich zurück. Und erkannte ihren Fehler. Eine optische Täuschung, eine bedrohliche Statue eines gewaltigen Stiers, die wie ein Relief aus der Wand hervorbrach. Sie atmete auf. Jetzt erst sah sie einige Menschen, die im Halbkreis in den Schatten vor der Statue knieten. Sie blickten Adara entgegen und in ihren Blicken spiegelten sich Adaras eigene Gefühle: Misstrauen und Verwirrung.

»Danke für eure Geduld«, begann Tauru. »Das hier ist die Magierin Adara. Als Matteo mir sagte, dass sie kommt …«

»Was soll das? Warum bringst du sie hierher?« Eine Frau stand auf und betrachtete Adara feindselig.

»Sie hat eine Anzahlung geleistet«, erwiderte die Quelle. »Sie hat das Recht, hier zu sein.«

Die andere schnaubte, kniete sich wieder hin und murmelte dem Mann neben ihr etwas zu. Er nickte heftig. Die Quelle bedeutete Adara, sich auf eine der steinernen Bänke zu Füßen des gewaltigen Stiers zu setzen. Zitternd vor Kälte und Aufregung gehorchte Adara.

»Wir halten dieses Kollektiv heute im Gedenken an die Toten ab«, begann Tauru.

»Für ein Kollektiv ist es noch viel zu früh«, bemerkte Adara. Natürlich war das nicht verboten, trotzdem war es merkwürdig.

Tauru nickte. »Wir treffen uns vormittags, damit niemand uns stört.« So wie Seth, vermutete Adara, der bei ihrem letzten Besuch einfach das abendliche Kollektiv übernommen hatte. »Alle Anwesenden schwören, dass sie niemals etwas von diesem Kollektiv verlauten lassen werden.« Tauru legte eine Hand auf die Stirn des Stiers, dessen Kopf rot aufglühte. Adara riss die Augen auf. Sie hatte schon von solchen Zaubern gehört. Schweigezaubern, die allen Beteiligten für alle Ewigkeit den Mund verschlossen. Adara würde nichts über dieses geheime Kollektiv verlauten lassen können, selbst dann nicht, wenn man ihr nach dem Leben trachtete. Sie bekam eine Gänsehaut. Ein geheimes Kollektiv, bei dem man Verschwiegenheit schwören musste? Etwas, das allen Grundsätzen der Gemeinschaft widersprach? Jetzt verstand sie, warum Tauru ein Unterpfand von ihr verlangt hatte. Reihum murmelten alle den Schwur. Auch Adara. Die Quelle nahm die Hand von der Stirn des Stiers, doch das Leuchten blieb. Es würde anhalten, solange sie über Dinge sprachen, die geheim bleiben sollten. »Erzähle ihnen, was du mir erzählt hast, Adara. Und dann wirst du hören, was sie zu sagen haben.«

Adara beschloss ein weiteres Mal, dass ihre letzte Hoffnung das Risiko wert war, und wiederholte das wenige, was sie Tauru erzählt hatte. Die anderen entspannten sich sichtbar. Als Adara schwieg, erzählten sie der Reihe nach und Adara lauschte ihren Geschichten. Die ganze Zeit kam ihr irgendetwas merkwürdig vor. Vielleicht, dass die anderen sie beobachteten, während sie erzählten. So als warteten sie auf eine Reaktion. Adara lauschte den Geschichten, so gut es ihre unruhigen Gedanken zuließen. Die meisten schienen ihr für ihr Vorhaben nicht wichtig. Dann stand Tauru auf, strich selbstvergessen über die Narben an ihren Händen und senkte den Kopf in Adaras Richtung. Ihre blinden Augen sahen durch sie hindurch und der Sternenstaub darin schimmerte rötlich.

»Kennst du den Abschnitt der Kollektivgeschichte über den Totem-Ort, Magierin?«

»Ja, natürlich. *Ein Ort spendet Macht, ein Ort spendet Kraft, dem, der sucht und sich bindet. Windgeister raunen dort, wispern in einem fort, für den, der verharrt und sie findet*«, gab sie wieder, was man ihr beigebracht hatte. Nur zwei kurze Sätze, hinter denen sich eine ausführlichere Geschichte verbarg. »Aber ich war bereits dort, ich habe seinen Totem-Ort aufgesucht. Vergeblich.«

»Nein«, begann Tauru, aber ein Geräusch wie von rieselnden Steinchen unterbrach sie. Tauru fluchte leise und wandte ihr Gesicht in die Richtung, aus der es gekommen war. »Matteo«, zischte sie. Eines der anderen Mitglieder sprang auf und rannte zu dem Spalt in der Wand.

»Nein, dort ist er nicht. Er hat ein Geheimversteck, ich kann nur nicht herausfinden, wo. Aber sorge dich nicht, Magierin«, sagte sie an Adara gewandt. »Er wird dein Geheimnis hüten. Denn er musste Stillschweigen schwören, um unsere Worte hören zu können, und ist nun genauso an den Zauber gebunden wie wir.« Sie streichelte dem riesigen Stier über die Stirn.

»Der Totem-Ort«, erinnerte Adara sie. »Was ist damit?«

Plötzlich sog Tauru scharf die Luft ein. Entsetzen breitete sich auf ihrem Gesicht aus. »Er ist hier. Der Wächter.«

Adara sprang auf. Jemand musste Tauru per Gedankennachricht gewarnt haben. »Seth? Hier unten?«

Tauru schüttelte den Kopf. »Oben.«

»Verdammt, ich … es tut mir so leid, er wusste, dass ich hierherkommen würde …«

Tauru unterbrach sie. »Du musst Matteo aufhalten, schnell, bevor Seth ihm folgen kann und sieht … Ich sage ihm immer, er soll vorsichtig sein. Aber er hört ja nicht«, jammerte sie. Sie legte Adara eine Hand auf den Arm. »Bitte, hilf ihm. Du bist Seths Magierin.«

Adara fragte nicht weiter nach. Sie rannte los, folgte der Frau, die sie vorhin so misstrauisch angesehen hatte. Adara hatte gewusst, dass Seth ihr folgen würde. Sie hatte vergessen, Tauru zu warnen. Adaras Brust zog sich zusammen. Wenn Seth durch ihre Schuld etwas herausfand, was Matteo in Schwierigkeiten brachte, würde sie sich das nie verzeihen. Als sie oben im Wohnhaus ankamen, sah sie gerade noch, wie Matteo durch eine Hintertür verschwand und sich auf seine Vespa schwang. Sie wollte ihm nachrufen, dass er das Gefährt auf keinen Fall starten durfte, aber in dem Moment öffnete sich auch schon das große Tor im Hof. Draußen parkte die völlig verstaubte schwarze Limousine der Gemeinschaft und Seth betrat den Hof. Auf seinem Gesicht sollte sich Wut abzeichnen, weil Adara ihn hereingelegt hatte, aber er zeigte wie immer keinerlei Regung. Matteo jetzt noch zu folgen oder ihm gar nachzurufen, hätte ihn nur noch mehr in Gefahr gebracht. Das Einzige, was sie jetzt noch tun konnte, war, Seth abzulenken, damit er das verräterische Geräusch der Vespa nicht hörte. Bevor sie lange darüber nachdenken konnte, täuschte sie einen Hustenanfall vor, krümmte sich zusammen und griff mit der Hand nach dem riesigen Blumentopf, als wollte sie sich daran festhalten. Mit lautem Gepolter stürzte er vom Podest und zerschellte auf dem Boden. Als der Krach vorüber war, lauschte sie mit klopfendem Herzen, aber Matteos Vespa war nicht mehr zu hören. Sie war erleichtert, gleichzeitig fluchte sie innerlich. Es wäre sicher sehr interessant gewesen, Matteo jetzt zu folgen. Inzwischen hatte sie eine weitere Vermutung, warum Seth ihn beobachtete. Wenn sie recht hatte, war Matteo in großer Gefahr. Doch für den Moment schien die Gefahr abgewendet. Ob Seth ihr den Hustenanfall abnahm oder nicht, konnte sie nicht beurteilen, aber er suchte weder das Haus ab noch überprüfte er die Hintertür. Er machte auch Adara keine Vorwürfe, weil sie ihn am Flughafen ausgetrickst hatte. Natürlich hatte er dazu auch kein Recht. Sie war die Magierin, er war die Quelle. Das musste sie sich endlich klarmachen. Sie überlegte, wie sie Seth wegschicken konnte, um das Gespräch mit Tauru fortzusetzen.

Es ist besser, du gehst mit ihm. Sofort. Und komm nicht mehr her, du bringst Matteo in Gefahr. Die panische Gedankennachricht der Quelle ließ Adara zusammenzucken. Unter Seths interessiertem Blick griff sie nach dem Nachrichtenstein.

Es tut mir leid, ich habe einen Fehler gemacht. Das passiert mir nicht noch mal, bitte …

Nein. Du warst nachlässig, du bist ein zu großes Risiko. Komm nicht wieder. Und halt dich von Matteo fern.

13

Schweigen hatte sich bleischwer in der Limousine der Gemeinschaft ausgebreitet. Chris sah stumm aus dem Fenster und Daniel, der Liliana gegenübersaß, wich ihrem Blick aus. Naos hingegen starrte sie böse an. Als die Limousine vor der Universität hielt und die Begleiterin die Tür zum Fond öffnete, rührte sich niemand von ihnen. Chris hätte als Erster aussteigen müssen, um den anderen den Weg freizumachen, aber er bewegte sich nicht, das Gesicht hatte er immer noch abgewandt.

Liliana versuchte, ihrer Stimme einen festen Klang zu geben. »Steig bitte aus, Chris.«

Ohne sich nach ihr umzusehen, folgte er ihrer Anweisung. Als sie es ihm gleichtun wollte, schlossen sich Naos' Finger um ihren Oberarm und hielten sie zurück, sodass sie wieder auf ihren Sitz sank. »Das hättest du nicht tun dürfen, Lilly.«

Liliana presste die Lippen zusammen. Er hatte leicht reden. »Es ist eben nicht für alle so leicht wie für Daniel und dich«, zischte sie.

Daniels Blick zuckte zu ihr und die stumme Enttäuschung in seinen Augen traf sie mehr als der Vorwurf in Naos' Worten. »Ich dachte immer, du wolltest eine echte Partnerschaft. Danach hast du mich doch immer gefragt«, sagte ihr Bruder.

Lilianas Kehle wurde eng. »Das wollte ich auch. Aber das ist eben für mich und Chris nicht drin.«

»Lilly, bitte, sei vernünftig …«

»Hör endlich auf, es ist sowieso zu spät. Und Mom hätte es sicher nicht getan, wenn sie es nicht für das Beste halten würde«, zischte Liliana.

Naos sah sie traurig an. »Mom hat nicht immer recht.«

Stumm erwiderte Liliana seinen Blick und spürte die Hilflosigkeit der letzten Tage wieder in sich aufsteigen. »Es ist ein vollkommen legitimer Zauber. Früher wurde er oft angewendet. Und er ist nicht verboten.«

»Verdammt, Lilly. Dieser Zauber bindet ihn an dich, sodass er sich keine drei Meter von dir entfernen kann. Er kann keinen Schritt tun, wenn du es nicht erlaubst. Nicht mal reden kann er, wenn du ihn nicht zuerst ansprichst. Findest du das richtig?«

»Lass mich endlich los. Chris wartet.« Liliana riss sich los und wischte sich so unauffällig wie möglich über die Augen, während sie ausstieg. Naos verstand das nicht. Daniel und er hatten sich sofort gemocht und Daniel war die perfekte Quelle. Er war liebenswert und höflich und es machte ihm nichts aus, in Naos' Schatten zu stehen, da er nicht gerne im Rampenlicht stand. Natürlich war es leicht, mit jemandem wie Daniel eine gute Partnerschaft aufzubauen. Sie schnaubte, als sie an Chris vorbeiging, der auf dem Bürgersteig neben dem Auto wartete. Aus seinen Augen blitzte immer noch der stumme Hass, vermischt mit Verachtung. Sie hätte gern gesehen, wie Naos mit ihm eine echte Partnerschaft aufbaute.

Liliana blieb vor dem Eingang zum Science Center stehen und atmete tief durch. Ihr war nichts anderes übrig geblieben, als das Angebot ihrer Mutter anzunehmen. Aber nun mit Chris die Universität zu betreten, weil sie diese dämliche Prüfung ablegen musste, hätte sie sich und ihm gerne erspart. Liliana hatte versucht zu erreichen, dass sie das Examen nachholen konnte, aber Rat Danes hatte keine Veranlassung dazu gesehen, es ihr zu erlauben. Die Magier sollten so schnell wie möglich den Abschluss machen und lernen, ihre Alltagspflichten mit den Pflichten eines Magiers in Einklang zu bringen. Daher gab es keine Ausnahmen. Auch nicht, wenn man die widerspenstigste Quelle der Geschichte zugewiesen bekommen hatte und die Einarbeitungszeit bis zur Namenszeremonie auf drei Wochen verkürzt worden war. Liliana seufzte und nickte Chris zu. »Lass uns reingehen.«

Chris folgte ihr ohne ein Wort. Liliana spürte einen Stich in der Brust. *Er kann nicht reden, wenn du ihn nicht zuerst ansprichst. Findest du das richtig?* Sie schüttelte die Erinnerung an das Gespräch mit Naos ab und versuchte, sich irgendwie auf die Prüfung zu konzentrieren. Beim Saal angekommen, zögerte sie, sich in die Schlange einzureihen, und warf Chris unsicher einen Blick zu. Aber er hatte das Gesicht wieder abgewandt. Als sie ihn zu ihrer Mutter gebracht hatte, hatte er nicht gewusst, was auf ihn zukam. Es war kein Vergleich zu dem gewesen, wie Daniel damals in die Familie aufgenommen worden war. Statt Herzlichkeit war Chris nur kalte Neugier entgegengeschlagen und statt eines neuen Smartphones als Begrüßungsgeschenk hatte ihre Mutter ihn mit einem drakonischen Zauber belegt. Es war so schnell gegangen, dass Chris keine Zeit gehabt hatte, sich zu wehren. Sie hatte ihm nicht einmal gesagt, was mit ihm geschehen würde. Liliana versuchte, die Gänsehaut zu ignorieren, die sich in ihrem Nacken bildete. Er hatte es sich selbst zuzuschreiben. Und sie hatten nichts Verbotenes getan. Selbst der Ehrenkodex erlaubte diesen Zauber, wenn ein Magier vor Zeugen schwor, die Situation der Quelle nicht auszunutzen. Aber egal, wie oft sie sich das sagte, das miese Gefühl im Bauch blieb.

»Wollt ihr noch teilnehmen oder bleibt ihr da stehen?«

Liliana fuhr herum und bemerkte, dass die Schlange vor ihr sich aufgelöst hatte. Alle anderen Teilnehmer befanden sich bereits im Saal. »Ich will teilnehmen.« Sie legte dem jungen Mann mit der Teilnehmerliste ihren Ausweis vor. Er prüfte ihre Unterlagen und nickte dann. Chris folgte ihr, als sie in den Saal ging.

»Moment«, rief der junge Mann Chris nach. »Was ist mit dir? Ohne Papiere kann ich dich nicht reinlassen.«

Liliana seufzte. Sie hatte so sehr gehofft, dass ihr das erspart bleiben würde. Ihre Mutter hatte doch behauptet, alles in die Wege geleitet zu haben. »Er gehört zu mir.«

Der junge Mann starrte sie erst an, dann schnaubte er belustigt. »Und das heißt was genau?«

Chris' Mund verzog sich zu einem winzigen, verächtlichen Lächeln. Mehr ließ der Zauber wohl nicht zu. Statt sich darüber zu ärgern, versetzte es Liliana nur einen weiteren Stich und zum ersten Mal fragte sie sich, ob ihre Mutter und Sabina wirklich so eine gute Verbindung hatten, wie sie immer geglaubt hatte, wenn ihre Mutter kein Problem damit hatte, solche Zauber anzuwenden.

»Das heißt, der Dekan weiß Bescheid«, sagte sie kühl.

In diesem Moment trat der Prüfer hinter ihr durch die Tür und nickte dem jungen Mann zu. »Das ist so in Ordnung.« Es klang allerdings nicht, als fände er das wirklich in Ordnung.

Erleichtert sah Liliana sich nach einem Platz um, an dem Chris neben ihr sitzen konnte, aber es war keiner mehr frei. Alle Augen ruhten auf ihr, während sie zu einem Platz am äußersten Ende des Saales ging und sich setzte. Chris blieb neben ihr stehen. Etwas anderes blieb ihm nicht übrig. Ihre Sitznachbarin warf ihr mit gerunzelter Stirn einen Blick zu. Ein paar andere tuschelten und Liliana hatte den Eindruck, immer wieder das Wort Sekte und Sklaven zu hören. Sie hätte sich am liebsten in eine Erdspalte geflüchtet. Sie hasste die Aufmerksamkeit, die Chris und sie auf sich zogen. Aber durch den Zauber ging es nicht anders. Liliana versuchte, die

Erinnerung wegzuschieben, die sich ihr plötzlich aufdrängte. Ihre Freundin im Internat. Der fassungslose Gesichtsausdruck.

Der Prüfer kam zu ihr und deutete auf einen Stuhl in der Nähe des Eingangs. »Er kann sich dorthin setzen.«

Liliana sah zu dem Stuhl hinüber. Dann schüttelte sie den Kopf. »Zu weit weg«, gab sie heiser zurück.

»Wie bitte?«, fragte der Prüfer.

Liliana räusperte sich. Es hallte unnatürlich laut durch den Saal. Hitze stieg ihr in die Wangen. »Drei Meter. Mehr als drei Meter gehen nicht.«

Wieder machte sich Gemurmel breit, diesmal mit einem deutlich drohenden Unterton. Lilianas Herz begann zu rasen.

»Soll das heißen, er soll die ganzen drei Stunden hier stehen bleiben?«, fragte der Prüfer entgeistert.

Liliana schüttelte den Kopf. »Er muss nicht stehen. Aber er kann nicht mehr als drei Meter von mir weg und ein anderer Platz war nicht mehr frei, also …« Ihre Stimme verebbte.

»Will denn keiner was dagegen sagen?«, fragte eine weibliche Stimme scharf in die aufgeladene Luft hinein. Liliana fuhr herum und sah, dass eine andere Studentin aufgestanden war. Sie wirkte entsetzt. »Schlimm genug, dass wir diese Sekte an der Uni dulden, aber das … das geht doch eindeutig zu weit. Das ist … menschenunwürdig.«

Der Professor sah das Mädchen an, als stimmte er ihr insgeheim zu. Trotzdem schüttelte er den Kopf. »Es wurde alles ordnungsgemäß genehmigt. Bitte setzen Sie sich wieder und gedulden Sie sich einen Moment, bis wir eine Lösung gefunden haben.«

Das Mädchen lachte ungläubig. »Es wurde genehmigt? Ist das alles, was Sie interessiert? Diese Sekte behandelt ihre Sklaven wie Dreck, das habe ich oft genug gesehen. Und zwar direkt vor unserer Nase. Ich verstehe überhaupt nicht, dass das erlaubt ist. Verstößt Sklaverei nicht gegen das Gesetz?« Ein paar andere nickten zustimmend. Ihre Gesichter zeigten Abscheu und Entschlossenheit.

Liliana versuchte, ihren Blicken auszuweichen. Blicke, die sie viel zu sehr an damals erinnerten. Man hatte mit dem Finger auf sie gezeigt. Sie angestarrt wie eine Aussätzige. Liliana schluckte schwer und widerstand der Versuchung, tiefer in ihren Sitz zu rutschen. *Du darfst ihm nie wieder eine Schwäche zeigen. Unter keinen Umständen.* Die Worte ihrer Mutter halfen ihr dabei, sich aufrecht zu halten, aber unter dem Tisch zitterten ihre Hände so sehr, dass ihr beinahe ihr Stift aus der Hand gerutscht wäre. Am liebsten wäre sie aufgesprungen und gegangen.

»Ich muss Sie bitten, es uns zu überlassen, das zu beurteilen. Sie können uns glauben, dass wir alles tun, damit keiner unserer Studenten zu Schaden kommt. Und jetzt setzen Sie sich bitte, während wir nach einer Lösung suchen.«

»Nein«, kam es wie aus der Pistole geschossen zurück. »Wenn sie die Prüfung machen darf, während ihr Sklave ihr dabei zusehen muss, dann gehe ich. So was mache ich nicht mit.«

Liliana wäre gerne so mutig gewesen, aufzustehen und etwas vollkommen Selbstsicheres zu sagen, das ihre Mitstudenten dazu brachte, sie in Ruhe zu lassen und ihr Respekt zu zollen, so wie es ein Magier eigentlich hätte tun müssen. Aber ihr Hirn war wie leer gefegt. Sie sah nur, wie sie in der Aula der Schule stand, wie ihre Freundin mit dem Finger auf sie zeigte. Wie sie alle anderen vor ihr warnte. *Passt auf! Sie gehört zu einer gefährlichen Sekte. Haltet euch von ihr fern.* Die Erinnerung schmerzte wie ein gemeiner Stachel. Liliana biss sich auf die Lippe. Das war vorbei. Es war lange her. Sie warf Chris einen Blick zu. Beinahe erwartete sie, etwas wie Genugtuung in seinen Augen zu lesen. Oder Schadenfreude. Aber er wirkte nur erschrocken und für einen Moment hatte sie den Eindruck, dass sie ihm leidtat. Hastig wandte sie das Gesicht wieder ab. Keine Schwäche.

»Wir haben unsere Gründe, das zu erlauben. Aber es steht Ihnen natürlich frei, auf die Prüfung zu verzichten«, schallte eine dunkle Stimme von der Tür aus zu ihnen herüber. Ungläubig drehte Liliana sich um. Der Dekan selbst stand in der Tür und er blickte ziemlich grimmig drein. »Aber dann werden Sie keine Gelegenheit bekommen, die Prüfung zu wiederholen.«

Erschrocken starrte Liliana ihn an. War dies das Werk ihrer Mutter? Hatte sie so einen großen Einfluss auf den Dekan, dass er sogar seine Studenten hinauswarf, um der Gemeinschaft einen Gefallen zu tun?

»Sie exmatrikulieren mich, nur weil ich für die Menschenrechte einstehe?« Das Mädchen kreischte jetzt beinahe.

Der Dekan schüttelte den Kopf. »Es ist Ihre Entscheidung, ob Sie bleiben oder gehen. Sie kennen die Konsequenzen. Und nun möchte ich Sie bitten, die Prüfung nicht weiter zu stören.«

Liliana schielte mit immer noch unerträglich heißen Wangen zu dem Mädchen hinüber und betete, dass sie sich hinsetzte. Sie konnte sie ja verstehen. Schließlich wusste sie nicht, was die Gemeinschaft für sie alle leistete und wie oft sie wahrscheinlich schon unversehrt davongekommen war, weil ein Magier und seine Quelle ein Erdbeben verhindert oder einen Sturm beruhigt hatten. Liliana wollte nicht, dass das Mädchen wegen ihr den Studienplatz und alles, was sie sich bisher erarbeitet hatte, wegwarf, und hätte ihr das gern gesagt, aber wenn sie jetzt versuchen würde, auch nur ein Wort herauszubringen, würde sie bestimmt vor lauter Scham und Schuldgefühlen vor aller Augen in Tränen ausbrechen. Also krampfte sie nur die Finger um ihren Stift und versuchte zu vergessen, wie Chris sie angesehen hatte. Trotz allem, was sie ihm antat, hatte er Mitleid mit ihr gehabt. Vorsichtig warf sie ihm einen weiteren Blick zu. Jetzt wirkte er einfach nur noch elend und hätte sich sicher genauso gern verkrochen wie sie. Ein merkwürdiges Gefühl, dass sie gerade in dieser schrecklichen Situation etwas fanden, das sie verband.

Liliana wünschte sich, sie könnte den Zauber lösen. Sie wünschte sich, sie hätte ihrer Mutter nie erlaubt, ihn anzuwenden. Ihre Finger fanden das Display ihres Handys und sie rief die App auf, mit der sie ihm eine Gedankennachricht schicken konnte. Stockend atmete sie ein, während sie überlegte, was sie ihm für eine Nachricht senden wollte. Wenn es zu freundlich klang, würde er sie für schwach halten, dann würde auch der Zauber ihn nicht dazu bringen, sie endlich zu respektieren. Als sie sich etwas Passendes zurechtgelegt hatte, tippte sie auf das Symbol für die Gedankennachricht.

Wenn du versprichst, mir zu gehorchen und dich in Zukunft ganz genau an die Vorgaben der Gemeinschaft zu halten, dann sorge ich dafür, dass meine Mutter den Zauber löst.

Chris' Blick zuckte zu ihr und ihr fiel ein, dass er ja nichts tun konnte, wenn sie es ihm nicht erlaubte.

Du darfst dein Handy benutzen, um mir zu antworten, sandte sie hinterher.

Aber Chris musste ihr gar keine Nachricht schicken. Die Art, wie er die Augenbrauen zusammenzog und sie voller Abscheu ansah, sagte alles. Er würde sich lieber einen Arm abhacken, als ihr so ein Versprechen zu geben. Niedergeschlagen wandte Liliana sich wieder nach vorne. Der Prüfer hatte einen Stuhl für Chris geholt, auf den er sich setzen konnte, und das Mädchen hatte sich schließlich dank des guten Zuredens einiger Freunde beruhigt, starrte aber immer noch böse zu Liliana hinüber. Liliana hielt den Blick auf ihren Tisch gerichtet. Der Dekan ging an ihr vorbei und beugte sich zu ihr herunter. »Richten Sie der Hohen Rätin meine besten Grüße aus.« Dann ging er zum Ausgang, ohne sich noch einmal umzusehen.

Die Hohe Rätin? Wusste sie etwa von dem Zauber? Liliana wurde abwechselnd heiß und kalt. War ihr Versagen nun schon bis zur höchsten Ebene der Gemeinschaft vorgedrungen? Und bedeutete die Unterstützung der Hohen Rätin, dass sie den Zauber guthieß? Ein Klingeln läutete den Beginn der Prüfung ein. Liliana drehte ihren Fragebogen um und riss ihn auf. Aber schon beim Lesen der ersten Frage verließ sie die Konzentration. Immer wieder sah sie die Enttäuschung in Daniels Augen. Hörte die Entschlossenheit in der Stimme ihrer Mutter. Fühlte ihre eigene Scham. Am schlimmsten war das Mitleid in Chris' Augen gewesen. Weil es ihr mehr als alles andere zeigte, wie falsch das war, was sie tat.

Aber jetzt konnte Liliana den Zauber erst recht nicht mehr lösen. Ein Rückzieher würde ganz und gar keinen guten Eindruck machen. Wenn sie von den anderen wie eine selbstbewusste Magierin wahrgenommen werden wollte, musste sie die Sache durchziehen.

Egal, wie sehr sie sich in diesem Moment dafür hasste.

14

Sie wartete.

Darauf, dass ihr Herzschlag sich beruhigte. Darauf, dass die Erinnerung in ihrem Kopf zerfloss wie die Regentropfen an der Fensterscheibe vor ihr. Aber am meisten wartete Adara darauf, dass Seth endlich schlief. Wahrscheinlich konnte sie da lange warten. Ziemlich unwahrscheinlich, dass jemand wie er etwas so Normales tun könnte wie schlafen. Es passte nicht zu seiner Art, ständig alles und jeden im Blick zu haben. Die Härchen in Adaras Nacken stellten sich auf.

Unsinn. Seth war ein Mensch, irgendwann würde selbst er sich dem Schlaf ergeben müssen und dann konnte sie ihm entkommen. Adara schloss die Augen, lauschte dem leisen Pochen der Regentropfen auf der Scheibe. Ein Herzschlag. Sie legte ihr Gesicht an das kalte Glas. Sein Herzschlag unter ihrer Wange. *Komm zu mir zurück.* Die Bitte verhallte ungehört. Trotzdem verharrte sie, ließ die Regentropfen die Sekunden zählen, bis genug Zeit verronnen war. Dann stieß sie sich vom Fenster ab und machte sich auf den Weg zu Seths Räumen.

Es ist besser, du kommst nicht wieder, du bringst Matteo in Gefahr.

Adara schauderte. Selbst in ihrer Erinnerung hing Taurus Panik zwischen den Worten der Gedankennachricht wie der Geruch von getrocknetem Blut. Das schlechte Gewissen grub sich in ihre Eingeweide, aber es half nichts. Sie musste Matteo sehen. Er hatte dem geheimen Kollektiv gelauscht, bestimmt schon oft. Vielleicht konnte er ihr sagen, was es mit dem Totem-Ort auf sich hatte. Er war der einzige Anhaltspunkt, der ihr noch geblieben war. Sie hatte keine Wahl. Sie musste sich über Taurus Verbot hinwegsetzen. Aber sie würde niemals riskieren, ihn in Gefahr zu bringen. Deshalb musste sie ganz sichergehen, dass Seth ihr nicht folgte. Auf leisen Sohlen betrat sie Seths Wohnzimmer und kam sich wie ein Eindringling vor. Die Tür zu seinem Schlafzimmer knarzte, als sie sie aufschob. Adara schrak zurück. Horchte. Waren das Atemgeräusche? Oder bildete sie sich das nur ein?

Sie schob sich etwas weiter ins Zimmer. Überrascht schrie sie auf, als eine Hand sich um ihren nackten Oberarm schloss. Seth zog sie ins schwache Mondlicht, das silbrig durch die hohen Fenster fiel. Sie wollte protestieren, aber Seths ungefilterte Berührung überflutete sie und ließ alle Worte noch in ihrer Kehle ungesagt zerfallen. Noch nie war er ihr so nahe gekommen, Haut an Haut, und was sie spürte, zwang sie beinahe in die Knie. In Seths Körper lauerte eine Macht, so unendlich groß, dass es sie entsetzte. Kein Mensch sollte so viel Macht haben. Und kein Mensch sollte sich so danach sehnen, wie sie es tat. Das Verlangen, ihn an der Hand zu nehmen und seine magische Energie in sich aufzunehmen, bis sie daran zerbrach, machte sie schwindelig. Magie. Endlich wieder Magie spüren. Nur einen winzigen Augenblick die Welt erkennen. Adara keuchte auf, stöhnte, wollte widerstehen. Aber es war so lange her. Ihr Körper lechzte danach, von dieser unfassbaren Macht zu kosten. Sie hörte sich leise wimmern, hasste sich dafür, wie verletzlich die Sehnsucht nach Magie sie machte. Verletzlich. Mit Seth zu zaubern, würde sie noch verletzlicher machen. Sie würde die Welt erkennen, aber im selben Augenblick würde er tief in ihre Seele blicken und alles, was sie vor ihm verbergen wollte, würde offen für ihn daliegen.

Sie riss sich los und stolperte nach hinten. »Fass mich nicht an. Das habe ich dir schon einmal gesagt.« Ihre Stimme schwankte vor Verlangen und Angst vor sich selbst.

Halb im Schatten verborgen musterte Seth sie. Ihr Gesicht. Ihre Hände. »Bald wirst du meine Berührung ertragen müssen.«

Adara versteckte ihre Hände hinter ihrem Rücken, als könnte sie die zerbrechlichen Überreste seiner Zeichnung so vor der Auslöschung bewahren. »Du willst es doch auch nicht«, gab sie zurück. Zumindest hatte er vor dem Rat den Eindruck gemacht.

Seth machte einen Schritt auf sie zu. »Wer sagt das?« Er stand nur wenige Zentimeter von ihr entfernt, im Gegenlicht des Mondes wirkte er wie ein Schatten. Ihr Schatten. Ihre Quelle. Und jetzt, da sie ihn berührt hatte, rief ihr Körper nach seiner Macht. Sie konnte sie förmlich spüren. *Komm nicht näher. Fass mich nicht an*. Die Worte lagen ihr auf den Lippen, aber wenn sie auch nur einen Ton von sich gab, würde er wissen, wie sehr sie es wollte. *Nimm meine Hand. Gib mir die Magie. Hilf mir, aus dieser Welt etwas anderes zu machen. Etwas, in dem mein Schmerz nicht mehr existiert. Etwas, in dem leben nicht mehr so unerträglich ist.*

Sie schloss die Augen wie ein Reh, das darauf wartet, dass der Wolf ihm die Kehle zerreißt. Nur dass sie ebenso der Wolf war wie er, und wenn Seth den Abstand zwischen ihnen nur um einen einzigen Millimeter verringerte, würde sie sich nicht mehr beherrschen können.

Das Verlangen fiel aus ihrem Körper wie ein Fluss über die Kante eines Wasserfalls. Adara schnappte nach Luft, spürte den Sog für einen Moment noch stärker, bevor sie plötzlich eine schreckliche Leere erfasste. Zitternd öffnete sie die Augen. Seth hatte sich entfernt, hatte sie seiner Nähe beraubt, seiner Macht. Adara schob sich von der stützenden Wand weg und versuchte, Seth nicht merken zu lassen, was seine Berührung angerichtet hatte. Er durfte nicht wissen, wie leicht er sie dazu bringen könnte, mit ihm zu zaubern. Mit der Berührung einer Fingerspitze.

Sie wankte zurück in ihr Zimmer, ließ sich in ihr Bett sinken und wartete darauf, dass der Wunsch nachließ, seine Magie in sich zu spüren. Stattdessen wurde er stärker und ließ sie die ganze Nacht kein Auge zumachen. Der Mond versank hinter dem Tiber und die Morgendämmerung brach an. Zwielicht ergoss sich über die Welt und Adara wollte nichts so sehr, wie sich wie jeden Morgen von *ihm* in ihre andere Realität entführen lassen. Sie wollte seine Hand nehmen und an seiner Seite eine Flutwelle aufhalten, die Welt zu einem sichereren Ort machen. Und danach wollte sie den Tag damit verbringen, seinen Nachhall in ihrem Körper zu spüren. Aber es war ihr nicht vergönnt. Seth hatte ihr die kostbaren Morgenstunden auf ganz andere Art zerstört als befürchtet. Nicht durch die Angst vor seiner Überwachung, sondern durch den Wunsch nach seiner Magie. Echter, starker Magie, die sie nicht nur herbeiträumte. Ihr Magen krampfte sich zusammen. Wie konnte sie sich diese Verbindung wünschen? Ausgerechnet mit Seth? Und dafür die kostbare Traumzeit mit *ihm* aufgeben? Wütend sprang sie aus dem Bett und zog sich an. Sie musste nach Celio und Matteo befragen. Darauf zu warten, dass Seth schlief, schien sinnlos; sie musste ihn auf andere Art loswerden. Als sie das gemeinsame Vorzimmer betrat, kam Seth ihr entgegen. Zum ersten Mal, seit sie ihn kannte, trug er statt der Wächterrobe die Gewänder einer Quelle. Ihre Brust wurde eng. »Ich brauche frische Luft«, krächzte sie.

»Wie du willst«, antwortete Seth, bereit, ihr zu folgen.

»Allein.« Es war keine Bitte.

»Du wirst dich an meine Gesellschaft gewöhnen müssen.« Wieder war nicht herauszuhören, was er davon hielt. Dass er sie immer im Ungewissen über seine Gedanken ließ, brachte das Fass zum Überlaufen. Sie ballte die Fäuste. »Ich muss gar nichts. Und du bist keine Gesellschaft. Du bist ein Wächter, nein, nicht mal mehr das. Du bist eine Quelle und klebst an meinen Fersen, Tag und Nacht. Du bist nichts weiter als ein Wachhund! Aber das dulde ich nicht. Ich gehe und du wirst mir nicht folgen.«

»Die Hohe Rätin hat erfahren, dass du dich nicht an ihre Anweisungen hältst«, entgegnete er ruhig.

Adara bebte vor Wut. Wer hatte es ihr erzählt? Der Begleiter? Seth selbst? Aber einen Streit mit der Hohen Rätin vom Zaun zu brechen, war ihrem Vorhaben sicher nicht dienlich.

»Es tut mir leid«, sagte Seth.

Sie wollte nicht darüber nachdenken, ob er das ernst gemeint hatte. Sollte er eben mitkommen. Sie würde ihn schon irgendwie abhängen. Sie verließ das Haus und schlug den Weg Richtung Tiber ein. Als Seth vor dem Gemeinschaftsgebäude zurückblieb, anstatt ihr zu folgen, warf sie aus dem Augenwinkel einen Blick zurück über die Schulter. Erst, als sie fast außer Sichtweite war, setzte er sich in Bewegung. Dankbarkeit wallte in ihr auf, weil er versuchte, ihr wenigstens ein bisschen Privatsphäre zu lassen. Sofort unterdrückte sie das Gefühl. Sie würde ihm nicht auch noch dankbar sein! Außerdem war es nicht genug, dass er Abstand hielt. Wenn sie Matteo nicht in Gefahr bringen wollte, musste sie Seth komplett loswerden.

Adara lief über eine Treppe hinunter zum Tiber, wo sie unter der Brücke verschwand. Zwar konnte sie Seth so nicht abschütteln, aber für einige Sekunden sah er sie nicht und die nutzte sie, um frei durchzuatmen. Mit geschlossenen Augen hielt sie das Gesicht in die Morgensonne und genoss die Wärme auf ihrer Haut.

Ein Rascheln schreckte sie aus ihren Gedanken. Unwillkürlich sah sie sich um. Sicher eine Ratte. Doch ein Schatten zwischen ein paar Büschen an einem Brückenpfeiler zog ihre Aufmerksamkeit auf sich. Sie verengte die Augen. War das etwa …

»Matteo?« Der Schatten bewegte sich. Adara stürzte hin und

baute sich vor dem Schatten auf, bevor er unter der Brücke verschwinden konnte. »Warum beobachtest du mich?« Sie stockte. Es war nicht Matteo. Fassungslos starrte sie die langen dunkelblonden Haare an. Silbrige Augen richteten sich auf sie. Erschrocken. Widerwillig. »Wie kommst du hierher?«, fragte Adara. »Und wo ist dein Magier?«

»Ich bin allein. Ich wollte hier warten, bis es dunkel ist, und dann nach dir suchen.«

Eine furchtbare Ahnung krallte sich in Adaras Eingeweide. Die veränderte Haarfarbe, das plötzliche Auftauchen, das Versteck in den Büschen. Das konnte nur eins bedeuten.

»Du musst mir helfen«, kam es zitternd zwischen den Blättern hervor.

Das hatte sie befürchtet. Ihr Magen zog sich zusammen. Seth war nur wenige Meter von ihnen entfernt, sie musste ihm entwischen, um mit Matteo zu reden. Jede Minute zählte, denn ihre Zeichnung verblasste stetig. Sie hatte selbst genug Probleme. Sie hatte keine Zeit, sich um eine entlaufene Quelle zu kümmern. Vor allem konnte sie es gerade jetzt nicht riskieren, mit ihr entdeckt zu werden. Das konnte all ihre Pläne zerstören. »Warum bist du einfach gekommen, statt mir eine Gedankennachricht zu schicken? Damit bringst du uns beide in Gefahr.«

»Er hat mir die Steine weggenommen.« In ihrer Hilflosigkeit lag ein Anklang von Wut.

»Er hat was?« Adara platzte beinahe der Kragen. Jeder hatte das Recht auf diese Steine. Sie jemandem wegzunehmen, war eine üble Sache und kam einer Entmündigung gleich.

»Bitte.« Die Stimme klang ungewohnt zaghaft. Flehentlich. Adara fluchte leise. Sie konnte nicht ablehnen. Schritte auf der Treppe zwangen sie, sofort zu handeln. »Schnell, zurück ins Gebüsch und keinen Mucks!« Sie konnte gerade noch ein paar Schritte vom Versteck wegmachen, da stand Seth schon vor ihr. Mit gerunzelter Stirn und suchendem Blick. Mist. Vielleicht hatte er ihre Stimmen gehört. Wenn er auch nur ahnte, dass sie eine entlaufene Quelle versteckte, würde er nicht zögern, sie dem Rat auszuliefern. Man würde sie maßregeln, auf jeden Fall würde man ihr jede Möglichkeit nehmen, hier in Rom ihre Nachforschungen weiterzubetreiben. Und was sie mit der Quelle machen würden, daran wollte sie gar nicht denken. Eine Gänsehaut bildete sich auf ihren Armen. Sie musste ihn ablenken. Am besten, indem sie seine ganze Aufmerksamkeit auf sich zog. »Es tut mir leid«, schleuderte sie ihm entgegen. Sie wollte den Blick senken, aber das würde er ihr nicht abnehmen, also fixierte sie ihn und versuchte, zerknirscht zu wirken.

»Es tut dir leid?« Ein spöttisches Glitzern trat in seine Augen.

Na prima. Das gelang ihr ja wirklich wunderbar. »Ja. Ich weiß, dass du nur deine Arbeit machst. Du bist auch nicht gerade in einer leichten Situation.« Zum ersten Mal dachte sie darüber nach, wie er sich fühlen musste. Er hatte bisher Wächterpflichten ausgeführt, die ihm eine hohe Position in der Gemeinschaft sicherten. Er wollte in den Rat. Und jetzt sollte er plötzlich eine Quelle sein? Das war sicher nicht leicht. Ein Wunder, dass er sie das nicht viel mehr spüren ließ. »Was ich vorhin gesagt habe, das mit dem Wachhund, das … das war unter der Gürtellinie.«

Sofort verschwand jeder Spott aus seinem Gesicht, überhaupt jede Regung. So als wäre sein Gehirn wieder auf der Suche nach der richtigen Gefühlsdatei, die es abspielen wollte. »Schon gut.«

Als es neben ihnen leise raschelte, fuhr Seth herum. Ohne lange nachzudenken, packte Adara seinen Arm und zog Seth weg. »Es ist einfach alles so viel auf einmal, diese Verbindung, die neue Situation, deine ständige Nähe, das bringt mich völlig aus dem Konzept.« Sie verstummte entsetzt. *Deine ständige Nähe bringt mich aus dem Konzept.* Das musste für ihn ja so klingen, als ob sie ihn anziehend fand. Vorsichtig hob sie den Kopf, um zu sehen, wie er ihre Worte auffasste. Ihre Hand lag auf seinem Arm und nur der Stoff seines Hemdes schützte sie davor, die ganze Wucht seiner Macht zu spüren. Auch so kribbelten ihre Finger von dem wilden Toben der Magie unter seiner Haut. Unwillkürlich hielt sie den Atem an. Das Glimmen des Augensterns in der Finsternis seiner Pupillen schien plötzlich etwas ganz anderes zu bedeuten als nur, dass sie die Magierin war und er ihre Quelle. Nein. Das war doch verrückt. Seth hatte keine Gefühle. Und ganz sicher nicht für sie. Wie gebannt war sie, konnte sich nicht rühren. Doch je länger sie so dastand, desto mehr musste Seth glauben, dass sie ihn mochte, auf eine Art, wie kein Magier seine Quelle mögen sollte. Endlich schaffte sie es, ihre Finger von seinem Arm zu lösen, war aber immer noch in seinem Blick gefangen, so als würden sie beide in der Seele des anderen nach etwas suchen. Nach einem Unterpfand. Etwas, das ihnen Macht über den anderen gab. Adara zitterte. Niemals durfte sie zulassen, dass ihm das gelang. Sie musste ihn endlich loswerden. Fieberhaft überlegte sie, was ihn dazu bringen konnte, sie alleine zu lassen. Seth wirkte überrascht, als glaubte er wirklich, dass sie ihn mochte. Ihr Magen machte einen Satz. Warum sollte sie das nicht nutzen? Damit konnte sie auch erklären, warum seine Nähe sie vorhin in seinem Zimmer so schwach gemacht hatte. Besser, er glaubte, sie hätte etwas für ihn übrig, als dass er merkte, wie sehr sie mit ihm zaubern wollte.

»Ja«, flüsterte sie. »Es bringt mich aus dem Konzept.« Und jetzt? Ein Augenaufschlag? Nein. Zu viel. Ein verschämtes Lächeln? Zu mäuschenhaft. Ein sexy Blick unter schweren Wimpern hervor? Zu gefährlich, in Anbetracht der Tatsache, dass er im Zimmer neben ihr schlief. Die Vorstellung, dass er ihre Worte als Einladung verstehen könnte und nachts zu ihr kam, brachte sie kurz wirklich aus dem Konzept, sodass sie nichts tat, als ihn entsetzt anzustarren. Was scheinbar genau richtig war.

Seine Augen weiteten sich. »Ich … verstehe.«

Sie verkniff sich ein Lachen. »Es tut mir leid, das ist total unprofessionell. Es wird sich sicher geben. Aber es wäre sehr hilfreich für mein Seelenheil, wenn du mir ein paar Minuten alleine gönnen würdest. Ganz alleine. Ohne …« Sie überlegte noch, ob es nicht zu dick aufgetragen war, aber da sagte ihr Mund es schon. »Ohne dass dein Blick immer auf mir ruht.« Sie hielt den Atem an. Würde er ihr das abnehmen?

In Seths Miene erwachte etwas Dunkles, Raubtierhaftes, das sie aber nicht erschreckte, sondern ihr Herz schneller schlagen ließ und eine seltsame Erregung in ihr auslöste. Zum ersten Mal nahm sie Seth richtig wahr und ihr fiel auf, wie gut er aussah. Auf eine kantige, raue Art. Sie blinzelte. Was passierte hier?

In diesem Moment beugte Seth sich zu ihr herunter und sie spürte seinen Atem auf ihrer empfindlichen Ohrmuschel. »Kann das wahr sein?«, flüsterte er. Unzählige Schauer rieselten durch ihren Körper. Sie schloss unwillkürlich die Augen und sein Geruch stieg ihr in die Nase, viel zu wild, zu rau für einen Mann wie ihn, der jeden Moment seines Lebens unter absoluter Kontrolle hatte.

Sie brachte keine Antwort zustande.

Er lachte leise. Ein Geräusch, das sie von Kopf bis Fuß erfasste und ihr endgültig die Fassung raubte. Bevor sie die Situation beenden konnte, hatte Seth eine Hand um ihren Nacken gelegt, als spürte er ihren Fluchtinstinkt. Die volle Wucht seiner Magie überrollte sie. Zitternd atmete sie ein und versuchte, diesem unglaublichen Sog zu widerstehen.

»Glaubst du wirklich«, fragte er leise, »dass ich auf so etwas hereinfalle?«

Adara erstarrte. »Äh, wie?«

»Ich kenne dich, Adara – besser als du glaubst. Du würdest niemals zulassen, dass Gefühle dir im Weg stehen.« Er löste seine Finger von ihrem Nacken und Enttäuschung überrollte sie, als die Morgenluft ihre Haut kühlte. Spott zupfte an seinen Mundwinkeln. »Aber wenn es dir so wichtig ist, ein paar Minuten für dich zu haben, dass du zu solchen Mitteln greifst, dann bitte.« Er trat einen Schritt zurück und präsentierte Adara in seiner Mimik eine Auswahl an Spott und Belustigung, als fände er, sie könnte sich daraus selbst eine passende Mischung zusammenstellen. Aber bevor er sich umdrehte, als sein Gesicht wieder ausdruckslos wurde wie immer, erhaschte sie ein anderes Gefühl, etwas, von dem sie nicht sicher war, ob es echt war oder ob er wollte, dass sie es sah. Bewunderung. »Ein paar Minuten«, wiederholte er. Dann drehte er sich um und ließ sie stehen. Die Anweisungen der Hohen Rätin schienen ihm plötzlich egal zu sein. Atemlos sah sie ihm nach. Zu der Angst vor dem Verlangen nach seiner Magie war etwas anderes hinzugekommen. *Ich kenne dich, Adara – besser als du glaubst.* Sie erschauerte.

Adara überzeugte sich, dass er wirklich zurückging, und sah ihm nach, bis er das Gemeinschaftsgebäude betrat. Ihr Herz raste immer noch. Und zwar nicht, weil ihre Freundin ganz knapp der Entdeckung entgangen war. Das war doch albern! Es war nur körperlich. Es war seine Magie, die sie anzog, sonst nichts. Ihr Herz war vergeben und würde es immer sein. Sie hastete zurück zum Gebüsch. »Wir müssen dich verstecken. Sofort. Hast du Gepäck dabei?«

»Nichts außer einem Rucksack. Ich musste so schnell weg. Die neue Haarfarbe hat jedes bisschen Zeit gefressen. Und der Pass, der neue Name …«

»Wie heißt du jetzt?«, fragte Adara.

»Bethany. Und ich bin jetzt Australierin.« Sie lächelte gequält. Ihre silbrigen Augen glänzten verräterisch und sie zitterte am ganzen Körper. Am liebsten hätte Adara sie sofort von hier weggebracht, aber ein paar Sekunden zur Beruhigung mussten sein.

»Was ist denn passiert?«, fragte Adara sanft.

Bethany biss sich auf die Lippe. Dann schüttelte sie den Kopf.

»Schon gut. Du musst mir nichts sagen.« Er hatte ihr die Steine weggenommen. Das ließ nichts Gutes erahnen. »Komm. Erst mal weg hier.« Adara führte Bethany im Schatten der Mauer am Tiber entlang zur nächsten Brücke. Was sollte sie mit ihr machen? Matteo konnte sie nicht um Hilfe bitten, der Kontakt zu einer aufrührerischen Quelle war eine zu große Gefahr. Adara schleifte Bethany durch Rom, bis sie sicher war, dass Seth ihnen wirklich nicht folgte. Vor einer kleinen Pension hielt sie schließlich an. »Versteck dich, achte darauf, dass dich niemand sieht. Ich gebe dir Geld. Du musst eine Weile hierbleiben, bis ich Zeit habe, mich um eine Lösung zu kümmern.« Bis die Zeichnung verblasst war und sie ihn entweder zurückgeholt oder endgültig versagt hatte.

»Vielleicht sollte ich lieber gehen. Ich bringe dich auch in Gefahr.« Bethany senkte den Kopf und krampfte die Hände in die Rucksackträger. »Ich wollte gar nicht kommen, aber meine Schwester hatte Angst, dass …« Sie biss sich auf die Lippe.

Adara nahm ihre Hand. Obwohl sie auch eine Quelle war, spürte Adara bei ihr kaum etwas. Zwar hatte sie große Macht, aber sie harmonierte nicht mit ihr. Kein bisschen. »Nein, du bleibst.« Egal, wie sehr Bethany ihre Pläne gefährdete, sie konnte sie nicht einfach ihrem Schicksal überlassen. »Hab ein bisschen Geduld, okay?«

Bethany nickte. Adara sah ihr an, dass sie jemanden zum Reden brauchte. Das schlechte Gewissen machte sich in Adaras Magen breit. »Es tut mir leid. Aber ich muss weg. Seth wartet auf mich.«

Aber zuerst musste sie mit Matteo reden.

Eine dunkle Stimme in ihren Gedanken schreckte sie auf. *Komm zurück. Sofort.*

Adaras Herz setzte einen Schlag aus. Seth. Ein paar Minuten hatte er ihr zugestanden. Die waren schon vor über einer Stunde um gewesen. Trotzdem hatte er kein Recht, so mit ihr umzugehen. Verärgert beschloss sie, nicht zu antworten.

Sonst muss ich es der Hohen Rätin melden.

Adara fluchte innerlich. Sie wollte auf keinen Fall die Hohe Rätin gegen sich aufbringen. Sie musste Seths Anweisung folgen und in die Via Giulia zurückkehren. Und dann musste sie sich etwas Neues einfallen lassen, um ihm zu entwischen. Verzweifelt warf sie einen Blick auf ihre Hände. Mit etwas Glück hatte sie noch zwei oder drei Tage. Vielleicht etwas mehr, wenn Seth nicht sofort bemerkte, dass ihre Haut wieder makellos war. Adara setzte ihre ganze Hoffnung darauf.

15

Die Gedankennachricht zuckte durch ihren Geist wie die Blitze, die über ihnen in den schwarzen Wolken leuchteten. Regen peitschte ihr ins Gesicht und machte es schwer, Chris anzusehen. Hinter Lilianas Stirn summte die Erklärung, wie man ein Gewitter beruhigte, indem man die Energie ablenkte. Weil der tobende Sturm über ihnen alle Geräusche schluckte, erklärte Rat Danes es ihnen per kollektiver Gedankennachricht und Liliana hätte zu gern gewusst, wie das funktionierte. Mit den Steinen oder der App konnte man immer nur einer Person eine Nachricht schicken. Wie Ratsmitglieder und Wächter die Kollektivnachrichten gleichzeitig an mehrere Menschen senden konnten, war eines der wenigen großen Geheimnisse, die nur Eingeweihten bekannt waren.

Liliana juckte es in den Fingern, die Energie zu bändigen, die über ihr durch den Himmel raste. Diesmal würde es klappen. Ganz sicher. Irgendeinen Sinn musste der grässliche Zauber ja haben, mit dem ihre Mutter Chris belegt hatte. Als sie den Widerwillen in seinen Augen sah, seufzte sie. Immerhin hinderte der Zauber ihn daran, einfach mitten in der Übungseinheit davonzulaufen. Liliana streckte die Hand nach Chris aus. Dabei warf sie dem vermummten Wächter neben ihnen einen unsicheren Blick zu. Seit der letzten katastrophalen Übungseinheit überwachte er jede ihrer Bewegungen, stand so nah bei ihnen, dass Liliana ihn hätte berühren können. Damit er jederzeit eingreifen konnte. Zu gern hätte sie sein Gesicht gesehen, um zu wissen, wer unter der Maske steckte und ob er bemerkt hatte, dass ihre Zeichnung fast wieder verschwunden war. Liliana fragte sich, ob er von dem Zauber wusste. Wusste es vielleicht der ganze Rat? Oder hatte die Hohe Rätin es für sich behalten?

Liliana versuchte, die Gedanken wegzuschieben. Chris ließ zu, dass sie seine Hand nahm, so wie er alles geschehen ließ. Es war merkwürdig, unter diesen Voraussetzungen Chris' Haut auf ihrer zu spüren. Als hätte sie kein Recht dazu, ihm so nahe zu kommen, weil er sich nicht wehren konnte. Liliana schimpfte sich eine dumme Kuh. Natürlich hatte sie das Recht. Sie war seine Magierin.

Sie öffnete sich für die Magie und sofort stellte sich wieder dieser unglaubliche Einklang ein, der ihren ganzen Körper durchdrang wie eine unbekannte und doch vertraute Melodie. Unwillkürlich lächelte sie, fühlte sich frei und unbeschwert, als wäre die Welt tatsächlich grenzenlos für sie.

Bis sie versuchte, die Magie in sich aufzunehmen. Es gelang ihr einfach nicht. Noch weniger als am Tag zuvor, da hatte sie immerhin die Fessel zustande gebracht und Chris gezeichnet. Verzweifelt versuchte sie es wieder und wieder. Vergeblich. Hilflos sah sie den Wächter an.

»Versuch, in ihn hineinzugreifen und dir die Energie zu nehmen.« Die Stimme des Wächters klang dunkel und heiser, als ob er sie nicht oft benutzte.

Sie gehorchte und versuchte, sich nicht nur für die Magie zu öffnen, um sie entgegenzunehmen, sondern stellte sich vor, in Chris hineinzugreifen, um sie sich zu holen. Ein heftiger Schmerz schoss durch ihre Finger, ihren Arm hinauf und bis in ihr Herz. Liliana schrie auf. Gerade so widerstand sie dem Drang, Chris ihre Hand zu entreißen. Zwischen ihnen floss Magie. Mit geweiteten Augen starrte sie Chris an. *Nicht loslassen!* Er krampfte seine Finger so fest um ihre, wie er konnte.

Dann hörte der Schmerz plötzlich auf. Die behandschuhte Hand des Wächters schwebte über ihren gefassten Händen. Er hatte den Magiefluss zwischen ihnen unterbunden.

Chris löste langsam seine Finger von ihren, Schweiß stand auf seiner Stirn. Ob er das Gleiche dachte wie sie?

Wir hätten sterben können. Wenn einer von uns losgelassen hätte, hätten wir sterben können. Liliana schloss die Augen und versuchte, das Zittern ihrer Hände unter Kontrolle zu bringen.

»Noch einmal.« Der raue Befehl des Wächters weckte Entsetzen in Liliana. Ihr Herz brannte noch von dem Magiestoß. Der Wächter musste es gemerkt haben. Trotzdem wollte er, dass sie weitermachte? Sie leckte sich nervös über die Lippen, als sie wieder Chris' Hand nahm. In seinen Augen las sie Angst. Und … Sorge. Bevor sie darüber nachdenken konnte, drängte der Wächter sie weiterzumachen. Er wollte wohl unbedingt, dass es zwischen ihr und Chris funktionierte. Kein Wunder. Die Wächter vertraten die Interessen des Rates und der brauchte Liliana und Chris für den angekündigten Großeinsatz.

Liliana raffte all ihren Mut zusammen und versuchte es erneut. Wieder drang der Magiestoß direkt in ihr Herz. Diesmal so schmerzhaft, dass es ihr den Atem verschlug. Wieder trennte der Wächter die magische Verbindung, hielt aber ihre Hände fest. Der raue Stoff seiner Gewänder grub sich unangenehm in die zarte Haut an Lilianas Handgelenken.

»Er sperrt sich gegen sie«, knurrte eine Stimme. Rat Danes trat am Wächter vorbei.

Entgeistert starrte Liliana ihn an. »Wie kann das sein?«

Danes schüttelte den Kopf. Chris wirkte, als lägen ihm heftige

Worte auf der Zunge, aber der Zauber hinderte ihn daran, sie auszusprechen.

»Liegt es vielleicht daran, dass sein letzter Magier bei einem Einsatz gestorben ist?«, fragte sie.

Ein leises Keuchen ließ sie aufblicken. Chris hatte den Blick auf sie gerichtet, als könnte er nicht fassen, was sie da sagte.

»Könnte es sein, dass dadurch etwas in ihm … zerstört wurde?«, fuhr sie fort und kam sich dabei furchtbar vor. Die Worte ihrer Mutter fielen ihr wieder ein. *Du musst ihn zurückgeben.* Vielleicht blieb ihr nichts anderes übrig. Sofort schämte sie sich für den Gedanken.

»Es ist nicht unmöglich.« Danes wandte sich an Chris. »Du musst zulassen, dass sie nach der Magie greift. Akzeptiere sie als deine Magierin.«

Chris presste die Lippen zusammen, als wollte er sagen, dass er das längst gemacht hätte, wenn es so einfach wäre.

»Was, wenn es nicht klappt?«, fragte Liliana leise.

»Dann werde ich die Verbindung heute noch für gescheitert erklären und man wird dir eine neue Quelle zuweisen«, sagte Danes. Er warf Chris einen drohenden Blick zu und verschwand zwischen den wehenden Umhängen der anderen.

»Nein, das geht nicht.« Fassungslos wandte Liliana sich an den Wächter. »Es hat ewig gedauert, Chris zu finden. Es gibt keine andere Quelle für mich. Und der Rat braucht mich.«

Der Wächter schien sie prüfend zu mustern. »Es gibt eine andere Quelle«, erwiderte er schließlich. »Man wird sie dir so schnell wie möglich bringen.«

Chris' Finger schlossen sich so fest um ihr Handgelenk, dass der Schmerz Liliana den Atem verschlug. Sie nahm es als Zeichen, dass sie es noch einmal versuchen sollte. Sie konzentrierte sich, so gut sie konnte, doch wieder tat sich nichts. Auch nach vielen weiteren Versuchen nicht.

»Es hat keinen Sinn«, sagte Liliana niedergeschlagen. Es fiel ihr nicht leicht, das zuzugeben. Aber was nutzte ihr der unglaubliche Einklang zwischen ihr und Chris, wenn es ihnen einfach nicht gelang, eine funktionierende Verbindung aufzubauen?

Eine kollektive Gedankennachricht von Rat Danes verkündete eine kurze Pause. Der Wächter entfernte sich.

Chris drückte Lilianas Hand, um ihre Aufmerksamkeit zu gewinnen. Seine Augen sprühten Funken und entflammten ihr schlechtes Gewissen wegen dem, was sie ihm angetan hatte, noch dazu ohne Erfolg. Am liebsten hätte sie den Zauber sofort gelöst, sie brauchte ihn nicht mehr. Aber dazu benötigte sie Magie. »Du darfst sprechen«, flüsterte sie.

»Du darfst jetzt nicht aufgeben«, stieß er hervor. Seine Stimme klang rau. Vor Wut oder weil er mehrere Tage kaum gesprochen hatte.

»Was soll ich denn sonst tun?« Aus Schuld wurde Ärger. Die ganze Zeit hatte er sich ihr auf alle möglichen und unmöglichen Arten widersetzt und jetzt wollte er, dass sie weitermachte?

»Du bist doch die Magierin, du wolltest, dass ich dir gehorche«, zischte er. »Also. Ich tue, was du sagst. Jetzt sorg gefälligst dafür, dass es funktioniert.«

Wie konnte er es wagen? »Du hast mir gar nichts zu befehlen. Und außerdem … hast du den Wächter nicht gehört? Du sabotierst unsere Verbindung, weil du dich gegen mich sperrst.«

»Verdammt, du …«, knurrte Chris. »An mir ist nichts … zerstört! Du kriegst es nur nicht auf die Reihe, dir die Energie von mir zu nehmen. Du bist es, die unfähig ist, nicht ich!«

»Hör auf«, schrie sie, in das Gewitter und die Blitze hinein. »Hör gefälligst auf, sonst sorge ich dafür, dass du nie wieder ein einziges Wort sagen kannst. Dann kannst du dein restliches Leben unter dem Zauber meiner Mutter verbringen.« Liliana zitterte vor Wut und auch vor Angst. Denn für einen fürchterlichen Moment meinte sie es so. Dann wurde ihr bewusst, was sie gesagt hatte, und all ihre Wut brach in sich zusammen. Was tat sie hier eigentlich? Wie konnte sie ihn nur so behandeln? Wie konnte sie ihn mit diesem grausamen Zauber unterdrücken? Es war widerlich, ekelhaft. Mit bebenden Fingern fuhr sie sich über die Stirn. Was war nur aus ihr geworden, in so kurzer Zeit? »Ich kann nicht mehr«, sagte sie leise. »Und ich will nicht mehr.« Liliana erwartete, dass Chris schnauben oder sie noch einmal anschreien würde. Stattdessen hielt er nur ihre Hand fester. »Bitte.«

Überrascht hob sie den Kopf. Er war durchnässt bis auf die Knochen. Die schwarzbraunen Haare klebten an seiner Stirn und in seinen Augen stand eine Verzweiflung, die direkt in ihr Herz drang. Warum wollte er es plötzlich so unbedingt? Und warum konnte er sie so ansehen, dass sie alles versuchen wollte? Für ihn. Obwohl sie wusste, dass es aussichtslos war.

»Warum?« Tagelang hatte er ihr das Leben zur Hölle gemacht und jetzt, da sie aufgeben wollte, wollte er weitermachen? »Du bekommst doch, was du wolltest. Deine Freiheit. Man wird dich wahrscheinlich nicht mehr verbinden, wenn du wirklich eine Blockade hast. Du solltest froh sein, wo du das Leben als Quelle so sehr hasst.« Und ihr würde man eine neue Quelle zuteilen. Aber der Gedanke brachte keine Erleichterung. Was sie mit Chris erlebt hatte, war einzigartig. Mit keiner anderen Quelle würde es je wieder so sein.

»Was ich mir wirklich wünsche, kann ich nicht haben«, antwortete er leise. »Niemals.«

Sie zögerte. »Es ist zu gefährlich.«

»Bitte, Liliana.« Die Art, wie er ihren Namen sagte, zum allerersten Mal, hallte in ihr wider. »Gib mir noch eine Chance. Was mit meinem ersten Magier passiert ist, war ein Unfall.«

»Das ist es nicht«, flüsterte sie. »Es ist wegen mir. Und … wegen dem, was ich dir angetan habe.« Ihre Kehle wurde eng. »Dieser Zauber, ich weiß nicht, wie ich jemals denken konnte, dass es helfen würde. Ich habe gehofft, dass es mit der Magie klappt, wenn du mir gehorchst, aber …« Ihre Stimme versagte ihr den Dienst. Ihr war egal, dass sie ihm Schwäche zeigte. Es war ohnehin vorbei. »Ein neuer Anfang wäre sicher das Beste. Du musst mich doch hassen.« Sie machte einen Schritt von ihm weg. »Du hast mich von Anfang an gehasst. Kein Wunder, dass du dich gegen mich sperrst. Man hätte uns niemals verbinden dürfen. Solange du mich so sehr verabscheust, hat es keinen Sinn. Ab jetzt darfst du tun und lassen, was du willst«, fügte sie hinzu, damit er nicht mehr an den Zauber gebunden war. »Heute Abend sage ich meiner Mutter, dass sie den Zauber lösen soll.« Tränen brannten in ihren Augen. Die Erkenntnis, wie schrecklich ihr alles entglitten war. Die Unsicherheit, wie es weitergehen würde. Das Wissen, dass sie dieses wunderbare Gefühl aufgeben musste, das sie hatte, wenn sie mit Chris verbunden war.

»Liliana, bitte.«

Der Sturm beutelte seine Worte und sie tat so, als hätte sie ihn nicht gehört. Sie drehte sich um und wollte gehen, als ihr eine hochgewachsene Gestalt den Weg versperrte.

»Die Pause ist beendet. Wir machen weiter.« Die Worte des Wächters waren keine Frage, sondern ein Befehl.

»Ich fürchte, das hat keinen Sinn.« Danes war hinzugetreten und bestätigte, was Liliana bereits gewusst hatte. Ungnädig sah er Chris an. Aber auch Mitleid leuchtete in seinem Blick, ein Mitleid, das Liliana eine Gänsehaut über die Arme trieb.

»Bitte …«, begann Chris.

Danes ignorierte ihn. »Ihr werdet die Verbindungsprüfung ablegen.«

Liliana keuchte entsetzt auf. Chris blieb unbewegt, was nur bedeuten konnte, dass er nicht wusste, was die Verbindungsprüfung war. Aber Liliana wusste es. Und es nahm ihr die Luft zum Atmen.

»Die Prüfung wird nicht mehr eingesetzt«, entgegnete der Wächter.

»Sie kann eingesetzt werden, wenn es die einzige Möglichkeit ist.«

Zum ersten Mal beobachtete Liliana bei dem Wächter so etwas wie eine Gefühlsregung. Seine Finger zuckten. »Es ist noch nicht so weit, dass wir zu so einer Maßnahme greifen müssen.«

»Wir haben nicht genug Zeit.«

»Ich bin der Wächter dieser Verbindung«, knurrte er. »Es ist meine Aufgabe, dafür zu sorgen, dass sie funktioniert. Wir können es uns nicht leisten, eine so potente Magierin zu verlieren. Das lasse ich nicht zu.«

Liliana erwartete, dass Danes darauf eine wütende Antwort geben würde. Doch er lächelte nur kalt und Angst krallte sich in Lilianas Herz. »Die Hohe Rätin selbst hat es soeben angeordnet. Dem kann sich ein Wächter nicht widersetzen.«

Der Wächter hielt seinen maskierten Blick einen Moment auf Danes gerichtet. »Aber die Magierin kann es. Sie hat das Recht, die Prüfung abzulehnen und die Verbindung aufzugeben.«

Lilianas Herz klopfte wie verrückt. »Ja, ich gebe auf«, stieß sie hervor. Erleichtert, dass ihr dieser Ausweg blieb.

»Nein!«, schrie Chris. »Liliana, bitte ...«

»Du weißt ja nicht, was das für eine Prüfung ist!«

»Das ist mir egal!«, schleuderte er ihr entgegen. *Lass es uns wenigstens versuchen.*

Chris' Gedankennachricht erwischte sie unvorbereitet, aber sie hatte ihm ja erlaubt, alles zu tun. Sie schob eine Hand in den Beutel am Gürtel ihrer rituellen Gewänder. *Warum? Du bekommst deine Freiheit und für mich gibt es eine andere Quelle, das hat der Wächter selbst zu mir gesagt.*

Nein, drang Chris' Stimme in ihren Kopf. Sie konnte die Panik darin förmlich fühlen. *Das hat er nicht zu dir gesagt, das hat er zu mir gesagt. Und ich kann das auf keinen Fall zulassen.*

Warum nicht?

Chris warf ihr einen verzweifelten Blick zu. *Weil die andere Quelle meine Schwester ist.*

Liliana dachte darüber nach. *Vielleicht würde sie ja besser zu mir passen.*

Nein! Wut schlug ihr entgegen. *Sie passt zu niemandem. Zu niemandem, hörst du mich?*

»Magierin? Ist das dein letztes Wort?«, fragte Danes.

Dass er sie so formell ansprach, machte deutlich, dass sie nun die offizielle Entscheidung treffen musste. Was sie jetzt sagte, galt. Mit trockenem Mund warf sie Chris einen Blick zu. *Sie passt zu niemandem.* Liliana fragte sich, was er damit meinte. Sie hatte ihn noch nie so erlebt. So aufgewühlt, so panisch. Er flehte sie mit seinem Blick förmlich an. Liliana schloss die Augen. Nach allem, was sie ihm angetan hatte, konnte sie ihm das nicht abschlagen. Warum auch immer er lieber die Prüfung ablegen wollte, als die Verbindung zu beenden, sie schuldete ihm etwas.

Ihre Stimme zitterte und sie brachte die Worte kaum heraus. »Also gut. Machen wir die Prüfung.«

16

Als sie die Wohnung betrat, wartete er bereits auf sie. Als hätte er immer noch das Recht, sie zu überwachen, obwohl er jetzt eine Quelle war. Wahrscheinlich hatte er das auch. Auf Befehl des Rates. Mit erhobenem Kopf ging Adara an Seth vorbei in Richtung ihrer Zimmer.

»Warte.«

Adara blieb stehen, viel zu nah bei Seth. Seine Nähe brachte die Erinnerung an den Vorfall am Tiber zurück. Sein heißer Atem auf ihrem Ohr. Sein Geruch. Die Magie. Und ihr Versuch, ihn hereinzulegen. Ob Seth sie damit aufziehen würde? *Er* hätte sie nie vergessen lassen, dass sie so etwas Dämliches versucht hatte. *Er* hätte gelacht, sein sympathisches Lachen, das in ihrem Bauch einen ganzen Schwarm von Schmetterlingen zum Leben erweckt hatte. Sie sah das spöttische Glitzern in seinen wunderschönen Augen vor sich. Ein dumpfer Schmerz breitete sich in ihr aus. Sie würde dieses Lächeln wiedersehen. Irgendwann. Bald. Oder daran zerbrechen, sollte sie es nicht schaffen.

Seth erwähnte den Vorfall mit keinem Wort. Merkwürdigerweise wurde das dumpfe Ziehen in ihrer Brust dadurch noch stärker.

»Ich muss mich hinlegen«, stieß sie hervor, angefüllt mit Sehnsucht nach jenen kurzen Momenten in der Morgendämmerung, in denen *er* so real für sie war, als wäre er nie gestorben. Das hatte Seth ihr zwar zerstört, trotzdem war sie viel zu lange auf den Beinen gewesen und sie konnte nicht ewig ohne Schlaf auskommen. Seth ließ sie ohne Widerspruch gehen, machte ihr nicht mal Vorwürfe, weil sie so lange weggeblieben war und sich damit dem Rat widersetzt hatte.

Als Adara einige Stunden später erwachte, hörte sie den Fernseher. Sie runzelte die Stirn. Seth schien nicht der Typ zu sein, der tagsüber fernsah. Oder überhaupt je. Irgendwie hatte sie ihn immer bei der Ausübung seiner Pflichten im Kopf, nie bei etwas, das man als Freizeit bezeichnen könnte. Wenig später betrat sie das gemeinsame Wohnzimmer. Seth fixierte mit einer steilen Falte auf der Stirn den Bildschirm. Als er sie bemerkte, hob er den Kopf. Sein Blick verhieß nichts Gutes. »Das solltest du dir ansehen.«

Adaras Nackenhärchen stellten sich auf. Steve sah mit ernstem Gesicht in die Kamera, im Hintergrund das Gemeinschaftszentrum in Auckland. »Heute Morgen ist bekannt geworden, dass die Quelle eines unserer begabtesten Magier verschwunden ist. Ein harter Schlag für uns alle, denn jeder Magier wird gebraucht. Und natürlich machen wir uns Sorgen um die Quelle. Der Rat bittet daher darum, nach ihr Ausschau zu halten.«

Ein Bild von Bethany wurde eingeblendet, mit alter Haarfarbe und altem Namen. Die Haarfarbe würde so gut wie nichts dazu beitragen, sie zu verstecken. Wer dieses Foto gesehen hatte, würde sie sofort an ihren Augen erkennen. Seth schaltete den Fernseher aus und musterte Adara durchdringend.

Ihre Kopfhaut kribbelte. Sofort hob sie das Kinn in stummer Kampfansage. »Was hat das mit mir zu tun?« Er konnte es nicht wissen, oder doch? Nur weil er vielleicht am Tiber ein paar Stimmen gehört hatte?

»Das frage ich mich auch.«

Unwillkürlich wollte sie einen Schritt zurückmachen, zwang sich aber dazu, stehen zu bleiben. Bloß nicht nachgeben und keine Ausreden. Das würde sie nur verdächtig machen. Sie zuckte lässig die Achseln und wandte sich ab, um in die Küche zu gehen.

»Ich frage mich, ob es ein Fehler war, dich alleine zu lassen«, sagte er leise. »Eine entlaufene Quelle ist keine Kleinigkeit.«

Sie erstarrte mitten im Schritt. Was wusste er? Wahrscheinlich nichts. Er testete sie nur. Oder? Langsam wandte sie sich um. »Ist sie denn entlaufen? Steve hat nichts davon gesagt.«

»Natürlich nicht. Der Rat will die Gemeinschaft nicht in Aufruhr versetzen und dem Ruf ihres Magiers nicht schaden. Es ist eine große Schande, wenn einem die Quelle davonläuft.« Seine Augen funkelten spöttisch.

Adara ballte die Fäuste. Der Magier wurde geschützt, egal, was er Bethany angetan hatte. Und sie? Als sie sah, dass Seths Blick auf ihre Hände fiel, entspannte sie die Fäuste langsam wieder. Verdammt, er war einfach zu aufmerksam. Sie würde Bethany nicht lange vor ihm geheim halten können.

»Nicht mein Problem. Ich habe keine Zeit, nach der Quelle zu suchen.« Sie drehte sich um, aber Seth kam hinter ihr her und stellte sich ihr in den Weg, wobei er darauf achtete, sie nicht zu berühren.

»Eine entlaufene Quelle zu verstecken, ihr zu helfen, sich ihrer Pflicht zu entziehen, ist Hochverrat.«

Hochverrat. Ohne dass sie es wollte, stieg Panik in ihr auf, dass nicht nur ihr etwas geschehen könnte, wenn man Bethany bei ihr fand, sondern vielleicht auch ihrer Familie. Aber Bethany auszuliefern, kam nicht infrage. Panik war sinnlos. Stattdessen hüllte sie sich in schützende Arroganz. »Das weiß ich. Du kannst sicher sein, dass ich so ein Risiko niemals eingehen würde.«

Seth starrte sie lange an. Wahrscheinlich hätte er sie gerne damit konfrontiert, dass er sie am Tiber gehört hatte und dass er wusste, dass sie Bethany kannte. Aber hier im Gemeinschaftszentrum war ihm das vielleicht zu riskant. Man konnte nie wissen, ob die Wände Ohren hatten. Nein, er würde ihr nichts vorwerfen, denn er musste seinen eigenen Ruf schützen.

»Streck deine Hände aus. Handflächen nach oben.«

Adara blinzelte ihn an. »Wie bitte?«

»Der Rat möchte die Zeichnung sehen.« Er holte etwas aus seiner Hosentasche. Sein Handy.

Sie wollte wütend sein, gekränkt in ihrer Rolle als Magierin, aber sie fühlte sich einfach nur gedemütigt und unglaublich erschöpft. »Reicht es nicht, wenn du ihnen sagst, dass sie noch nicht verschwunden ist?«

»Danes hat ein Foto verlangt«, erwiderte er. Es klang fast, als täte es ihm leid. Aber das nahm Adara ihm nicht ab. Er hatte zugegeben, dass er mit ihr zaubern wollte. Sicherlich, damit er in ihre Gedanken eindringen und sie endlich als Verräterin entlarven konnte. Er wartete genauso wie der Rat darauf, dass ihre Zeichnung verblasste. »Zeig mir deine Hände.«

Sein erneuter Befehl brachte die Scham in ihr zum Überschwappen, sie ergoss sich über alle anderen Gefühle und trieb ihr fast die Röte in die Wangen. Doch sie riss sich zusammen. »Was erlaubt Danes sich? Ich bin eine Magierin der Gemeinschaft, ich …«

»Das ändert nichts an dem Befehl. Er kommt von Danes, aber Danes spricht für den Rat.«

»Du hast das eingefädelt, nicht wahr?«, zischte sie. Damit es schneller ging. Damit er ja keinen Tag verlor, er sie verraten konnte und loswurde. »Was habe ich dir je getan, dass du so etwas tust?«

Seth sah sie an, mit dem glühenden Augenstern in der Finsternis seiner Augen. »Nichts, was ich tue, ist persönlich.«

Die Anschuldigung nahm er einfach hin. Gottverdammt, konnte er nicht ein einziges Mal eine Reaktion zeigen? »Dann gib es zu«, schrie sie. »Streite es ab. Sag was, irgendwas.«

Wieder ließ er sie Mitleid sehen, und obwohl sie vermutete, dass es nicht echt war, nahm es ihrer Wut den Stachel. »Zeig mir deine Hände«, bat er sie sanft.

Es hatte keinen Sinn, sich weiter zu widersetzen. Seth befolgte nur einen Befehl und das musste sie auch. Langsam hob sie die Hände und öffnete die Finger. Seth hatte ihre Zeichnung schon gesehen, trotzdem kam es ihr dieses Mal vor, als würde sie sich nackt vor ihm ausziehen. Die Linien und Kreise waren plötzlich zu intim, zu kostbar. Ihre wenigen gemeinsamen Wochen, alles, was sie für ihn fühlte, in ihre Haut geschrieben durch die Magie, die sie geteilt hatten. Adara konnte kaum ertragen, dass Seth ein Foto davon machte und es Victor Danes schickte. Gerade ihm. Aber sie musste sich an die Regeln der Gemeinschaft halten, weil sie sie brauchte, um ihn von den Toten zurückzuholen. Wie versteinert stand sie da und wartete, dass es vorbei war. Sie würde sich nicht unterkriegen lassen. Und endlich wusste sie auch, wie sie Seth entkommen konnte. Denn nicht nur sie brauchte die Gemeinschaft, sondern die Gemeinschaft brauchte auch sie. Es war so lächerlich simpel, dass sie beinahe aufgelacht hätte. »Ich muss mich an die Regeln der Gemeinschaft halten«, begann sie. »Aber der Rat muss das auch. Eine der Regeln ist, dass man sich dem Befehl eines Magiers nicht widersetzen darf.« Adaras Herz pochte bis zum Hals. Würde er ihren Befehl akzeptieren? »Du bist dem Rat treu. Und auch der Gemeinschaft. Du wirst dich nicht offen gegen die Regeln stellen. Ich werde jetzt gehen und du wirst mir nicht folgen. Das ist ein Befehl.«

Seth zog die Augenbrauen zusammen, um ihr sein Missfallen zu zeigen. »Was hast du vor? Die entlaufene Quelle besuchen?«

»Das geht dich nichts an.«

»Ich muss deinen Befehl nur befolgen, wenn er dem Wohl der Gemeinschaft nicht entgegensteht.«

»Du hast dem Rat gerade den Beweis geschickt, dass unsere Verbindung noch nicht aktiv ist. Solange wir nicht eingesetzt werden können, steht es den Zielen der Gemeinschaft nicht entgegen, wenn ich alleine unterwegs bin.«

Etwas glomm in Seths Augen auf. »Das muss sich erst noch herausstellen.«

»Selbst wenn ich etwas tun würde, was mich gefährdet, ist das meine Sache.«

Seth schüttelte den Kopf. »Du bist eine Magierin. Du gehörst nicht nur dir selbst, genauso wenig wie ich mir selbst gehöre. Wir müssen uns der Gemeinschaft und ihren Zielen unterordnen. Unzählige Menschenleben hängen davon ab.«

Adara sah Seth an. Ja, unzählige Menschenleben hingen davon ab. Aber nicht so, wie er glaubte. Ihr blieb nichts weiter übrig, als zu lügen. »Du hast recht. Und deshalb verspreche ich, weder mich noch die Gemeinschaft in Gefahr zu bringen. Und im Gegenzug wirst du mir versprechen, deine eigenen Wege zu gehen.«

Seth verengte die Augen. Schließlich nickte er. »Wie du willst.«

Der Triumph, dass ihre Taktik funktioniert hatte, währte nur kurz. Als Seth aufstand und sie alleine zurückließ, fühlte sie sich, als hätte sie einen Pakt mit dem Teufel geschlossen.

17

Den Kopf in den Nacken gelegt, starrte sie in die Finsternis. Irgendwo weit über ihnen schwebte ein heller Fleck wie das Bild am Ende eines Fernglases. Es war das unscheinbare Loch in einer Wiese in der Nähe der Küste, das in die Tiefen der Erde führte. So weit hinunter, dass Liliana beim Abseilen fast das Herz stehen geblieben wäre. Das Geräusch der Hubschrauberrotoren hallte vielfach zwischen den Wänden der Höhle wieder, in der man sie zurückgelassen hatte. Ohne Handys, ohne die Steine. Ohne die geringste Möglichkeit, irgendwen zu kontaktieren oder um Hilfe zu rufen. Sie waren vollkommen auf sich gestellt. Auf sich und die Magie, die sie nicht in den Griff bekamen.

Unsicher wandte Liliana sich nach Chris um, dessen Umrisse sie gerade so erkennen konnte. Zum ersten Mal, seit er ihr offenbart hatte, dass seine Schwester die andere mögliche Quelle war, waren sie allein. Die ganze Zeit hatte sie ihn alles Mögliche fragen wollen. Dinge, die sich in den unvorhersehbaren Windungen der Gedankennachrichten verloren hätten und die man besser von Angesicht zu Angesicht besprach. Doch nun konnte sie keinen klaren Gedanken fassen. Nicht, solange ihre Zähne so klapperten. »Sie haben … uns … nicht mal Jacken gegeben.« Wenn sie ihnen wenigstens die Mäntel gelassen hätten, die eigentlich zu den traditionellen Gewändern gehörten, die sie trugen. Die eng anliegenden Shirts und Westen waren praktisch, halfen aber nicht gegen die Kälte.

»Ich würde ja gerne ein Gentleman sein und dich wärmen.«

»Ach ja?«

Im Halbdunkel sah sie seine Zähne in einem Grinsen aufblitzen. »Es würde nur nichts nutzen.« Er berührte federleicht ihren nackten Arm. Seine Hand war genauso eisig wie ihre.

»Wenn sie uns wenigstens die Steine gelassen hätten. Dann könnten wir uns wärmen.«

»Das würde dem Zweck des Ganzen widersprechen«, sagte er bitter.

»Ja. Das würde es wohl.« Ob sie einfach seine Hand nehmen sollte und versuchen, sie beide mit Magie zu wärmen? Der Schmerz in ihrer Brust blitzte auf, die Erinnerung an den Magiestoß direkt in ihr Herz. Ein Schauer überlief sie und sie schlang die Arme enger um ihren Körper, um sich selbst ein wenig zu wärmen. Chris schien nicht einmal darüber nachzudenken, mit ihr zu zaubern. Sie hörte ihn in der Dunkelheit kramen. Licht blitzte auf und Liliana schloss für einen Moment geblendet die Augen. »Wie konntest du eine Taschenlampe retten? Sie haben doch alle Taschen durchsucht.«

»Ist ihnen durch die Lappen gegangen. Eine LED-Lampe in einem alten Spielzeug. Die Batterie wird nicht lange halten. Aber es genügt, um zu sehen, in welche Richtung wir müssen. Hier, leuchte mal.« Chris drückte ihr die Lampe in die Hand und begann, im schwachen Lichtkegel die Wände abzusuchen.

»Falls du hochklettern willst, vergiss es.«

»Ich hatte gehofft …« Er suchte noch etwas weiter, dann gab er es schließlich auf und drehte sich zu ihr um. Die weiße LED-Lampe ließ sein Gesicht unnatürlich scharf aus der Dunkelheit hervorstechen, während der Rest von ihm verborgen blieb. Er nahm die Lampe von ihr entgegen und schaltete sie aus. Sicher, um die Batterie zu schonen. »Ich dachte, es gäbe vielleicht ein paar Kletterhaken.«

»Was sollte uns das nutzen? Wir haben keine Seile.«

»Das stimmt. Aber dann hätten wir vielleicht nur ein paar Stunden ausharren müssen, bis uns ein paar Höhlentouris finden.«

»Höhlentouris?« Liliana entfuhr ein Kichern, was sich durch ihre bibbernden Lippen eher wie das Gurgeln eines gerade erwachenden Geysirs anhörte.

»Na klar. Es ist Sommer, da treiben sich hier überall welche rum.«

»Ich fürchte, daraus wird nichts. Die Höhle liegt auf heiligem Maoriland. Außer ihnen dürfen nur wir sie betreten. Ihre Geister akzeptieren uns, sie stehen uns nahe. Deine … Höhlentouris werden uns ganz sicher nicht finden.«

»Ach verdammt, ich hatte meine ganzen Hoffnungen darauf gesetzt.«

Seine übertrieben gespielte Enttäuschung ließ Liliana lächeln. »Tut mir echt leid.«

»Hey, wir haben die Lampe und ich habe einen guten Orientierungssinn. Wir finden einen Weg hier raus.«

Schlagartig wurde sie ernst. »Chris …«

»Irgendwie werden wir es schon schaffen. Gegen die Kälte hilft Bewegung, also gehen wir am besten los und …«

»Chris!« Lilianas scharfer Tonfall ließ ihn verstummen. »Ich weiß nicht, was in diesen Höhlen auf uns wartet«, flüsterte sie. »Das ist ein gut gehütetes Geheimnis. Aber ich weiß, dass wir niemals ohne Magie hier rauskommen.«

Chris' Schweigen klang stur in der Stille der Höhle.

»Früher wurde man nach der Verbindungszeremonie hierhergebracht«, sagte Liliana sanft. »Lange, bevor es die Übungseinheiten mit den Wächtern gab. Nur wer es alleine schaffte, seine Schwingungen in Einklang zu bringen und sich die Magie des anderen zu eigen zu machen, konnte die Höhlen bezwingen und nur die Verbindungen, die es ohne Hilfe durch die Höhlen schafften, durften an der Namenszeremonie teilnehmen.« *Nur sie haben überlebt.*

»Willst du denn mit mir zaubern?«, fragte Chris. Als sie schwieg, lachte er spöttisch. »Dachte ich mir.«

Ein Anflug von Ärger sammelte sich in ihrem Magen. »Und du? Warum wolltest du unbedingt, dass ich die Verbindung nicht aufgebe, wenn du nicht mal versuchen willst, die Magie zu beherrschen?« Liliana ließ sich mutlos auf einen Stein sinken. »Das hat doch alles keinen Sinn.« Sie stützte den Kopf in die Hände und für ein paar Momente wich die Kälte in ihren Gliedern einer bleischweren Müdigkeit. Die letzte Nacht war nicht nur zu lange her, sie war auch schlaflos gewesen, weil sie sich wegen allem Möglichen Vorwürfe gemacht hatte. Weil sie diesem Test zugestimmt hatte, weil sie es zugelassen hatte, dass ihre Mutter Chris diesen Zauber auferlegt hatte … »Verdammt«, raunte sie.

»Was ist?« Chris' Stimme klang gedämpft, als suchte er wieder die Wand ab.

»Der Zauber meiner Mutter. Er ist immer noch aktiv.«

Chris schnaubte. »Immerhin kannst du dann sicher sein, dass ich nicht im Dunkeln über dich herfalle.«

Oh Gott. »Das hast du gehört?« Liliana war froh, dass es so finster war. Es reichte ihr schon, sich das spöttische Funkeln in seinen Augen vorzustellen.

»Ich wollte nicht lauschen«, gab er zurück. »Aber sei doch froh, du brauchst nur Stopp zu sagen, um mich aufzuhalten, falls ich mich nicht beherrschen kann.« Sie hörte, dass er grinste.

Er musste sie ja wirklich für eine arrogante Kuh halten, die sich für so unwiderstehlich hielt, dass sie glaubte, jeder Kerl wolle ihr an die Wäsche. Bestimmt hatte er noch nie auf diese Art an sie gedacht und lachte sich jetzt innerlich halb tot.

»Hey.« Das Licht flammte wieder auf. »Komm mal her.«

Froh über den Themenwechsel tat Liliana ihm den Gefallen und stand auf. Er hatte einen schmalen Spalt in der Höhlenwand entdeckt, durch den ein Mensch hindurchpasste. Gerade so. Liliana schüttelte es. »Das … ist ziemlich eng.«

Chris nickte grimmig. »Ja. Sag mal … fällt dir auch was auf?«

»Was meinst du?«

»Du zitterst beim Sprechen nicht mehr.«

»Mir ist auch nicht mehr kalt«, erwiderte sie langsam.

»Schau mal da!« Chris ließ die Lampe aufblitzen und in ihrem Strahl erkannte sie Dampfschwaden, die ein Stück von ihnen entfernt aufstiegen. Warmer Dampf, der die kleine Höhle bereits leicht erwärmt hatte. Chris machte das Licht wieder aus und ging darauf zu. »Hier sind Spalten im Boden, komisch, dass wir die nicht eher bemerkt haben.«

»Ehrlich gesagt finde ich das nicht komisch, sondern eher … beunruhigend.« Sie schnupperte in die Luft und rümpfte die Nase. »Schwefel.«

»Ja, Schwefel.« Seine Stimme schwankte.

»Ein Grund, hier zu verschwinden«, sagte sie.

»Ich mag den Geruch.«

»Okay, jetzt weiß ich endgültig, dass mit dir was nicht stimmt.«

Sein leises Lachen drang zu ihr hinüber, ein sanftes Vibrieren, so ähnlich wie seine Magie. »Wenn du es nicht eilig hast, können wir ein paar Minuten hierbleiben. Zum … Aufwärmen?«

»Meinetwegen. Ich reiße mich nicht darum, mich durch den Spalt zu quetschen. Wir könnten auch einfach hier warten. Vielleicht holen sie uns, wenn sie merken, dass wir am anderen Ende nicht rauskommen.«

»Ja. Vielleicht.«

»Okay, dann bleiben wir hier.« Sie näherte sich ihm und schnupperte in den Dampf. Unter ihnen rumorte die Erde in ihrem ständigen Zyklus. »Jetzt verrat mir bitte, wie man Schwefelgeruch mögen kann.«

»Meine Mutter roch immer danach«, begann Chris. »Als ich klein war, dachte ich, alle Mütter riechen so. Sie hat behauptet, die Schwefeldämpfe helfen ihr beim Meditieren.«

Liliana schüttelte verwirrt den Kopf. »Heiße Schwefelquellen in Irland?«

»Wir stammen nicht aus Irland. Wir sind dort erst nach dem Tod meines Vaters hingezogen. Davor haben wir hier gewohnt, in Neuseeland. In der Nähe von Rotorua.«

Schweigend lauschte Liliana in die Dunkelheit. Wieder dieses Rumoren unter ihren Fußsohlen. Bildete sie es sich ein oder wurde es stärker? Und wieso bemerkte sie das erst jetzt? Liliana keuchte auf. »Chris! Du wirst deine Meditation verschieben müssen. Los, weg hier. Schnell.«

»Was? Wieso?«

»Weil sie dafür sorgen, dass man nicht einfach hier wartet.« Sie packte ihn am Arm. Das leise Locken seiner Magie durchdrang sie. »Der Spalt!«, fauchte sie. »Wo ist er?«

Chris ließ die Lampe aufleuchten und deutete auf die Stelle. Liliana zog ihn darauf zu. Er folgte ihr, sah sich aber noch einmal nach den Dampfschwaden um.

»Komm schon! Schneller! Oder willst du warten, bis der Geysir ausbricht und mit seinem kochend heißen Wasser Suppe aus dir macht?« Jetzt hatte sie seine Aufmerksamkeit. Sie drängte sich in den Spalt und Chris folgte ihr. Es war so eng, dass sie sich nur seitlich vorwärtsbewegen konnten. Der Fels schien ihr auf die Pelle zu rücken, stach ihr immer wieder scharfe Kanten in Rücken und Wangen und wurde schließlich so aufdringlich, dass sie glaubte, stecken zu bleiben. Das Atmen fiel ihr immer schwerer und ihr Kopf wurde unangenehm leicht.

»Alles in Ordnung?«

»Ja«, keuchte sie und quetschte sich unbarmherzig vorwärts. »Nichts hilft so gut gegen Platzangst wie die Aussicht darauf, bei lebendigem Leib gekocht zu werden.« Ihre Stimme schwankte leicht und sie verfluchte sich dafür. Chris musste nicht wissen, wie schwach ihre Knie waren, wie flau ihr Magen und dass ihr Herz beinahe barst, weil das Gefühl, überall um sich herum Stein zu spüren, sie drohte, um den Verstand zu bringen. *Weiter. Du musst weiter.* Als nicht nur mehr der Boden bebte, sondern auch die Wände wackelten, konnte sie ein leises Wimmern nicht mehr unterdrücken. *Die Wände kommen nicht näher,* beruhigte sie sich selbst. *Das ist nur der Geysir. Nur. Haha.* »Schneller, verdammt!« Hinter sich hörte sie schon das Sprudeln, dann das Rauschen. Eine Hand drückte ihre Schulter. Sie wollte sie abschütteln, aber es half zu spüren, wie ruhig Chris blieb. Trotz der Millionen Tonnen von Gestein über ihnen. Trotz des kochend heißen Wassers hinter ihnen. Wut stieg in ihr auf. Das alles war seine Schuld. Sie war nur hier, weil er sie angefleht hatte, ihm zu helfen. Angetrieben von der Wut zwängte sie sich durch das Gestein, bis sie endlich einen Lufthauch auf ihren erhitzten Wangen spürte und schließlich aus dem Felsspalt stolperte. Hinein in immer noch vollkommene Finsternis.

»Pass auf. Da ist ein Abgrund. Verdammt tief.« Chris' Arm legte sich fest um ihre Taille. Sofort schoss das bekannte Vibrieren durch ihre Adern und sie stand wie gelähmt von dem Wunsch, noch einmal diesen wunderbaren Einklang zwischen ihnen zu spüren. Auch Chris rührte sich nicht. Ging es ihm ebenso? Liliana sog abgehackt die Luft ein. Ihr ganzer Körper war in Aufruhr. Nicht nur wegen der Magie. Sondern wegen Chris' Arm, der sie an ihn drückte. Wegen seines Atems, der die winzigen Härchen in ihrem Nacken streifte. Wegen des Kribbelns, dass sich von ihrem Haaransatz bis hinunter in ihren Unterleib fortsetzte. Das wütende Gurgeln des Wassers hinter ihnen machte dieses Gefühl jedoch schnell zunichte. »Chris, der Geysir … das Wasser kommt durch den Spalt, wir müssen weiter, schnell.« Aber wohin? Vor ihnen klaffte ein Abgrund und die Finsternis war undurchdringlich. »Die Taschenlampe …«

»Funktioniert nicht mehr. Du musst mir jetzt vertrauen, okay?«, raunte Chris ihr eindringlich zu.

»Was? Niemals. Spinnst du?«

»Ich wusste, du würdest es einsehen.« Er packte ihren Arm, umfasste ihr Handgelenk und riss sie mit sich in die Dunkelheit.

Liliana schrie auf. Ihr Magen spielte verrückt und ihr wurde schwindelig, während sie durch vollkommene Finsternis fiel. Wie von selbst griff sie nach Chris' Magie, stoppte sich aber im letzten Moment. Es war zu gefährlich. Wenn ihre Hände den Kontakt verloren, während sie Magie von ihm nahm, waren sie beide tot.

Der Schlag traf sie mit voller Wucht in den Rücken und trieb ihr die Luft aus den Lungen. Wasser schlug über ihr zusammen, drang ihr in Nase und Mund und schob sich zwischen Chris und sie. Seine Finger rutschten ab. Sie schloss ihre Hand um seine wie ein Schraubstock und zog ihn mit sich nach oben, durchbrach die Wasseroberfläche, hustete, hörte, wie hinter ihnen das Wasser des Geysirs über die Kante rauschte, auf der sie gerade noch gestanden hatten. Ein Stück von ihnen entfernt zischte es, als es sich kochend heiß in den kalten Fluss ergoss.

Gierig sog Liliana die Luft in ihre Lungen. Mit dem Sauerstoff kam das Adrenalin. Die Wut, die durch ihre Adern raste, wurde zum Rausch. Noch nie hatte sie so etwas gespürt, ein Kribbeln, das ihren ganzen Körper vereinnahmte, ihren Kopf leicht machte und ihre Fingerspitzen taub werden ließ. Die Realität verrutschte und sie bekam einen Vorgeschmack auf das, was sie haben könnte, wenn Chris ihre Quelle blieb. Ein unbeschreibliches Hochgefühl. Sie wollte Chris eine scheuern, weil er sie von der Klippe gerissen hatte, und ihm gleichzeitig um den Hals fallen für seine Geistesgegenwart. Sie entschied sich, ihn nicht zu ohrfeigen. Sie hätte ihn im Dunkeln ohnehin nicht erwischt. Außerdem brauchte sie ihre freie Hand, um sich über der Wasseroberfläche zu halten.

»Bist du bescheuert?«, fuhr sie ihn stattdessen an und versuchte, ihn nicht merken zu lassen, dass es ihr auf merkwürdige Art gefallen hatte. »Du hättest uns umbringen können.« Ihre Stimme hallte zwischen den feuchten Wänden der düsteren Höhle wider. »Wir hätten auf dem Felsboden aufschlagen können. In solchen Höhlen ist das Wasser oft nur knöcheltief und …«

»Ich wusste, dass es sicher ist«, sagte er.

Sie schnaubte. »Blödsinn. Woher hättest du das wissen sollen?«

»Ich … wusste es eben«, kam seine Stimme aus der absoluten Dunkelheit, als wäre er selbst überrascht. »Ich hätte natürlich auch warten können, bis das kochend heiße Wasser dich vom Vorsprung spült.«

Der Sarkasmus in seinen Worten machte ihre Wut nicht besser. Trotzdem musste sie zugeben, dass er recht hatte. Er hatte ihr wahrscheinlich das Leben gerettet. »Danke«, grummelte sie.

»Keine Ursache. Immerhin habe ich dich in diesen Wahnsinn mit reingezogen.« Das leise Platschen ihrer Schwimmbewegungen begleitet seine Worte. »Die sind vollkommen durchgeknallt!«, knurrte Chris. »Was für eine Prüfung soll das sein? Wie viel Magier und Quelle aushalten, bevor sie draufgehen?«

Sie lächelte schief. »So was in der Art, schätze ich.«

»Warum riskieren sie, eine Magierin wie dich zu verlieren?«, fragte Chris. »Das ergibt doch keinen Sinn.«

»Sie brauchen uns eben. Funktionierend.«

»Was passiert als Nächstes? Kommt ein Wassermonster aus dem Fluss und verspeist uns zum Abendessen?«

Liliana lachte angespannt. »Damit befasse ich mich, wenn es so weit ist.«

Seine Finger umklammerten immer noch ihren Arm, sie hörte, dass er mit der anderen Hand paddelte. »Tut mir echt leid«, lenkte er ein. »Ich hätte dich nicht dazu zwingen sollen.«

»Ich habe auch einiges getan, was ich nicht hätte tun sollen«, flüsterte sie.

Chris sagte lange nichts. Dann räusperte er sich. »Wir sollten versuchen, hier rauszukommen. Aber ohne die Taschenlampe wird das schwierig.«

»Ist sie kaputt?«

»Nein. Sie funktioniert nur nicht richtig. Sie leuchtet hinter dem Glas, aber das Licht strahlt nicht aus. Als käme es nicht gegen die Dunkelheit an.«

»Magische Finsternis.« Unwillkürlich umfasste sie seinen Arm fester. »Wir dürfen uns auf keinen Fall verlieren, sonst finden wir uns nie wieder.« Sie zog an seinem Arm und schwamm auf das vermeintliche Ufer zu. Bald berührten ihre Hände glatten Stein. Der Triumph war nur von kurzer Dauer. »Mist. Hier ist die Wand zu glatt und zu hoch, um rauszuklettern.«

»Ja, und der Fluss klingt ziemlich groß.« Sie lauschte. Er hatte recht, das leise Platschen des Wassers schien sich unendlich in der Höhle zu vervielfältigen. »Es ist unmöglich zu sagen, wie breit er ist und was uns auf der anderen Seite erwartet.« Was. Liliana bekam eine Gänsehaut.

»Am besten lassen wir uns auf dieser Seite am Fels entlangtreiben, bis wir zu einer Stelle kommen, an der wir rausklettern können«, schlug Chris vor.

»Und wie wissen wir, wenn wir die Stelle gefunden haben?«

»Das merken wir dann schon.«

»Klingt ja unheimlich gut durchdacht.«

»Leg dich auf den Rücken.«

Sie schnaubte. »Normalerweise mag ich es schon, wenn der Kerl sich etwas Mühe mit der Romantik gibt, bevor er das zu mir sagt. Und damit meine ich nicht, dass er mich in einen finsteren Abgrund schubst.«

Chris lachte leise, ein angenehmes, gelöstes Geräusch, das sie vollkommen unvorbereitet traf. Es breitete sich warm in ihrer Brust aus und vertrieb die eisige Kälte. »Für Romantik muss man manchmal ein Risiko eingehen. Zum Beispiel in einem eiskalten Fluss auf dem Rücken treiben.« Der Schalk sprach aus seinen Worten. Trotzdem spürte sie, dass er es ernst meinte. Neugier regte sich in ihr und sie folgte seiner Anweisung. Es spielte ohnehin keine Rolle mehr. Sie trieb in einer Höhle auf einem unterirdischen Fluss, wer wusste schon, wohin. Im Moment hielt das Adrenalin des Sprungs ihren Körper noch warm, aber das eisige Wasser leckte schon an ihr und saugte ihr langsam, aber stetig die Wärme aus den Gliedern. Dagegen würde bald auch das Paddeln nicht mehr helfen. Und wenn die Kälte sie nicht umbrachte, würden es die Geister der Maori tun, die in den Tiefen des Berges auf sie lauerten. Welche Ungeheuer würde man auf sie hetzen? Welche unlösbaren Aufgaben würde man ihnen stellen? Liliana erschauerte. Ohne Magie waren Chris und sie hier unten verloren.

Liliana beschloss, Chris' Vorschlag zu folgen. Sie drehte sich auf den Rücken, sodass sie im Wasser trieb, griff nach Chris' Hand und … sog scharf die Luft ein. Über ihnen, an der Decke der Höhle leuchteten unzählige grüne Punkte wie Sterne in geheimnisvollen Sternbildern. Liliana hatte schon oft davon gehört, aber noch nie hatte sie die Glühwürmchen selbst gesehen.

»Was denkst du«, fragte Chris. »Wieso können wir sie sehen, den Schein der Taschenlampe aber nicht?«

»Ich glaube, es gehört zum Test«, antwortete sie langsam. »Der Geysir verhindert, dass man sich davor drückt. Der Sprung in die vollkommene Dunkelheit erfordert Vertrauen.« Sie verzog gequält das Gesicht. »Theoretisch. Und die undurchdringliche Finsternis zwingt uns, den anderen niemals loszulassen, egal, was kommt. Genau wie beim Zaubern.« *Egal, was kommt*. Liliana wollte sich nicht ausmalen, was das sein konnte. Chris wohl auch nicht, denn er trieb stumm neben ihr auf dem Wasser. Ihre Hand lag in seiner und das sanfte Vibrieren, das davon ausging, als würde es sie verführen wollen, sich für seine Magie zu öffnen, ließ sie für einen Moment vergessen, wie aussichtslos ihre Lage war. Sie wünschte, sie könnte diese Höhle in Magie tauchen und sie und die Glühwürmchen so sehen, wie nur die Magieebene es erlaubte.

»Ich hasse dich nicht.« Chris' geflüsterte Worte rissen sie zurück in die Wirklichkeit. »Wenn ich jemanden hasse, dann Victor Danes. Aber nicht dich.«

»Was?« Liliana schüttelte den Wunsch ab, die tiefere Beschaffenheit der Glühwürmchen zu erkennen.

»Ich hasse, was du darstellst und was ich sein muss. Aber ich hasse dich nicht.« Er holte tief Luft. »Und ich will, dass es funktioniert, genau wie du.«

»Warum sperrst du dich dann?«

»Das ist keine Absicht. Etwas in mir wehrt sich gegen dich. Ich weiß nicht, was, genauso wenig wie du oder der Wächter. Aber diese Höhle wird das nicht ändern. Egal, wie sehr ich es mir wünsche.«

»Du wünschst es dir?« Liliana schnaubte. »Du lehnst dich doch bei jeder Gelegenheit gegen mich auf.«

»Ich will, dass die magische Verbindung zwischen uns funktioniert. Für meine Schwester. Aber das bedeutet nicht, dass ich es mag, von einem Magier unterdrückt zu werden.«

So bin ich nicht, wollte sie sagen. Das an der Uni und im Kollektivsaal waren Missverständnisse. Bis ihr einfiel, was sie ihm angetan hatte: der Zauber ihrer Mutter, der ihn wahrhaftig zu ihrem Sklaven machte. Das schlechte Gewissen und der Ekel vor sich selbst trieben ihr die Galle in den Mund. »Ich wollte nur, dass unsere Verbindung funktioniert«, flüsterte sie.

»Nein«, gab er bitter zurück. »Du wolltest, dass ich funktioniere. Ich sollte dir magische Energie geben und den Mund halten.«

Er hatte recht. Er mochte einiges falsch verstanden haben, aber sie hatte sich tatsächlich hochnäsig und arrogant benommen und dabei hatte sie sich immer für eine anständige Magierin gehalten. Er war von Anfang an voreingenommen gewesen und hatte es ihr nicht leicht gemacht. Aber sie hatte ihn nicht einmal gefragt, wie es ihm dabei ging oder ob er eine Vermutung hatte, woran es liegen könnte, dass es nicht funktionierte. Sie hatte sich von den Tipps ihrer Mutter hinreißen lassen, weil sie geglaubt hatte, dass alle Verantwortung auf ihr ruhte, und ihn als Untergebenen gesehen. Sie hatte ihn nicht wie einen Partner behandelt, also hatte sie auch keinen Partner bekommen.

»Hey«, zischte Chris. »Merkst du das auch?« Wasser schwappte um sie herum auf, als er heftiger zu paddeln begann.

Liliana hielt den Atem an. »Dieses Gefühl, als ob sich einem der Magen umdreht?« Galle stieg wieder in ihren Mund, noch während sie es sagte. »Was ist das? Was haben sie jetzt mit uns vor?«, würgte sie hervor. Sie versuchte, sich mit dem Blick an den Glühwürmchen festzuhalten, aber die rasten in grünen Schlieren an ihr vorbei, boten keinerlei Halt für ihre Augen. Oder ihren Magen.

»Echt … übel«, keuchte Chris. Es klang, als würde er vom Fahrtwind in den Sitz einer Achterbahn gepresst. Dann war es vorbei. Ihr Magen war immer noch etwas flau, aber das Gefühl, dass die Welt sich um sie herum drehte, hatte aufgehört. Dafür gab es nun etwas anderes, das ihr ganz und gar nicht gefiel.

»Chris? Die Glühwürmchen …«

»Ja«, antwortete er grimmig. »Sie sind weg.«

»Nein. Sie sind immer noch da.« Sie packte seine Hand fester. »Halt mich fest«, flüsterte sie panisch. »Bitte, Chris, halt mich bloß fest.« Er erwiderte nichts. Nur der verzweifelte Griff seiner Finger um ihre sagte ihr, was er dachte. Festhalten würde nichts nutzen. Rein gar nichts.

18

Sie starrte hinunter in die Tiefe. Schatten waberten unter dem winzigen Balkon von Bethanys Pensionszimmer. Mühsam riss sie sich davon los und wandte sich um. Adara war hierhergekommen, nachdem es ihr nicht gelungen war, Matteo per Gedankennachricht zu kontaktieren, und auch ein Besuch in Celio hatte sie nicht weitergebracht. Tauru hatte wohl dafür gesorgt, dass Matteo sich von ihr fernhielt. Verzweifelt hatte sie beschlossen, nach Bethany zu sehen. Das Mädchen drückte sich hinter die Balkontür, hatte so viel Angst vor Entdeckung, dass sie es nicht einmal wagte, ein paar Schritte nach vorne zu machen, um den großartigen Ausblick auf das Kolosseum zu genießen. Auch an Adara war der Anblick verschwendet. Die Zeit zerrann ihr zwischen den Fingern und die Verantwortung für Bethany lastete schwer auf ihr. Sie hätte ihr so gerne geholfen. Wenn sie nur wüsste, wie. »Willst du mir nicht sagen, was passiert ist?«

Bethany senkte den Kopf. »Ich bin davongelaufen.«

»Ja, das habe ich gemerkt.«

Ein vorsichtiges Lächeln umspielte Bethanys Lippen. Dann wurde sie wieder ernst. »Er … er hat … mich …«, sie holte tief Luft.

Adara drückte tröstend ihre Hand. »... er hat mich schlecht behandelt.«

Das musste die Untertreibung des Jahrhunderts sein. Bethany war nur noch ein Schatten ihrer selbst. Ihre Arme unerträglich dünn, die Haut noch durchscheinender als zuvor, die silbrigen Augen stumpf.

»Er hat dich ausgezehrt, nicht wahr?« Wut ließ ihre Stimme beben. Ein Magier musste darauf achten, seine Quelle nicht zu überanstrengen. Magische Energie aus der Natur aufzunehmen und für den Magier bereitzuhalten, kostete viel Kraft. Wenn er ihr nicht genug Erholung ließ, konnte ein Magier seine Quelle dadurch langsam und qualvoll töten.

Bethany nickte und wandte das Gesicht ab. Die Hoffnungslosigkeit, die aus jeder Faser ihres Körpers sprach, traf Adara besonders hart. Was musste ihr Magier mit ihr gemacht haben, um ein selbstbewusstes Mädchen wie sie so zu verängstigen? »Hat er noch etwas anderes getan?«

Keine Antwort. Dafür ein verzweifelter Blick auf den Boden. Adara hatte plötzlich das Bedürfnis, Bethany in den Arm zu nehmen und zu trösten, aber das Mädchen zog abweisend die Schultern hoch und Adara wusste, dass es nur einen Menschen gab, der ihr helfen konnte. »Wo ist deine Schwester? Warum ist sie nicht mitgekommen?«

»Es wäre zu auffällig gewesen. Sie hat alles für mich arrangiert, hat mir etwas Geld besorgt. Mehr konnte sie nicht tun. Sie wollte es, aber ich habe sie nicht gelassen. So ist es sicherer. Für uns beide.« Ihre Unterlippe zitterte und Adaras Herz krampfte sich zusammen. »Aber ich halte es kaum aus, ohne sie. Er hatte mir verboten, sie zu sehen ...« Ihre Stimme brach und nun ließ sie sich doch von Adara in eine feste Umarmung ziehen. Sie streichelte Bethany über das Haar und murmelte beruhigende Worte. »Was soll ich jetzt nur tun? Außer ihr habe ich doch niemanden.«

Adara presste die Lippen zusammen. »Vielleicht finden wir eine Möglichkeit, wie du wieder zurückkannst. Wenn du freiwillig zurückgehst, dann passiert dir bestimmt nichts.«

»Nein.« Das Entsetzen in Bethanys Stimme verschaffte Adara eine Gänsehaut. »Ich gehe nicht zurück. Niemals. Eher ...« *Eher sterbe ich.* Es stand zwischen ihnen im Raum wie eine unausgesprochene Drohung, geboren aus einer Verzweiflung, so tief, dass Adara sie nur erahnen konnte.

»Was hat er denn nur getan? Wenn ich es wüsste, vielleicht könnte ich helfen.« Natürlich wusste sie, wie gering diese Chance war. Der Rat setzte sich so gut wie nie für die Rechte der Quellen ein. Dass der Magier immer Zugriff auf seine Quelle hatte, war ein wichtiger Grundpfeiler der Gemeinschaft. Aber das bedeutete ja nicht, dass Adara nicht irgendwelche Fäden ziehen konnte. Zum Beispiel konnte eine Familie eine Quelle aus ihrer Pflicht freikaufen, wenn es in dieser Familie noch eine andere Person gab, die als Quelle infrage kam. Das war natürlich nicht ganz legal und normalerweise wurde das nur den alten, angesehenen Familien gestattet, aber wenn Adara ihren ganzen Einfluss geltend machte, gab es vielleicht eine Chance. Eine sehr geringe, zugegeben.

»Was er getan hat ... niemand würde ihn dafür zur Rechenschaft ziehen. Es ist nur der Ehrenkodex, der ihm im Weg steht, an den muss er sich nicht halten. Und er ...« Etwas von der alten Wut blitzte durch ihre Worte. »... er besitzt weder Ehre noch Kodex.«

»Vielleicht kann ich dir helfen, dich vor ihm zu schützen.«

Bethany hatte das Gesicht abgewandt und Adara sah, dass ihre Augen verräterisch glänzten. »Wie willst du mich vor etwas schützen, wenn ich mich gar nicht wehren will?«

Die Erkenntnis traf Adara wie ein Schlag in die Magengrube. »Nein. Nicht das«, flüsterte sie.

»Du weißt doch, wie es sich anfühlt, Adara.« Bethany schlang die Arme um sich und drückte sich noch mehr in die Schatten. »Du weißt, wie hilflos man ist. Wenn die Magie aufhört, dann steht der ganze Körper unter Strom. Man lechzt nach Berührung und … mehr. Wenn er mich danach anfasst, wenn er … sich einfach nimmt, was er will, dann macht mein Körper mit. Weil die Magie mich dazu zwingt.«

»Aber du willst es nicht.«

»Nein.«

»Und er weiß es.«

»Ich habe ihn angefleht, dass er mich danach in Ruhe lässt. Aber er hört nicht auf. Und ich … ich könnte mich nicht mal wehren, wenn ich es wollte, weil er mich so sehr erschöpft, dass ich kaum noch sprechen kann.«

Blendender Hass trieb Adara die Galle in den Mund. Was für ein widerlicher Mistkerl. Und Bethany hatte recht. Niemand würde ihn dafür zur Rechenschaft ziehen. Die Liebe zwischen Magier und Quelle war verboten, aber solange dabei keine Kinder entstanden, wurde die rein körperliche Leidenschaft geduldet und ignoriert. Niemand würde überhaupt davon wissen wollen. Man verließ sich darauf, dass die Magier sich an den Ehrenkodex hielten. Und wenn Bethany sich nicht wehrte, wenn sie nicht deutlich zeigte, dass sie es nicht wollte, wer würde ihn dann anklagen?

»Verstehst du jetzt, dass ich nicht zurückkann?« Ihr ganzer Körper bebte.

Und wie Adara es verstand. Sie war nur etwas ratlos, wie sie Bethany helfen sollte. Sie konnte sie doch nicht ewig hier verstecken. »Was willst du tun? Untertauchen? Irgendwo ein neues Leben anfangen?«

»Eigentlich … eigentlich möchte ich nur zu meiner Schwester zurück«, erwiderte sie zaghaft. »Aber das geht wohl nicht.«

Adara nickte. Untertauchen war keine gute Lösung. Aber die einzige, so wie es aussah. Sie brauchten einen Plan, um sicherzugehen, dass der Rat Bethany nicht finden konnte. »Ich helfe dir, so gut ich kann. Aber jetzt muss ich dich allein lassen. Seth hat schon Verdacht geschöpft.«

* * *

Als Adara die Wohnungstür in der Via Giulia hinter sich schloss, fühlte sie sich schrecklich einsam. Es war einfach zu viel. Der Kampf mit dem Rat, die ständige Überwachung durch Seth, die rätselhafte Spur, die zum Totem-Ort führte, die sie aber nicht entschlüsseln konnte, und jetzt auch noch Bethany. Und die Zeit arbeitete gegen sie. Sie lehnte den Kopf an die Tür und schloss die Augen.

»Du musst sie zurückschicken, Adara, sofort.« Seths eindringliche Worte rüttelten sie aus ihrer Starre. Er stand vor ihr und sah sie ernst an.

»Du hast bereits eine Verbindung zu einem verurteilten Verräter. Wenn auch nur der leiseste Verdacht aufkommt …« Seine Worte verebbten als unausgesprochene Warnung.

Wut wallte in Adara auf. »Du wagst es, mir zu drohen?«

Seth blieb ruhig. Was ihre Wut nur noch mehr anheizte. »Du wirst uns beiden schaden, wenn du nicht vorsichtig bist.«

Sie hielt seinem Blick stand. »Ich weiß nicht, wovon du sprichst. Aber selbst wenn, würde ich sie nicht ausliefern.«

»Du darfst dich nicht so in Gefahr bringen.« Zum ersten Mal war da etwas anderes in seiner Stimme. Ein Angebot. Die Bitte, sich ihm anzuvertrauen. Wenn sie doch nur gewusst hätte, ob es echt war.

»Nicht jede Quelle kann ihrem Magier so gut die Stirn bieten wie du, Seth«, begann sie vorsichtig. »Und es gibt viele Magier, die das ausnutzen. Auf widerliche, abartige Weise.«

Seth schloss die Augen und rieb sich mit der Hand über die Stirn. Eine Geste, die Adara verwunderte. Was bezweckte er damit? Als er die Augen wieder öffnete, flackerte sein Blick. »Das System ist nicht perfekt. Aber es dient dem Schutz der Menschheit.«

Sie verengte die Augen. Das klang fast so, als täte es ihm leid, dass er so denken musste. Als bliebe ihm keine andere Wahl, als die Quelle auszuliefern, sollte Adara ihn einweihen. Weil er Bethany nicht als Person sehen konnte, sondern als Teil des Systems. »Es stimmt also. Nichts, was du tust, ist persönlich.«

Seth antwortete nicht. Er hatte sich wie immer perfekt im Griff. Sie glaubte nicht, dass er das nur spielte. Nichts warf ihn aus der Bahn. In Adara stieg der Wunsch auf, er möge auf ihrer Seite stehen. Sie hätte sich so gerne fallen lassen. Hätte sich so gern an eine Schulter wie seine gelehnt. Es war so unglaublich ermüdend, allein zu sein. Kurz schloss sie die Augen und stellte sich vor, wie es wäre, wenn er sie in den Arm nehmen würde. Wenn er sie festhalten würde, so wie *er* es immer getan hatte. Mit seinen breiten Schultern würde Seth sie abschirmen, mit seiner ruhigen Art würde er alles von ihr fernhalten.

»Lass mich dir helfen, Adara.« Seine samtweiche dunkle Stimme sank in ihre Gedanken wie Wasser in Sand. Als wüsste er genau, was sie dachte. Sie hielt die Augen geschlossen. Wollte noch ein wenig länger davon träumen, dass sie ihm vertrauen konnte. Wenn er auf ihrer Seite stünde, wirklich und wahrhaftig, dann würde er alles für sie tun. Er wäre loyal, so wie er es jetzt dem Rat gegenüber war. Er würde ihr helfen, Bethany zu verstecken und an Matteo heranzukommen. Sie ließ sich von dieser Vorstellung durchdringen, so sehr, dass sie nicht zurückwich, als er ihre Hand nahm. Der Ruf seiner Macht drang in ihren Wunschtraum. Ein Traum, der nie wahr werden würde. Er war nur ein Zeichen dafür, wie sehr sie *ihn* vermisste. *Er* war kein Fels für sie gewesen. Niemand, an den man sich anlehnen konnte, sondern ihre zweite Hälfte. Ein Teil von ihr, der sie so perfekt ergänzt hatte, dass sie niemand anderen brauchte. Sie wollte sich erträumen, dass er es war, der ihre Hand hielt. Aber es war unmöglich. Seths Nähe war zu dominant. Zu sehr Seth. Sie öffnete die Augen.

Seth stand ganz nah vor ihr, hielt immer noch ihre Hand, und jetzt, da ihre Träume wieder unter dem Gewicht der Wirklichkeit begraben lagen, drang seine Macht ungefiltert zu ihr durch. Adaras Atem beschleunigte sich. Es wäre so einfach. Die Magie von Seth nehmen. Bethany helfen. Ihr Aussehen verändern. Oder einen Ort erschaffen, an dem sie nicht gefunden werden konnte. *Tu es.* Es war, als flüsterte die Magie es ihr ins Ohr. Die Sehnsucht, sich dem Locken zu ergeben, schmerzte in ihr.

»Warum wehrst du dich so dagegen, Adara?«, fragte er leise. Er griff nun auch noch nach ihrer anderen Hand und Adara versank in seiner Gegenwart. Er war überall. Ihr ganzer Körper stand unter Strom, und ohne es zu wollen, machte sie einen Schritt auf ihn zu, wie hypnotisiert von dem Verlangen nach seiner Magie. Und seiner Nähe.

»Du musst sie dir nur nehmen«, flüsterte Seth ganz nah an ihren Lippen. Sein Atem streifte ihren Mund und Adara wusste nicht mehr, was sie mehr wollte, seine Macht oder seinen Kuss. Sie wusste nur eines. Wenn sie jetzt mit ihm zauberte, würde sie ihm ganz gehören. Auch danach. Sie würde keine klaren Gedanken mehr übrig haben, würde ihm nicht widerstehen können. Wenn sie seine Magie nahm, bedeutete das, dass sie sich ihm ganz hingab. Für einen Moment wollte sie genau das. An nichts mehr denken. Alles aus Herz und Gedanken tilgen. Doch dann tauchte *sein* Lächeln vor ihrem inneren Auge auf und sie spürte *seine* Magie. Die Magie, die ihr die Welt zum allerersten Mal zu Füßen gelegt hatte. Und die ihr helfen würde, seinen letzten Wunsch zu erfüllen.

In diesem Moment streiften ihre Lippen die von Seth. Es war wie ein Stromschlag. Eine Mischung aus Macht und Erregung. Dann kam die Schuld. Sie spülte über sie hinweg wie eine Flutwelle. Wie konnte sie *ihn* nur so verraten? Wie konnte sie sich ausgerechnet nach Seth sehnen? Der dem Rat treu ergeben war. Der Bethany zurückschicken wollte. Der nie echte Gefühle zeigte. Wie konnte sie solch ein Verlangen spüren, wenn sie doch eigentlich nur eines wollte: *ihn* von den Toten zurückholen. Wieder eins mit ihm werden. Er war ihre perfekte Quelle, er gab ihr eine Macht, die ihr niemand sonst geben konnte. Nicht einmal Seth. Sie stolperte nach hinten, weg von Seth, weg von der Versuchung. »Niemals, hörst du mich? Niemals.« Zitternd wich sie zurück, bis sie gegen die Wohnungstür stieß. Die ganze Zeit ruhte Seths Blick auf ihr, dunkel und undurchdringlich, nur durchbrochen vom Feuer des Augensterns, der in den düsteren Tiefen flackerte.

Sie wandte sich um und stürzte zur Tür hinaus. Weg, nur weg. Einige Gemeinschaftsmitglieder starrten ihr verwundert hinterher, als sie durch den Hof auf das Tor zuhetzte, aber das war ihr egal. Sie wollte einfach nur alleine sein, sich beruhigen und diese verdammte, verräterische Sehnsucht aus ihrem Körper verbannen.

Sie rannte durch die Straßen von Rom, ohne auf den Weg zu achten, und versuchte, das Gefühl, das Seth ihr in jede Faser ihres Körpers gebrannt hatte, zu vertreiben. Wieso konnte er das? Wieso spürte sie dieses Verlangen nach seiner Berührung, obwohl sie noch nicht einmal mit ihm gezaubert hatte? Es musste an seiner magischen Energie liegen. Sie war wild und ursprünglich, unglaublich mächtig, aber vielleicht auch zu unbändig, um sie beherrschen zu können.

Adaras Füße trugen sie durch Rom, während sie sich mit aller Macht an *seine* Magie zu erinnern versuchte. Wenn er ihr doch nur nah wäre. »Zeig dich!«, verlangte sie. »Nur ein einziges Mal.« *Zeig mir, dass ich das alles nicht umsonst tue. Beweise mir, dass du es bist, der mich perfekt ergänzt.* Mit jedem Schritt, den sie sich von Seth entfernte, ließ der Sog etwas nach. Und mit jeder Minute, die sie in ihren Erinnerungen verbrachte, kam das Gefühl zurück, dass nur *er* ihr je vermittelt hatte. Absolutes Vertrauen. Nicht nur in ihn, sondern auch in sich selbst und ihre Fähigkeiten. Mit ihm an ihrer Seite hatte sie geglaubt, dass nichts unmöglich wäre. Genau das brauchte sie jetzt. Adara blieb stehen und atmete tief durch. Ja, sie brauchte ihn. Alles hing davon ab, dass sie ihn zurückbekam, bevor ihre Zeichnung verblasste. Dann hätte sie ausreichend Magie zur Verfügung, um Bethany zu helfen. Und Victor Danes würde sich warm anziehen müssen. Doch dafür musste sie zuerst an Matteo herankommen. Immer noch zitternd schob sie eine Hand in die Tasche an ihrem Gürtel und schloss die Finger um den Nachrichtenstein. Eine Lüge war fällig. Es gefiel ihr nicht, aber das Schicksal spielte mit gezinkten Karten und sie konnte nur gewinnen, wenn sie das ebenfalls tat.

Matteo, dachte sie, als sie sich in der Nähe des Hauses in Celio befand. *Seth weiß, was du tust. Er ist auf dem Weg.*

Dann legte sie sich auf die Lauer. Es dauerte nicht lange, bis Matteo an der Hintertür des Hauses erschien. Triumph erfasste sie, als er sich auf seine Vespa schwang. Adara rannte zu dem Taxi, das in einer kleinen Seitenstraße auf sie wartete, und bedeutete dem Fahrer, Matteo zu folgen. Es ging rasant durch die engen Straßen von Rom, bis Matteo schließlich zwischen Bergen aus Sperrmüll verschwand. Sie bezahlte das Taxi, sprang auf die Straße und hastete am Müll vorbei. Gerade noch sah sie, wie eine schwere Eisentür hinter Matteo zufiel. Adara wartete ein paar Sekunden, bevor sie ihm folgte. Unter die Erde, durch feuchte Schächte und immer weiter weg vom Licht.

19

Sie spähte in die undurchdringliche Dunkelheit. Das Gefühl bodenloser Tiefe brachte sie zum Zittern. »Ich glaube … wir hängen im Wasser.« Lilianas Stimme überschlug sich. »Kopfüber. An der Decke. Und zwar nicht mehr lange.« Der Fluss hatte sich gedreht, das Wasser klebte an der Höhlendecke wie Sirup, in dem winzige grüne Punkte glühten. Die Glühwürmchen. Über ihnen. Unter ihnen. Noch saugte das Wasser Liliana und Chris nach oben wie Stubenfliegen, die an einer Falle klebten. Aber Liliana spürte, dass ihr Körper langsam daraus hervorsank.

Licht blitzte auf. Die Taschenlampe funktionierte wieder. Aber als Liliana sah, was unter ihnen lag, wünschte sie sich, es wäre dunkel geblieben. Allein ein Sturz aus dieser Höhe in das leere, schleimige Flussbett hätte ausgereicht, um sie ins Jenseits zu befördern. Aber da war noch mehr. »Stalagmiten«, flüsterte sie.

»Ja«, erwiderte Chris grimmig. »Und sie sind überall.«

Sie rutschte ein Stück nach unten. Aus dem Wasser. Erschrocken keuchte sie auf. »Du musst mir Magie geben.« Liliana riss panisch an Chris' Hand, damit er durch das klebrige Wasser näher an sie herankam und sie ihre Finger um sein Handgelenk legen konnte.

Sie versuchte, die Magieebene zu öffnen, aber nichts tat sich. »Ich befehle es dir.«

Chris lachte bitter auf. »Ich habe dir schon mal gesagt, dass ich es nicht steuern kann. Der Zauber deiner Mutter ändert daran nichts.«

»Ohne Magie kommen wir hier nicht lebend raus, sieh es endlich ein!«, fuhr sie ihn an.

»Wann siehst du endlich ein, dass unsere Verbindung nicht funktioniert?«, knurrte er wie ein Hund, den man in die Enge getrieben hatte. Sie konnte die Angst vor dem tödlichen Sturz aus seinen Worten heraushören. Verzweifelt überlegte sie, wie sie ihn dazu bringen konnte nachzugeben. Wenn er es nicht mit Absicht verhinderte, vielleicht konnte sie ihn dann dazu bringen, ihr unabsichtlich magische Energie zu geben. Indem sie ihn ablenkte. Nur musste es verdammt schnell gehen. Wieder rutschte sie ein Stück aus dem Wasser. Lilianas Herz explodierte beinahe vor Angst. Nur noch einige wenige klebrige Fäden hielten sie wie Spinnweben fest.

»Prima«, zischte Liliana Chris zu. »Dann lassen wir es eben. Vielleicht überleben wir den Sturz ja auch. Ich freue mich schon drauf, deine Schwester kennenzulernen.« Es war gewagt. Aber es war ihre einzige Hoffnung.

Chris' Finger schlossen sich um ihre Hand wie ein Schraubstock. »Wag es nicht, mir zu drohen!« Seine Stimme bebte und seine magische Energie schoss ihr förmlich entgegen, getrieben von seiner Wut, ihren Arm hinauf und direkt in ihr Herz. Sie keuchte vor Schmerz auf. Chris rief etwas, aber sie hörte es kaum. Ihr Herz stolperte über Chris' Wut und seine Magie, während sie atemlos einen Zauber wirkte. Da hörte sie ein hässliches schmatzendes Geräusch. Die Fäden lösten sich. Liliana sah die spitzen Felsen auf sich zukommen. Gerade, als ihr Magen einen Satz machte, als sie fiel – Chris' Hand fest in ihrer –, riss etwas sie zurück. Erleichtert atmete sie auf. Es hatte funktioniert. Die Lampe erlosch.

»Was hast du getan?«, schrie Chris in die Finsternis.

»Ich habe eine Säule aus dem Wasser gemacht, an der wir langsam nach unten rutschen.«

»Nein«, grollte Chris, als ihre Füße auf dem Boden aufkamen. »Was. Hast. Du. Getan?«

»Ich habe dich abgelenkt. Und dann habe ich mir die Magie genommen.« Sie war tatsächlich stolz, dass es funktioniert hatte.

»Du wusstest, dass ich das nicht wollte.«

Meinte er das etwa ernst? Wollte er ihr wirklich Vorwürfe machen? »Ich musste etwas tun.«

»Oh ja. Und du warst sicher, dass du es besser weißt, weil du die Magierin bist.«

»Sag mal, hast du sie noch alle?«

»Du hast mich hintergangen und dir mit Gewalt meine magische Energie genommen. Ich wusste schon bei unserem ersten Treffen, dass du so bist. Total rücksichtslos und egoistisch.« Seine Wut verhallte an den Wänden der Höhle, begleitet von leisem Platschen. Der ätzende Ton seiner Worte hatte sich in Lilianas Herz gefressen und sie sprachlos gemacht. Dachte er das wirklich von ihr? »Wir hätten sterben können«, flüsterte sie.

Chris schwieg lange, und als er sprach, bebte seine Stimme. »Ja. Wir hätten sterben können, weil du dir zu viel magische Energie nimmst. Weil du nicht weißt, wann du aufhören musst. Weil du immer machst, was du für richtig hältst.«

Entsetzt schwieg Liliana. Das war es also. Er vertraute ihr nicht. Er sperrte sich, weil er Angst hatte, sie würde ihn auszehren. Oder auf einmal so viel Magie durch seinen Körper ziehen, dass sein Herz aussetzte. Und wie sollte er ihr auch vertrauen? Sie hatte ihm nie einen Grund dazu gegeben. »Ist … ist es das, was er getan hat? Dein erster Magier?«, fragte sie und war sich bewusst, dass sie sich auf gefährliches Terrain begab.

Seine Finger schlossen sich so fest um ihre Hand, dass es beinahe wehtat. »Ich rede nicht über ihn. Mit niemandem.«

»Wenn ich wüsste, was damals passiert ist, vielleicht könnte ich dann dafür sorgen, dass …«

»Er war ein ausgebildeter Magier«, zischte Chris in die Dunkelheit. »Einer der besten, die es je gab. Und er konnte es trotzdem nicht kontrollieren. Du hast noch nicht einen einzigen richtigen Zauber ausgeführt und glaubst, dass du es hinbekommst?« Verachtung troff aus seinen Worten.

Liliana biss sich auf die Lippe. Vorhin auf dem Fluss, da hatte sie für einen Moment geglaubt, dass sich zwischen ihnen doch noch alles einrenken konnte. Jetzt nicht mehr. Nicht nach allem, was er ihr an den Kopf geworfen hatte. »Und du hast behauptet, du würdest mich nicht hassen.«

Chris' verächtliches Schnauben ging in einem lauten Platschen unter. Liliana zuckte zusammen, als ein dicker, klebriger Tropfen sie mitten ins Gesicht traf. »Shit«, rief sie. »Gleich kommt der ganze verdammte Fluss auf uns runter. Die Lampe. Schnell.«

Chris ließ die Lampe aufblitzen und sie rannten los, den einzigen Weg entlang, der aus dem Flussbett hinausführte. Ein Vorsprung versperrte ihnen den Weg. Chris packte Liliana ohne Vorwarnung an der Taille und warf sie nach oben. Sie krallte sich in den Fels, zog sich hoch und half Chris dann hinauf.

»Hey, da drüben ist noch ein Flusslauf, der ist ganz seicht und führt leicht bergan. Wenn wir ihm folgen, finden wir bestimmt einen Ausgang.« Sie hörte das leichte Zittern in Chris' Stimme. Die Hoffnung, dass sie keine Magie mehr brauchen würden. Liliana wusste, dass das nicht klappen würde. Sie konnte nicht mehr lange laufen. Ihre Finger und Zehen waren taub von der Kälte und ihre Beine so schwach, dass sie sich gerne an Chris festgehalten hätte. Nur ihre Wut hielt sie noch aufrecht. Egoistisch. Hatte er das wirklich gesagt? Immer noch zitternd und mit steifen Muskeln schleppte Liliana sich hinter ihm her und überlegte, was sie ihm sagen sollte, damit er ihr glaubte, dass sie anders war als sein erster

Magier. Die Wahrheit war, dass sie es nicht konnte. Er hatte recht. Sie war neu und ungeübt, sie hatte keine Ahnung, ob sie die Magie im Griff behalten konnte, wenn sie sie von ihm nahm. Aber sie würde es ihm schon zeigen. Sie würde nicht zulassen, dass sie hier unten draufgingen. Und wenn sie wieder draußen waren, würde sie ihm beweisen, dass sie nicht so war, wie er dachte. Wenn sie nur eine Idee hätte, wie sie das anstellen sollte. Das Platschen hinter ihnen wurde zu einem Rauschen. Hinter ihnen? Oder vor ihnen? Liliana blieb stehen. »Chris? Sind wir in die falsche Richtung gegangen?«

Er ließ die Lampe aufblitzen und Liliana zuckte zurück. Ein gigantischer Wasserfall stürzte vor ihnen von der Decke der Höhle. Noch einmal schaltete Chris das Licht ein und Liliana sah, dass der Wasserfall aus einem breiten, waagrechten Spalt in der Felswand sprudelte. Eine üble Vorahnung beschlich sie. Und wieso standen sie hier in knöcheltiefem Wasser, wenn ein solcher Wasserfall vor ihnen in die Tiefe stürzte? Bevor sie darüber nachdenken konnte, zog Chris sie im Dunkeln an der Höhlenwand entlang auf den Wasserfall zu und Lilianas Vorahnung verwandelte sich in einen handfesten Verdacht, als er sie vor sich schob und ihre Hände auf den Stein legte. »Da, spürst du das?«

Seine Brust berührte ihren Rücken, während er ihre Hände führte, sein Atem streifte ihr Ohr und die Luft zwischen ihnen war aufgeladen von der Magie, die in ihnen fließen wollte und es nicht durfte. »Ich … ja?«, stotterte sie. *Dich. Ich spüre dich. So nah. Viel zu nah.* Was war nur los mit ihr? Gerade hatten sie sich noch fast die Köpfe eingeschlagen und jetzt … Sie keuchte leise. Jetzt wollte sie, dass er sie berührte. Mehr. Überall.

»Da sind Stufen im Stein.« Schwankte seine Stimme etwa? Blieb sein Gesicht ihrem etwas zu lange nah, ließ er seine Hände zu lange auf ihren liegen?

»Das … hatte ich befürchtet«, erwiderte sie atemlos.

»Ich auch«, gab er leise zurück. Meinte er etwa die merkwürdige Anziehung zwischen ihnen?

»Wir müssen darauf.«

Sie stöhnte. Auf glitschigen Steinen nach oben und durch den engen Spalt, durch den ihnen das Wasser tonnenschwer entgegendrückte? Und das Ganze in undurchdringlicher Dunkelheit? Unmöglich ohne Magie. Sie nahm eine seiner Hände und ertastete sein Handgelenk. Sofort entriss er ihr seine Hand. »Du gehst zuerst.«

Sein Befehlston ließ sie vergessen, wie schön es sich angefühlt hatte, als seine Arme sie umfangen hatten. Welches Recht hatte er, die Befehle zu geben? Er kannte sich nicht besser hier unten aus als sie. »Nein. Keiner von uns geht darauf. Das ist doch Wahnsinn. Der Wasserfall ist zu stark, wir kommen niemals über die Kante da oben, der Druck des Wassers wird uns fortspülen.« Sie erwartete einen beißenden oder spöttischen Kommentar, doch der kam nicht. »Es ist der einzige Ausweg«, sagte Chris nur.

Dummerweise hatte er recht. Liliana ergab sich schließlich und kletterte an den Felsen nach oben, so gut es mit tauben Fingern und steif gefrorenen Gliedmaßen ging. Vielleicht gab es oben ja doch einen Durchlass, den sie im kurzen Aufflackern der Lampe von unten nicht gesehen hatten. Immer wieder rutschte sie ab, einmal glitt sie sogar von einer Stufe, sodass Chris sie stützen musste. Mit rasendem Herzen kletterte sie weiter. Dort, wo seine Hand sie berührt hatte, brannte ihre Haut wie Feuer.

Als ihre Finger schließlich ins Leere griffen und sie sich auf den Absatz hochziehen wollte, stellte sie fest, dass es keinen gab. Die Treppe führte direkt in den Spalt hinein, durch den der Wasserfall mit voller Wucht auf sie herabprasselte. Die Genugtuung, recht gehabt zu haben, war nur von kurzer Dauer. Sie wollte ja hier raus. Ob mit Magie oder ohne. »Ich komme da nicht rauf. Das Wasser ist zu stark«, rief sie, um den Lärm des Wasserfalls zu übertönen. Dass ihre Arme immer mehr zitterten und ihre Beine sie kaum noch tragen konnten, sagte sie nicht. »Gib mir deine Hand. Wir müssen wenigstens versuchen zu zaubern.«

Sie langte nach unten und ihre Finger streiften seine Wange. Bartstoppeln kratzten über ihre Haut und sie zog ihre Hand hastig wieder weg. Wenn sie noch etwas Hitze in sich gehabt hätte, wäre sie ihr jetzt sicher in die Wangen gestiegen. Bevor sie etwas sagen konnte, hatte er ihre Hand gepackt. Aber statt ihr Handgelenk zu umfassen, drängte er sie weiter, blind in das eiskalte Wasser hinein.

»Chris«, schrie sie. »Hör auf, das hat keinen Sinn!« In diesem Moment grollte es über ihnen. Die Wassermassen schwollen an und brachen mit ungeahnter Wucht durch den Spalt. Liliana schmeckte Salz. »Die Flut! Irgendwo muss eine Verbindung zum Meer sein.«

»Und der Ausgang«, brüllte Chris zurück. »Wir müssen weiter.«

»Nicht während der Fl…« Ihre Finger wurden von den Felsen gerissen. Für einen Moment hielt Chris' Körper sie noch gegen die Wand gedrückt. Lange genug, um seine Hand zu greifen, dann wurde sie nach unten geschleudert.

Wie er es schaffte, nicht auch mitgerissen zu werden, wusste sie nicht. Sie wusste nur, dass sie über einem dunklen Abgrund hing, das Wasser rauschte unter ihr und der Fluss am Fuße des Wasserfalls war so seicht, dass sie sich alle Knochen brechen würde, wenn Chris sie losließ. Er zog an ihrem Arm, aber in diesem Moment spülte eine erneute Welle über sie hinweg. Der Wasserfall schwoll mit den Meereswellen an und ab. Liliana spuckte das salzige Wasser aus. Ihre Finger waren zu steif, um sich an Chris festzuhalten, und ihre Hand entglitt seiner langsam, aber stetig. Ohne seine Erlaubnis abzuwarten, griff sie nach seiner Magie, aber die Sperre in ihm hinderte sie daran.

»Bitte, Chris, bitte. Lass mich die Magie nehmen.«

»Nein!« Mit letzter Kraft klammerte sich Liliana an Chris' Hand. Er riss an ihrem Arm, wollte sie hochziehen, doch die Wellen trafen ihn mit voller Wucht. Liliana spürte, dass er immer wieder schwankte. Angst krallte sich in ihren Magen. Was, wenn er auch den Halt verlor? »Verdammt, Chris … vorhin hat es doch auch geklappt.«

»Ja, und die Magie hat dich fast umgebracht. Ich will dich nicht auch noch umbringen.« Seine Worte und der darin liegende Schmerz drangen tief in ihr Herz und ließen für einen Moment die Zeit stillstehen. *Ich will dich nicht auch noch umbringen.* Deswegen sperrte er sich also. Er hatte nicht nur Angst um sich. Er hatte auch Angst um sie. Wahnsinnige Angst, die ihn fast um den Verstand brachte, und Dinge sagen ließ, die er nicht so meinte. Sie hätte ihn gerne getröstet, aber das Wasser riss immer mehr an ihr. Fieberhaft überlegte sie, was sie tun konnte. Was war vorhin passiert? Sie sog scharf die Luft ein. »Du warst wütend. Deswegen habe ich einen so heftigen Magiestoß abbekommen. Wenn du nicht wütend bist, dann passiert das vielleicht nicht.« Einen endlosen Herzschlag lang lauschte sie in die Dunkelheit, dachte, er hätte es nicht gehört. »Ich … ich kann einfach nicht«, rief er ihr zu. »Jetzt noch weniger als vorher.«

Ein eisiger Schwall Salzwasser schwappte über ihre tauben Finger, löste sie immer mehr aus Chris' Griff. »Es tut mir leid, Chris. Wirklich«, schrie sie. »Ich schwöre dir, ich tue so etwas nie wieder. Und wenn es uns umbringt.«

»Das könnte bald so weit sein.« Er lachte atemlos, hilflos im Rauschen des Wasserfalls.

»Ich werde mein Versprechen nicht brechen. Auch, wenn es der einzige Weg ist. Du musst es freiwillig tun. Bitte. Wenn du mich nicht zaubern lässt, sterben wir beide.« Sie versuchte, die Felsen zu erreichen und sich daran festzuhalten, aber ihre Finger fanden an den glitschigen Steinen keinen Halt.

»Gut. Tu es.« Chris' Worte tropften aus der Dunkelheit auf sie herab. »Lenk mich ab. Erzähl mir irgendwas. Aber vielleicht etwas, was mich nicht wütend macht?«

»Es gibt etwas, was dich nicht wütend macht?«

Er lachte zittrig. Aber es war nicht genug, um ihn abzulenken.

»Als … ich dich das erste Mal gesehen habe, dachte ich, du bist ein Magier«, redete sie drauf los.

»Weil ich nicht vor dir gekuscht habe.« Sie spürte die Wut förmlich in seinen Fingerspitzen kribbeln. Falsch. Verdammt. Ihre Finger rutschten noch mehr ab. Chris fluchte, wollte seine Hand fester um ihr Handgelenk schließen und schwankte dabei gefährlich auf den Abgrund zu. Panik stieg ihr zu Kopf und warf ihre Gedanken durcheinander. »Damals, da … da dachte ich, dass deine Augen die schönsten Augen sind, die ich je gesehen habe«, stieß sie hervor.

»Was?« Die Überraschung war echt und drängte seine Wut und Verzweiflung in den Hintergrund. Gut. Weiter.

»Sie sind wunderschön.« Ohne es zu wollen, sah sie seine Augen vor sich und wie sie darin versunken war. »Ich dachte, dass der Augenstern in deinen türkisen Augen aussieht wie eine gefallene Sonne auf dem Meeresgrund.« Ihr Herz machte einen Satz und das lag nicht nur an der Hoffnung, dass ihr Ablenkungsmanöver funktionieren würde.

»Echt jetzt?« Er klang fassungslos. Dann lachte er. Trotz der Gefahr, die sie umgab, trotz der Eiseskälte und des reißenden Wassers. »Ganz schön kitschig.«

»Ja.« Einen Moment war sie im Bann seines Lachens gefangen. Dann griff sie zu. Magische Energie kribbelte in seinen Fingerspitzen, sie musste sie sich nur nehmen. Ohne nachzudenken, tat sie, was man ihr von Kindesbeinen an eingebläut hatte. Erst, als sie im leuchtenden Schimmer der Fessel Chris' fassungsloses Gesicht sah und dahinter die riesige Welle, größer als jede bisherige zuvor, wurde ihr klar, dass sie einen riesigen Fehler gemacht hatte. Sie hatte seine kostbare Magie für die Fessel verschwendet.

Chris schrie auf, als der Druck sie einfach von der Wand spülte wie zwei Insekten in einem Wasserglas. Wasser drang in Lilianas Mund und erstickte jeden Laut. Sie würden auf den Felsen im seichten Wasser aufschlagen! Verzweifelt versuchte Liliana, etwas anderes zu zaubern. Zu spät. Ein heftiger Aufprall. Nicht auf Stein, auf Wasser. Ihr blieb keine Zeit, sich darüber zu wundern. Sie wurden wild herumgewirbelt, hin und her geschleudert und nach unten gedrückt. Klare Gedanken zu fassen, auch nur zu überlegen, was helfen würde, war unmöglich. Ihre Arme wurden ruckartig auseinandergezogen und Schmerz durchzuckte ihren ganzen Körper. Nur die Fessel verhinderte, dass sie getrennt wurden.

Liliana drückte sich nach oben, raus aus dem Wasser, atmen. Aber die Strömung unter dem Wasserfall war zu stark und riss sie nach unten. Verzweifelt hielt sie die Luft an. Der Zug auf ihren Arm wurde so stark, dass sie schon glaubte, er würde ihr einfach ausgerissen, bis Chris sie an sich zog. Sie konnte sich gerade noch an ihn klammern, als eine erneute Druckwelle sie weiter nach unten drückte. Panisch wurde ihr klar, dass sie in einem Felsenbecken unter dem Wasserfall sein mussten. Deswegen war der Fluss vor dem Wasserfall so seicht gewesen, weil das meiste Wasser in ein zweites Höhlensystem darunter ablief. Und es bis zur Decke füllte. Atmen unmöglich. Der Wasserdruck trug sie immer tiefer in die engen Höhlengänge hinein. Luft. Sie brauchten Luft. Und zwar schnell. Der Drang auszuatmen, ließ schon Sterne vor ihren Augen tanzen, aber sie gab nicht nach. Sie brauchte jedes bisschen Luft in ihren Lungen. Chris' Gedanken manifestierten sich in ihr. *Tu etwas, bitte. Nimm dir die Magie, irgendwie. Lenk mich ab.*

Leichter gesagt als getan. Das Wasser wirbelte wild zwischen ihnen herum und ihrem Gehirn fehlte Sauerstoff. Immer noch war der Moment ihrer ersten Begegnung das Einzige, was ihr im Kopf herumspukte. Etwas, irgendetwas daran musste sie ihm sagen können. *Ich … als ich dich gesehen habe, da … war etwas in deinem Blick. Ich konnte die Augen nicht von dir abwenden. Und …* Sie zog an der Magie, aber da war nur ein leichtes Kribbeln. *Ich habe mir gewünscht, deine Quelle zu sein.*

Der Schwall der Magie, der in ihren Körper schwappte, machte sie schwindelig. Sie griff danach, öffnete die Magieebene und ließ das Wasser um sie und Chris herum grün erstrahlen. Kurz bemerkte sie Chris' fassungslosen Blick, dann konzentrierte sie sich auf die Luft in seiner Lunge. Sie musste voller Kohlendioxid sein, und davon konnte sie Sauerstoff abspalten. Es war nicht ideal, aber sie hatte keine Zeit, sich etwas Besseres zu überlegen. Als sie die Luft in Chris' Lunge bearbeiten wollte, stellte sie fest, dass er kaum noch welche übrig hatte. Im Gegensatz zu ihr musste er längst ausgeatmet haben und der Rest war zu wenig, um genug Sauerstoff zum Atmen tragen zu können.

Liliana hatte keine Wahl. Schnell konzentrierte sie sich auf die Luft in ihrer Lunge und spaltete den Sauerstoff vom Kohlendioxid ab. Sofort ließ das Bedürfnis auszuatmen nach und sie zog Chris zu sich heran. *Versteh das bitte nicht falsch,* sandte sie in Gedanken und sah, wie seine Augen sich weiteten, bevor sie ihre Lippen auf seine legte. Ganz behutsam, um nichts davon zu verschwenden, gab sie ihm etwas von der sauerstoffhaltigen Luft aus ihrer Lunge, während sie dafür sorgte, dass die chemische Reaktion in Gang blieb und weiter Sauerstoff entstand. Dummerweise entstand dabei auch Kohlenstoff, der sich mit jeder Sekunde mehr in ihren Lungen ablagerte. Liliana ignorierte, wie gut sich seine Lippen auf ihren anfühlten. *Wir haben nicht viel Zeit,* beschwor sie Chris. *Versuch, nicht zu husten, damit du keine Luft verlierst.*

Im schimmernden Unterwasserlicht der Fessel sah sie, dass er nickte. Sie griff wieder nach der Magie, um einen weiteren Zauber zu wirken, der sie hier rausbringen würde. Gleichzeitig spürte sie schon, wie ihre Lunge von den Kohlenstoffablagerungen zu jucken begann. Sie dehnte die Magieebene aus, bis sie über das Wasser und die Höhlenwände hinausreichte. Doch plötzlich begann die Vision zu flackern und brach dann zusammen. Entsetzt sah sie Chris an, der ihren Blick ebenso verzweifelt erwiderte. Er drückte ihre Hand, als Zeichen, dass sie es noch mal versuchen sollte. Sie tat es.

Wieder brach die Magieebene zusammen, sobald sie sich mehr von seiner magischen Energie nehmen wollte. Liliana fluchte innerlich. So konnte sie keinen richtigen Zauber wirken. Keinen, der die Höhlendecke über ihnen verschwinden lassen würde, sodass sie atmen konnten. Keinen, der das Wasser aus dem Höhlensystem drücken würde. Mit so wenig Magie hatte sie dafür nicht genug Kraft. Aber wenn sie Chris jetzt dazu zwang, ihr mehr Magie zu geben, würde sie es vielleicht noch schlimmer machen. Kraft. Sie hatte nicht genug Kraft. Hoffnung stieg in ihr auf. Aber das ließe sich ja ändern. Mit einem Husten in der Kehle schickte sie die restliche Magie in ihren Körper und dann in den von Chris. Sie löste die Erschöpfung, wärmte die Muskeln auf, verlieh ihnen geradezu übermenschliche Kräfte.

Schwimm!, befahl sie dann und stemmte sich gegen den Strom.

Es war unmöglich. Trotz des Kraftschubs, trotz der Magie. Sie kämpften sich vorwärts, so gut es ging, aber schließlich musste Liliana einsehen, dass sie die letzten Meter durch das Becken unter dem Wasserfall so nicht schaffen würden. Nicht mit gefassten Händen.

Ich löse die Fessel.

Bevor Chris protestieren konnte, sandte sie einen letzten Kraftschauer in seinen Körper und füllte ihrer beider Atemluft mit Sauerstoff. Dann beendete sie den Magiefluss, löste die Fessel und drängte mit all ihrer magisch verliehenen Muskelkraft nach oben. Der Kohlenstoff verklebte jetzt ihre Lunge so sehr, dass sie kaum noch Sauerstoff aufnehmen konnte. Ihre Muskeln schmerzten höllisch und der Wasserfall wurde immer mächtiger. Liliana wurde von unterdrücktem Husten geschüttelt und verlor beinahe den Überblick, wo oben und unten war. Im letzten Moment packte sie eine Hand und zog sie grob aus dem Wasser. Hustend und würgend kam sie neben Chris auf den Felsen unter dem Wasserfall zu liegen. Auch er hustete und sog pfeifend die Luft in seine geschundenen Lungen.

»Ich hoffe, ich habe mit dem Kohlenstoff keinen dauerhaften Schaden angerichtet«, krächzte sie.

Chris lachte abgehackt. »Draufzugehen wäre der größere Schaden gewesen. Hier.« Er umfasste ihre Hand. »Du musst dich wärmen«, befahl er zwischen zwei Hustenanfällen. Sie griff nach der Magie und zu ihrem Erstaunen konnte sie ohne Probleme die Magieebene öffnen, die Fessel erschaffen und sie beide wärmen. Die Hitze, die sie durchdrang, trieb ihr Tränen der Erleichterung in die Augen. Und da war noch etwas anderes. Ein Kitzeln in jeder ihrer Zellen. Ein Gefühl, als wäre sie von oben bis unten mit Energie gefüllt. Es musste das Adrenalin sein. Dort wo ihre Hände sich berührten, war es am stärksten. Chris' Haut auf ihrer weckte in ihr die Sehnsucht, ihn nicht nur dort zu spüren, sondern überall.

Hatte sie jetzt vollkommen den Verstand verloren? Sie waren fast gestorben, ihre Lungen waren immer noch voll mit giftigem Kohlenstoff und sie wollte, dass er sie berührte? Hastig setzte sie sich auf, gleichzeitig mit Chris, dessen Gesicht plötzlich so nah an ihrem war, dass sie seinen Atem auf ihren Lippen spürte. Ihr Herz setzte einen Schlag aus, als sie sich ihm näherte. Sie wollte, dass er sie küsste. Sie sehnte sich danach mit einer Heftigkeit, die sie vollkommen hilflos machte. Und wollte es doch nicht. Zitternd zwang sie sich von ihm weg. Es war die reinste Folter, mehr Platz zwischen sich zu bringen, während ihr Körper sich so sehr nach ihm sehnte. Mit heißen Wangen wirkte sie einen Zauber, der ihre Lungen reinigte. Die ganze Zeit war sie sich seiner Nähe sehr bewusst.

»Wir sollten hier weg.« Chris' Stimme war heiser und belegt von einem unterdrückten Verlangen, das Liliana erschreckte. Also war sie nicht allein. Er wollte es auch. Das war vollkommen inakzeptabel, unmöglich, verboten. Sie durfte sich nicht mit ihrer Quelle einlassen, niemals. Außerdem wollte sie es eigentlich auch gar nicht. Nicht mit Chris. Wirklich nicht.

Mühsam rappelte sie sich auf. »Du hast recht, wir sollten hier weg.« Sie wandte sich dem Wasserfall zu, stoppte den Magiefluss, löste die Fessel und ließ seine Hand los, um noch mal die Stufen hinaufzuklettern. Diesmal würden sie die Wassermassen besiegen. Mithilfe der Magie. Chris war dicht hinter ihr und oben angekommen griff sie nach seiner Hand. Sie zuckte zusammen. Es war nicht nur die Magie, die die Luft zwischen ihnen auflud. Liliana atmete tief durch, um das Gefühl zu vertreiben, und erschuf die Fessel erneut. Auch jetzt funktionierte es problemlos, solange die Magieebene klein genug blieb. Liliana sorgte dafür, dass der Wasserfall weniger stark floss, und gab sich und Chris noch einmal Kraft. Es war trotzdem eine schwierige, glitschige Angelegenheit, aber sie schafften es tatsächlich, sich durch den Wasserfall zu kämpfen. Als sie wenig später zwischen den Felsen hindurch auf einen schmalen Strand unter hohen Klippen traten, ließ Liliana die Fessel verschwinden. Dann brachte sie hastig ein paar Schritte Sicherheitsabstand zwischen sich und Chris. Es half nicht. Es war, als könnte sie ihn überall in sich spüren, so wie seine magische Energie, die immer noch in ihrem Körper brannte. »Wieso … wieso hat es jetzt doch geklappt?«, fragte sie atemlos.

Langsam kam Chris auf sie zu. Sie wich zurück, bis sie mit dem Rücken gegen den Felsen stieß. »Ich war abgelenkt«, flüsterte er. »Mit jedem Mal Zaubern etwas mehr.«

»Warum?« Sie hasste sich dafür, wie erwartungsvoll sie klang. Warum wollte sie, dass er sie gegen den Felsen drückte? Das war doch krank. Trotzdem flehte sie ihn förmlich mit Blicken darum an, dass er es tat.

»Es ist die Magie«, sagte er rau, so nah an ihrem Mund, dass sie ihn schon fast schmecken konnte. Sie konnte ihm ansehen, wie schwer es ihm fiel, sich zu beherrschen.

»Die Magie?«, fragte sie zittrig.

Ein spöttisches Glitzern durchdrang das dunkle Verlangen in seinen Augen. »Sie hat uns durchströmt. Sie erregt den Körper, auch wenn der Verstand es nicht wahrhaben will. Sie hat meine ganze Aufmerksamkeit auf etwas anderes gelenkt.«

Wie hypnotisiert lauschte sie seinen Worten und wünschte sich mehr denn je, dass er sie endlich berührte.

»Wir haben diese Magie geteilt, du und ich, sie kennt uns beide.« Sein heißer Atem streifte ihren Hals und Liliana schloss die Augen. »Nein. Sieh mich an. Sieh mich an, damit ich weiß, dass du es auch willst.«

Lilianas Mund war plötzlich wie ausgetrocknet. Wollte sie es? Wollte sie es wirklich? Sie sah zu ihm auf, in seine türkisen Augen, in denen der Augenstern verheißungsvoll glitzerte. Jeder klare Gedanke war plötzlich verloren. Sie griff mit den Händen nach seiner Weste und riss ihn an sich, so fest, dass die Wucht sie gegen den Felsen drückte und ihr die Luft aus den Lungen trieb. Er zögerte nicht länger, sondern beugte sich mit einem leisen Stöhnen zu ihr herunter. Sein Mund streifte ihren. Jede Faser ihres Körpers schmerzte bittersüß im Nachhall der Magie. Die Berührung seiner Lippen war alles, was sie wollte, und gleichzeitig viel zu viel. Sie krallte ihre Finger noch fester in den Stoff seiner Kleidung, zog ihn noch mehr zu sich heran, bis er sie roh gegen den Fels drückte. *Magie. Es ist die Magie.* Die zwang sie dazu, sich dieser unglaublichen Sehnsucht in ihr hinzugeben. Zu wollen, dass Chris noch mehr tat, als sie nur zu küssen. Die Magie kribbelte überall auf ihrer Haut und nur seine Berührungen konnten dieses schmerzhafte Sehnen erträglich machen. Verzweifelt wünschte sie sich, dass er sie streichelte, nur damit es endlich aufhörte. »Ich ertrage das nicht«, flüsterte sie. »Bitte … tu irgendwas.« Es war, als würde sie von innen heraus verbrennen. Angst erfasste sie und löschte jede Erregung, jedes körperliche Verlangen grausam aus. *Magie ist gefährlich.* Magie konnte töten. Was, wenn dieser Nachhall ebenso gefährlich war wie die Magie selbst? Sie begann zu zittern. Konnte kaum noch atmen, hatte sich nicht mehr unter Kontrolle.

»Ruhig, ganz ruhig.« Chris streichelte ihre Arme, während seine Wange an ihrer lag und sie sich gegen ihn drängte. »Beim ersten Mal kann es ziemlich ... überwältigend sein«, flüsterte er. »Beängstigend sogar. Hier.« Er legte ihre Arme um seinen Hals. Und drückte sie dann an sich. Sie vergrub ihr Gesicht im Stoff seines Shirts, lauschte seinem rasenden Herzen und spürte das Heben und Senken seiner Brust. Langsam, ganz langsam ließ die Hilflosigkeit nach. Chris streichelte ihren Rücken und murmelte zärtliche Worte in ihr Ohr. Als Liliana sich langsam beruhigte, kehrte die Erregung zurück. Sie sah Chris an, dass er es bemerkte. Die Art, wie er sie streichelte, veränderte sich. Liliana schloss die Augen. *Du kannst das nicht tun. Das ist falsch.* Trotzdem wollte sie es.

Verwirrt öffnete sie die Augen. Öffnete den Mund, um Ja zu sagen. Und hätte fast erleichtert aufgeschluchzt, als sie den Hubschrauber hörte.

20

Sie schmeckte Salz auf ihren Lippen. Dann kaltes, klares Wasser. Ein Tropfen, der sich von der Höhlendecke gelöst hatte und sich auf ihrer Haut mit ihren Tränen mischte. Mit den Fingerspitzen wischte sie sachte über ihren Mund. Plong. Plong. Plong. Es tropfte überall, vielleicht Kondenswasser oder Grundwasser. Kalter Fels berührte Adara an der Wange, als sie sich durch den Spalt quetschte, durch den Matteo verschwunden war. Auf der anderen Seite war es nicht mehr ganz dunkel, künstliches Dämmerlicht erhellte den Boden vor ihren Füßen. Es roch modrig-giftig. Sprühfarbe auf altem Gemäuer. Adara folgte dem Geruch, bis sie vor einer Bretterwand stand. Lichtschein kroch durch die Holzritzen. Sie suchte nach einem lockeren Brett, wurde fündig und schob sich durch die Lücke.

Mit offenem Mund blieb Adara stehen. Sie war in einem unterirdischen Tunnel, der auf beiden Seiten eingestürzt war. Die Decke und die Wände des übrig gebliebenen Tunnelabschnitts waren über und über mit Graffitis bedeckt. Adara ging hinein, stolperte und wäre beinahe der Länge nach hingefallen. Ihr erschrockener Aufschrei spiegelte sich in einem entsetzten Aufkeuchen am anderen Ende des Schachtes. Matteo stürzte auf sie zu. »Adara?«

»Ja, tut mir leid, ich …«

»Ist Seth auch hier?«, fragte er panisch.

Sie schüttelte den Kopf. »Das war nur ein Vorwand«, flüsterte sie. »Es tut mir leid. Irgendwie musste ich dich rauslocken. Ich brauche deine Hilfe.«

Matteo runzelte die Stirn, dann seufzte er. »Ich hätte es wahrscheinlich genauso gemacht.« Ein Grinsen breitete sich auf seinem Gesicht aus. »Du hast mir ’nen ganz schönen Schrecken eingejagt. Komm erst mal mit. Und fall nicht wieder über die Schienen.«

Adara sah zu Boden. »Schienen?«

»Das hier ist ein alter U-Bahn-Schacht. Oder eigentlich ein neuer. Er wurde nie benutzt. Nie fertiggestellt. Aber keine Sorge, er ist total stabil.« Er deutete auf ein Ende des Stollens. »Da drüben hinter der Wand liegt eine Ausgrabungsstätte. War der U-Bahn im Weg, sodass sie nicht weiterbauen konnten.«

»Also haben sie die U-Bahn-Trasse aufgegeben?«

Matteo zuckte mit den Achseln. »Das machen sie hier ständig. Sie graben einen Schacht, stoßen auf irgendwelche verstaubten Ruinen und legen den nagelneuen Schacht still. Wenn man all diese unbenutzten Schächte einfach verbinden würde, hätten wir ein super U-Bahn-Netz.«

»Das ist doch verrückt«, flüsterte Adara.

Matteo lachte. »Das ist Rom.«

»Ich meine nicht die U-Bahn.« Sie deutete auf die Graffitis an den Wänden und der Decke. »Das ist … nicht nur verrückt, sondern selbstmörderisch«, hauchte sie. »Und unglaublich schön. Hast du das gemacht?«

»Ja.« Sie hörte den Stolz in seiner Stimme.

Adara ging zu der Wand und betrachtete eines der Graffitis näher. Es zeigte eine der Geschichten der Gemeinschaft. Kein Porträt wie das von Sargas und seiner Quelle bei Matteo zu Hause. Porträts waren erlaubt, solange sie keine Geschichte erzählten. Aber das hier, das war … »Hochverrat«, flüsterte sie. »Meine Güte, Matteo, bist du vollkommen übergeschnappt? Wenn das herauskommt …«

»Warum sollte es herauskommen?«

»Warum gehst du so ein Risiko ein? Wofür tust du das?«

Matteo deutete auf die Graffitis. »Schau mal genau hin.«

Mit gerunzelter Stirn folgte sie seiner Aufforderung. Und ganz allmählich fiel ihr etwas auf. »Sie sind falsch. Du hast fast in jede Geschichte irgendeinen Fehler eingebaut.« Es waren Kleinigkeiten, wie ein Takahe statt eines Kiwis oder ein Mann statt einer Frau. Und doch … in jeder Geschichte versteckte sich ein Detail, das nicht stimmte. Sie sah wieder zu Matteo hin. »Warum?«

Matteos Augen glänzten, und als er antwortete, schwankte seine Stimme. »Ich habe keine Fehler eingebaut, Adara. Keinen einzigen.«

Adara starrte ihn an. Als ihr aufging, was er meinte, kroch eine Gänsehaut ihre Arme hinauf. »Du meinst …«

»Die Geschichten, die heute erzählt werden, sind nicht mehr die Originale.«

»Aber … sie wurden doch nur sprachlich verändert. Nicht inhaltlich.«

»Klar, das behauptet der Rat. Aber wenn jemand weiß, wie viel Blödsinn die von sich geben, dann wohl du. Sie haben zwar nur einzelne Worte verändert, aber dadurch die dreifache Bedeutung kaputt gemacht. Und damit Hinweise auf Geschichten, die kostbar sind.«

Adara konnte es kaum fassen und fragte sich im selben Moment, warum sie nicht früher darauf gekommen war. Sie traute dem Rat alles zu. »Sie behaupten, sie müssten die Geschichten sprachlich anpassen, damit sie modern bleiben, aber in Wirklichkeit verändern sie sie, um unangenehme Wahrheiten zu verstecken«, flüsterte Adara.

Matteo nickte. »Gefährliche Wahrheiten.«

»Und trotzdem zeigst du sie mir?«

»Gerade deswegen zeige ich sie dir.« Er verzog den Mund zu einem frechen Grinsen. »Am gefährlichsten sind die Geschichten für diejenigen, die nicht wollen, dass sie erzählt werden. Daraus kann man doch sicher was machen.«

»Matteo!« Unwillkürlich sah Adara sich um. »So darfst du nicht reden. Das und diese Bilder, verdammt, wenn das jemand herausfindet ...«

»Deswegen hütet meine Mutter sie«, sagte er in verschwörerischem Tonfall. »Sie bewahrt die alten Geschichten und fügt neue hinzu, die anders sind als die, die der Rat erzählt.«

»Dafür wollte sie meine Geschichte als Bezahlung. Sie wollte sie für ihre Version der Kollektivgeschichte.«

»Meine Mutter sammelt die Wahrheit, damit man sie nicht vergisst. Für die Menschen und für ...« Er biss sich auf die Lippe. »... für meinen Vater.« Matteo hob langsam den Kopf und sah Adara an. »Ich habe gehört, dass sie dich nach dem Totem-Ort gefragt hat und ich weiß auch, warum. Ich kann sie dir zeigen. Die Geschichte über den Totem-Ort. Und ... noch mehr.«

Adara horchte auf. »Noch mehr?«

Matteo zögerte, doch dann winkte er ihr, damit sie ihm folgte. Er führte sie zu einer Wand, die zu einem Nebenstollen gehörte. Es war dunkel und feucht hier drin, die Decke war nicht ganz so hoch. Alle Graffitis, die Matteo hier gemacht hatte, hatten mit dem Tod zu tun. Es hätte wie eine Gruft wirken können, doch es erinnerte sie eher an die Höhle mit dem Fresko ohne Sterne. »Da«, flüsterte sie schließlich.

Matteo nickte. »Die Geister im Wind. Die in der neuen Version der Geschichte und auch im Hinweis der Kollektivgeschichte zu Windgeistern wurden.«

»Mutter hat mir die Geschichte vom Totem-Ort immer erzählt, als ich noch kleiner war, zum Trost. Sie sagte, dort sammeln sich die

Seelen der Toten, sie verlassen uns nicht. Ich wusste nie, dass mehr dahintersteckt als nur eine Gutenachtgeschichte.«

»Weil der Rat die anderen beiden Sinnebenen zerstört hat, indem er die Geschichte umformuliert hat.«

Windgeister, Sagengestalten, die nichts bedeuteten. Wohingegen Geister im Wind auch die Toten bezeichnen konnte. Adara schüttelte fassungslos den Kopf. »Das ist so … offensichtlich. So genial. Es ist so deutlich, dass dahinter mehr steckt, aber man vermutet es nicht. Ich verstehe nur nicht, warum. Die alten Legenden besagen, dass die Toten unter uns weilen. Was ist an der Geschichte über den Totem-Ort so unangenehm, dass man die Toten verbergen muss?« Sie wunderte sich wirklich darüber, denn dieses Bild sagte ihr nichts, was sie nicht schon wusste, und nichts, was ihr weiterhalf.

»Weil es eigentlich darum geht, eine andere Geschichte zu verstecken, die im selben Abschnitt der Kollektivgeschichte verborgen liegt. Glaube ich.«

Sie runzelte die Stirn. »Du musst dich irren, es gibt keine weitere.«

»Doch.« Matteos Stimme zitterte vor Aufregung. »Durch die Veränderung der Geister im Wind zu den Windgeistern existiert der Hinweis darauf nicht mehr.«

»Was?« Entsetzt starrte Adara ihn an, als ihr das Ausmaß dessen klar wurde, was der Rat getan hatte. »Die Geschichte wurde aus dem kollektiven Gedächtnis gelöscht? Aber warum?«

»Keine Ahnung.«

»Bitte, erzähl mir die Geschichte.«

»Sorry, das geht nicht.« Seine Wangen wurden rot. »Hab sie vergessen.«

»Wirklich?«, gab sie entgeistert zurück.

»Ich kann mir nichts merken, konnte ich noch nie. Deswegen habe ich angefangen, die Geschichten aufzumalen. Bis Mutter mich deswegen ausgeschimpft und all meine Zeichnungen verbrannt hat. Da habe ich hier gesprayt. Das kann sie nicht so einfach verbrennen.« Er verzog das Gesicht.

»Dann zeig sie mir.«

Matteo krampfte die Hände ineinander. »Okay. Aber erst will ich, dass du mir etwas versprichst.«

Ein mieses Gefühl krallte sich in Adaras Magen. »Was?«

»Ich will, dass du meinen Vater zurückholst.«

Adaras Mund wurde trocken. »Warum glaubst du, dass ich das kann?«

»Ich glaube, dass du es bald können wirst«, flüsterte er.

Ihr stockte der Atem. »Zeig mir die andere Geschichte, jetzt sofort.«

»Wirst du ihn zurückholen, wenn ich das mache?«

Wie konnte sie ihm so etwas versprechen? Sie konnte doch nicht anfangen, die Toten anderer Leute zurückzuholen. Das fühlte sich schrecklich falsch an, auch wenn sie Matteo gerne geholfen hätte. Die Sehnsucht nach seinem Vater stand ihm ins Gesicht geschrieben. »Ich …« *Ich glaube nicht, dass es so einfach ist, wie du dir das vorstellst.*

»Sie kann das nicht entscheiden. Und du auch nicht!« Eine Stimme durchschnitt die Finsternis. Matteo gab einen Schmerzenslaut von sich und Adara fuhr mit erhobener Hand herum, bereit, sich und Matteo zu verteidigen, doch als sie sah, wer Matteo da am Arm gepackt hatte, ließ sie die Hand wieder sinken.

»Warum hast du sie hierhergebracht«, zischte Tauru. »Verstehst du immer noch nicht, wie gefährlich das ist?«

Matteo riss sich los. »Vater hätte es so gewollt«, gab er trotzig zurück.

Tauru schnaubte. »Dein Vater hat dich geliebt. Er hätte nicht gewollt, dass du dich so in Gefahr begibst. Vorher war es schon schlimm genug. All die Graffitis überall in Rom und diese verdammte, verfluchte Höhle. Und jetzt? Jetzt lieferst du dich auf dem Präsentierteller aus, indem du ihr alles zeigst? Das ist leichtsinnig und dumm, und nein, dein Vater hätte das nicht gewollt, er hätte es gehasst.«

Matteos Augen glänzten verräterisch. »Das sagst du nur, weil du sie nicht sehen kannst!«

Entsetzt starrte Adara Matteo an. Der war unter seinen eigenen Worten zusammengezuckt. Erschüttert nahm er die Hand seiner Mutter. »Es tut mir leid, das wollte ich nicht sagen.«

Die Quelle erwiderte nichts. Sie wandte sich mit blinden Augen an Adara. »Ist das der Dank? Du bringst meinen Sohn in Gefahr, nach allem, was ich für dich getan habe?«

Wut stieg in Adara auf. »Was hast du denn für mich getan? Ich habe dir vertraut, ich habe dir gesagt, was er … und ich …«, sie verstummte. »Ich habe meine Freiheit und mein Leben in deine Hände gelegt. Und dann hast du mich einfach weggeschickt, ohne mir etwas zu verraten. Du wolltest nur meine Geschichte für deine Sammlung. Ich bin dir egal.«

Das schlechte Gewissen zuckte über das Gesicht der blinden Frau wie ein Blitz über einen düsteren Gewitterhimmel. Dann entlud er sich zischend. »Weißt du eigentlich, was sie mit ihm machen werden, wenn sie ihn in die Finger kriegen? Wenn Seth ihn beobachtet, dann heißt das, dass sie wahrscheinlich längst wissen, was er treibt, und nur nach Beweisen suchen. Und wenn sie das hier finden …«, sie stockte. Es klang, als würde die Panik die Worte direkt in ihrer Kehle ersticken. »Mein Gott, sie werden ihn umbringen.«

Matteo ließ die Schultern hängen. »Du sagst doch immer, wir dürfen uns nicht einschüchtern lassen.«

Die Quelle schüttelte den Kopf und richtete den Blick auf Adara. »Ich will, dass du dich von ihm fernhältst. Von uns«, grollte sie durch zusammengebissene Zähne. »Hast du mich verstanden?«

Adara öffnete den Mund. »Ich …«

Das Vibrieren ihres Handys unterbrach sie. Eine SMS. Sie wollte es ignorieren, doch es folgte eine weitere und noch eine. Ein ungutes Gefühl machte sich in ihr breit. Schnell zog sie ihr Handy heraus.

Adara! Hilf mir. Bitte.

Bethany. Entsetzt wählte Adara ihre Nummer, doch sie ging nicht dran. Adara griff nach dem Nachrichtenstein. *Bethany?*

Keine Antwort. Natürlich nicht. Ihr Magier hatte ihr die Steine abgenommen. Panik schnürte Adara die Kehle zu. »Ich muss gehen.«

»Was?« Matteo machte einen Schritt auf sie zu. »Wohin?«

»Zu Seth. Ich muss mit ihm reden, sofort, es … tut mir leid.« Sie wich zurück, dann drehte sie sich um und rannte, ohne eine Antwort abzuwarten, in den Stollen hinein, aus dem sie gekommen war. Im Laufen sandte sie Matteo eine Gedankennachricht. *Ich komme zurück, sobald ich kann. Vielleicht können wir uns gegenseitig helfen.* In diesem Moment tauchte vor ihr der schmale Spalt auf und es umfing sie völlige Dunkelheit. Als sie auf der anderen Seite herauskam, fasste sie nach dem Leuchtstein, rannte los und … verlor den Boden unter den Füßen. Sie schrie auf, dachte an die Schienen. Versank in Schmerz, versank in Dunkelheit.

21

Sein Kuss brannte immer noch auf ihren Lippen, als der Hubschrauber sie zurück nach Auckland brachte. Die sanfte Berührung seiner Fingerspitzen geisterte noch über ihre Wange. Und während ihre Mutter sie umarmte und ihr mehrmals beteuerte, wie stolz sie war, konnte Liliana nicht anders, als über ihre Schulter hinweg immer wieder zu Chris zu sehen. Als der Wächter des Rates ihnen mitteilte, dass sie an der Namenszeremonie teilnehmen durften, hörte sie es kaum, weil ihr Körper immer noch viel zu laut nach Chris' Berührung rief. Sie wäre vor Scham gestorben, wenn die anderen gemerkt hätten, wie es um sie stand.

Nur Chris wusste es, denn ihm ging es ebenso. Sie merkte es an der Art, wie er sie immer wieder verstohlen ansah.

Als ihre Mutter und der Wächter sie in ihrer Wohnung zurückließen, atmete Liliana erleichtert auf. Bis sie Chris' Blick auf sich fühlte. Sie waren allein. Was jetzt? Chris sah sie an, als wüsste er es ziemlich genau.

»Ein Glück, dass sie endlich weg sind. Meine Mutter …« Liliana fluchte leise. »Verdammt. Ich habe vergessen, sie darum zu bitten, den Zauber zu lösen.«

»Macht nichts.« Chris lächelte. »Du kannst es ja jetzt selbst tun.«

Wenn sie die Magie wieder in sich fließen ließ. Sie schluckte schwer. Sie konnte sich jetzt schon kaum davon abhalten, ihn zu küssen. Was würde erst passieren, wenn sie noch einmal mit ihm zauberte? Aber sie wollte diesen grauenhaften Zauber endlich von ihm nehmen. Er sollte keine Sekunde länger darunter leiden.

»Gut. Ich tue es.« Sie hielt ihm ihre Hand hin.

Sofort durchströmte sie wieder dieser vollkommene Einklang der Magie. Sie stöhnte leise auf, weil es kaum auszuhalten war. Und weil sie genau wusste, was es bedeutete, dass die Magie so einfach floss. Er war abgelenkt. Genau wie sie. Alles an ihr war überreizt, jede Faser, jeder Muskel, jeder Zentimeter Haut. Es fiel ihr schwer, aus diesem Zustand aufzutauchen und die Magieebene zu öffnen. So weit, dass sie Chris und sie einschloss. Mehr erlaubte seine Sperre immer noch nicht. Sie erschuf die Fessel. Chris' Finger schlossen sich fester um ihr Handgelenk. Er empfand die Fessel als Demütigung, aber es war ihre Aufgabe als Magierin, sich und Chris zu schützen. Sie konnte nicht riskieren, ohne die Fessel zu zaubern. Als die Welt um sie herum sich ihr ein weiteres Mal bis auf ihr nacktes Wesen offenbarte, vergaß sie für einen Moment, wie Chris' Fingerspitzen auf ihrer Haut kribbelten und dass sie seinem Locken gerne nachgeben wollte. Etwas an Chris war falsch und unnatürlich, eine winzige Veränderung in jeder seiner Zellen. Der Zauber ihrer Mutter. Ein komplizierter Zauber, der nicht nur auf Chris lag, sondern in ihm verankert war. Wut stieg in Liliana auf, weil ihre Mutter ihm so etwas angetan hatte, und Scham, weil sie darum gebeten hatte. Unter beständigem Flackern der Magieebene löste sie den Zauber. Als sie fertig war, senkte sie den Blick auf ihre gefassten Hände. Es war Zeit, die Fessel zu lösen. Die Magie loszulassen. Und sich dem auszuliefern, was danach kam. Dem dunklen Verlangen, das wie ein Schatten über Chris' Miene lag. Sie konnte es nicht ewig herauszögern. Bebend löste sie die Fessel. Sofort machte er einen Schritt von ihr weg. Sein Atem ging schwer und sein Blick hing an ihren Lippen. Sie müsste ihm nur das winzigste Zeichen geben, dann würde er seine Zurückhaltung aufgeben. Wie gerne sie es wollte. Jetzt, da die Magie ihren Körper verlassen hatte, fühlte sie sich leer. Die Sehnsucht nach Zweisamkeit brachte sie fast um den Verstand.

Erst, als Chris ihre Hände nahm, merkte sie, dass sie sie nach ihm ausgestreckt hatte. Unendlich vorsichtig hob er sie ein wenig und Liliana keuchte auf, als ihr die Zeichnung auffiel. Seit man sie von dem Strand vor den Höhlen abgeholt hatte, hatte sie so viel anderes im Kopf gehabt. Tränen der Erleichterung traten in ihre Augen, als sie die hellen Kreise und Linien betrachtete, die sich über ihre Handflächen bis zu ihren Handgelenken hinunterzogen.

»Wir haben es geschafft«, flüsterte sie mit belegter Stimme. So in ihre Haut eingebrannt zu sehen, dass Chris von nun an zu ihr gehörte, ließ sie beinahe jede Vorsicht vergessen. Sie wollte ihm um den Hals fallen, obwohl sie genau wusste, wohin das führen würde.

Chris schüttelte angespannt den Kopf. »Das in den Höhlen … es war ziemlich knapp. Die Magie sperrt sich immer noch. Große Zauber werden wir so nicht wirken können.«

»Das weiß doch niemand außer uns.« Sie lächelte ihn an. »Wir üben so lange, bis es funktioniert. Immerhin wissen wir jetzt, dass es klappen kann, wenn du abgelenkt bist. Und vielleicht erzählst du mir irgendwann, was dein erster Magier dir angetan hat …«

»Wer sagt, dass er mir etwas angetan hat?«

»Ich dachte …«

»Du dachtest, es ist seine Schuld, dass ich nicht richtig ›funktioniere‹?«

Lilianas Herz sank. »Chris, bitte …«

Aber er war nicht wütend. »War ja klar, dass du das denken würdest.« Mehr sagte er nicht und sie erinnerte sich an seine Worte in der Höhle. *Ich rede nicht über ihn.* Sie beschloss, es dabei zu belassen, erleichtert, dass er nicht wütend war. »Irgendwann kriegen wir es hin. Ganz sicher.«

»Was ist mit dem großen Einsatz? Die Namenszeremonie ist bald …«

»Wir haben die Höhlen überstanden, Chris. Das muss etwas zu bedeuten haben. Wir sind füreinander bestimmt, du und ich. Deine Magie und meine. Es wird klappen, ich weiß es.«

Ein warmes Leuchten war in seine Augen getreten, während sie geredet hatte. Er hob ihre Hände an seine Lippen und küsste ihre Fingerspitzen. Ehrfürchtig. Dankbar. Verlockend. Liliana schloss die Augen. Das sanfte Kitzeln seiner Lippen breitete sich wie ein Lauffeuer in ihrem Körper aus. Sie wollte mehr. Seine Finger schlossen sich fester um ihre Hände, und als er ihre Handflächen küsste, seufzte sie leise auf.

»Sag mir, dass du es auch willst.« Seine raue Stimme strich lockend über ihre überempfindliche Haut.

»Warum?«, gab sie zitternd zurück. Merkte er es denn nicht auch so?

Er hatte aufgehört, sie zu küssen, hielt ihre Hände aber immer noch umklammert, vor Erregung bis zum Zerreißen gespannt. »Weil die Magie es mir so unglaublich leicht macht, dich zu verführen, ohne dass du es willst.« Langsam zog er sie ein Stück auf sich zu. »Ich müsste dich nicht mal berühren. Nur in dein Ohr flüstern. So wie jetzt.«

Liliana erschauerte.

»Du könntest mich hassen, mich zum Teufel wünschen, mich mit Magie daran hindern, es zu tun, aber dein Körper würde mir trotzdem gehorchen wollen.« Die unterdrückte Leidenschaft in seiner Stimme ließ Liliana erbeben. Als er sich von ihr entfernte, protestierte sie leise.

»Ich meine es ernst, Liliana. Ich werde dich nicht anfassen, wenn du es mir nicht erlaubst. Und wenn es mich umbringt.« Er verzog gequält das Gesicht.

Liliana zögerte. Es wäre nicht mehr als Leidenschaft, ausgelöst durch die Magie. Auch wenn Chris sie nicht mehr hasste und sie Hoffnung für die Verbindung geschöpft hatte, es hätte nichts zu bedeuten. Sie sehnte sich so sehr danach nachzugeben. Die Anspannung loszuwerden. Sich in seiner Berührung zu verlieren. In wunderbarer, befreiender Bedeutungslosigkeit. Sie hatte noch nie mit jemandem geschlafen, weil es bisher immer zu viel bedeutet hätte. Es wäre ein Zugeständnis gewesen, ein Bekenntnis zu jemandem, das sie nie hatte geben wollen. Aber mit Chris bedeutete es nichts, es war nur körperlich, weil sie von der Magie erregt waren.

»Was, wenn wir uns verlieben? Eine Beziehung zwischen Magier und Quelle ist ein Tabu.«

»Glaubst du denn, dass diese Gefahr bei uns besteht?« Ein leises Lachen schlich sich in seine Worte, ein Geräusch, das in ihr widerhallte und die Sehnsucht nach seiner Berührung noch größer machte. »Vielleicht, weil meine Augen dich an das Meer erinnern, in das eine Sonne gestürzt ist?«

Liliana lachte heiser. »Ich weiß es nicht. Ich weiß gar nichts mehr. Außer ... dass ich will, dass du mich küsst und ... vielleicht mehr.«

Chris schob sie sanft gegen das Panoramafenster. Das Glas war noch warm von der Sonne, die gerade über Auckland unterging. Er küsste sie, erst sanft, dann immer rücksichtsloser, hinfortgerissen vom Nachhall der Magie. Liliana erwiderte seinen Kuss. Mit zitternden Fingern riss sie Chris' schwarzes Shirt aus seiner Hose und legte die Hände auf seine nackte Haut. Sie streichelte seine Brust, seinen Bauch, ließ ihre Finger nach unten wandern, bis sie den Knopf seiner Hose fanden. Chris gab seine Zurückhaltung auf. Er packte ihre Hände, legte sie sich um den Hals und Liliana klammerte sich an ihn, hilflos, unfähig, irgendetwas anderes zu tun, als sich ihm zu überlassen, damit er diese verzweifelte Sehnsucht von ihr nahm.

22

Ihr Herz raste, ihr Kopf pochte und ihre Hände brannten. Trotzdem rannte Adara, so schnell sie konnte. Sie hatte sich die Haut bei ihrem Sturz im Tunnel ziemlich übel aufgeschürft. Aber das war jetzt alles egal. Seit Bethanys Hilferuf waren zwei kostbare Stunden vergangen, in denen Adara bewusstlos im Schacht gelegen hatte. Erst vor wenigen Minuten war sie aufgewacht, mit einem Fluch auf den Lippen und einer ungerechten Wut auf den römischen U-Bahn-Bau im Bauch. Keuchend bog Adara in die Straße ein, in der Bethanys Hotel lag. Und blieb wie angewurzelt stehen. Vor dem Haus parkte eine schwarze Limousine. »Nein«, flüsterte sie. »Nein!«

Als sie bei dem Auto ankam, öffnete sich die Tür und Seth stieg aus. Er trug die Gewänder einer Quelle, dennoch umgab ihn in diesem Moment vollkommen die Aura eines Wächters. Dunkel, mächtig und unantastbar.

Adara erstarrte mitten im Schritt. »Was hast du getan?« Ihre Stimme zitterte. Sofort riss sie sich am Riemen. Sie war eine Magierin. Er war ihre Quelle. Und sie hatte einen großen Fehler gemacht, als sie durchgesetzt hatte, dass er ihr nicht überallhin folgte. Dadurch hatte sie ihm die Gelegenheit gegeben, eigenmächtig zu handeln. Und … zu tun, was auch immer er Bethany angetan hatte. Sie beugte sich nach vorne, um in die Limousine hineinzusehen, aber Seth schüttelte den Kopf. »Sie ist nicht hier.«

»Was. Hast. Du. Getan?«

»Nicht hier«, erwiderte Seth nur und deutete mit dem Kopf ein leichtes Nicken zur Limousine an. Als wäre er der Magier und sie die Quelle. Es war Zeit, dass sie sich an ihre eigentliche Rolle erinnerte. Sie entschied, wo sie sich unterhielten, und nicht er. Sie hob das Kinn. »Nein, nicht hier«, stimmte sie zu. »Komm mit.«

Seth runzelte die Stirn, als sie sich von der Limousine entfernte und auf eine verwilderte Anhöhe in einem Park neben dem Kolosseum zuhielt. Sie ging voraus, ohne auf ihn zu warten. Er musste lernen, ihr zu folgen. Der Park war menschenleer, obwohl sich um das Kolosseum herum die üblichen Menschenmassen wälzten. Sie sah unauffällig über ihre Schulter. Wie immer konnte sie nicht einschätzen, was Seth dachte. Ob es ihn ärgerte, dass sie endlich die Führung übernahm, wie es ihrer Rolle zustand, oder ob er es vielleicht sogar gut fand. Oben angekommen drehte sie sich zu ihm um und betrachtete ihn von oben herab. So gut es eben ging, angesichts der Tatsache, dass sie zu ihm aufsehen musste. »Wo ist sie?«

»Im Flugzeug. Zurück nach Neuseeland.«

»Du hast sie ausgeliefert?« Sie unterdrückte einen Anflug von Zorn. Ein kühler Kopf war jetzt das Allerwichtigste.

»Sie hat eingesehen, dass sie dir schaden würde, wenn man sie bei dir findet. Es war ihre Entscheidung, sofort zu gehen, ohne sich zu verabschieden.« Adara erinnerte sich an Bethanys Verzweiflung, allein bei dem Gedanken an eine Rückkehr. Wie musste Seth ihr zugesetzt haben, damit sie aufgab und freiwillig zurückging?

»Dann fahren wir zum Flughafen und halten sie auf.«

»Das Flugzeug ist vor über einer Stunde abgeflogen.«

Wie konnte er so ruhig bleiben? »Du hast ihr das eingeredet, nicht wahr? Weißt du eigentlich, was sie mit ihr tun werden, wenn sie in Auckland ankommt und sie wieder in die Fänge des Rates gerät?« Ihre wahre Gesinnung schimmerte durch ihre Worte, verräterisch wie ein Leuchtturm über einem stürmischen Ozean. Aber sie war zu wütend, zu hasserfüllt, um sich noch länger zu beherrschen.

Etwas zuckte über Seths Miene. »Ich bezweifle, dass du das volle Ausmaß dessen erfasst, was mit ihr geschehen wäre, wenn man sie bei dir vorgefunden hätte.«

Adara starrte ihn an, während die Wut wie rote Schlieren vor ihren Augen aufstieg und ihren Blick verengte, bis sie nur noch Seth und seine verabscheuungswürdige Tat vor Augen hatte. »Du vergisst wohl«, knurrte sie, »dass meine letzte Quelle als Verräter hingerichtet wurde. Ich weiß sehr genau, wozu der Rat fähig ist.«

Zum ersten Mal, seit sie Seth kannte, sah sie eine Regung in seinem Gesicht, die vielleicht kein Teil des Schauspiels war, das er für sie aufführte. Er trat etwas näher zu ihr heran, so nah, dass sie das Bedürfnis hatte zurückzuweichen. »Deine … Quelle«, zischte er, »ist schnell und schmerzlos gestorben. Er musste unauffällig beseitigt werden, bevor er sich zum Märtyrer machen konnte. Eine offensichtlich entlaufene Quelle jedoch kann der Rat nicht hinnehmen. Wenn man sie gefunden und gegen ihren Willen zurückgebracht hätte, wäre der Rat gezwungen gewesen, an ihr ein Exempel zu statuieren.«

Schweigend erwiderte Adara seinen Blick, ihre Kehle zugeschnürt vor Angst. »Sie würden ihr doch nicht öffentlich etwas antun.«

Seth verzog verächtlich das Gesicht. »Natürlich nicht. Aber man würde anhand des Mädchens auf eindrückliche Art dafür sorgen, dass jede, wirklich jede Quelle der Gemeinschaft begreift, dass weglaufen keine gute Idee ist.«

Adara bekam eine Gänsehaut. *Auf eindrückliche Art.* Sie wollte sich gar nicht vorstellen, was das bedeutete. Vor allem, wenn er recht hatte und ihre erste Quelle noch glimpflich davongekommen war.

Sie musterte Seth mit verengten Augen. Wollte er behaupten, dass er Bethany auf eine verdrehte, kranke Weise geholfen hatte, indem er sie überredet hatte zurückzugehen? Er mochte glauben, das Schlimmste verhindert zu haben, aber er hatte Bethanys Verzweiflung nicht gesehen. Man würde sie zu ihrem Magier zurückbringen. Der Gedanke daran, was er mit Bethany tun würde, wenn er sie wieder in seiner Gewalt hatte, trieb ihr die Galle in den Mund. »Es hätte vielleicht eine andere Möglichkeit gegeben.«

»Nein, hätte es nicht. Genauso, wie es für deine Quelle auch keine andere Möglichkeit gegeben hätte. Es ist besser, du siehst das ein.«

Seths Kaltblütigkeit entsetzte sie. Wollte er damit sagen, dass *sein* Tod unausweichlich gewesen war für das System, an das er offensichtlich so glaubte? Adara schüttelte angewidert den Kopf. Wie hatte sie auch nur für eine Sekunde glauben können, dass er ihr hätte helfen wollen? »Es ist besser, du siehst endlich ein, wer von uns beiden hier das Sagen hat«, zischte sie. Damit drehte sie sich um und kehrte zur Limousine zurück. Seth folgte ihr mit verschlossener Miene und stieg ein, ohne sich zu entschuldigen, dass er sie hintergangen und ein unschuldiges Mädchen einem brutalen Magier ausgeliefert hatte, der sie wahrscheinlich bei nächster Gelegenheit umbrachte. Wenn sie es nicht selbst vorher tat.

Adara wandte das Gesicht ab, damit er die Tränen nicht sah, die ihr in die Augen stiegen. Sie konnte es nicht mehr ertragen. Diese Hilflosigkeit. Diese Abhängigkeit. Sie biss sich auf die Lippe. Jemandem zu helfen, war zu gefährlich und hatte obendrein keinen Sinn. Weil die Gemeinschaft schließlich doch bekam, was sie wollte.

»Rat Danes hat mir eine Nachricht geschickt«, unterbrach Seth ihre Gedanken.

Es war klar, was das bedeutete. Zorn und Demütigung wollten aus ihr hervorbrechen, aber sie beherrschte sich. Mit Wutausbrüchen verschaffte man sich keinen Respekt. Stattdessen hielt sie ihm ihre Hände hin, während sie demonstrativ aus dem Fenster sah. Als er lange schwieg und sie keinerlei Bewegungen hörte, die darauf schließen ließen, dass er ein Foto gemacht hatte, drehte sie sich zu ihm um. Er sah auf ihre Hände hinunter, auf seiner Stirn eine steile Falte. Sein Handy halb vergessen in seiner Hand. Adara wagte es nicht, den Blick zu senken. Ihr Herz sagte ihr, was Seths Zögern zu bedeuten hatte, aber sie wollte es nicht wahrhaben. »Sieh genauer hin«, flüsterte sie. »Bitte.« Sie streckte ihm die Hände entgegen. Er warf ihr einen Blick zu, den sie nicht einordnen konnte. Dann griff er langsam nach ihren Händen. Als seine Finger sich sanft um ihre schlossen, durchbrach die Magie, die von ihm ausging, alle Barrieren in ihr. Sie stöhnte leise auf. Wollte nachgeben. Nichts mehr spüren als seine Macht. Sie wollte in der Magie versinken. Vergessen. Beinahe zärtlich wanderten Seths Finger über ihre, dann über ihre Handflächen, Handgelenke, Unterarme. Als suchte er mit den Fingerspitzen nach einer Spur der Zeichnung, die das bloße Auge nicht mehr sehen konnte. Jede seiner Berührungen war eine Mischung aus großartiger Macht und schrecklichem Schmerz, weil er nichts fand. Sie war fort. Die Zeichnung war fort.

Ohne es zu wollen, klammerte Adara sich an Seths Hände und er hielt sie, während sie mit abgewandtem Gesicht darum kämpfte, sich nicht völlig ihrem Schmerz zu überlassen. Sie spürte seinen Geist nicht. Hatte ihn nie gespürt. Sie wusste nicht, ob er noch da war. Was in der Morgendämmerung geschah, entsprang nur ihrer Fantasie. Ihr war nichts von ihm geblieben. Nicht mal ein Körnchen Asche. Und jetzt war die Zeichnung verblasst. Weg. Einfach weg. Als hätte es ihn nie gegeben.

»Atmen.« Seths leise, tiefe Stimme durchdrang das Meer aus Schmerz, in dem sie zu versinken drohte. »Ein und aus. Ganz langsam.«

»Das … hilft … nicht«, stieß sie hervor, als würde sie an der Erinnerung ersticken.

»Doch, tut es.«

»Woher willst du das wissen?«, schleuderte sie ihm entgegen.

Seine Finger schlossen sich fester um ihre. »Atme«, drängte er sie, statt eine Erklärung abzugeben.

Sie gehorchte. Holte tief Luft. Zuerst wurde der Schmerz größer, doch dann verschwand das Gefühl, hilflos darin zu ertrinken, und jeder Atemzug fiel ihr leichter als der davor. Während die Dunkelheit um sie herum langsam abnahm, wurde sie sich immer stärker der Berührung von Seths Händen bewusst. Der verlockenden Magie. Der tröstlichen Wärme.

»Das bedeutet, wir gehen zurück nach Auckland«, sagte sie tonlos.

Seth nickte. »Sobald sie es wissen, gibt es keine Ausflüchte mehr.«

Und da sie den Jet nutzen würden, auch keinen Aufschub. »Ich weiß.« Ihre Stimme drohte an der Hoffnungslosigkeit zu ersticken, die sie einhüllte wie giftiger Nebel. Nicht jetzt. Nicht gerade jetzt, da sie mit Matteos Hilfe kurz davorstand, ihr Ziel zu erreichen. Seth drückte noch einmal sanft ihre Hände, dann schloss er ihre Finger und schob sie von sich.

Verwundert sah sie zu ihm auf. »Was ist mit dem Foto?«

Seth fixierte sie. Drückte die Taste an der Seite seines Handys. Der Bildschirm erlosch. »Der Akku ist leer.«

Erleichterung trieb ihr die Tränen in die Augen. Dankbarkeit, weil er sie nicht dazu zwang, es jetzt gleich zu tun. Sprachlos nickte sie nur. Sie wusste nicht, warum er das tat. *Nichts, was ich tue, ist persönlich.* War sich auch nicht sicher, ob sie es wissen wollte, aber sie würde es nicht hinterfragen. Nicht jetzt.

»Es ist nur ein kleiner Aufschub. Vielleicht ein paar Stunden.«

Adara nickte. Sie konnte nur hoffen, dass das reichen würde. Aber zuerst musste sie Seth loswerden. »Ich möchte allein sein. Wenigstens ein paar Minuten.« Sie musste den Schmerz in ihrer Stimme nicht spielen.

Seth sah sie zweifelnd an.

»Ich gehe zu Fuß zum Gemeinschaftszentrum zurück. Wir treffen uns dort.«

»Das wird Rat Danes nicht gefallen.«

»Er wird es nicht erfahren, wenn du es ihm nicht sagst.«

Etwas zuckte über Seths Gesicht. Mitleid? Schmerz? Es berührte Adara tief, auch wenn sie nicht wusste, ob es echt war oder nur gespielt. »Dann geh, bevor ich es mir anders überlege«, sagte er rau.

Ob er vermutete, dass sie ihn mit den mühsam erkämpften Minuten hintergehen wollte? Sie versicherte sich, dass Seth ihr nicht folgte, und nahm, um mögliche andere Verfolger abzuschütteln, den längeren Weg über das Tiberufer. Nicht zurück zum Gemeinschaftszentrum, sondern zum U-Bahn-Schacht.

23

Sie saß auf dem Boden, hatte den Kopf nach hinten gelegt und lehnte an der großen Fensterscheibe. Die Sonne war längst im Meer versunken und hatte die unerträgliche Erregung mit sich genommen. Übrig war nur noch eine wunderbare Zufriedenheit. Liliana war sich Chris' Nähe sehr bewusst, auch wenn sie sich nicht berührten. Es war nicht der aufwühlende Einklang zwischen ihnen, sondern ein leises Summen, das sie in Sicherheit wiegte.

»Warum hast du mir nicht gesagt, dass es dein erstes Mal war?«, fragte Chris sanft.

Liliana öffnete die Augen. »Spielt das eine Rolle?«

»Ich hätte es für dich schöner gemacht, wenn ich es gewusst hätte.«

»War doch nicht schlimm«, erwiderte sie.

Chris lächelte, als hätte er Zahnschmerzen. »Vielen Dank auch. Das ist echt gut für mein Ego.«

Liliana grinste. »Nein, so meinte ich das nicht. Es war schön. Wunderschön sogar«, flüsterte sie. »Aber es war nicht schlimm, dass es kein Bett gab oder so.«

»Ich hoffe nur, du bereust es nicht, nicht auf den Richtigen gewartet zu haben.«

Liliana zuckte mit den Achseln. »Woher weißt du, dass du nicht der Richtige warst?«

Chris zuckte zusammen. »Liliana ...«

»Ich meine«, begann sie hastig, »dass du nicht die Liebe meines Lebens sein musst, um dafür der Richtige zu sein. Es hat sich richtig angefühlt. Ich wollte es. So, wie ich es noch mit keinem anderen wollte. Was ist daran falsch?«

»Nichts. Wenn du es wirklich so meinst.« Er lächelte und griff nach ihrer Hand. »Du sollst wissen, dass ich es nicht erwarte, nur weil es dieses Mal passiert ist. Selbst wenn die Magie dich jedes Mal dazu bringt, es dir zu wünschen.«

Seine Worte versetzten ihr einen Stich, obwohl sie doch selbst wollte, dass es nichts weiter war als ein Weg, die Erregung nach dem Zaubern loszuwerden. Ein sehr schöner Weg. »Ist es jedes Mal so?«, fragte sie.

Chris öffnete die Augen und fixierte sie. »Das Bedürfnis, dass jemand deinen von der Magie aufgewühlten Körper zur Ruhe bringt?« Er nickte. »Es ist normal, dass man sich danach begehrt.«

»Du meinst, es geht gar nicht ohne?«

»Für mich nicht. Noch nie.«

Liliana blinzelte ihn an. »Aber dein letzter Magier war ein Kerl.«

In Chris' Augen lag ein freches Funkeln. »Würde dich das schockieren?«

Mühsam versuchte sie herauszukriegen, was er ihr damit sagen wollte. »Dann bist du ... hast du ... ihn geliebt?«

Chris zuckte die Achseln. »Natürlich habe ich ihn geliebt. Wie einen Freund. Einen Partner. Einen Teil von mir selbst, der er lange Zeit war, weil die Magie ihn dazu gemacht hat.«

»Aber du bist nicht ...« Liliana unterbrach sich. Er hatte mit ihr geschlafen. Also war er ziemlich sicher nicht schwul. Aber was dann? Bi?

»Müssen wir dem ein Label verpassen?«, fragte er mit einem spöttischen Lächeln. »Das wäre ziemlich schwierig. Ich bin weder schwul noch bi. Eine Beziehung mit einem Mann reizt mich nicht. Und abgesehen davon war Ian immer in meine Schwester verliebt.«

Liliana starrte ihn wohl ziemlich verwirrt an, denn er lachte leise. »Die Magie macht das Leben noch komplizierter, als es ohnehin schon ist, das wirst du noch merken.« Er nahm ihre Hand. »Aber auch viel schöner und aufregender.« Zärtlich fuhr er die Linien der Zeichnung nach, eine intime Berührung, die so viel mehr über Chris zu verraten schien als das, was sie gerade geteilt hatten. Lilianas Herz schlug plötzlich schmerzhaft in ihrer Brust und sie fragte sich, ob sie nicht einen großen Fehler gemacht hatte. *Was, wenn wir uns verlieben?* Sie wandte das Gesicht ab. Dass sie es geheim halten mussten, war ihr egal. Aber es war ja nicht umsonst ein Tabu und bei Strafe verboten.

Ian. »Wieso nennst du ihn Ian? Das war doch sicher nicht sein Magiername.«

»Nein. Aber an seinen Magiernamen konnte ich mich nie gewöhnen.« Ein Lächeln umspielte seine Lippen. »Ich werde mich auch an deinen nie gewöhnen. Für mich wirst du immer Liliana sein.«

»Warum?«

»Aus genau dem Grund, aus dem der Rat die Namen verbietet. Sie tragen eine Bedeutung. Liliana.« Er ließ sich den Namen auf der Zunge zergehen. »Ich will nicht, dass diese Bedeutung ausgelöscht wird. Ich will in dir nicht nur die Magierin sehen. So, wie ich in Ian nie nur Turais sehen wollte.«

Seine Worte berührten etwas in ihr. Etwas, das sie nicht erklären konnte. »Vermisst du ihn sehr? Ian, meine ich«, fragte sie vorsichtig. Es kam ihr merkwürdig vor, dass gerade er, der das System so hasste, so eine gute Verbindung zu einem Magier gehabt hatte. Und sie musste gestehen, dass sie ein wenig neidisch auf diesen Ian war, dem Chris sich derart anvertraut hatte.

»Am schlimmsten ist es, wenn ich Magier wie deinen Bruder sehe. Daniel und er sind sich so nah. So vertraut. Damals vor der Uni … es war kaum auszuhalten für mich.« Chris wandte das Gesicht ab. »Ich spüre ihn ständig, als wäre sein Wesen wirklich überall verstreut, so wie die Geschichte es erzählt. Manchmal ist … mehr von ihm an einem bestimmten Ort. Dann kann ich sogar seine Gedanken hören.« Seine Stimme schwankte nur leicht, aber Liliana spürte es bis auf den Grund ihrer Seele. Wie schrecklich musste es sein, jemanden zu verlieren, der einem so nahe stand. Sie wollte sich gar nicht vorstellen, wie es Naos gehen würden, sollte er Daniel jemals verlieren. »Glaubst du das wirklich?« Liliana war nicht überzeugt, dass die Toten immer um einen herum waren. »Sind es nicht nur Geschichten, die man zum Trost erzählt?«

»Lucy sagt, dass Ian sie besucht und dass sie manchmal auch seine Gedanken hört.«

»Wer ist Lucy?«

»Meine Schwester.«

»Hat deine Schwester ihn auch geliebt?«, fragte sie vorsichtig. Dann war es ja nicht verwunderlich, wenn sie sich einbildete, dass er zu ihr kam. Sie vermisste ihn eben.

Chris zögerte. »Ich glaube, das kann sie gar nicht mehr. Sie ist zu kaputt, um irgendwen zu lieben.« Die Trauer in seiner Stimme schnürte Liliana die Kehle zu.

»Warum?«

»Ihr fehlt, was man unbedingt braucht, um jemanden wirklich zu lieben. Vertrauen. Sie vertraut niemandem mehr. Nicht einmal mir.«

Sie hätte ihn gern gefragt, ob er deshalb nicht wollte, dass sie die Aufgabe einer Quelle übernehmen musste. Aber sie hatte Angst, dass er sich dann sofort wieder von ihr zurückzog.

»Es tut mir leid, dass sie krank ist.« Sie legte ihm eine Hand auf den Arm. Jeder seiner Muskeln war angespannt.

»Sie ist nicht krank. Oder besser gesagt, sie war es nicht.«

»Was ist passiert?«

»Eine Magierin ist passiert.« Chris sah sie vorwurfsvoll an, als wäre sie diese Magierin gewesen. »Lucy wurde ihr zugeteilt, aber sie konnte sich nicht wehren so wie ich. Sie hat sie ausgenutzt, gedemütigt. Hat ihr vorgeworfen, nicht gut genug zu sein. Und irgendwann hat sie sie zurückgegeben.«

Liliana erstarrte. Zurückgegeben. Wie ihre Mutter es vorgeschlagen hatte. »Oh, Chris.«

»Keiner von uns hat ihr geglaubt. Wir haben alle gedacht, sie übertreibt. Mein Großvater hat ihr zugeredet, dass sie sich nicht so anstellen soll und dass sie sich erst an das Leben als Quelle gewöhnen muss.« Seine Stimme war leise und getränkt von Selbstvorwürfen. »Wenn ich damals nur schon gewusst hätte, wie es wirklich ist. Aber wir sind weit entfernt von einem Gemeinschaftszentrum aufgewachsen und ich kannte Magier nur aus den Geschichten, die man uns erzählt. Dann wurde ich mit Ian verbunden und glaubte, jeder wäre wie er und jede Verbindung wäre wie unsere. Ich dachte, wenn sie sich nur anstrengt, dann könnte sie das Gleiche haben wie ich. Aber ich hatte keine Ahnung, was sie ihr angetan hat.« Liliana drückte seine Hand und er wandte sich ihr zu. »Du kannst dir nicht vorstellen, was für ekelhafte Methoden es gibt, um eine Quelle gefügig zu machen, Liliana.«

Sie sah, wie er erschauerte und in den dunklen Tiefen seiner Augen lauerte ein Schrecken, der Liliana eine Gänsehaut bereitete. »Schlimmer als der Zauber?«

»Ich glaube, Lucy hätte sich gewünscht, dass ihre Magierin einfach nur diesen Zauber verwendet hätte. Jedes Mal, wenn die Verbindungszeremonie abgehalten wird, lösen die Erinnerungen eine Panikattacke in ihr aus.«

Liliana hielt sich die Hand vor den Mund. »Deswegen wolltest du weg? Du wolltest nach ihr sehen?«

Er nickte. Und natürlich hatte er es ihr nicht gesagt, weil er sie für genauso verabscheuungswürdig gehalten hatte wie Lucys Magierin.

»Mein Gott, Chris. Ich ... ich habe alles falsch gemacht«, flüsterte sie. »Ich habe mich genau wie sie verhalten wie diese schreckliche Magierin. Ich habe sogar darüber nachgedacht, dich zurückzugeben. Meine Mutter hat das vorgeschlagen und ich fand schrecklich, dass sie so von dir geredet hat. Als wärst du irgendein kaputter Gegenstand. Trotzdem habe ich darüber nachgedacht.«

»Warum hast du es nicht getan?«, fragte er. »Ich habe es dir ja wirklich nicht leicht gemacht.«

»Ich ... ich habe gespürt, dass du perfekt zu mir passt. Die Magie floss im Einklang, es war so ein wunderbares Gefühl. Hast du es nicht auch so empfunden?«

»Doch«, gab Chris leise zurück. »Ich glaube, das war auch ein Grund, warum ich so wütend war. Ich wusste, dass du die Richtige bist und dass sie recht hatten, uns miteinander zu verbinden. Aber ich wollte nicht einsehen, dass der Rat auch recht haben kann.« Er verzog das Gesicht.

»Es tut mir so leid. Das mit dem Zauber. Ich wollte das nicht. Wirklich. Ich wusste mir nur nicht anders zu helfen.«

»Mach dir nichts draus«, gab er sanft zurück und drückte ihre Hand. Es war verrückt, dass er sie tröstete, wo sie doch diejenige war, die sich wie ein arrogantes Miststück verhalten hatte. Es erinnerte sie an den Moment in der Uni, wo er sie mitleidig angesehen hatte. »Ich weiß, wie es ist, von anderen zu etwas gedrängt zu werden, das man nicht will.«

»Ich habe mich dafür gehasst. Hasse mich immer noch dafür.« Sie stützte das Gesicht in die Hände.

»Ja, das konnte ich ziemlich deutlich sehen.« Ein spöttischer Unterton lag in seiner Stimme. »So deutlich, dass ich verstanden habe, dass ich dich völlig falsch eingeschätzt habe. Irgendwie war ich froh darüber. Es war grauenhaft, so unter deiner Kontrolle zu stehen. Aber dass du fast mehr darunter gelitten hast als ich, hat mir gezeigt, dass du ganz anders bist, als ich dachte. Ganz und gar nicht wie Lucys Magierin.« Er strich ihr sanft über die Wange.

Da war wieder dieses warme Leuchten in seinen Augen. So ganz anders als das wilde Verlangen, das die Magie in ihm geweckt hatte. Es wärmte sie von innen heraus. »Dann bist du nicht mehr wütend?«

Er lächelte bitter. »Ich fürchte, ich werde immer wütend sein. Solange es dieses System gibt. Solange sie uns dazu zwingen, euch zu dienen. Aber wenn du damit meinst, ob ich es dir vorhalte, dann nein.« Da war etwas Neues in seiner Stimme, etwas, das ihren Bauch kribbeln ließ und in ihr den Wunsch weckte, er möge sie noch einmal so zärtlich streicheln. Vielleicht war er doch nicht so schwierig. Vielleicht könnte er doch irgendwann der Partner werden, den sie sich immer gewünscht hatte.

»Chris ...« Sie ließ sich seinen Namen auf der Zunge zergehen. Sagte ihn zum ersten Mal ganz bewusst. »Glaubst du, du könntest lernen, mir zu vertrauen?« Ihr Herz pochte so schmerzhaft in ihrer Brust, dass sie Angst hatte, es könnte zerspringen. So sehr wünschte sie sich, dass er Ja sagte.

»Du vertraust mir doch auch nicht.« Er deutete auf ihre Handgelenke, wo eben noch die Fessel gelegen hatte. Und sie dachte an den Moment in den Höhlen zurück, wo sie ganz instinktiv die Fessel gezaubert hatte anstatt etwas anderes, das ihnen den Sturz in das Becken unter dem Wasserfall hätte ersparen können. »Aber wir brauchen die Fessel doch. Sie dient ...« Dem Schutz der Magier. »... unserem Schutz«, sagte sie. Aber sie sah an Chris' hochgezogener Augenbraue, dass er wusste, was sie gedacht hatte.

Chris biss sich auf die Lippe. »Ich könnte dir so viel mehr geben, ohne die Fessel.«

Liliana starrte ihn entgeistert an. »Wie meinst du das, ›mehr geben‹?«

»Man bringt uns immer bei, dass die Quelle nur die magische Energie bereitstellen kann und der Magier sie sich nehmen muss. Aber ich … ich kann dir die Magie auch geben.«

»Und die Fessel verhindert das?«

Er nickte.

»Aber Chris, ist es nicht gut, dass das verhindert wird?« Sie dachte mit einem Schaudern an den Magiestoß, der bis in ihr Herz gedrungen war. »Zu unserem Schutz?«

»Die Fessel verhindert nicht, dass der Magier seine Quelle auszehrt oder durch zu viel Magie tötet. Warum verdient ihr mehr Schutz als wir?« Es klang bitter. »Außerdem kann ich genau abschätzen, welche Menge Magie ich an dich weitergebe. Oder besser … ich konnte es früher«, gab er zu. »Mit Ian.« Roher Schmerz zuckte über sein Gesicht. »Ohne die Fessel könnte Ian vielleicht noch leben.« Für einen Moment dachte sie, dass er ihr erzählen würde, was passiert war, aber stattdessen sah er sie eindringlich an. »Ich will dich nicht davon überzeugen, dass du ohne Fessel mit mir zauberst, Liliana. Ich will nur, dass du verstehst, dass wir gleichberechtigt sind.« Er hielt seine Hand neben ihre, sodass sie die Zeichnung deutlich sehen konnte. »Die Zeichnung beweist es. Nicht nur du zeichnest mich, sondern ich zeichne auch dich. Wir können nicht das Gleiche, aber was wir können, ist gleichwertig. Und ohne Fessel können wir viel mächtigere Zauber wirken. Weil ich mich um die Energie kümmern kann, während du dich ganz auf die Zauber konzentrierst.«

»Woher weißt du das?«

»Wegen Ian. Er hat nicht immer die Fessel angelegt und dadurch haben wir es herausgefunden.«

Wie Naos und Daniel. Ob sie es auch wussten? Ob er deshalb so leichtfertig mit der Fessel umging? »Können andere das auch?«

»Ich habe noch nie von jemand anderem gehört.«

»Dann bist du wahrscheinlich eine Ausnahme und es ist trotzdem gut, dass es die Fessel gibt.«

»Die Fessel ist ein Symbol für die Unterdrückung der Quellen. Sie steht für das Misstrauen der Magier und auch dafür, dass man uns für unfähig hält«, zischte er, jetzt wieder mit der alten Wut in den Augen. »Sie ist ein Sinnbild dafür, dass die Magier mit den Quellen machen dürfen, was sie wollen.«

»Aber so ist es doch nicht«, begann sie, unsicher, worauf er eigentlich hinauswollte. Gleichberechtigung? Die Worte ihrer Mutter kamen ihr in den Sinn. *Du musst ihn zurückgeben.* Als wäre er eine Sache. Sie erschauerte. »Das mit deiner Schwester war ein Einzelfall«, flüsterte sie trotzdem. »Ein schrecklicher, zugegeben …«

Chris lachte bitter. »Ein Einzelfall? Schau dir doch mal an, wie jemand wie Victor Danes mit den Quellen umgeht. Erinnere dich an das, was er euch Magiern beigebracht hat.«

Liliana wollte widersprechen, bis ihr einfiel, was Danes ihnen in jeder einzelnen Stunde eingebläut hatte: *Vertraue niemals deiner Quelle. Sie könnte dich töten.*

»Er will uns nur schützen.«

Chris schnaubte. »Er ist ein verdammter Mistkerl, der seine Macht ausnutzt und über Leichen geht.«

Liliana sprang auf. »Hör auf. Ich lasse nicht zu, dass du so über ihn redest.«

»Er hat zugelassen, dass Ian gestorben ist«, schnauzte Chris, der ebenfalls aufgestanden war.

»Was?«, fragte sie perplex. »Ich dachte, es war ein Unfall.«

Chris schnaubte. »Das sollst du ja auch denken. Aber Ian war gut, er war einer der besten und mächtigsten Magier, die es je gab. Er hat sich nur zu viel Energie genommen. Sie ist ihm entglitten, durch uns hindurchgerast und ich dachte …« Er schluckte. »Ich dachte, jetzt ist es vorbei. Ian hat die Magie nicht unter Kontrolle bekommen, er konnte sie nicht stoppen und ich konnte es wegen der Fessel nicht. Ich hätte nie zulassen dürfen, dass er sie mir anlegt.« Seine Augen wirkten unnatürlich groß. »Ian hat die Energie in sich aufgenommen, alles. Sie hat ihn … versengt. Von innen heraus. Und ich … ich kam mit ein paar Verbrennungen davon.« Selbsthass und Schuld überschatteten Chris' Miene. Er schloss die Augen, wie um die Erinnerung ganz tief in sich zu vergraben, dann hob er den Kopf und sah Liliana entschlossen an. »Danes war da, er war unser Wächter an jenem Tag. Das war er sonst nie, er ist eingesprungen. Ich habe ihn um Hilfe angefleht. Ich habe Danes angeschrien, damit er die Fessel löst oder die Magie zwischen uns trennt. Er hat es nicht getan. Mit Absicht nicht.«

Wie betäubt versuchte Liliana zu verstehen, was er da sagte. »Das … das glaube ich nicht, Chris, das muss ein Missverständnis gewesen sein.«

»Ein Missverständnis?« Aus Chris' Augen traf sie ein Blick so voller Verachtung, dass sie unwillkürlich von ihm wegrutschte. »Er hat mich angesehen, Liliana. Direkt angesehen und nichts unternommen.«

»Vielleicht konnte er es nicht?« Ihre Stimme schwankte.

»Natürlich hätte er das gekonnt. Aber er wollte nicht.«

»Das ergibt doch keinen Sinn. Warum sollte er einen Magier töten wollen?«

»Ich weiß es nicht.«

Zweifelnd sah sie ihn an. »Ich glaube einfach nicht, dass Danes so was tun würde.«

Chris zog die Augenbrauen zusammen. »Als wir ihm von Lucy erzählt haben, hat er sich geweigert, ihr zu helfen.«

»Du hast selbst gesagt, dass ihr anfangs auch unterschätzt habt, wie schlecht es ihr ging.«

»Das sind zwei Fälle direkt in meiner Umgebung, Liliana. Erst Lucy, der er nicht geholfen hat, und dann Ian, den er hat sterben lassen. Glaubst du wirklich an einen Zufall? Danes macht, was er will, und wir sind ihm egal. Schau doch nur, was er mit uns gemacht hat. Er hat dein Leben aufs Spiel gesetzt, als er uns in die Höhle geschickt hat!«

»Danes ist ein guter Lehrer, ich kenne ihn. Und er kennt mich. Er ist dieses Risiko eingegangen, weil die Zeit drängte und weil er wusste, was in mir steckt. Ich glaube einfach nicht …«

»Verdammt, Liliana!« Chris' Augen blitzten. »Er erpresst mich mit Lucy. Du warst sogar dabei. Dieser Mistkerl von einem Wächter hat ganz offen damit gedroht, sie dir als Quelle zu geben. Dabei hat Großvater sie freigekauft. Er hat Victor Danes dafür bezahlt, dass sie nie wieder als Quelle zugeteilt wird.«

»Du lügst«, schrie sie. »Das kann nicht sein. Es gibt mehr Quellen als Magier, darum werden einige Quellen nicht zugeteilt. Man kann sie nicht freikaufen.«

»Du bist so naiv. Warum willst du ihnen unbedingt glauben, wenn die Wahrheit so offen vor dir liegt? Quellen werden ständig freigekauft. Wenn die Familie reich und mächtig genug ist und wenn sie mehr als eine Quelle in der Familie haben. Danes missbraucht seine Macht und die Gemeinschaft für seine eigenen Zwecke.«

Liliana wurde schwindelig. Es gab so viele von den alten Familien, die nur eine Quelle stellten, wo doch normalerweise alle Kinder einer Familie das Potenzial erbten. »Ich kann das einfach nicht glauben«, flüsterte sie.

Wütend funkelte er sie an. »Und ich kann nicht glauben, dass du immer noch zu verblendet bist, um die Wahrheit zu sehen, nach allem, was ich dir erzählt habe.«

Ärger ballte sich in Lilianas Magen zusammen. Wie konnte er es wagen, so mit ihr zu reden? »Warum sollte ich dir glauben? Ich kenne dich kaum. Rat Danes hingegen kenne ich schon mein ganzes Leben lang. Ich vertraue ihm. Er ist nicht perfekt, aber ich weiß, dass er nichts von dem tun würde, was du ihm vorwirfst.«

»Ich hätte wissen müssen, dass du mir nicht glaubst. Damals beim Kollektiv habe ich ja gesehen, dass du sein Schoßhündchen bist.«

»Deswegen? Deswegen hast du mich damals so angestarrt? Deswegen hast du dafür gesorgt, dass ich mich im Kollektivsaal vor allen blamiere? Weil du deine persönlichen Gefühle gegen ihn auf mich ausgeweitet hast?«

»Und ich hatte offensichtlich recht«, sagte er verächtlich.

»Du redest doch nur solchen Unsinn, weil du sauer bist, dass du die Quelle bist und nicht der Magier«, zischte sie. »Vielleicht hatte meine Mutter doch recht und ich hätte dich unter Kontrolle behalten sollen. Damit du niemandem gefährlich werden kannst mit deinem aufrührerischen Gerede.« Ihre Stimme überschlug sich fast.

Chris rückte weiter von ihr ab und betrachtete sie kalt. »Du bist eben doch nur eine hochnäsige Magierin, die alles besser weiß.«

»Und du ...« Liliana zitterte vor Wut. »Du hast hier nichts zu sagen, gar nichts. Du bist nur eine Quelle.«

Chris wurde bleich. »Was für ein Glück für dich, dass sie meine Schwester in der Hand haben«, knurrte er. »Sonst würde mich nichts dazu kriegen, deine Gesellschaft auch nur eine Sekunde länger zu ertragen.« Damit sprang er auf, drehte sich um und verschwand in seinen Räumen.

Zitternd vor Wut und Angst starrte Liliana ihm nach. Er konnte nicht recht haben. Es war einfach unmöglich. Rat Danes würde so etwas niemals tun.

24

Sie schob eine Hand in die Tasche an ihrem Gürtel und fand die Oberfläche des Steins, mit dem man Gedankennachrichten verschickte.

Matteo?

Keine Antwort.

Adaras Finger krampften sich fester um den Stein. Verdammt. Wenn sie ihn nicht dazu bringen konnte, sich mit ihr zu treffen, musste sie den Weg zurück zum Schacht alleine finden. Und das richtige Graffiti. Unmöglich. Es waren einfach zu viele und sie hatte viel zu wenig Zeit.

Immer wieder versuchte Adara, Matteo zu kontaktieren, während ihr mit jedem Schritt die Zeit davonlief. Und damit die Möglichkeit, *ihn* zu retten. Danes würde sie in Auckland erwarten. Er würde sehen wollen, dass sie bereit war, ihren Platz einzunehmen.

Matteo!

Sie lauschte, doch die Stille am Fluss wurde nur durchbrochen von Verkehr, Baulärm und Geschrei. Adara runzelte die Stirn. So laut war es ihr letztes Mal nicht vorgekommen. So laut, dass sie nicht mal ihre Gedanken hören konnte. Oder Matteos Antwort.

Sie raste die Stufen der Tiberbrücke hinauf, die in der Nähe von Matteos U-Bahn-Schacht lag, und blieb entsetzt stehen. Staub lag über der Straße, eine riesige Wolke, die ihr in Mund und Nase drang. Hustend zog sie sich die Kapuze ihres Magiermantels vor Mund und Nase und versuchte, zwischen den wirbelnden Dreckteilchen etwas auszumachen. Menschen liefen aufgeregt umher, suchend, schreiend, während Sanitäter versuchten, sie zu beruhigen. Nur langsam drang zu Adara durch, was geschehen war. Und je mehr sie verstand, desto schneller schlug ihr Herz.

»Nein«, flüsterte sie. »Nein! Nein!« Sie rannte los. Mitten hinein in den wirbelnden Staub. Halb blind stürzte sie auf das Zentrum des Tumults zu, wischte sich über die Augen, die vom Dreck brannten und juckten.

Jemand brüllte etwas auf Italienisch und riss sie am Arm zurück, so heftig, dass sie stolperte und zu Boden fiel. Adara stemmte sich auf alle viere und hob den Kopf. Die Welt begann, sich um sie zu drehen, wurde zu einem See aus Schwärze. Ein gigantisches Loch klaffte vor ihr im Boden. Und sie wäre beinahe hineingestürzt. Wie gebannt starrte sie in die bodenlose Tiefe. Konnte sich keinen Millimeter von der Stelle rühren. Starrte nur in das Loch, an dessen Boden sie in Finsternis und Staub ganz allmählich einen Haufen Schutt ausmachen konnte. Schutt, auf dem sie an einigen Stellen bunte Farbe zu erkennen glaubte. Verzweiflung machte sich in ihr breit. Das konnte doch nicht sein. Durfte nicht sein. Sie rappelte sich auf, lief am Rand des Kraters entlang und suchte nach einer Möglichkeit, nach unten zu kommen. In all der Aufregung und dem Chaos merkte niemand, dass sie schließlich ein paar Schuttteile fand, die ihr den Weg nach unten ebneten. Sie kletterte, so schnell sie konnte, zwischen den Steinen in den Schacht hinab. Es war waghalsig, aber es spielte keine Rolle. Ohne das Graffiti spielte nichts mehr eine Rolle. Unten war der Staub noch stärker, kaum zu durchdringen. Sie kniff die Augen zusammen und wünschte, sie könnte ohne

Quelle zaubern, damit sie sich hier unten zurechtfinden konnte. Sie machte ein paar Schritte vorwärts. Und blieb stehen. Weiter vorn ragte etwas in die Höhe. Eine Statue? Sie umrundete ein Hindernis. Wind fuhr in die Trümmer und wirbelte den Staub auf. Adara schrak zurück. Dann stürzte sie auf die vermeintliche Statue zu.

»Hey!« Sie packte Tauru am Arm, schüttelte sie. Keine Reaktion.

Mit leerem Blick starrte die Quelle auf die Trümmer, dunkle, schmutzige Schlieren zogen sich über ihre Wangen, bis zu ihrem Mund, der verzerrt offen stand.

Adara ließ sie los. Dann drehte sie sich um und stolperte in die Dunkelheit hinein. »Matteo!«, brüllte sie. »Matteo! Antworte doch.« Adaras Stimme brach sich an den Wänden der Höhle, zerstreute sich im Staub, sank schwer auf sie hernieder. Zu spät. Sie war zu spät. »Matteo«, brüllte sie aus vollem Hals. Ihr Schrei wurde zu einem hilflosen Schluchzen, als jemand sie packte, und zurückriss. Jemand redete auf sie ein, aber sie verstand kein Wort.

Deswegen hat er nicht geantwortet.

Adara wollte sich losreißen, schrie, kämpfte und schlug um sich, aber die Sanitäterin, die sie am Arm gepackt hatte, ließ nicht locker, riss sie mit sich fort, hektisch, panisch fast. Licht blendete sie, dann hörte sie das Grollen. Sie zuckte zusammen, wurde auf den Boden gedrückt. Hustend und würgend fuhr Adara herum. Der Schacht, in dem sie sich gerade noch befunden hatte, war ebenfalls eingestürzt. Neben ihr auf dem Boden kauerte Tauru. Die Rettungssanitäterin hielt sie beide am Arm fest. Alle drei starrten sie stumm auf die Stelle, unter der Adaras letzte Hoffnung begraben lag.

»Das … das kann nicht sein, der Schacht ist stabil, das hat er selbst …«, sie brach ab. Was, wenn sie vorhin gar nicht über eine Schiene gestolpert war? Und der Kopfschmerz? Vielleicht hatte sie ein Trümmerteil abbekommen. Einen Vorboten des Einsturzes. »Er … er könnte verschüttet sein. In einer Luftblase, wir müssen …« Adara drehte sich zu Tauru um. Ihr Herz blieb stehen. Für einen winzigen Moment blieb es stehen. So wie damals. Bei *ihm*. In den blinden Augen der Quelle, in der Finsternis zwischen dem Sternenstaub, erkannte Adara die Wahrheit.

»Sie haben ihn weggebracht.« Die Worte der Quelle waren kaum verständlich.

»In welches Krankenhaus?«, fragte Adara.

Die Quelle schüttelte den Kopf. Kein Krankenhaus also. Weil es nichts mehr genutzt hätte. Adara presste die Lippen aufeinander, so fest, dass kein einziger Laut ihr entwischte. Sie drängte den Schmerz zurück, den Schrei, die Tränen. Nahm es alles in sich auf. Weil jede Träne, jeder Schmerzenslaut einen Teil von ihr mit sich fortgetragen hätte. Es hätte sie zerbrochen, hier und jetzt. *Ich will, dass es aufhört. Bitte. Es soll endlich aufhören.* Wut stieg in ihr auf, so heiß und blendend, dass ihr fast schlecht davon wurde. »Ich will das nicht mehr. Ich kann nicht mehr. Wo bist du? Und wie konntest du einfach gehen? Wie konntest du zulassen, dass sie dich mir wegnehmen? Mit dir hätte ich ihm helfen können, verdammt!«, schrie sie. »Jetzt gib mir endlich ein Zeichen, lass mich dich spüren, zeig mir, dass ich nicht alleine bin.«

Nichts.

Matteo. Es tut mir so leid.

»Du …«, stieß die Quelle neben ihr hervor. Es war ein grausames Geräusch wie von einem jahrtausendealten Baum, der in der Mitte auseinanderbricht. »Hast du noch nie darüber nachgedacht, dass du ihn vielleicht nicht spürst, weil er es nicht will?«

Adara erstarrte. »Was?«

»Du liebst ihn, wie kaum jemals ein Mensch einen anderen geliebt hat. Und er dich. Trotzdem spürst du ihn nicht«, schnarrte sie. »Verdammt, kapierst du denn nicht, was das bedeutet? Es geht nicht immer nur um dich, Magierin. Und jetzt …« Hustend wandte sie sich ab, stemmte sich auf die Knie. Wollte gehen. Natürlich wollte sie gehen. Aber Adara durfte sie nicht einfach so gehen lassen.

Ohne Matteo und die Graffitis war Tauru die letzte Chance, die ihr noch blieb.

»Es geht nicht nur um mich. Tausende von Menschenleben stehen auf dem Spiel und mir bleibt kaum noch Zeit. Bitte, hilf mir, ihnen zu helfen. Sag mir, wie ich ihn zurückholen kann.«

Die Quelle erstarrte, schloss die Hände krampfhaft um einen bunten Stein, der vor ihr auf dem Schutthaufen lag. Dann schüttelte sie den Kopf. »Mein Sohn ist tot«, murmelte sie. »Ich habe genug gegeben. Genug.« Die Sanitäter brachten sie weg und auch Adara ließ sich nach oben führen. Während sie sich davonschlich, hustend und verdreckt, im Schutz der gnadenlosen Staubwolke, dachte sie an Matteo und ihr Herz krampfte sich zusammen. Bis die Angst um die vielen anderen Menschen sie wieder übermannte und ihr die Kehle zuschnürte. Es waren schon zu viele gestorben. Es musste endlich aufhören! *Vielleicht spürst du ihn nicht, weil er es nicht will.* Adara versuchte, den Gedanken aus ihrem Kopf zu verbannen. Aber er wuchs in ihr zu einem Zweifel heran, der alles andere verdrängte. »Bitte«, flüsterte sie. »Ich weiß, dass du alles tun würdest, um die Menschen zu retten. Gib mir ein Zeichen. Beweise mir, dass du noch da bist.« Sie hielt das Gesicht in den milden Nachtwind und wartete.

Nichts rührte sich.

Adara ballte die Fäuste. Dann öffnete sie sie wieder. Ihr Blick sank auf ihre Hände. Zum ersten Mal, seit Seth das Foto hatte machen wollen.

Sie waren blass. Unbeschrieben. Leer. Genau wie sie.

Adara warf einen Blick zurück auf die Staubwolke, die hinter ihr immer noch in der Luft waberte. Die Graffitis waren zerstört, der einzige Mensch, der ihr jetzt noch hätte helfen können, war tot. Es hatte keinen Sinn, länger hierzubleiben. Aber es hatte auch keinen Sinn wegzulaufen. Das Einzige, was noch Sinn ergab, war, sich in ihr Schicksal zu fügen. So konnte sie wenigstens ein paar Menschen schützen. Bitterkeit flutete ihren Körper wie Gift. Ein paar wenige. Viel zu wenige. Aber das war besser als nichts.

25

Die Menschen waren gekommen, um einen Zauber zu sehen. Es war nur eine Formalität, aber für Liliana und Chris war es eine Feuerprobe. Liliana warf Chris einen besorgten Blick zu. Ebenso wie sie trug er seine rituellen Gewänder. Unter ihnen brandete das Meer gegen die Klippen und ein Großteil der neuseeländischen Gemeinschaft hatte sich hier versammelt. Die Namenszeremonie war beinahe eine ebenso große Angelegenheit wie das Verbindungsritual. Die Leute wollten mit eigenen Augen sehen, dass die neuen Verbindungen in der Lage sein würden, sie vor der zunehmenden Wut der Natur zu schützen. Lilianas Mund war trocken und Chris' Hände waren zu Fäusten geballt. Er war genauso aufgeregt wie sie. Liliana hatte vorgehabt, sein Vertrauen zu gewinnen und bis zum Tag der Namenszeremonie seine Sperre vollkommen aufzulösen. Aber seit dem Streit hatten sie beide nicht wieder zueinandergefunden und die Magie hatte sich ihnen mehr entzogen als je zuvor. Sie hatten versucht, darüber zu reden, aber Chris war ebenso überzeugt davon, dass Rat Danes ein korrupter Mistkerl war, wie Liliana, dass es sich nur um ein Missverständnis handelte. Keiner von ihnen konnte nachgeben, obwohl sie es beide wollten. Ihre Überzeugung ging einfach zu tief.

Einige Meter neben ihnen zerstreuten Aurelia und Sara eine bedrohliche Wolkenwand in alle Winde. Die Menge klatschte und Aurelia erhielt ihren Magiernamen: Atria.

Liliana leckte sich über die Lippen, als der Wächter auf sie zukam. Sie streckte die Hand nach Chris aus und hoffte, dass niemand bemerkte, wie blass ihre Zeichnung schon wieder geworden war. Viel blasser, als sie bei einer erfolgreichen Verbindung hätte sein dürfen. Chris setzte sich nicht mit Absicht zur Wehr, das war ihr klar. Jedes Mal, wenn sie scheiterten, war er frustriert. Auch jetzt stand die Angst zu versagen ihm deutlich ins Gesicht geschrieben. Wie gerne hätte sie ihm gesagt, dass sie trotz allem, was zwischen ihnen stand, alles dafür tun würde, dass es funktionierte. Nicht nur für seine Schwester, sondern auch für ihn. Weil sie in den wenigen Minuten, nachdem sie miteinander geschlafen hatten, eine viel tiefere Verbindung zu ihm gespürt hatte als die der Magie.

Der Wächter nickte Liliana auffordernd zu. Schweiß trat ihr auf die Stirn und Chris sah sie mit geweiteten Augen an. Sie fasste seine Hand. *Wir schaffen das.* Liliana schloss die Augen und griff nach der Magie. Ein lautes Pfeifen wie von einem Mikro riss sie aus ihrer Konzentration. Rat Danes' Gesicht tauchte auf der Videoleinwand über ihren Köpfen auf. »Die Zeremonie muss unterbrochen werden. Alle Magier werden umgehend für einen Großeinsatz gebraucht. Alle anderen Mitglieder werden gebeten, Ruhe zu bewahren und an Ort und Stelle zu warten, bis der Rat Entwarnung gibt.« Seine restlichen Worte gingen im Lärm der landenden Hubschrauber unter. Der Großeinsatz. Jetzt schon? Was für eine grauenhafte Katastrophe musste es sein, welches Ausmaß musste sie haben, dass sie dafür die Zeremonie unterbrachen? Liliana schauderte es.

Nervös beobachtete sie, wie alle anwesenden Magier von den Zuschauertribünen auf das Plateau hinunterströmten und sich auf die Hubschrauber verteilten. Ein Wächter rannte auf Liliana und Chris zu und drängte sie, ebenfalls einzusteigen. »Wir sind noch nicht so weit«, brachte Liliana entsetzt hervor. »Ich habe meinen Magiernamen nicht.«

»Nur eine Formsache. Ihr werdet gebraucht. Steig ein, Magierin, und nimm deine Quelle mit.« Er schob sie in den nächsten Hubschrauber. Mehrere Wächter in ihrer dunklen Kluft saßen bereits darin. Verzweifelt warf Liliana Chris einen Blick zu. Man wollte sie einsetzen. Man hielt sie für kompetent und mächtig. Aber das waren sie nicht. Liliana griff nach ihrem Handy und betätigte die App. *Wir müssen es ihnen sagen! Sie müssen einen anderen Magier rufen. Sofort.*

»Bitte hört mir alle gut zu«, ertönte in diesem Moment Rat Danes' Stimme. Liliana zuckte zusammen, als Danes neben ihr im Hubschrauber auftauchte, während er noch in sein Headset sprach. »Dieser Einsatz war erst in einigen Tagen geplant. Wir haben die Katastrophe schon länger im Visier, aber die Magier, die sie überwacht haben, haben die Lage falsch eingeschätzt. Unsere stärksten Magier sind andernorts im Einsatz und stehen uns nicht zur Verfügung. Darum brauchen wir jede einzelne Verbindung, um auch nur den Hauch einer Chance zu haben.« Deswegen hatten sie also die Zeremonie unterbrochen und sogar die noch nicht fertig ausgebildeten Magier geholt. *Was jetzt?*

Chris schob seine Hand in den Beutel an seinem Gürtel. Zum ersten Mal wurde ihr bewusst, dass er nicht die App nutzte. Zumindest nicht, wenn er die Wahl hatte.

Ohne uns sind sie nicht besser dran, weil sie sowieso zu wenige sind. Wir müssen es wenigstens versuchen.

Liliana schluckte schwer. Versuchen. Es war möglicherweise eine der größten Katastrophen, die Neuseeland je heimgesucht hatte. Wenn sie es versuchten und scheiterten, würden sie bestimmt nicht lebend rauskommen. Der Gedanke versetzte ihr einen Stich. Nein.

Sie würden nicht sterben. Es war ihre Verantwortung als Magierin, dafür zu sorgen. Sie sah Chris fest in die Augen. *Wir versuchen es nicht. Wir tun es.*

Zum ersten Mal seit ihrem Streit glomm etwas in seinen Augen auf und ein Lächeln umgab seine Mundwinkel. Erleichterung erfasste sie, als er nickte. Wie merkwürdig. Sie waren vielleicht auf dem Weg in den Tod. Und doch war sie erleichtert. Weil sie endlich wieder zu ihm durchdrang.

Danes' Anweisungen prasselten auf sie hernieder. Ein Vulkanausbruch besonderen Ausmaßes, einige Tage zu früh und viel heftiger als erwartet. Mit trockenem Mund starrte Liliana nach unten und erwartete, die neuseeländischen Alpen zu sehen oder die zerklüfteten Krater der Vulkane im Tongariro National Park. Als ihr klar wurde, wohin man sie brachte, packte sie das kalte Grausen. »Auckland«, flüsterte sie zitternd. Eine Stadt voller Menschen. Hunderttausende unschuldige, ahnungslose Menschen. »Das darf nicht sein«, wandte Liliana sich verzweifelt an Rat Danes. Doch er schien sie unter dem Lärm der Rotoren nicht zu hören. Liliana wandte sich an Chris und er hielt ihren Blick fest. Darin las sie das, was sie selbst fühlte. Es ging nicht mehr nur um ihr eigenes Leben. Versagen war keine Option.

Auf einem grasbewachsenen Vulkankrater mitten in Auckland setzte der Hubschrauber Liliana und Chris ab. Der Mount Eden. Der höchste Berg von Auckland und ein schlafender Vulkan, der nun vor unterdrückter Wut vibrierte. Sie griff nach Chris' Hand und er drückte sie fest. Für einen kurzen Moment war es, als hätte es den Streit nie gegeben. Ihre Magie summte im Einklang mit seiner und in ihr wuchs eine merkwürdige Erregung. Eine Vorfreude darauf, die Magieebene zu öffnen und der Schöpfung in die Augen zu sehen. Bis es unter ihren Füßen grollte. Ein Geräusch, als stünden sie auf dem Rücken eines wütenden Drachen, der nur darauf lauerte, sie zu verschlingen. Rat Danes sprang neben ihnen aus dem Helikopter. Liliana spürte, wie Chris sich verspannte.

»Wie konnte man das falsch einschätzen?«, brach es aus ihm heraus. »Die Vorhersagen funktionieren seit Jahrzehnten auf die Stunde genau.«

»Ich glaube nicht, dass es einer Quelle zusteht, unsere Methoden zu kritisieren«, antwortete Rat Danes kalt.

Liliana musste ihm recht geben. Ein hoch qualifiziertes Team aus Magiern und Wissenschaftlern arbeitete Tag und Nacht an der Vorhersage von Katastrophen. Sie hatten sicherlich ihr Bestes getan. Doch Chris' Augen funkelten und die Magie tobte in winzigen Blitzen zwischen ihren Händen. »Fehler passieren eben«, warf Liliana ein und bat Chris mit Blicken darum, keinen Streit mit Danes vom Zaun zu brechen. Das würde ihnen nicht helfen.

Chris schwieg, aber als Rat Danes Liliana noch einmal zunickte und dann verschwand, murmelte er: »Man hätte es genau genug eingrenzen können, um die erfahreneren Magier zurückzurufen. Das war entweder fahrlässig und dumm oder …«

Mit einem gewaltigen Grollen fiel der Mount Eden Chris ins Wort. Liliana versuchte, nicht auf den winzigen Zweifel zu hören, der an ihr nagte. Mit einem hatte Chris wahrscheinlich recht: Jemand hatte einen Fehler gemacht, der jetzt Tausende von Menschen das Leben kosten und ihre Heimat dem Erdboden gleichmachen konnte. Unsicher sah sie zu Chris hinüber, während die Wächter die Magier so positionierten, dass die ganze Fläche des zu erwartenden Ausbruchs von Magieebenen eingefasst sein würde. Jede Verbindung musste versuchen, die Risse zu schließen, die sich in der Erdkruste bildeten und durch die Lava und Asche austreten konnten. Mit jedem Augenblick wurde Liliana klarer, wie aussichtslos es war. Was sie hier versuchten, war nichts als Kosmetik. Damit würden sie den Ausbruch nicht aufhalten können. Der Hubschrauber hob wieder ab, um die restlichen Magier an die richtigen Punkte zu bringen, und nahm auch Rat Danes mit. Liliana sah sich um. »Man hat uns keinen Wächter dagelassen.«

Chris verzog spöttisch den Mund. »Wir werden auch keinen brauchen, so wenig Magie, wie wir nutzen werden.«

Liliana leckte sich über die Lippen. »Chris, ich weiß, du bist wütend auf mich, aber wir müssen versuchen …«

Seine Augen wurden dunkel. »Das weiß ich selbst, verdammt.«

Liliana wollte etwas erwidern, aber in diesem Moment erreichte sie eine kollektive Gedankennachricht von Danes. Chris verzog das Gesicht, als hasste er es, Danes auf diese Art in seinem Kopf zu haben.

Macht euch bereit. Mögen eure Geschichten erzählt werden.

Zitternd vor Aufregung fasste Liliana nach Chris' Hand. Seine Finger bebten. Sie fixierte Chris und griff dann nach der magischen Energie, die unter seiner Haut pulsierte. Zunächst tat sich gar nichts, dann jedoch ergoss die Magie sich in Liliana und sie atmete auf. Vielleicht lenkte das grollende Vulkanfeld unter ihnen Chris ausreichend ab. Sie öffnete die Magieebene, erschuf die Fessel und hielt die Luft an, als die Magie Chris und sie ganz einhüllte. Mehr hatten sie noch nie geschafft. Aber jetzt brauchten sie ein Vielfaches davon, um auch nur in die Nähe des Problems zu kommen. Die Magmakammern saßen weit unter der Erdoberfläche, die Risse und Tunnel, durch die das Magma sich nach oben drückte, waren weit verstreut. Wenn sie sie verschließen wollten, mussten sie die Magieebene bis tief ins Erdinnere ausdehnen. Liliana griff nach mehr Energie. Unter ihnen grollte die Erde, Asche schoss an mehreren Stellen durch Risse nach oben, sodass Liliana sich an Chris festhalten musste, um nicht hinzufallen. Unter ihnen in den Straßen quietschten Reifen und Liliana hörte entsetzte Schreie. Die Magieebene flackerte.

»Chris«, flehte Liliana. »Bitte, denk an irgendwas. An deine Schwester an … uns.«

Wütend funkelte er sie an. »Ich versuche es ja.«

Gedankennachrichten der anderen Magier prasselten auf sie nieder. *Der Ausbruch ist zu gewaltig.*

Hier reißt der Boden immer weiter auf!

Wir sind zu wenige!

Chris' Gesichtsausdruck wurde immer finsterer. Auch er schien Gedankennachrichten zu erhalten. Ihm stand der Schweiß auf der Stirn und sein Blick war starr auf ihre Hände gerichtet, als könnte er die Magie allein dadurch zwingen, sich endlich zu fügen.

»Oh, Chris.« Liliana traten Tränen in die Augen. Ohne sie würden die anderen Magier es nicht schaffen. Menschen würden sterben. Auckland würde verwüstet werden. Nur weil sie sich von Anfang an wie eine arrogante Kuh aufgeführt und Chris am Ende noch bewiesen hatte, dass sie genau wie die Magier war, die er aus tiefster Seele hasste. Aber aufgeben kam nicht infrage. Wieder griff sie nach der Magie. Ein Stoß traf sie mitten ins Herz. Sie stöhnte vor Schmerz. Chris schrie frustriert auf und riss an seiner Hand, die durch die Fessel an ihre gebunden war. »Lass mich los, sofort!«, brüllte er. »Es ist zu gefährlich. Und selbst wenn wir zaubern könnten, wir könnten es niemals aufhalten. Du hörst sie, wir sind zu wenige.«

»Vielleicht reicht es, wenn wir den Vulkanausbruch eindämmen, bis die anderen Magier von ihren Einsätzen zurückkommen. Nur zwei oder drei Tage«, schrie sie zurück.

»Wie willst du das anstellen? Die Risse lassen sich nicht versiegeln.«

»Der Druck ist zu hoch. Das Gestein wird einfach weggesprengt. Wir müssen etwas anderes versuchen.« Fieberhaft kratzte Liliana ihr ganzes Wissen über Vulkane und Magma zusammen. »Die Temperatur erhöht sich über Jahrhunderte, das Gestein verflüssigt sich und dehnt sich dabei aus. Gase entstehen und erhöhen den Druck in den Magmakammern.«

»Was willst du tun? Das Gas ablassen?« Chris sah erschrocken aus.

»Viel zu gefährlich. Wenn es schiefgeht, fliegt uns die ganze Erdkruste um die Ohren. Wir müssen die Temperatur senken. Nur ein wenig. Dann sinkt der Druck und es dauert hoffentlich eine Weile, bis er sich wieder aufbaut.«

Chris lachte auf. Es war ein unnatürlicher, schrecklicher Laut. »Wenn es weiter nichts ist. Und wie stellst du dir das vor?«

Liliana durchforstete ihr Gehirn. Wasser aus dem Meer darauflaufen zu lassen, würde nicht helfen. Es würde sofort verdampfen und unter Umständen die Situation noch explosiver machen. Wie kam es zu der hohen Temperatur? »Ich habe eine Idee!« Ihr Bauch kribbelte vor Aufregung. Sie schloss ihre Finger fester um Chris' Hand. »Aber dafür werde ich viel Magie brauchen. Enorm viel Magie.«

»Liliana …« Verzweifelt sah Chris sie an. Unter ihnen bäumte sich der Berg auf und eine weitere Aschewolke raubte ihnen fast die Sicht. Liliana sah ihm fest in die Augen. Ihr Herz raste und pumpte das Adrenalin in jede Faser ihres Körpers. Sie wusste, dass das, was sie jetzt tun würde, sie das Leben kosten konnte. Zitternd atmete sie ein, dann löste sie die Fessel und schloss gleichzeitig ihre Finger so fest um Chris' Handgelenk, wie sie konnte.

»Was tust du da, bist du verrückt geworden?«, schrie Chris. Entsetzen zuckte über sein Gesicht und Liliana fragte sich, ob sie das Richtige tat oder ob sie Chris durch die Abwesenheit der Fessel noch mehr unter Druck setzte.

»Du vertraust mir nicht«, rief sie zurück. »Jetzt musst du es nicht mehr. Ich werde mir keine Energie nehmen. Du wirst sie mir geben. Du hast es selbst in der Hand.«

»Nein, das ist Wahnsinn, das ist viel zu viel Magie, was wenn …«

»Ian könnte noch leben, wenn du den Magiefluss hättest kontrollieren können. Das hast du selbst gesagt.«

Chris wand sich unter ihrem festen Griff.

»Ich vertraue dir.«

»Aber ich vertraue mir nicht, verstehst du das nicht? Was, wenn du recht hast? Was, wenn der Unfall irgendwas in mir zerstört hat?«

Wie gern hätte sie Chris angelogen und behauptet, dass sie wusste, dass es funktionieren würde. Aber das konnte sie nicht. Sie konnte nicht den Anführer spielen, der log und Befehle erteilte, um seine Untergebenen zum Handeln zu zwingen. Und sie wollte es auch nicht. Sie wollte ihm nicht ihre Lösung aufzwingen, wenn er nicht überzeugt davon war. Sie klammerte sich an Chris' Hände, sah die Panik in seinen türkisen Augen, während die Asche zwischen ihnen herumwirbelte. »Du hattest recht, Chris, wir sind gleich, du und ich. Keiner von uns ist besser als der andere. Ich werde dich nicht zwingen und ich werde es dir nicht befehlen. Also sag mir, denkst du, dass wir den Vulkanausbruch ohne Magie verhindern können?«

Chris starrte sie an. Die Hilflosigkeit in seinem Gesicht drang bis auf den Grund ihrer Seele. Schließlich schüttelte er den Kopf.

»Dann sei der Partner, den ich mir immer gewünscht habe, Chris. Hilf mir. Bitte. Wir wissen beide, dass es schiefgehen kann, aber ich finde, dass wir es wenigstens versuchen sollten.« Wieder grollte die Erde unter ihnen. Bald würden sie nichts mehr tun können. Die Asche flog in die Luft, und wenn sie nicht schnell handelten, würde sie Auckland unter sich begraben, Gebäude zum Einsturz bringen und unzählige Menschenleben einfordern.

»Ich öffne mich jetzt für die Magie«, sagte sie fest und schloss die Augen, um es Chris leichter zu machen. Lange geschah nichts, doch dann spürte sie das vertraute Kribbeln in ihren Fingern. Magie floss von Chris zu ihr und erfüllte sie. Ein gleichmäßiger Strom, der langsam anschwoll. Liliana schluchzte vor Erleichterung auf und beeilte sich, die Magieebene um sie herum zu erweitern. Sie dehnte sie aus, in die Erde hinein, tief hinunter, weiter und weiter. Aber es war nicht genug.

»Mehr«, stöhnte sie. »Ich brauche mehr, Chris.«

Chris' Gesicht war blass vor Anstrengung und seine Haut schien von innen heraus zu leuchten. Liliana erschrak, aber ein neuer Strom von Magie packte sie und erforderte ihre ganze Konzentration. Sie weitete die Magieebene aus und plötzlich ging es ganz leicht. Rasend schnell floss die Magie von Chris in sie und hinein in die Grundsubstanz der Welt um sie herum. Bis hinunter in die riesigen Magmakammern unter der Stadt. Sie griff tiefer hinein, direkt in das Magma, an dessen Grund sich das Gestein abgesetzt hatte. Mit Magie fuhr sie behutsam dazwischen, löste den Bodensatz der Magmakammer Stück für Stück, zerbröselte ihn, bis er sich in dem heißen Magma löste. Wütend grollte es unter ihnen, der Dampf wurde noch stärker, die Asche undurchdringlicher.

»Was tust du da?«, schrie Chris.

»Ich löse das alte Sediment am Boden wieder auf. Dadurch kühlt das Magma ab.«

»Ich glaube, das funktioniert nicht!«

Er hatte recht. Es reichte nicht. Verzweifelt versuchte Liliana zu erspüren, woran es lag. »Es reicht nicht, wenn wir es alleine tun, die anderen müssen mitmachen.« Schnell formulierte sie eine Gedankennachricht und sandte sie der Reihe nach an so viele andere Magier wie möglich.

Das ist verrückt, das kann nicht funktionieren.

Damit verschwenden wir nur unsere Kraft, kamen die Antworten. *Wir haben genaue Anweisungen von Danes.*

Du setzt unsere Mission aufs Spiel. Halt dich gefälligst an den Plan!

Verzweifelt beobachtete Liliana die Aschewolken. Bald würde der Vulkan unter ihnen, der zahme Mount Eden, Auckland mit seiner Asche unter sich begraben. Liliana schloss die Augen. Sie durfte nicht aufgeben. Immer wieder sandte sie Nachrichten an die anderen, aber niemand antwortete mehr. Sie arbeitete weiter, wühlte in jeder Magmakammer vorsichtig den Boden auf, damit das Gestein darin sich verteilte und das Magma durch das Erwärmen des Gesteins abkühlte. Es war die einzige Hoffnung, die sie hatten. Oder auch nicht. Denn mit jeder Kammer, die sie bearbeitete, stieg der Druck in einer anderen, das Beben wurde stärker und die Asche bedeckte bereits den Boden. Die Hitze wurde unerträglich. Liliana sank auf die Knie, die Finger vor verzweifelter Anstrengung in Chris' Haut gekrallt. Ein letztes Mal wirkte sie ihren Zauber, ein letztes Mal, bevor sie nicht mehr konnte.

Dann war es plötzlich vorbei. Fassungslos sah Liliana zu, wie die Aschewolke sich endlich durch die Zauber der anderen Magier verflüchtigte. Die Risse im Boden schlossen sich durch Magie, die Hitze ließ nach und das Beben zu ihren Füßen nahm ab. Auckland hatte kaum Schaden davongetragen. Die Erleichterung stieg ihr so plötzlich zu Kopf, dass ihr schwindelig wurde. Alles um sie herum drehte sich, sodass sie die Gedankennachricht kaum wahrnahm.

Genialer Plan, Schwesterchen!

»Naos«, schluchzte sie erleichtert. »Naos und Daniel, sie haben uns geholfen. Sie haben mir geglaubt.«

Hält aber nicht lang, ein oder zwei Jahre vielleicht.

Ein oder zwei Jahre? Das reicht, bis die erfahreneren Magier uns helfen können, die Situation dauerhaft zu entschärfen.

Lachend und um Luft ringend, blickte sie zu Chris auf, der ihr immer noch Magie gab. Sie fühlte die unglaubliche Macht, die von ihm ausging, konnte kaum noch seine Hand festhalten. »Chris! Hör auf. Wir haben es geschafft.« Er hob den Kopf. Liliana schrak zurück. Seine Augen leuchteten von innen heraus. Langsam ließ das Vibrieren der Magie nach und das Leuchten nahm ab. Die Magieebene schloss sich und Liliana und Chris standen zitternd da, ihre Hände immer noch gefasst, die Finger so fest in die Haut des anderen gegraben, dass ihre Fingernägel tiefe rote Abdrücke hinterlassen hatten. Auf die Magie folgte jene schreckliche, unerträgliche Leere, die sie bereits kannte und die angefüllt war mit der Sehnsucht nach Chris' Berührung.

Chris streichelte Lilianas Hand, seine Finger zitterten, als könnte auch er sich kaum beherrschen. »Wir haben es wirklich geschafft.« Ein winziges Lächeln legte sich um seine Lippen.

Mit einem Schlag brach die ganze Anspannung aus Liliana hervor. Zitternd atmete sie aus, lachte, weinte Tränen der Erleichterung. Chris hob eine Hand und wischte zärtlich über ihre Wange. Eine winzige Berührung, die in ihrem aufgewühlten Körper eine Welle der Erregung auslöste.

»Keine gute Idee«, flüsterte er.

Ihr Herz sank. Hatte sie sich wirklich Hoffnungen gemacht, dass zwischen ihnen jetzt alles gut war, nur weil sie einmal gezaubert hatten? »Wie kannst du nur so tun, als hätte sich nichts geändert?« Ihre Stimme brach, von dem unerfüllten Wunsch, es möge zwischen ihnen endlich so sein, wie sie es sich immer gewünscht hatte.

Perplex sah Chris sie an. »Das tue ich doch gar nicht. Alles hat sich geändert. Liliana, was du gerade getan hast …« Seine Stimme war heiser. »Ich … ich hätte nie gedacht, dass du so etwas für mich tun würdest. Nach allem, was ich zu dir gesagt habe.«

»Ich habe jedes Wort so gemeint. Ich würde dir mein Leben anvertrauen.«

»Das habe ich gemerkt.« Er klang verwundert – wie ein Kind, das die Welt neu entdeckt.

»Chris, was ich gesagt habe, tut mir leid. So unendlich leid. Ich sehe in dir nicht nur eine Quelle.«

»Das hast du gerade eindrucksvoll bewiesen.« Leise fügte er hinzu: »Mir tut es auch leid.«

»Dann verzeihst du mir? Wieder einmal?«

»Ich werde dir immer verzeihen. Egal, was du tust. Immer und immer wieder. Und ich … ich würde sehr gerne dein Partner sein.«

Lilianas Kehle wurde eng. »Warum hast du dann gesagt, dass es keine gute Idee ist?«

»Oh das? Ich meinte, es ist keine besonders gute Idee, wenn ich dich jetzt anfasse. Nicht, solange wir auf den Hubschrauber warten.«

Seine Worte ließen die Sehnsucht in ihrem Unterleib aufflammen. »Müssen wir das denn?«

»Was willst du tun? Zum Strand runterlaufen und nach einem einsamen Fleckchen suchen, wo wir uns … die Asche abwaschen können?« Sein schiefes Grinsen ließ ihr Herz höher schlagen.

»Das klingt ganz wunderbar.«

Lilianas Herz blieb beinahe stehen, als er ihre Hand ergriff und sie den Berg hinunterzog.

26

Unter der dichten Wolkendecke stürmte es, Blitze zuckten und Regen peitschte gegen Fensterscheiben. Hier oben brannte die Sonne durch die Fenster des Privatjets auf Adara und ließ die Wolken unerträglich hell erstrahlen. Sie sah nichts davon, dass unter ihr die Welt unterging. Ebenso wenig, wie die Menschen in Auckland wussten, was ihnen bevorstand. Noch viel mehr, als sie bereits durchgemacht hatten. Adara versuchte, die Bilder von Lava und Asche aus ihrem Kopf zu verdrängen. Sie legte die Stirn an das Fenster, presste sich förmlich dagegen. Aussteigen. Die weichen Wolken unter ihren nackten Füßen spüren, ohne zu wissen, was unter ihr geschah. Ewige Sonne, ewig blauer Himmel. Ihre Fingerspitzen streichelten sehnsüchtig das Glas. Aussteigen. Ein wunderbarer Gedanke. Sie spann ihn weiter und zum ersten Mal seit Langem atmete sie frei. Ohne Schmerz, ohne Druck und ohne Angst. Es war nicht, was sie wollte oder was sie vorgehabt hatte. Aber jetzt schien es ihr der einzig mögliche Ausweg. Sobald sie in Auckland angekommen waren, würde sie nachgeben. Sie würde mit Seth zaubern und retten, wen sie retten konnte. Und danach …

»Es tut mir leid, dass wir nicht bleiben konnten.«

Adara zuckte zusammen, verharrte aber mit Blick auf die Wolken, in dem Wissen, dass es die Erinnerung an diesen Anblick sein würde, die ihr über die nächsten Tage helfen würde.

»Ich hätte dem Jungen gerne die letzte Ehre erwiesen.«

Adaras Finger drückten gegen das Glas, während sie mühsam Luft holte. Seths Worte sanken langsam in ihr Bewusstsein, bis hinunter in ihren Magen, wo sie sich in Säure auflösten und ihr wie bittere Galle in den Mund stiegen. *Tu doch nicht so,* dachte sie. *Du wusstest doch über die verbotenen Graffitis Bescheid. Wahrscheinlich ist es dir ganz recht, dass der Schacht eingestürzt ist, so musstest du dir nicht die Finger schmutzig machen.* Eine bequeme Lösung. Matteos Gesicht tauchte vor ihr auf. *Keine Sorge. Der Schacht ist stabil.* Adaras Augen weiteten sich. Die Sonne stach schmerzhaft in ihre Pupillen und brannte den Schleier weg, der auf ihrem Verstand gelegen hatte. Sie drehte sich zu Seth um. Dunkle Flecken tanzten auf seinem Gesicht. »Du«, flüsterte sie. »Du warst das.« Es war die einzige Erklärung. Der Rat hatte von den Graffitis erfahren und Seth dann angewiesen, das Problem auf eine Art zu lösen, die keine Aufmerksamkeit auf die Gemeinschaft lenken würde.

Seth erwiderte nichts, ein Anflug von Überraschung lag auf seinem Gesicht. Weil sie ihn entlarvt hatte? Adara wandte sich wieder ab. Für einen winzigen Augenblick hatte sie Dankbarkeit empfunden, als er ihre Hände nicht fotografiert hatte. Er hatte ihr Aufschub gewährt, ihr ein paar Stunden für sich zugestanden.

Sie keuchte auf. »Damit ich noch einmal hingehen kann. Damit ich es sehe und …« Aufgebe. Adara verharrte still und bewegungslos, ließ sich von der Sonne blenden, bis ein stechender Schmerz hinter ihrer Stirn erwachte. Er hatte sie hereingelegt. Sie benutzt. Und was noch schlimmer war, er hatte Matteo benutzt. Und auch Bethany. Und das alles, damit sie aufgab und mit ihm zauberte … und er sie am Ende als Verräterin entlarven konnte.

Eine Gänsehaut überzog ihren ganzen Körper, als sie darüber nachdachte, was das bedeutete. Er hatte es getan, um ihr zu zeigen, wozu er fähig war. Also war es ihre Schuld. Sie war schuld an Matteos Tod. Adara hob eine Hand vor ihren Mund, atmete mühsam ein. »Matteo«, flüsterte sie. Als sie beschlossen hatte, *ihn* zurückzuholen, hatte sie vorgehabt, damit Menschenleben zu retten. Nicht, Unschuldige zu töten.

»Ich habe mit Matteos Tod nichts zu tun«, sagte er kühl.

»Du kannst damit aufhören. Du hast dein Ziel erreicht. Ich gebe auf.« Ihr Herz zersprang beinahe bei dem Gedanken daran, wie dumm sie gewesen war.

Sie hörte, dass Seth sich entfernte, und wenig später erklangen Stimmen. Nachrichten von aufgehaltenen Katastrophen, die Hohe Rätin sagte irgendetwas. Seth hatte den Fernseher eingeschaltet. Unwillkürlich wandte sie sich um. Silbrige Augen glänzten ihr entgegen, schienen direkt in Adaras Herz zu blicken. Steves Stimme legte sich über das Bild des Mädchens, das am Flughafen von Auckland von einem Wächter in Empfang genommen wurde. »Die vermisste Quelle ist vor wenigen Minuten in den Schoß der Gemeinschaft zurückgekehrt.«

Adaras Herz klopfte ihr bis zum Hals. Was würden sie jetzt mit ihr tun? Wie würden sie sie bestrafen? Würden sie zeigen, wie ihr Magier sie wieder im Empfang nahm?

»Offenbar leidet das Mädchen unter Halluzinationen und Panikattacken aufgrund eines schweren Falls der Magiekrankheit.«

Adara keuchte auf. »Was? Nein. Sie ist nicht krank! Das …«

»Sieh hin«, sagte Seth.

»… in ein Gesundheitszentrum an der Küste gebracht, wo sie die nächsten Wochen behandelt werden wird. Laut Information des Arztes wird die Quelle eine Weile nicht in der Lage sein, ihren Pflichten nachzukommen. Einen so schweren Fall der Magiekrankheit gab es schon seit einigen Jahren nicht mehr, es ist sehr wahrscheinlich, dass auch der Magier betroffen ist. Er wird aktuell untersucht. Sicher ist, dass beide eine Zeit lang ausfallen.« Steve machte ein ernstes Gesicht. »Das trifft uns hart, denn wir brauchen derzeit jeden Einzelnen. Es ist sehr wahrscheinlich, dass die Verbindung aufgelöst werden wird, da die Magiekrankheit sich meist bei einem Paar wiederholt manifestiert. Ob unser Magier danach neu verbunden werden kann, bleibt abzuwarten.«

Seth schaltete den Fernseher aus.

Nur langsam wurde Adara klar, was das bedeutete. Bethany … Ida war gerettet. Sie wurde nicht in die Obhut ihres Magiers zurückgegeben, sondern in ein Krankenhaus gebracht, wo sie sich erholen konnte. Was sie auch dringend nötig hatte. Und danach würde die Verbindung höchstwahrscheinlich gelöst werden. Da ihre Flucht den Halluzinationen zugeschrieben wurde, die die Magiekrankheit auslöste, wurden ihr keine Vorwürfe gemacht. »Aber …«, begann Adara. »Sie ist nicht krank.«

»Der Arzt ist anderer Meinung«, erwiderte Seth.

Ein Verdacht stieg in ihr auf. »Und du … kennst diesen Arzt?«

Ein winziges Lächeln umspielte Seths Mundwinkel. »Spielt das eine Rolle?«

»Warum tust du das für mich?«, flüsterte sie.

»Ich habe schon einmal gesagt, dass sich nicht immer alles um dich dreht.« Der Spott in seiner Stimme war deutlich herauszuhören, ebenso wie die Tatsache, dass er es nicht so meinte. Er hatte es für sie getan, da war sie sich sicher. Im ersten Moment sah sie ihn mit völlig anderen Augen. Hatte sie ihm unrecht getan? Oder war sie tatsächlich zu sehr auf sich selbst fixiert? *Es dreht sich nicht immer alles um dich.* Das hatte sie schon mal gehört. Adaras Magen krampfte sich zusammen. War sie wirklich so egoistisch? Vielleicht. Vielleicht hatte sie zu sehr im Blick gehabt, dass sie ihn zurückhaben wollte. Und viel zu wenig, warum. Nicht, dass das jetzt noch eine Rolle spielte. Adara nickte Seth zu. »Danke.«

Seth musterte sie prüfend. »Dank mir nicht. Es wird nicht ewig anhalten. Irgendwann werden sie merken, dass sie nicht magiekrank ist. Sie hat ein paar Wochen. Mit etwas Glück zwei oder drei Monate.« Und das war schon mehr, als sie erwarten konnte. Aber es wusch Seth nicht von ihren Anschuldigungen rein. »Das erklärt nicht, was mit Matteo passiert ist.«

Seths Blick war undurchdringlich. »Nein. Tut es nicht.«

»Warum hast du mir das mit Bethany gezeigt, wenn es zwischen uns nichts ändert?«

»Ändert sich für dich nichts, wenn du siehst, dass die Dinge nicht unbedingt so sind, wie sie für dich scheinen?« In seinen Worten lag kein Gefühl. Aber sie konnte sich des Eindrucks nicht erwehren, dass ihre Antwort ihn wirklich interessiert hätte. Und dass viel mehr dahintersteckte, als sie erahnen konnte. Sie dachte immer noch darüber nach, als sie in Auckland aus der Limousine stiegen. Der Wolkenkratzer der Gemeinschaft türmte sich drohend über ihnen auf. Früher hatte sie es geliebt, durch die sanft zur Seite gleitende Tür in die Empfangshalle zu treten. Jetzt kam ihr der Gesang der Vögel zu schrill vor, die Luft zu schwül. Der Wasserfall schien sie mit seiner schieren Masse erdrücken zu wollen. Als Seth ihr beschützend eine Hand in den Rücken legte und sie auf die Aufzüge zuschob, wollte sie sich wehren, sie wollte ihn anfahren, was er sich eigentlich erlaubte. Aber die Verlockung seiner Macht, die selbst durch den Stoff hindurch in ihren Körper drang, mischte sich verführerisch mit ihrer Müdigkeit. *Nur dieses eine Mal,* schwor sie sich. *Dieses eine Mal erlaube ich, dass er das tut.*

»Ah, sieh an.«

Adara zuckte zusammen. Seth fluchte leise. Seine Hand löste sich, entzog ihr die Macht und ließ ihre Müdigkeit mit voller Wucht auf sie los. Wie benebelt versuchte Adara, die Stimme einzuordnen. Die Hohe Rätin. Langsam drehte sie sich um. Und seufzte innerlich.

Vor ihr stand nicht nur die Hohe Rätin, sondern auch ein Kamerateam und Steve, freundlich grinsend, mit Mikro in der Hand, das er ihr jetzt unter die Nase hielt. »Adara. Du bist zurück.«

»Äh«, machte sie, äußerst wortgewandt. »Ja, sieht so aus.«

»Ich glaube, man kann mit Fug und Recht behaupten, dass wir gespannt auf dich gewartet haben.«

Adara runzelte die Stirn. »Ach ja?«

»Nach den tragischen Ereignissen wollte ich dich nicht gleich bedrängen, aber dann habe ich von der neuen Verbindung gehört und natürlich interessiert das die Mitglieder brennend. Sicher beantwortest du mir ein paar Fragen.«

Adara fluchte innerlich. Musste das sein? Sie hätte schwören können, dass auch Seth wenig begeistert wirkte, obwohl seine ganze Haltung freundliches Interesse ausdrückte. Aber natürlich. Deswegen hatte er sie so beharrlich auf den Aufzug zugeschoben. Er hatte versucht, sie vor dem Interview zu bewahren.

»Und wie wäre es danach mit einer kleinen magischen Kostprobe für die Mitglieder?« Er wippte erwartungsvoll auf den Zehenspitzen.

Adara fühlte sich wie ein in die Enge getriebener Kiwi. Sie konnte nicht mit Seth zaubern. Jetzt noch nicht. Sie wollte bis zum allerletzten Moment warten. Bis ihr nichts anderes übrig blieb. Sie räusperte sich und bemühte sich dann um ein freundliches Lächeln. »Es tut mir leid, Steve, aber Magie ist keine Zirkusnummer, sie sollte nicht leichtfertig eingesetzt werden, das war immer einer meiner Grundsätze.«

Steve verzog das Gesicht und einige Menschen, die um sie herumstanden, murmelten enttäuscht vor sich hin. Sie hatten nicht oft Gelegenheit, Magie mit eigenen Augen zu sehen.

»Dürfen wir vielleicht die Zeichnung sehen?«

Erschrocken ballte Adara die Hände zu Fäusten. Es kam ihr vor, als hätte er sie darum gebeten, nach einer Eheschließung das blutige Bettlaken als Zeichen ihrer Jungfräulichkeit zu sehen – und es wäre vollkommen unbefleckt. »Ich …«, begann sie, aber die Hohe Rätin legte ihr eine Hand auf die Schulter.

»Wir haben uns dazu entschieden, Adara aus Respekt vor ihrer schlechten Erfahrung eine Schonfrist zu gewähren.«

Erleichterung stieg in ihr auf und sie wollte die Hohe Rätin dankbar anlächeln, als diese weitersprach. »Aber nun ist sie bereit, ihre Aufgaben wieder wahrzunehmen. Also, warum nicht die neue Verbindung gleich hier besiegeln? So können es alle Mitglieder vor ihrem Fernseher mitverfolgen.«

Fieberhaft überlegte sie, wie sie Nein sagen konnte, aber ihr Hirn war wie leer gefegt. Verzweiflung machte sich in ihr breit.

Sag ihnen, dass wir einen Wächter brauchen.

Adara zuckte zusammen. Seth? Sie wandte sich nach ihm um und sah, dass er eine Hand in den Beutel an seiner Hüfte gesteckt hatte. Er benutzte die Steine. Gerade er. Warum? »Ähm … ich … wir sind nach Auckland zurückgekommen, um unsere Verbindung zu vollziehen. Allerdings unter dem Schutz eines Wächters, so wie es bei neuen Verbindungen üblich ist. Daher muss ich auch dazu leider Nein sagen.«

»Äußerst umsichtig.« Die Hohe Rätin nickte. »Ein Glück, dass ich selbst lange Jahre Wächterin war. Ich kann das also übernehmen.« Sie lächelte aufmunternd und Steve nickte erwartungsvoll.

Adara hätte am liebsten frustriert aufgeschrien. Gab es denn wirklich kein Entkommen?

Finger schlossen sich um ihre Hand. Der Rausch von Seths Magie erfasste sie und sie musste die Augen schließen, um nicht die Beherrschung zu verlieren und dem Wunsch der Hohen Rätin nachzukommen. Hass wirbelte schwarz in ihrer Brust. Natürlich nutzte Seth die Situation schamlos aus, damit sie endlich nachgab. Und ihre Müdigkeit machte es so verdammt schwer, sich ihm zu widersetzen. Aber sie konnte nicht nachgeben, sobald sie mit ihm zauberte, würde er wissen, dass sie eine Verräterin war. Und dann war sie verloren – und mit ihr unzählige Menschen.

Seths Finger schlossen sich um ihre Hand und eine Welle der Macht flutete ihre Sinne. Sie keuchte leise auf.

Du bist eine Magierin der Gemeinschaft. Sie hat kein Recht, das zu verlangen. Lass nicht zu, dass sie dich so demütigt.

Was zur Hölle ...? Sie wollte sich umdrehen, doch Seth drückte ihre Hand.

Nein, sieh mich nicht an. Ich bin nur die Quelle. Du brauchst meinen Rat nicht.

Offensichtlich doch. Verdattert sah Adara die Hohe Rätin an – und Victor Danes, der wie aus dem Nichts hinter ihr aufgetaucht war. Danes. Sie reckte das Kinn. Seth hatte recht. So durften sie nicht mit ihr umspringen. Ihre Rolle als Magierin war schon immer das Einzige gewesen, was sie geschützt hatte. Nur hatte sie das in den letzten Tagen fast vergessen. »Es ist mir eine große Ehre, Hohe Rätin. Und sobald meine Quelle und ich uns vom Flug erholt haben, werden wir das Angebot gerne annehmen.« Seth hatte recht. Sie musste das nicht mit sich machen lassen. Sie musste sich nicht einmal rechtfertigen.

Die Hohe Rätin wollte etwas erwidern, aber Adara lächelte sie nur freundlich an. »Wir sind sehr dankbar, dass der Rat und die Mitglieder dafür Verständnis haben.« Sie nickte hoheitsvoll, dann drehte sie sich um und ging auf die Aufzüge zu. Seths Hand lag immer noch in ihrer und zum ersten Mal wollte Adara sie nicht sofort loslassen. Sie wollte nicht schon wieder mit allem alleine sein. Wenigstens für ein paar Minuten wollte sie die tröstliche Berührung eines anderen Menschen spüren, auch wenn diese Berührung so ziemlich das Gefährlichste war, was es im Moment für sie gab. Sie schloss die Finger noch fester um Seths Hand und labte sich an dem Toben der Magie unter seiner Haut, als wäre sie süchtig danach. Vielleicht war sie das auch. Sie hielt seine Hand immer noch, als sie die Wohnungstür hinter sich schlossen.

»Danke.« Sie sah zu ihm auf. »Aber warum? Warum hilfst du mir plötzlich, wo du doch endlich hättest bekommen können, was du willst.«

»Woher weißt du, was ich will?«, fragte er.

»Ich dachte, du willst mit mir zaubern?«

Etwas flammte in Seths Augen auf. »Ich will nicht, dass man es dir aufzwingt. Ich will, dass du es freiwillig tust.«

»Warum glaubst du, dass ich nachgeben werde?«

»Weil du es spürst, genau wie ich. Du weißt, dass wir perfekt füreinander sind«, antwortete er heiser.

Adara sah ihn hilflos an. *Er* war auch perfekt für sie gewesen. Konnten wirklich zwei so unterschiedliche Quellen, zwei so unterschiedliche Männer perfekt für sie sein? Sie wollte so gerne nachgeben. Was, wenn sie sich getäuscht hatte? Vielleicht wollte er sie gar nicht in eine Falle locken.

»Warum willst du es?«, fragte sie.

»Weil ich wissen will, wie es sich anfühlt, wenn du mit meiner Macht die Welt veränderst.«

Adara stockte der Atem. Vielleicht war dies das erste wirklich Ehrliche, was er je zu ihr gesagt hatte. Und sie konnte es so gut verstehen. Sie wollte es ja auch: mit seiner Macht die Welt erkennen. Sie schloss die Augen. Seths Finger streichelten ihr Handgelenk. Es war angenehm, nein, wunderschön, endlich wieder so berührt zu werden. Ihr ganzer Körper kribbelte und ein ganz anderes Verlangen regte sich in ihr. Als sie seinen Atem auf ihrem Gesicht spürte, wich sie nicht aus.

»Ich habe noch nie davon gehört, dass man es schon vorher spürt«, flüsterte Seth.

Adara ließ sich in seine rauen Worte sinken. Das Verlangen, sich an ihn zu lehnen, betäubte ihre Sinne. Eine Illusion von Wärme und Geborgenheit ging von ihm aus und darunter eine wilde Lust, die gnädiges Vergessen versprach. Warum sollte sie widerstehen? Warum sollte sie sich dem nicht hingeben, für ein paar Stunden, bevor das Schicksal seinen Lauf nahm und sie untätig zusehen musste. Adara legte Seth die Arme um den Hals. Ihre Lippen streiften seine, ungeschickt, unsicher. Sie schmeckte die Magie auf seinem Mund. Hungrig vertiefte sie den Kuss, legte die Hände auf Seths Wangen, um ihn noch näher an sich zu ziehen, damit er die Scham in ihr auslöschte. Und die Einsamkeit. Er drückte sie auf das Sofa, griff nach ihren Händen, verschränkte ihre Finger mit seinen. Magie entlud sich in winzigen Stromstößen zwischen ihnen und vermischte sich mit Seths roher Leidenschaft zu einer gefährlichen Mischung aus Widerstand und Rausch. Sie wand sich unter ihm, riss ungeduldig an seiner Kleidung. Wollte, dass er endlich diese schreckliche Leere in ihr füllte. Wenigstens ein paar Herzschläge lang.

Ein heftiger Kopfschmerz riss sie aus dem düsteren Nebel, der ihre Sinne umhüllte. Eine kollektive Gedankennachricht. Adara griff sich an die Schläfe, versuchte, den Sinn zu begreifen. Doch die Erregung, die in ihr tobte, Seths Berührung, immer noch überall, übertönte die Worte. Seth hatte innegehalten, sein Gesicht an ihrem Hals, sein Atem heiß auf ihrem Schlüsselbein. Er sagte nichts, fluchte nicht. Aber seine zitternden Finger verrieten, wie schwer es ihm fiel, sich jetzt aufzusetzen und sie loszulassen.

»Der Rat … man braucht uns. Wir müssen gehen.« Seths Atem ging stoßweise.

Genau wie ihrer. »Ja.« Ganz allmählich fand sie zurück in die Wirklichkeit. Während sie ihre Kleidung zurechtrückte, wartete sie auf die Erleichterung, weil die Gedankennachricht gerade noch rechtzeitig gekommen war, um sie vor einer Dummheit zu bewahren. Aber sie stellte sich nicht ein.

»Was haben sie gesagt?«

»Irgendetwas über einen Einsatz.«

Also hatte er es auch nicht mitbekommen. Sie hätte gelächelt, wenn die Angst sie nicht mit voller Wucht überrollt hätte. Ein Einsatz. Es war so weit. So schnell schon. Ihr Verstand suchte fieberhaft nach einem letzten Ausweg. Vergeblich. Seth musterte sie in einer stummen Frage. Sie nickte. Es war vorbei. Als sie Seth zum Aufzug folgte, stand sie immer noch vollkommen neben sich. Ihr Körper sehnte sich nach ihm, ihre Seele schrie nach seiner Magie. Und ihre Gedanken überschlugen sich vor Scham. Wind peitschte ihnen entgegen, als sie das Dach betraten und zusammen mit einigen anderen Magiern auf den Hubschrauberlandeplatz zuhielten.

»Magierin Adara!«

Sie blieb stehen. Eine Begleiterin rannte auf sie zu. »Das hier hast du in der Limousine vergessen.« Sie drückte ihr etwas in die Hand.

Adara runzelte die Stirn. Sie wollte der Begleiterin sagen, dass das kleine Päckchen nicht ihr gehörte, aber ein paar Wächter scheuchten sie zur Seite und trieben Adara und Seth auf den Hubschrauber zu. Im Laufen warf Adara einen Blick auf das Päckchen in ihrer Hand und entdeckte darauf ihren Namen. Neugierig riss sie es auf. Darin war ein Schlüsselanhänger in Form einer Wolke, auf der in verblassten Buchstaben »Aotearoa« stand. Sie blieb stehen und fand einen Zettel, der auf die Rückseite geklebt war. Sie öffnete ihn: *Ich habe dich auf dem Dach gesehen. Ich weiß, dass du ihn zurückholen willst. Das will ich auch. Was immer du tust, nimm auf keinen Fall Kontakt zu mir auf.*

Adara wurde schwindelig. Sie hatte diesen Anhänger noch nie zuvor gesehen und trotzdem glaubte sie, ihn zu kennen. Und sie ahnte, wer ihn ihr geschickt hatte. Sie drehte ihn in ihren Händen, fand einen winzigen Schalter und betätigte ihn. Nichts geschah. Die plötzliche Hoffnung trieb ihr die Tränen in die Augen. Ohne lange nachzudenken, riss sie sich aus dem Griff des Wächters los. Sie rannte über das Dach zurück, weg von den Hubschraubern. Sie rief nach der Begleiterin, aber sie war nirgends mehr zu sehen. Am Portal verstellte ein Wächter ihr den Weg. Adara setzte ihr einschüchterndstes Magiergesicht auf. »Ich fahre mit der Limousine.«

Der Wächter schüttelte grimmig den Kopf. »Zu gefährlich. Und man kommt nicht nah genug heran. Bitte steig in den Hubschrauber.«

Verzweifelt betrachtete Adara den hünenhaften Wächter. Höflich, aber unnachgiebig deutete er zurück auf das Dach.

»Die Hohe Rätin wird es sehr interessieren, dass du dich einer Magierin der Gemeinschaft in den Weg gestellt hast, die auf dem Weg zu einem Einsatz ist.« Seths grimmige Worte peitschten durch den Wind wie Blitzschläge. Der Wächter zuckte zusammen. Dann machte er einen Schritt zur Seite. Adara wusste nicht, ob sie dankbar oder verzweifelt sein sollte. Sie hatte gehofft, Seth entkommen zu können. Sie machte einen Schritt auf die Tür zu und erstarrte. Victor Danes. Er sah in ihre Richtung. Ihr Herz setzte einen Moment aus und sie erwartete, dass er sie aufhalten würde. Doch er schien sie in dem Tumult auf dem Dach nicht entdeckt zu haben.

Unten angekommen nahm Adara einem Begleiter den Schlüssel für seine Limousine ab. Es reichte schon, dass Seth ihr folgte, sie brauchte ganz sicher keine weiteren Zuschauer. Wie selbstverständlich übernahm Seth das Steuer und lenkte das Auto kommentarlos in die Richtung, die sie ihm nannte. Als er aus Auckland hinausfuhr, wurde ihr bewusst, wie aussichtslos war, was sie hier tat. Immer noch wusste sie nicht, wie man einen Toten zurückholte. Wenn sie Matteos Graffiti wenigstens ein einziges Mal gesehen hätte. Aber er war tot. Er konnte ihr nicht mal mehr erzählen, wie es aussah. Konnte ihr kein Bild davon schicken. Ein Satz hallte in ihrem Kopf wider. *Er schickt mir Bilder.* Sie keuchte auf. Vielleicht war es ja doch möglich. Sie schob eine Hand in den Beutel an ihrem Gürtel und umfasste gewohnheitsmäßig den Nachrichtenstein. Wie sinnlos. Matteo war tot. Trotzdem brachte sie es nicht über sich, den Stein wieder loszulassen.

Matteo? Keine Antwort. *Matteo,* versuchte sie es noch einmal. *Wenn du mich hörst, ich brauche deine Hilfe. Ich muss das Graffiti sehen.*

Bitte. Du bist meine einzige Hoffnung. Nichts. Verzweifelt schloss sie die Augen. *Bitte, Matteo. Hilf mir, sie zu retten. Wenn du mich hörst, schick mir das Bild.* Regen peitschte unaufhörlich gegen die nächtliche Windschutzscheibe und sie kamen dem Ziel immer näher. Und da, plötzlich tauchte ein Bild in ihrem Kopf auf. Das Graffiti. So klar und deutlich, als hätte sie es mit eigenen Augen gesehen.

Danke, sandte sie erleichtert an Matteo. *Danke, das werde ich dir nicht vergessen.*

Keine Antwort. Eine Träne lief über ihre Wange. Matteo. Sogar Matteo sprach zu ihr. *Warum kannst du es nicht?*

Los, konzentrier dich. Dir bleiben nur noch ein paar Minuten. Eine Gänsehaut breitete sich auf ihren Armen aus, als sie das Graffiti in ihrem Geist genauer betrachtete. Ein Mädchen war darauf zu sehen, ein Mädchen mit zwei Köpfen. Einer zeigte nach rechts, einer nach links. Zu ihrer Linken wehte ein Sturm und darin sah Adara Gesichter. Sie waren nur Schemen, aus einzelnen Punkten zusammengesetzt. Manche kaum erkennbar, andere fast realistisch genau. Zur Rechten des Mädchens kniete jemand auf dem Boden. Adara versuchte, Details zu erkennen, aber über allem lag ein bläulicher Schimmer, als ob sich die Szene in einer Höhle abspielte.

Denk nach. Was könnte das bedeuten? Der Totem-Ort. Windgeister. Nein. Geister im Wind. Die Geister der Toten. Sie betrachtete das Bild noch einmal. Die Person zur Rechten des Mädchens war plastisch gemalt. Das Mädchen selbst hingegen durchscheinend wie ein Geist. Und dann diese zwei Köpfe. Adara zermarterte sich das Hirn. Und dann fiel es ihr wie Schuppen von den Augen. Das Mädchen hatte keine zwei Gesichter. Sie schaute nur zwischen den Geistern und den Menschen hin und her. Sie sprach. Mit den Geistern im Wind, den Toten. Und mit den Lebenden, die vor ihr knieten. Die gelöschte Geschichte. Sie handelte von einer … Totensprecherin. Adara drehte das Wort in ihrem Mund herum, betastete es mit der Zunge. Es fühlte sich an, als hätte sie es schon einmal gesagt. Aber sie konnte sich nicht mehr daran erinnern. Sie musste sehr klein gewesen sein. *Weiter. Denk weiter.* Die Totensprecherin konnte mit den Toten Kontakt aufnehmen. Vielleicht auch mit *ihm*. Aber wie? Wie konnte man sie finden? Hoffentlich nicht nur in einer Höhle, denn dort, wohin sie unterwegs waren, gab es keine. Die Limousine bog in eine schmale Straße ein. Gleich wären sie am Ziel. Und sie musste nicht nur wissen, wie sie die Totensprecherin finden konnte. Sie brauchte auch Magie. Aber gerade jetzt konnte sie es nicht riskieren, mit Seth zu zaubern. Er würde sie aufhalten wollen. Nein. Sie brauchte einen anderen Magier. Sie hatte immer gewusst, dass das nötig sein würde. Aber sie hatte bis zur letzten Minute gewartet. Denn dafür kam nur ein einziger Mensch infrage. Ein Mensch aus ihrer Vergangenheit. Jemand, den sie immer noch so sehr liebte, dass sie ihn nicht unnötig in Gefahr hatte bringen wollen. Aber nun hatte sie keine andere Wahl. Sie griff nach dem Nachrichtenstein.

Ich brauche dich. Sie hatte keine Zeit für Höflichkeiten. Er würde es verstehen.

Adara?

Hat man euch schon geholt?

Wir sind mit dem Auto auf dem Weg zurück nach Auckland. Kurz davor.

Nein, dreht um. Ich brauche euch. Ihr müsst mir helfen.

Schweigen. *Ich tue alles für dich, das weißt du.*

Dann komm bitte, sofort. Sie beschrieb den Ort. Dann verabschiedete sie sich und ließ den Nachrichtenstein los. Sobald sie angekommen waren, musste sie Seth loswerden und herausfinden, wie sie die Totensprecherin herbeirufen konnte. Doch ihre Gedanken schweiften immer wieder ab. Ihre Finger krampften sich in ihre Beine. Es war so lange her. Und doch erst einen Wimpernschlag.

27

Um sie herum, im Wind über den Klippen, tobte ein Sturm der Begeisterung. Liliana hatte Chris an den Händen gefasst. Die Geschichte, wie Liliana Auckland gerettet hatte, war wie ein Lauffeuer durch die Gemeinschaft gegangen. Mehrere Wochen waren seitdem vergangen, doch der Kult, der sich um Liliana und Chris gebildet hatte, war nicht abgeflaut. Nun sollte die unterbrochene Namenszeremonie fortgesetzt werden und es hatten sich noch mehr Leute auf dem Festplatz neben den Klippen versammelt als bei der Verbindungszeremonie. Alle wollten den Zauber sehen, den Chris und Liliana wirken würden. Liliana hatte Mühe, sich auf die Magie einzustimmen. Nicht wegen der Unruhe im Publikum, sondern wegen Chris' Berührung. Die letzten Wochen waren wie ein Rausch gewesen. Sie hatten die Magie kennengelernt, einander erkundet, aber immer hatte über allem ein Schatten gelegen.

Rat Danes.

Als er nun zu ihnen trat, spürte Liliana, wie Chris sich verspannte. An diesem Morgen erst hatte Chris wieder versucht, sie von seiner Sicht der Dinge zu überzeugen. Sie hörte immer noch den

Fernseher, sah, wie Chris gebannt auf den Bildschirm gestarrt hatte. Steve hatte Danes interviewt.

»Rechtzeitig vor der Namenszeremonie sind nun die letzten Untersuchungen an der Katastrophe in Auckland endgültig abgeschlossen«, sagte Steve in die Kamera. »Rat Danes, wie konnte es passieren, dass alle erfahrenen Magier zum Zeitpunkt des Vulkanausbruchs woanders im Einsatz waren?« Steve hielt Danes das Mikro hin.

»Wichtig ist doch nur, dass die Katastrophe damals von unseren Magiern dank ihrer schnellen und kompetenten Reaktion ohne größere Schäden aufgehalten werden konnte. Niemand wurde verletzt, ein paar Blechschäden an Autos und einige sehr geringe Gebäudeschäden. Der Rat hat diesen Einsatz als großen Erfolg angesehen, insbesondere für unsere jungen Magier.«

»Und ihre Quellen«, knurrte Chris.

Liliana legte ihm eine Hand auf die Schulter.

»Warum wurde dieser großflächige Einsatz geheim gehalten? Die Verbindungszeremonie wurde vorgezogen, ebenso wie die Namenszeremonie. Die Verbindungen hatten kaum Zeit, sich kennenzulernen.«

»Der Rat hat diese Entscheidungen sehr bewusst getroffen, um niemanden unter Druck zu setzen. Sobald klar war, dass der Einsatz stattfinden musste, hat der Rat alles darangesetzt, so viele Magier wie möglich einsatzbereit zu machen.«

»Unter anderem, indem ein Paar der gefährlichen Verbindungsprüfung unterzogen wurde.«

»Der Erfolg dieser Maßnahme gibt uns recht. Immerhin war es genau dieses Paar, das letztendlich die Katastrophe abwenden konnte. Außerdem haben wir beschlossen, unsere neuen Verbindungen mit einigen erfahreneren Magiern zusammen in ein Trainingslager zu schicken, um ihnen die Möglichkeit zu geben, ihre Ausbildung zu vertiefen. Nach der Zeremonie und der Feier heute Abend werden die Magier mit den Hubschraubern abgeholt.«

»Noch heute? Wieso das denn?«, warf Chris ein.

»Alle Kritik dürfte sich damit in Luft aufgelöst haben, nicht wahr?«, fragte Steve. »Und der Vulkanausbruch ist damit aus der Welt geschafft?«

Danes nickte. »Die leichten Beben, die gelegentlich noch auftreten, sind Nachbeben, keine Vorboten einer neuen Katastrophe.«

»Wie kann der Rat da sicher sein? Immerhin wurde die letzte Katastrophe auch falsch eingeschätzt.«

Der Mund von Rat Danes wurde zu einem schmalen Strich. »Wir haben den Zeitrahmen ein wenig zu optimistisch angesetzt, aber wir haben immer gewusst, dass diese Naturkatastrophe eintreten würde.«

»Was sicher nicht passiert wäre, wenn die neuseeländische Regierung den Bitten des Rates stattgegeben hätte«, warf Steve mit einem lauernden Ausdruck im Gesicht ein.

Liliana starrte auf den Bildschirm. Was redete er da?

Auch Chris hörte gebannt zu.

Rat Danes verzog unwillig den Mund. »Diese Verhandlungen sind geheim.«

»Ist es nicht so, dass der Rat von der Regierung Hilfe erbeten hat? Die Nutzung der hochmodernen Forschungszentren der Regierung, um Katastrophen durch die Kombination von Technik und Magie in Zukunft sicherer vorhersagen zu können.«

Danes seufzte. Dann nickte er. »Das ist richtig. Unser Ziel ist es, die Vorhersage der Katastrophen auszulagern und mit der Regierung zusammenzuarbeiten. Dadurch könnten die Vorhersagen nicht nur noch genauer werden, sondern wir würden dafür auch weniger Magier benötigen und könnten mehr von ihnen anderweitig einsetzen. Eben direkt am Katastrophenherd.«

»Aber die Regierung hat abgelehnt. Warum?«

Danes wand sich in seinem Stuhl. »Die Verhandlungen laufen noch, deshalb werde ich dazu nichts weiter sagen. Alles, was zählt, ist: Der Einsatz war ein großer Erfolg und es droht keine Gefahr mehr.«

Chris schnaubte wütend. »Glaubst du mir jetzt?«

»Was soll ich glauben, Chris?«

»Verdammt, siehst du es denn nicht? Du hast ihnen gesagt, dass alles, was wir gemacht haben, den Vulkanausbruch nicht dauerhaft verhindert hat, sondern nur aufgeschoben. Du hast mehrfach betont, dass mehrere erfahrene Magier die Magmakammern beruhigen müssen, damit wir nicht bald wieder vor demselben Problem stehen. Und was hat der Rat getan? Nichts! Sie haben niemanden hingeschickt und Danes behauptet jetzt, unser Einsatz hätte die Katastrophe aus der Welt geräumt.«

»Ich kenne mich mit Vulkanen nicht so gut aus. Vielleicht war die Temperatursenkung so erfolgreich, dass ein paar Hundert Jahre keine Gefahr mehr droht? Nicht nur zwei oder drei Jahre, so wie Naos dachte. Ich bin mir sicher, dass Rat Danes weiß, was er tut.«

Danes' Stimme unterbrach sie. »Gerade in diesem Moment befinden sich einige unserer Magier am Ort der Katastrophe und erledigen einige letzte Arbeiten.«

Liliana warf Chris einen triumphierenden Blick zu.

Aber Chris starrte den Fernseher nur an und schüttelte den Kopf. »Nein, das ergibt keinen Sinn. Und warum heute? Warum lässt er diesen letzten Einsatz gerade heute durchführen? Am Tag der Namenszeremonie? Und überhaupt: Warum ist er nicht selbst auf die Idee gekommen, die Temperatur zu senken? Warum war sein Plan vollkommen nutzlos, obwohl er schon lange von der Katastrophe wusste? Obwohl er ein Expertenteam hat, das ihn unterstützt?«

»Du hast ihn doch gehört, sie sind zu wenige. Ihre Möglichkeiten, genauere Vorhersagen zu machen, sind begrenzt …«

»Trotzdem hätte er wissen müssen, dass es keine gute Idee ist, alle erfahrenen Magier wegzuschicken!«

Liliana starrte ihn entsetzt an. »Willst du damit sagen, er hätte es mit Absicht gemacht?«

Chris zog nachdenklich die Augenbrauen zusammen. »Vielleicht. Überleg doch mal, es ergibt alles Sinn. Dass es so lange gedauert hat, bis wir verbunden wurden, dass er uns einer Prüfung auf Leben und Tod unterzogen hat und dass wir bei dem Einsatz keinen Wächter hatten. Er wollte nicht, dass wir den Vulkanausbruch aufhalten.«

Liliana starrte ihn an. »Warum sollte er so was tun?«

»Ich weiß es nicht«, gestand Chris düster ein.

Natürlich weißt du es nicht, dachte Liliana. *Weil es ausgemachter Blödsinn ist.* Warum sollte ihr Lehrer Hunderte von Menschenleben riskieren und Auckland zerstören wollen? Nein, das würde sie niemals glauben.

Aber sie wollte nicht mit Chris streiten. Nicht gerade heute. Verzweifelt sah sie ihn an. »Können wir nicht damit aufhören? Bitte. Können wir nicht einfach akzeptieren, dass jeder von uns etwas anderes denkt?«

Chris sah sie lange an, ein merkwürdiger Ausdruck trat in seine Augen. »Können wir das, Liliana? Wo wir uns so nah sind, dass wir die Gedanken des anderen hören können, wenn die Magie zwischen uns fließt? Glaubst du das wirklich?«

Sie schloss die Augen. »Ich muss es glauben. Ich will nicht, dass wir daran zerbrechen. Wir haben so hart um das gekämpft, was wir jetzt haben. Ich will das nicht verlieren. Ich will dich nicht verlieren.«

Unglücklich sah Chris sie an. »Es fühlt sich an, als würde ich dich sehenden Auges in dein Unglück rennen lassen, wenn ich zulasse, dass du ihn nicht durchschaust.«

Liliana lächelte gequält. »Meinst du, mir geht es anders? Ich fürchte, wir müssen akzeptieren, dass wir in dieser Sache auf zwei verschiedenen Seiten stehen. So lange, bis einer von uns Beweise hat.«

Chris wirkte immer noch unglücklich. »Ich möchte dich nur schützen.«

Sie sah ihn zärtlich an. »Das möchte ich auch.« *Vor deinen rebellischen Reden. Bevor du dich in Schwierigkeiten bringst.* Liliana nahm seine Hand. »Komm. Lass uns verschwinden, ja? Ich will dich für mich alleine.« Sie stellte sich auf die Zehenspitzen und küsste ihn auf die Lippen. »Wir haben noch ein paar Stunden, bevor sie uns zur Zeremonie abholen. Die sollten wir nicht verschwenden.«

Chris erwiderte ihren Kuss. »Vor allem, weil ich dir noch etwas zeigen möchte.«

Sie verließen das kleine Bed & Breakfast, in dem sie sich für das Wochenende eingemietet hatten. Mit einem Mietwagen, um den Liliana gekämpft hatte, weil sie mit Chris ganz allein sein wollte, fuhren sie eine gewundene Straße entlang. Es war schön, für einen Moment zu vergessen, dass sie eine der mächtigsten magischen Verbindungen waren, die die Gemeinschaft in den letzten Jahren gehabt hatte. Liliana hätte gelogen, wenn sie behauptet hätte, dass sie die Aufmerksamkeit und den Erfolg nicht genoss. Insbesondere das stolze Lächeln ihrer Mutter wärmte ihr jedes Mal das Herz.

Chris parkte den Wagen an einem verlassenen Feldweg, nahm ihre Hand und führte sie in eine Welt aus Dampf und Nebel. Heiße Quellen sprudelten um sie herum und ein Geysir schoss Unmengen heißes Wasser in die Luft.

»Wunderschön«, flüsterte Liliana, als Chris sie am türkis-orangefarbenen Ufer eines sprudelnden Sees vorbeiführte.

»Und gut versteckt.« Er lächelte schief. »Keine Touristen.«

»Warum hast du mich hergebracht?«

»Ich wollte dir diesen Ort zeigen, bevor du deinen Namen bekommst. Hier ist alles so … rau und ursprünglich.« Er deutete auf die Spalten, aus denen Dampf aufstieg. »Als hätte man hier eine direkte Verbindung zur Erde und zu der Kraft, die ihr innewohnt. Als wir auf dem Mount Eden standen und du diese unglaubliche

Menge Energie haben wolltest, da … habe ich sie von hierher geholt.«

»Warte. Willst du damit sagen, das hier ist … dein Totem?« Liliana hätte beinahe ungläubig aufgelacht, aber der ernste Ausdruck auf Chris' Gesicht ließ den Laut ungehört in ihrer Kehle verklingen.

»Meins und das von Ian. Wenn ich hier stehe, dann kann ich glauben, dass alles möglich ist. Nur deshalb konnte ich dir diese unglaubliche Menge Magie geben. Weil ich die Kraft dieses Ortes immer bei mir trage.« Er nahm ihre Hände. »Ich möchte dieses Totem mit dir teilen, Liliana«, flüsterte er.

»Ich …« *Ich glaube nicht an Totems,* wollte sie sagen, aber sie brachte es nicht über die Lippen. Nicht nur, weil Chris ihr damit etwas unglaublich Persönliches zu Füßen legte, sondern weil sie tatsächlich etwas spürte. Dieser Ort sprach zu ihr, so wie Chris' Macht zu ihrem Körper sprach. Die rohe Gewalt dieses Ortes war wie ein leises Trommeln, das sich im Einklang mit ihrer Magie zu einer perfekten Symphonie vermischte. »Wenn du das Totem mit Ian geteilt hast, ist es dann möglich, es mit mir zu teilen?« Liliana kratzte ihr mageres Wissen über Totems zusammen. »Unterliegen zwei Menschen mit demselben Totem nicht allen möglichen Tabus?«

Chris lächelte schief. »Es ist mein Totem, es wird sein, was ich von ihm erwarte. Und ich möchte, dass es uns verbindet, bevor meine Verbindung zu Ian für immer hinter mir liegt.«

Lilianas Kehle wurde eng, als ihr bewusst wurde, dass Chris Abschied nehmen wollte. »Ist es hier passiert?«, fragte sie.

Chris schüttelte den Kopf. »Aber hier ist er mir am nächsten. Am Anfang bin ich ein paar Mal nach Cape Reinga gefahren, wo die Maori sich von ihren Toten verabschieden. Aber er wollte nicht gehen. Er ist immer geblieben. Verdammter Sturkopf.«

Liliana lächelte. »Ist er auch jetzt hier?«

Chris schien in sich hineinzuhorchen. Dann grinste er. »Nein, und das ist auch ganz gut so, bei dem, was ich vorhabe.«

»Und was ist das?«, fragte sie atemlos. Seine Magie kribbelte in ihren Fingerspitzen.

»Ich will dir zeigen, dass mein Totem meinen eigenen Regeln folgt. Dass alle Tabus, die man uns einreden will, für diesen Ort nicht gelten. Und dass zwei Menschen, die dasselbe Totem haben, nicht vielen Tabus unterliegen, sondern gar keinen. Wenn du dieses Totem mit mir teilst, dann gibt es nichts mehr, was zwischen uns steht.«

Endlich verstand Liliana, was er damit sagen wollte. »Nichts?«

Chris sah sie fest an. »Gar nichts. Ich lasse es nicht zu. Was immer die Wahrheit ist, sie wird sich am Ende zeigen, davon bin ich überzeugt. Und bis dahin … werde ich akzeptieren, dass deine Wahrheit eine andere ist als meine.«

Liliana keuchte auf, als Chris ihr Magie gab und die Magieebene sich glitzernd über die majestätische Landschaft legte. Es war, als wäre die Welt noch schöner, weil sie ihr alle Geheimnisse offenbarte.

»Ich wünschte, du könntest das sehen, Chris.« Die Sehnsucht, diese gewaltige Schönheit mit ihm zu teilen, schmerzte in ihrer Brust.

»Ich sehe es doch.«

»Aber«, machte Liliana entgeistert, »Quellen können das nicht.«

»Ich schon. Frag mich nicht, warum, ich konnte es schon immer.« Er zog sie an sich. »Und ich liebe es, dich so zu sehen, Liliana.« Sein Atem streifte heiß ihr Ohr. »Auf der Magieebene sehe ich alles von dir. Nicht die Studentin, nicht die pflichtbewusste Tochter oder die Magierin, die eine verbotene Beziehung mit ihrer Quelle hat. Hier sehe ich dein tiefstes Wesen. Als könnte ich in deine Seele schauen.«

Lilianas Atem ging schneller, als Chris sie küsste und sie dann in das weiche Gras neben einer heißen Quelle drückte. Seine Hand hielt ihre ganz fest, damit sie sich nicht verloren, solange die Magie zwischen ihnen floss. Liliana gab sich Chris vollkommen hin, jeder seiner Berührungen, seinen zärtlichen Worten, seinen Liebkosungen. Sie hatten seit der Katastrophe mehrere Male miteinander geschlafen, aber jedes Mal erst, nachdem sie die Magieebene wieder geschlossen hatte. »Soll ich den Magiefluss unterbrechen?«, fragte sie, süchtig nach jenem unglaublichen Erregungsgefühl, das die Magie in ihr zurückließ.

Chris schüttelte den Kopf. Seine türkisen Augen hielten ihren Blick fest. »Dieses Mal will ich dich, weil du es willst. Nicht, weil die Magie dir keine andere Wahl lässt.«

Lilianas Herz machte einen Satz. *Was, wenn wir uns verlieben?* Es war zu spät. Vielleicht war es schon zu spät gewesen, als sie Chris damals nach der Prüfung in den Höhlen diese Frage gestellt hatte.

Liliana zuckte zusammen, als Chris ihre Hand drückte. Das Zischen der heißen Quellen, das Murmeln der Geysire kurz vor dem Ausbruch wurde zum Lärm der Menge. Nur schwer fand sie zurück in die Wirklichkeit, zurück auf das Hochplateau und zur Namenszeremonie. Die Erinnerung an Chris' Berührungen und seine Leidenschaft ließ ihren Atem schneller gehen. Chris grinste unverschämt, weil er genau wusste, woran sie dachte. Er neckte sie, indem er ihre Hand streichelte und die Zeichnung an ihrem Handgelenk zärtlich mit den Fingerspitzen nachfuhr. Verstohlen, damit es keiner sah. Lilianas Herz klopfte vor süßer Angst, entdeckt zu werden. Jede gestohlene Berührung, jeder verbotene Kuss ließ ihren ganzen Körper erzittern und auch jetzt erregte sie der Gedanke, dass sie etwas ganz und gar Verwerfliches taten.

Als sie sich von Chris die Magie nahm, plante sie schon, wie sie sich nach der Zeremonie davonschleichen konnten. Liliana öffnete die Magieebene. Der grüne Schleier ergoss sich über die Welt, rasend schnell und mühelos. Bis hinter den Horizont. Liliana lachte auf, als die Macht sie durchströmte. Welchen Zauber sollte sie der Menge vorführen? Für einen Moment überlegte sie, die bedrohlichen Gewitterwolken aufzulösen, die sich pechschwarz über dem Meer auftürmten und langsam, aber sicher auf das Festland zukrochen. Es wäre vernünftig. Doch das hier war kein Einsatz. Sie musste nicht vernünftig sein. Und der türkisfarbene Ozean, auf dem sich bereits die Schatten des nahenden Sturms abzeichneten, reizte sie. Übermütig griff sie nach den Wellen. Sie ließ das Meer toben, ließ es auf den Strand und auf die Menge zurasen, nur um die Wassermassen im letzten Moment zu beruhigen. Die Menge raunte vor Bewunderung und Liliana warf einen Blick auf Chris. Er lachte nicht. Sein Blick war leer, seine Stirn lag in Falten. Liliana wollte ihn fragen, was los war, aber in diesem Moment trat der Wächter an sie heran. Sie löste die Fessel und der Wächter hob ihre Hände hoch, damit alle die Zeichnung sehen konnten, die sich dunkel und stark über ihre Hände zog. Der Nachhall der Magie raste durch Lilianas Körper und sie lächelte Chris zu, der ihr Lächeln erwiderte. Wahrscheinlich war es gerade eben nur die Konzentration gewesen, die ihn hatte abweisend wirken lassen. Als der Wächter ihre Hände wieder ineinanderlegte und die Verbindung für vollzogen erklärte, erkannte sie, dass es nicht nur der Nachhall der Magie war, der ihren Körper in Aufruhr versetzte. Es war Glück. Pures, reines Glück. Wenn Chris sie so ansah, als wäre sie der Mittelpunkt seiner Welt, dann wusste sie, dass sie in ihm alles gefunden hatte, was sie sich hätte wünschen können. Einen Partner, einen Seelenverwandten, die perfekte Quelle.

»Ihr seid nun dauerhaft verbunden und du, Magierin, wirst deinen Namen erhalten, der ein Ausdruck deiner Macht ist. Dieser Name soll von nun an verwendet werden. Dein Geburtsname wird vergessen sein.« In Chris' Augen blitzte etwas auf. Natürlich würde er sich daran nicht halten. Er würde sie weiter Liliana nennen, obwohl es verboten war. Ein verbotener Name für verbotene Momente. Schmetterlinge tanzten in ihrem Bauch, als er kaum merklich ihre Hand drückte.

»Nimm deinen neuen Namen an, Magierin.«

Liliana lächelte. Ja, sie wollte den Namen annehmen. Und alles, was damit einherging. Jede glückliche Sekunde, weil Chris bei ihr war.

»Dein Name lautet Adara.«

28

Schmetterlinge. Für einen Moment konnte Adara sie spüren, wie sie zart in ihrem Bauch flatterten, so zart wie seine Fingerspitzen, die die Zeichnung liebkosten. Sie schloss die Finger so fest um das Spielzeug in ihrer Hand, dass sie glaubte, es würde zerspringen. So wie der Moment des Glücks, dieser eine kurze Moment des vollkommenen Glücks, der ihm und ihr vergönnt gewesen war.

»Ich war so dumm«, flüsterte sie. »Die Wahrheit …« Sie hatte die ganze Zeit vor ihren Augen gelegen, aber sie hatte sie nicht sehen wollen. Vielleicht hatte sie es nicht gekonnt. Aber jetzt kannte sie die ganze grässliche Wahrheit oder zumindest genug davon, um zu wissen, dass sie alles daransetzen musste, seinen letzten Wunsch zu erfüllen.

Mühsam riss sie sich aus der Erinnerung. Die Limousine hatte angehalten und Seth sah sie fragend an.

Sie holte den Lichtstein aus ihrem Beutel und ließ ihn aufleuchten. »Ab hier gehe ich alleine.«

»Ich bin deine Quelle«, antwortete er langsam. »Ich folge dir, egal, wohin du gehst.«

»Nein, das wirst du nicht. Ich bin deine Magierin und ich bestimme, dass du zurückfährst und dem Ruf des Rates zum Einsatzort folgst. Ich komme nach.« Sie atmete tief durch. *Hoffentlich. Und hoffentlich nicht allein.* Sie wartete Seths Reaktion nicht ab, sondern stieg aus dem Auto und betrat den schmalen Pfad, der in die dampfenden Schwaden hineinführte. Im Licht des Steins waberten sie wie die sterblichen Überreste alter Geister um sie herum. Adara ließ alles hinter sich, lief, so schnell sie konnte, zu dem Ort, auf dem ihre ganze Hoffnung ruhte.

»Adara!« Seths raue Stimme knirschte zwischen ihren Gedanken wie Kiesel im Getriebe einer Mühle.

Sie blieb nicht stehen, drehte sich nicht um. »Ich habe dir gesagt, du sollst zurückgehen«, rief sie ihm über ihre Schulter zu.

»Du hättest nichts tun können.«

Adara erstarrte, wandte sich langsam zu Seth um. »Was hast du gesagt?«

»Selbst wenn du es gewusst hättest, du hättest es nicht verhindern können«, sagte er leise, sein Gesicht halb in den Schatten der Nacht verborgen.

Wut, Angst und Schuld stiegen so plötzlich in ihr auf, dass sie ihr die Tränen in die Augen trieben. »Woher willst du das wissen?«, zischte sie. »Du warst nicht dabei. Du hast nicht gesehen, wie er mich angesehen hat, nach der Zeremonie, kurz bevor er gegangen ist. Du … du hast nicht gespürt, wie er meine Hand gehalten hat, als wäre es das letzte Mal.« Sie krallte ihre Hände ineinander, bis es wehtat. »Verdammt, ich hätte es wissen müssen. Ich hätte ihn niemals gehen lassen dürfen.« Die Erinnerung kam hoch, daran, wie ihre Mutter sie stolz umarmt hatte. Wie Naos gefragt hatte, wo ihre Quelle abgeblieben wäre. Wie sie ihn im einsetzenden Regen gesucht hatte, weil die Hubschrauber bald eintreffen sollten, um sie ins Trainingslager zu bringen. In Gedanken hatte sie ihn gescholten, weil er einfach gegangen war, ohne sie um Erlaubnis zu fragen. Lachend. Bis seine Nachricht zu ihr durchdrang. Diese eine Nachricht, die alles veränderte.

Was immer du tust, bleib, wo du bist.

Angst. Sie erinnerte sich an die Angst, die sie überfallen hatte bei diesen merkwürdigen, kryptischen Worten. Und dann war ihr Blick auf die Leinwand über ihren Köpfen gefallen. Danes und Steve. Das Interview, das sie bereits am Morgen gesehen hatten. Das Interview, das in ihm den Verdacht geweckt hatte, dass Danes die Katastrophe mit Absicht hatte ausbrechen lassen. Sie hatte sich an seine Worte erinnert. *Die Wahrheit wird sich zeigen.* Aus der Angst war Panik geworden.

Panik, die sie jetzt auch spürte, als sie Seth ansah. »Ich dachte, er wollte nach seiner Schwester sehen«, flüsterte sie. Hätte sie doch nur gewusst, was er eigentlich vorhatte. Der Schmerz in ihrer Brust brachte sie fast um den Verstand.

Seth legte ihr eine Hand auf die Schulter. Es war eine merkwürdig tröstliche Berührung. Adara schloss die Augen, genoss den Hauch der Macht, der in ihren Körper floss. Nicht nur Verlockung, sondern auch Kraft, die sie aufrechthielt.

»Du hättest nichts tun können«, wiederholte er.

»Woher willst du das wissen?«

»Weil ich es versucht habe.«

Adara erstarrte, öffnete die Augen und sah ihn direkt an. »Wie bitte?«

Seth hielt ihren Blick fest. »Er ist damals zu mir gekommen. Direkt nach der Zeremonie.«

Wie betäubt versuchte Adara zu verstehen, was er da sagte. »Er war bei dir? Warum?«

»Er wusste nicht, zu wem er sonst gehen sollte.« Eine Spur Traurigkeit lag in seinen Worten.

»Aber er kannte dich gar nicht, warum ist er gerade zu dir gekommen, wenn …« Sie sog scharf die Luft ein. »Nein, er kannte dich, er …« Adara verstummte und sah wieder auf, direkt in Seths Gesicht. »Er kannte dich, weil du unser Wächter warst, nicht wahr?« Die Erkenntnis traf sie vollkommen unvorbereitet.

Seth nickte, sein Blick wieder undurchdringlich.

Der Moment fiel ihr ein, als der Wächter – Seth – versucht hatte zu verhindern, dass Danes sie zu der Prüfung in die Höhle schickte. Die Erinnerung zauberte ein zerbrechliches Lächeln auf ihre Lippen. Seth hatte verhindern wollen, dass Danes sie mit dieser archaischen Prüfung umbrachte. Schon damals, noch bevor er sie gekannt hatte, noch bevor sie seine Magierin war, hatte Seth versucht, ihr zu helfen. Aber warum? Nichts ergab plötzlich mehr einen Sinn.

Seth schien ihre Verwirrung nicht zu bemerken. »Er war vollkommen aufgelöst, er meinte, er hätte etwas erfahren und ich müsste eine kollektive Gedankennachricht an alle Magier schicken.«

»Und du hast ihn weggeschickt«, flüsterte sie. »Du hast ihm nicht geholfen.«

Schuld leuchtete in Seths Augen auf. »Ich habe versucht, ihm zu erklären, warum ich nicht tun konnte, was er verlangte. Er wurde wütend und hat mir gedroht.«

Adara stiegen die Tränen in die Augen. »Wie konntest du ihn einfach gehen lassen?«, warf sie ihm vor. »Du musst doch geahnt haben, in welche Gefahr er sich bringen würde. Du hättest ihn aufhalten müssen.«

Seth senkte den Blick. Zum ersten Mal, seit sie ihn kannte, senkte er den Blick. »Ich bin ihm gefolgt.«

Eine Ahnung stieg in ihr auf, eine Ahnung, die sie zum Zittern brachte. »Aber du kamst zu spät.« Ihre Worte klangen wie eine Bitte.

Seth hob wieder den Kopf. Er fixierte sie. Und die Wahrheit, die Adara in seinem Blick las, zog ihr den Boden unter den Füßen weg. »Nein«, sagte Seth leise. »Ich war nicht zu spät.«

Adara stolperte ein paar Schritte von ihm weg. Die Erkenntnis verschlug ihr den Atem, sodass sie fast daran erstickte. »Du warst dabei«, brachte sie mühsam hervor. Ihre Stimme heiser, kaum hörbar, gebrochen. »Du warst dabei. Du warst einer der Wächter. Du wusstest, was sie tun würden. Und du hast zugesehen.«

Seth hob eine Hand und ließ sie dann wieder sinken. Er versuchte gar nicht erst, sich zu rechtfertigen. Schmerz schlug über Adara zusammen, weil sie gehofft hatte, dass sie sich irrte. Aber es war die Wahrheit und Seth ließ zu, dass sie sie in seinem Gesicht las. »Du hast einfach nur zugesehen«, wiederholte sie.

Dann gaben ihre Beine unter ihr nach.

29

W*as immer du tust, bleib, wo du bist.*

Die Gedankennachricht von Chris hallte in ihr wider, während sie sich auf der Suche nach ihm zwischen den Feiernden hindurchdrängte. Die riesigen Zelte, die für die Feier nach der Namenszeremonie aufgebaut worden waren, ächzten unter brutalen Windböen, stöhnten unter den Wassermassen, die vom Himmel fielen. Was die Feierlaune der Mitglieder keineswegs eindämmte und es Liliana schwer machte, in der tanzenden, wabernden Menge nach Chris Ausschau zu halten. Jemand rempelte sie an, packte sie am Arm.

»Liliana, wenn du Chris suchst, er war gerade bei mir.« Saras Stimme ging in den Geräuschen der Feier beinahe unter.

Liliana fuhr herum. »Wo ist er?«, schrie sie und zog Sara in die Nähe eines Ausgangs, wo sie nur das Prasseln des Regens übertönen mussten.

»Ich weiß es nicht. Er war total verstört, hat mich was gefragt, dann ist er verschwunden.«

»Was hat er dich gefragt?« Sie musste sich zurückhalten, um Sara nicht zu schütteln.

»Was wir heute früh bei dem Einsatz gemacht haben, in Auckland. Ich habe erklärt, dass wir die Temperatur der Magmakammern weiter senken sollten. Er wirkte ungläubig. Wollte wissen, ob irgendetwas Merkwürdiges passiert ist, und ich habe ihm erzählt, dass Aurelia … oh, ich meine Atria, sich während des Zaubers gewundert hat, dass die Temperatur angestiegen ist. Dann haben sie den Einsatz beendet.«

Liliana wurde eiskalt. Sie hatte gewusst, dass sie den Ausbruch nicht dauerhaft verhindert hatten, sondern die Macht des Vulkans nur eingedämmt, bis genug Magier anwesend waren, um den Vulkan dauerhaft zur Ruhe zu bringen. Wenn die Temperatur des Magmas aber gestiegen war, wie Atria gesagt hatte, ließ das Schlimmes erahnen. Das Vulkanfeld unter Auckland würde erneut Asche spucken. Und zwar bald. »War Danes dabei?«

Sara nickte. »Er hat den Befehl gegeben, aufzuhören und die Mission für erfolgreich beendet erklärt. Und er hat dem Inneren Kreis gesagt, dass die Überprüfung ein zufriedenstellendes Ergebnis erbracht hat. Atria fand das seltsam, aber er hat ihr erklärt, dass die Temperatur nur aufgrund des Einsatzes an einzelnen Stellen angestiegen sei, aber insgesamt gesunken wäre. Damit hat sie sich zufriedengegeben.«

Liliana schluckte schwer. Sie wusste nicht, was sie glauben sollte, aber sie wusste ganz genau, was Chris gedacht hatte, als Sara ihm davon erzählt hatte. Ein Raunen ging durch die Menge. Beunruhigt drängte Liliana sich an den Rand der Menschenmasse, damit sie etwas sehen konnte.

»Steve mal wieder. Der spinnt echt total!« Sara zeigte nach oben auf eine Klippe weit über ihnen. Dort stand Steve, so nah am Rand, dass man ihn von unten sehen konnte. Er winkte den Zuschauern fröhlich zu, wobei ihn eine Sturmböe fast von der Klippe wehte. Um ihn herum war es unnatürlich hell. Ein Magier musste für Licht gesorgt haben, das bis auf den Strand hinunterreichte. Was der Magier tat, wurde auch auf der großen Leinwand über ihren Köpfen übertragen. Liliana sog scharf die Luft ein, als sie den Magier erkannte. Naos.

»Hey, ich glaube, er will kommentieren, wie dein Bruder das Wetter beruhigt, damit die Hubschrauber landen können, die euch ins Trainingslager bringen sollen«, rief Sara über den Wind hinweg.

Liliana nickte abwesend und suchte die Menge nach irgendeinem Zeichen von Chris ab. Dabei fiel ihr auf, dass mehrere schwarze Gestalten sich aus der Menge lösten und auf die Bäume zuliefen. Mit einem unguten Gefühl im Magen sah sie den Wächtern nach. Wo wollten die auf einmal hin?

Chris? Bitte sag mir, wo du bist.

Rühr dich ja nicht vom Fleck!

Wieder überrollte sie eine Welle der Angst. Und sie schwemmte Verärgerung mit an. Sie würde sicher nicht bleiben, wo sie war. Was, wenn er irgendetwas Verrücktes plante und die Wächter hinter ihm her waren? Sie beschloss, ihnen zu folgen. Oder besser, ihnen den Weg abzuschneiden. Wenn sie wirklich hinter Chris her waren, dann war es besser, sie kam ihnen zuvor. Die Wächter wollten auf die Klippe, zu Steve, so viel war sicher. Liliana suchte den winzigen Pfad über die Klippen, den sie als Kinder oft genommen hatten, und begann mit dem Aufstieg. Trotz des matschigen Untergrunds und obwohl der Regen ihr ins Gesicht peitschte, erreichte sie das kleine Hochplateau über dem Strand vor den Wächtern. Längst verfluchte sie sich dafür, dass sie vorhin nicht das Unwetter aufgehalten hatte. Ganz am Ende der Klippe stand Steve mit dem Kamerateam und zwischen ihnen, auf halbem Weg die Anhöhe hinauf, lief Chris. Vor Erleichterung zitterten ihr die Knie. *Chris,* dachte sie. *Warte, bitte.*

Keine Antwort.

Bleib gefälligst stehen!

Erstaunlicherweise gehorchte er und sah sich suchend um. Als er sie entdeckte, weiteten sich seine Augen. Sie sah, wie seine Lippen ihren Namen formten.

Vorsichtig lächelte sie. *Ich komme zu dir.*

Etwas flackerte in seinem Gesicht auf, aber sie war zu weit weg, um zu sagen, was es war. *Nein. Bleib stehen. Bitte. Es ist zu spät.*

Die Dringlichkeit in Chris' Worten bescherte ihr eine Gänsehaut. *Zu spät?*

Er deutete hinter sie und sie wandte sich um. Erschrocken sah sie die Wächter aus dem Wald kommen, düster und unausweichlich, kaum zu sehen in den dunklen Schatten der Bäume.

Dann lass bleiben, was immer du tun wolltest, Chris. Sie wissen nicht …

Sie wissen es.

Liliana stockte der Atem. *Was hast du vor?*

Liliana. Zärtlich lächelte er sie über die Wiese hinweg an, durch den Sturm und die Blitze. Ihr Herz begann vor Angst zu flattern. *Du musst mir helfen.*

Alles, gab sie verzweifelt zurück. *Sag mir nur, wie.*

Du musst so tun, als ob du auf ihrer Seite stehst. Wieg sie in Sicherheit.

Spinnst du?

Bitte, Liliana. Tu das für mich. Ich weiß, was ich tue.

Dann erklär es mir. Sie versuchte, es wie einen Befehl klingen zu lassen.

Dafür ist keine Zeit. Vertrau mir.

Chris …

Sie sah, wie er eine Hand hob. Die Zeichnung. Ihre Zeichnung auf seiner Haut. *Du hast gesagt, wir sind Partner. Und ich brauche dich jetzt. Bitte, hilf mir.*

Liliana biss sich auf die Lippe. Das Bedürfnis, zu ihm zu laufen und ihn aufzuhalten, brachte sie beinahe um den Verstand. Aber er hatte recht. Sie hatte einen Partner gewollt. Unschlüssig blieb sie stehen. Was sollte sie nur tun? Was, wenn sie ihn in Gefahr brachte, wenn sie nicht auf ihn hörte?

Chris lächelte, dann wandte er sich wieder ab.

»Ich muss mich entschuldigen, Magierin«, erklang eine dunkle

Stimme hinter ihr. Sie warf einen Blick über die Schulter, nur kurz, hatte das Gefühl, dass sie Chris keinen Moment aus den Augen lassen durfte.

»Rat Danes«, flüsterte sie. Wie hatte er es so schnell hierherauf geschafft? Die Wächter waren immer noch weit hinter ihnen.

Danes folgte ihrem Blick zu den Wächtern. »Offensichtlich war ich nicht der Einzige, der als Kind hier auf den Klippen gespielt hat.« Er zwinkerte ihr zu. Seine deutliche Unbekümmertheit verunsicherte sie. Sie wandte sich wieder Chris zu. Der Wunsch, ihm zu folgen, zuckte in ihren Füßen. *Ich brauche dich jetzt. Wieg sie in Sicherheit.* Liliana stöhnte leise. Sie konnte ihm seinen Wunsch nicht abschlagen. Sie musste darauf vertrauen, dass er wusste, was er tat.

»Es ist ein Jammer, nicht wahr?« Danes klang auf einmal besorgt.

Das ungute Gefühl in Lilianas Bauch kroch in ihr Herz und schnürte ihr die Kehle zu. »Was ist ein Jammer?«

Danes deutete auf Chris, der jetzt auf Steve zulief. »Er ordnet sich nicht unter.«

»Das wird sich noch ändern.«

»Wirklich? Hast du ihm nicht gerade befohlen zurückzukommen?«

»So war das nicht, ich …«

»Keine Sorge, Magierin. Wir machen dir keinen Vorwurf«, unterbrach Rat Danes sie. »Im Gegenteil. Du hast Besseres verdient. Er ist eine Gefahr. Für dich und auch für die Menschen, die sich auf uns verlassen.«

Die Härchen in ihrem Nacken stellten sich auf. »Was soll das heißen?«

»Er hat von Anfang an nur Probleme gemacht. Das war sicher keine schöne Erfahrung.«

Liliana hätte ihm am liebsten die Meinung gesagt. Aber Chris hatte sie gebeten mitzuspielen. Sie dachte an seine Worte. *Tu so, als ob du auf ihrer Seite stehst.* »Nein, war es nicht«, erwiderte sie, die Augen fest auf Chris gerichtet.

»Natürlich können wir ihm das nicht durchgehen lassen.«

Liliana schluckte schwer. Wollte er damit sagen, dass sie die Verbindung lösen wollten? *Bitte, Chris. Bitte, komm zurück. Jetzt sofort. Sie trennen uns, wenn du nicht gehorchst. Sie werden mir eine neue Quelle geben, vielleicht deine Schwester. Chris, bitte. Lass das nicht zu.*

Wieder antwortete er nicht, aber sie hatte den Eindruck, dass er noch schneller rannte. Die Wächter kamen jetzt an ihnen vorbei. Im Getöse des Gewitters schien Steve noch nichts bemerkt zu haben. Auch Naos und Daniel waren ganz in ihren Zauber vertieft. Ob Danes ihn anweisen würde, Chris aufzuhalten, sobald er den Wetterzauber beendet hatte? Den Regen hatte Naos bereits eingedämmt. Sie musste Danes davon überzeugen, dass sie die Situation im Griff hatte.

»Das verstehe ich«, erwiderte sie, um Danes abzulenken. Aber ihre Stimme zitterte verräterisch. »Ich werde im Trainingslager besonders hart mit ihm daran arbeiten.«

Danes deutete auf Chris. »Siehst du das?«

Chris war stehen geblieben, stemmte sich mit dem Rücken gegen den Wind und hielt etwas über seinem Kopf in die Luft. Liliana verengte die Augen. »Was … tut er da?« Was hatte er vor? Sollte sie nicht doch besser eingreifen?

»Er filmt den Magier mit seinem Smartphone«, erwiderte Danes. »Wusstest du, dass er mir vorwirft, seinen ersten Magier getötet zu haben? Seitdem sucht er einen Weg, sich an mir zu rächen. Er versucht zu beweisen, dass ich korrupt bin. Er glaubt, ich hätte mit Absicht versucht, die Katastrophe in Auckland auszulösen.« Das Mitleid in seiner Stimme machte Liliana schwindelig. »Und er glaubt, es wird wieder passieren. Heute Nacht.«

Entsetzen krallte sich in ihren Magen. Natürlich. Chris glaubte, dass Danes mit den Magiern am Morgen die Temperatur im Vulkan erhöht hatte, damit der Ausbruch am Abend stattfand. An dem Abend der Zeremonie, an dem die ganze Gemeinschaft sich außerhalb von Auckland in Sicherheit befand. Und an dem die Magier ins Trainingslager geschickt werden sollten. Sie wären weit weg, nicht in der Lage, den Vulkanausbruch ein weiteres Mal zu verhindern. Lilianas Herz pochte schmerzhaft in ihrer Brust. Es ergab Sinn. Schrecklich viel Sinn. Entsetzt musterte Liliana Rat Danes. Sie wusste nicht, warum er so etwas tun sollte, aber sie wusste, dass sie sich entscheiden musste. Chris vertrauen oder Rat Danes. Dem Mann, den sie liebte, ihrem Partner, oder dem Lehrmeister, den sie seit ihrer Kindheit kannte.

»Er will die Menschen warnen. Mit einem YouTube-Video will er sie davon überzeugen, dass es Magie wirklich gibt, und allen zeigen, wozu wir fähig sind. Und dann will er die Menschen überreden, Auckland zu verlassen. Er wird die Gemeinschaft outen. Eine Massenpanik auslösen. Hunderttausende von Menschen könnten dabei zu Schaden kommen.« Danes schüttelte traurig den Kopf. »Alles wegen ein paar Hirngespinsten.«

Chris, schrie sie in Gedanken. *Bist du wahnsinnig geworden?*

»Du verstehst sicher, dass wir keine Wahl haben«, sagte Danes bekümmert.

Nur langsam sanken seine Worte in ihren Geist und brachten ihr Herz zum Flattern. »Keine Wahl?«, fragte sie.

Chris hatte das Smartphone gesenkt, sah sich nach den Wächtern um, die ihn fast eingeholt hatten. Sie sah, wie Chris auf dem Handy herumtippte und gleichzeitig auf Steve zulief.

Liliana wollte losrennen.

Bleibe, wo du bist!, dachte Chris in ihrem Kopf, als hätte er ihre Gedanken gelesen. *Sonst ruinierst du meinen Plan.*

Rat Danes nickte den Wächtern zu. Liliana sah es wie in Zeitlupe.

Spiel mit, egal, was passiert.

Die Wächter hasteten noch schneller, die Feiernden am Fuße der

Klippe nahmen nicht wahr, was direkt über ihnen geschah. Liliana wollte schreien. *Du verstehst sicher, dass wir keine Wahl haben.* Sie wollte die Gewissheit hinausschreien, die sich gerade in ihr Herz fraß.

Chris, bitte, tu das nicht! Ich glaube dir. Ich vertraue dir. Wir finden einen anderen Weg. Bitte.

Wenn du irgendetwas für mich empfindest, lass dir nichts anmerken. Nichts. Tu das für mich.

Irgendetwas? Alles, Chris. Du bedeutest mir alles, dachte sie verzweifelt, *bitte …*

Die Wächter waren jetzt bei Chris angekommen, hatten ihn im Halbkreis umstellt und ihm so den Weg zu Steve abgeschnitten. In seinem Rücken war die Klippe. Es gab kein Entkommen. Sie wollte ihm eine Gedankennachricht senden, aber in diesem Moment wirkte Naos' Zauber. Das Donnern verstummte, der Wind beruhigte sich mit einem Schlag und Steve und Naos bemerkten, was hinter ihnen los war. Danes gab Naos ein Zeichen.

Naos!, schrie Liliana in Gedanken. Er wusste nicht, was los war. Er würde Danes glauben, wenn er ihn vor Chris warnte. Aber er würde doch nicht … Fieberhaft versuchte sie zu entscheiden, ob sie Naos um Hilfe bitten konnte. Was, wenn auch das Chris' Plan gefährdete? Was, wenn sie Chris dadurch erst recht in Gefahr brachte? Ihre Gedanken verselbstständigten sich. *Du darfst ihm nichts tun, bitte, Naos!*

Naos' Blick zuckte zu ihr. In diesem Moment griffen die Wächter nach Chris. Er kämpfte sich frei, versuchte, zu Steve zu gelangen, vor die Kamera. Liliana betete, dass er es schaffen würde. Vor der Kamera wäre er in Sicherheit. Chris wandte sich um, stand jetzt so nah an der Klippe, dass Lilianas Herzschlag vor Angst aussetzte. Und ihr Verstand. Sie rannte los. Chris fixierte ihren Blick, über die Köpfe der Wächter hinweg. Hob seine Finger an die Lippen.

Jemand muss übrig bleiben. Jemand, dem sie vertrauen. Jemand muss verhindern, dass es noch mal …

Seine Beine gaben unter ihm nach. Liliana unterdrückte einen Aufschrei, dann ein Schluchzen. Der Plan. Das musste zu seinem Plan gehören. Er spielte die Ohnmacht nur, um Zeit zu schinden, vielleicht bis das Video hochgeladen war. Sie reckte den Hals, aber die Wächter versperrten ihr die Sicht. Tränen stiegen in ihr auf. *Wein nicht, dumme Kuh. Er spielt das nur. Irgendwie spielt er das.* Die Wächter traten zur Seite.

Chris war fort.

Liliana merkte erst, dass sie an der Klippe stand, als einer der Wächter sie am Arm packte und nach hinten riss. Steine bröckelten unter ihren Zehenspitzen. Fielen in die nur von Naos' Magie erhellte Dunkelheit und auf den Strand.

Neben Chris' Körper.

Wie betäubt sah Liliana hinunter. *Der Plan,* dachte sie verzweifelt, aber der Gedanke wurde vom Rauschen der Brandung verschluckt. Sie spürte die Blicke des Rates im Rücken. Sah, wie die ersten Menschen auf den Strand strömten. Hörte Chris' Worte. *Wenn du irgendetwas für mich empfindest, lass dir nichts anmerken. Nichts. Tu das für mich. Jemand muss übrig bleiben.*

Stumm starrte Liliana nach unten, hörte die Wellen, die ihr eine grausige Erkenntnis zuflüsterten. Er hatte sie reingelegt. Er hatte nie einen Plan gehabt. Keinen, der sie einschloss. Alles, was er gesagt hatte, war eine Lüge gewesen. Eine einzige, große Lüge.

30

Und ich habe nur zugesehen«, flüsterte Adara. Ihre Stimme schwankte und ihre Gesichtszüge entglitten ihr. Die Tränen, die sie nicht geweint hatte, in jenem Augenblick, die Schreie, die sie nicht ausgestoßen hatte, als er vor ihren Augen zu Boden gegangen war, kämpften sich jetzt aus ihrer Kehle. Heiser und rau. »Ich habe nichts getan, nichts. Ich habe einfach nur zugesehen.« Die grausame Wahrheit hinter ihren eigenen Worten schüttelte sie, bis sie kein verständliches Wort mehr herausbrachte. »Er hat mich reingelegt«, würgte sie hervor, weil sie es loswerden musste. »Er hatte nie einen Plan. Er wollte die Gemeinschaft outen, aber als die Wächter dazukamen, wusste er, dass es zu spät ist. Er wusste es sofort. Und er hat mich glauben lassen, ich könnte helfen. Dabei hat er mich nur benutzt.«

Sie hörte, dass jemand etwas sagte. Seth. Bedeutungslose Worte. Unwichtige Worte. Eine Hand auf ihrer Schulter. Sie schüttelte sie ab.

»Er hat mich benutzt, um mich zu schützen«, flüsterte sie. »Er wollte, dass ich schweigend zusehe, wie er stirbt, damit sie nicht denken, dass ich etwas von seinen Plänen wusste.« Adara begann, so heftig zu zittern, dass ihre Zähne aufeinanderschlugen. »Ich habe ihn sterben lassen. Ich hätte …«

Ein sanftes Schütteln riss sie aus ihrer Erinnerung, in der sich die Szene immer und immer wieder abspielte. Er lief über die Wiese. Hob seine Hand an die Lippen. Sandte ihr die Nachricht. Ging in die Knie. »Du hättest nichts tun können …«, hörte sie, der Rest der Worte ertrank im Rauschen der Brandung, als sie in ihrer Erinnerung auf die Klippe zurannte. Als ihr erneut klar wurde, dass er zum Schluss nur noch einen Gedanken gehabt hatte: sie zu schützen. Sie drängte sich durch die Menge am Strand, ging neben ihm in die Knie. Schluckte die Tränen hinunter, die wie Säure in ihren Augen brannten. Er hatte es so gewollt. Sie sollte nicht zeigen, dass sie Bescheid wusste. *Jemand muss übrig bleiben. Jemand, dem sie vertrauen.* Sie berührte seine Hand nur verstohlen. Streifte seine Zeichnung mit den Fingerspitzen. Hoffte verzweifelt auf das sanfte Vibrieren seiner Magie. Nichts. Schmerz übermannte sie, als jemand ihn halb herumdrehte und sie die Leere in seinen wunderschönen türkisen Augen sah. Nur der Augenstern glitzerte noch darin, eine verglühende Sonne in trübem Wasser. Die Sirene eines Krankenwagens heulte, Hektik brach aus, aber Liliana war taub für alles, was um sie herum passierte. Sie saugte seinen Anblick in sich auf. Prägte ihn sich ein, während sie ihn wegtrugen. Erst, als jemand sie sanft am Arm nach oben zog, wurde ihr bewusst, dass er fort war. Ein Wächter führte sie zu einer Limousine. Als Medea St. John zu ihnen trat und Liliana misstrauisch betrachtete, fand sie in sich keine Kraft mehr, dem prüfenden Blick standzuhalten. Nicht in ihrem Herzen und nicht in seinen Worten. Nicht nur, weil er tot war. Sondern weil er mit seinen Vermutungen recht gehabt hatte. Und weil sie sich mehr als alles andere wünschte, sie hätte ihm früher geglaubt.

Victor Danes' Stimme wehte über den Strand. »… tragischer Unfall … Verräter … wir mussten ihn aufhalten, haben noch versucht … zu spät …«

Verräter. Das Wort brannte sich in ihre Seele, so wie Danes es in die Geschichte einbrannte, die von nun an über ihn erzählt werden würde. Ein Verräter, der die Gemeinschaft gefährdet hatte, und bei einem tragischen Unfall ums Leben gekommen war.

Aber Liliana wusste es besser. Er war zusammengebrochen, bevor er von der Klippe gestürzt war. Sie hatte es gesehen. Die gedankliche Verbindung zu ihm war abgebrochen, mitten im Satz. Nein. Sein Tod war kein Unfall gewesen. Danes hatte es zwischen den Zeilen zugegeben. *Du verstehst sicher, dass wir keine Wahl haben?* Liliana krampfte die Finger in den Arm des Wächters. Danes hatte ihn umgebracht. Victor Danes. Korrupt bis auf die Knochen. Bereit, jemanden zu töten, weil er seinen Plänen im Weg stand. *Jemand muss verhindern, dass es noch mal …* Liliana hob den Kopf und suchte nach Danes. Sie wollte ihn anschreien, wollte ihm sagen, was sie wusste und dass sie alles daran setzen würde, ihm das Handwerk zu legen. Aber nein. *Er* hatte sie gebeten, genau das nicht zu tun. *Jemand muss übrig bleiben.*

Der Wächter lotste sie fort, auf die Limousine zu. Ein Begleiter öffnete ihr die Tür. »Sie hat einen Schock«, sagte der Wächter leise zu ihm. »Nicht verwunderlich, er hat sie genauso hintergangen wie uns.«

Wut ballte sich in Lilianas Magen zusammen, aber sie sagte nichts. Ihm zuliebe schwieg sie.

»Aufgrund der Ereignisse bitten wir alle Mitglieder, die Feier zu verlassen und nach Auckland zurückzukehren. Das Trainingslager für die Magier wird verschoben.«

In ihrem Kopf spielten die Gedanken verrückt. Danes schickte alle nach Auckland zurück. Das konnte nur eins bedeuten: Er hatte seine Pläne verschoben. Oder der erneute Vulkanausbruch war nie für heute geplant gewesen. So oder so, sie musste nach Auckland zurück, sofort. Sie musste herausfinden, wann das Vulkanfeld unter Auckland sich erneut aufbäumen würde.

»Adara!« Wieder diese Stimme. Sie kannte diese Stimme. Wieder flüsterte sie ihr beruhigende Worte zu. Fast zärtliche Worte, aber ihre Gedanken trieben davon, wirbelten immer wieder um den Moment, in dem er zu Boden gegangen war. Wie hatten sie ihn töten können, noch bevor er von der Klippe stürzte? Naos hätte es nie getan. Niemals. Danes musste es anders gemacht haben. Mit etwas, wofür er keinen Magier brauchte. Aber womit sollte Danes eine Quelle töten können, einfach so?

»Beruhige dich doch, Adara.«

Alles drehte sich um sie, verschwamm, bis nur ein Detail übrig blieb. Der Augenstern. Dieser Lichtpunkt im Auge eines jeden Magiers und jeder Quelle, der eingesetzt wurde, bevor man ihnen erlaubte, Magie zu wirken. Der Augenstern, mit dem der Rat die Magier angeblich schützte. Ein Zauber, der auf dem optischen Nerv saß. Mit einer Verbindung, direkt ins Gehirn. »Damit haben sie es getan«, keuchte sie. »Nicht wahr? Damit tun sie es!« Sie hob die Hände und legte sich die Finger auf die Augen. »Ja, natürlich. Er dient nicht unserem Schutz, nein. Damit halten sie uns unter Kontrolle.« Es war Wahnsinn, das zu glauben. Und doch ergab es schrecklich viel Sinn. Sie fühlte, dass es die Wahrheit war. Sie krampfte ihre Finger zusammen, bis sie sich schmerzhaft in ihre Haut gruben.

»Du tust dir weh.« Wieder diese Stimme. Jemand wollte ihre Hände wegziehen.

»Nein. Ich muss … der Augenstern muss weg.« Sie grub ihre Hände in ihre Augen. Blendender Schmerz durchzuckte sie.

»Adara.« Die Stimme klang jetzt nervös. »Adara, hör auf damit.« Nein. Er musste weg. Nie wieder sollten sie die Kontrolle haben. »Adara, verdammt … Liliana! Hör auf!«

Sie hielt inne. Dieser Name. So lange hatte sie ihn nicht mehr gehört. So hatte *er* sie immer genannt. *Er,* dessen Namen sie nicht gedacht hatte, seit er gestorben war. Weil sein Name ihre ganze gemeinsame Geschichte in sich trug. Das Glück, die Liebe, die Sehnsucht, den Schmerz. Unerträglich. Es war verdammt noch mal unerträglich, seinen Namen auch nur zu denken. Schluchzend ließ sie die Hände sinken. Sie ließ zu, dass Seth sie an sich zog. Wünschte sich, es wäre *er*.

Er. Nur *er*.

Mühsam formte sie ihre Gedanken um den Namen.

Chris.

Er war fort. Immer noch.

Adara zitterte am ganzen Körper. Er war fort, er hatte sie alleingelassen. Mit einer Wahrheit, die noch viel schrecklicher war, als sie damals für möglich gehalten hatte. Es war nicht nur Danes, der korrupt war. Denn es war nicht seine Idee gewesen, die Augensterne einzusetzen. Das geschah auf Veranlassung des Rates – seit Jahrzehnten schon. Wahrscheinlich kontrollierten die Wächter die Augensterne. Im Auftrag des Rates. Danes hatte Chris hinrichten lassen. Vor aller Augen. Mit der Zustimmung des Rates. So wie er auch die Vulkane unter Auckland hatte ausbrechen lassen. Weil der Rat es so gewollt hatte. Was sie damit bezweckten, wusste sie nicht, aber eines war ihr inzwischen klar: Die Gemeinschaft diente nicht dem Schutz der Menschen. Sie setzte sie sogar noch größeren Gefahren aus.

Schmerz breitete sich in ihr aus und brannte ihr die schreckliche Wahrheit in die Seele. Chris war fort. Und alles, woran sie je geglaubt hatte, war mit ihm gestorben.

»Ist denn irgendetwas von dem wahr, was man uns beigebracht hat?«

»Es tut mir so leid«, sagte Seth leise.

»Nein«, schrie sie und sprang auf. »Du hast kein Recht, das zu sagen, du nicht. Du hast ihn gehen lassen, du hast zugesehen, du … hast ihn sterben lassen«, keuchte sie.

Seths Augen verdunkelten sich. »Ich wollte nicht, dass er stirbt.«

»Das glaube ich dir nicht! Du hast nicht mal versucht, ihm zu helfen. Du hast ihn sterben lassen, wahrscheinlich, weil das in irgendeinen kranken Plan des Rates passte und du auf ihrer Seite stehst!«

»Ich wollte ihn aufhalten, aber Danes hatte unser Gespräch zufällig mit angehört und Chris rannte fort.«

»Warum sollte ich glauben, dass er dir nicht egal war?«

»Weil sein Tod das Schlimmste war, was mir passieren konnte.«

Alle Wut fiel von Adara ab. Zurück blieb nur Fassungslosigkeit. »Was?«

»Ich habe ihn gebraucht«, sagte Seth leise.

Sie keuchte auf, als Schmerz sie durchzuckte. Gebraucht. Er hatte ihn gebraucht. Sie brauchte ihn immer noch. Brauchte ihn jetzt. Sie schloss die Augen gegen den Schmerz. »Wieso?«

»Weil du schon immer für mich bestimmt warst.« Seths dunkle Stimme verkündete diese Wahrheit wie eine dunkle Prophezeiung. *Er ist eine der stärksten Quellen in der Geschichte der Gemeinschaft.* »Von dem Moment an, als dein Potenzial entdeckt wurde, warst du für mich bestimmt und ich für dich«, sagte er sanft.

»Aber Chris wurde mir zugeteilt …«

»Weil ich es so wollte.«

Adara erstarrte. So viel Macht hatte er? Dass er sich der Quellenpflicht entziehen konnte? »Nein, das kann nicht sein. Chris war perfekt für mich. Er hat mit mir harmoniert. Nicht so wie du. Deine Macht ist wie Gift, wie Säure, die mich verätzt, jedes Mal, wenn ich dich nur berühre«, schrie sie. Tränen liefen jetzt über ihre Wangen. »Er war meine Quelle. Er. Immer nur er. Niemals du!«

Seth ließ sie sein Mitleid sehen, aber nicht, ob sie ihn mit ihren Worten verletzt hatte. »Nur, weil das so war, sind sie auf den Handel eingegangen. Ich habe sie überzeugt, Chris mit dir zu verbinden, weil er zu dir passte und ebenfalls große Macht hatte. Und ich musste garantieren, dass er wieder lernen würde zu zaubern.«

»Du wusstest, dass er Probleme hatte?«

»Deswegen wurde er so lange nicht verbunden. Aber Wächter

haben mehr Fähigkeiten als allgemein angenommen wird. Wertvolle Fähigkeiten. Ich dachte, ich könnte es schaffen. Ich musste es schaffen. Chris war das Einzige, was zwischen mir und einem Dasein als Quelle stand. Zwischen mir und der Wahl in den Rat.«

»Deswegen hast du alles dafür getan, dass es mit uns klappt.«

Seth nickte.

Angewidert machte Adara einen Schritt von ihm weg. »Nur deshalb hast du uns vor der Prüfung in den Höhlen bewahren wollen. Ich dachte, du wolltest uns schützen, aber du hast uns benutzt. Von Anfang an. Für deine Karriere.« Adara riss die Augen auf, als ihr bewusst wurde, dass auch Seth ein Teil des korrupten Rates werden wollte. »Du bist wie sie. Du gehörst zu ihnen. Wie konnte ich nur glauben, dass du anders bist?« Sie berührte mit den Fingerspitzen ihre Lippen. »Wie konnte ich dich nur …« Küssen. Sie hörte, wie er ihr leise Worte ins Ohr geflüstert hatte, vor wenigen Stunden noch, als sie alles für ein paar Atemzüge lang vergessen hatte. Zärtliche Worte. Tröstliche Worte. Ebensolche Worte wie die, die nach Chris' Tod dazu geführt hatten, dass Victor Danes sie gehen ließ. »Du warst das«, flüsterte sie entgeistert. »Du hast mich damals zum Auto geführt und dem Rat erzählt, ich hätte einen Schock.« Damit hatte er nicht Chris' Erinnerung beschmutzt, sondern er hatte sie vor Verfolgung durch den Rat gerettet. »Warum?«

Seth starrte sie an, sein Gesicht undurchdringlich. »Weil ich in dem Moment, in dem Chris starb, wusste, dass sie uns verbinden würden.«

Adara sah ihn an. Versuchte, es ihm anzurechnen, dass er ehrlich war. Sie konnte es nicht. Er hatte geschwiegen. Er hatte seine Macht nicht genutzt, um Chris zu helfen. Er hatte sie von Anfang an nur benutzt.

Seth musterte sie wie ein Wissenschaftler, der sich fragte, was sein Versuchsobjekt als Nächstes tun würde. Sie schob eine Hand in den Beutel und griff nach dem Stein.

Naos? Seid ihr so weit?

Wenn stimmte, was sie gerade herausgefunden hatte, dann war es umso wichtiger, dass sie den Vulkanausbruch aufhielt, der heute Nacht erneut eintreten sollte. Sie würde nicht zulassen, dass der Rat all diese Menschen für seine Zwecke opferte. Was auch immer das für Zwecke waren. Und sie würde nicht zulassen, dass Seth sie aufhielt. Entschlossen reckte sie das Kinn und blitzte Seth wütend an. Sie würde Chris zurückholen. Jetzt sofort. Mithilfe von Naos' Magie würde sie seinen Körper neu erschaffen und er würde wieder leben. Und mit ihm zusammen würde sie endlich zu Ende bringen, was er damals angefangen hatte. Die Menschen in Auckland schützen und die Machenschaften des Rates aufdecken. Danach wäre auch sie eine Verräterin. Sie würde flüchten müssen. Aber sie würde es an Chris' Seite tun. Und mit reinem Gewissen.

Lilly! Naos' panischer Gedanke zwängte sich zwischen ihre Pläne. *Sie haben uns abgefangen. Es tut mir so leid.*

Wie erstarrt lauschte Adara der Gedankennachricht ihres Bruders, begriff nur langsam, was er da sagte. Naos würde nicht kommen. Der Rat hatte ihn und Daniel erwischt. Und sie würde ihn ganz sicher nicht bitten, sich ihnen zu widersetzen. Das würde zu nichts führen, außer Naos in tödliche Gefahr zu bringen. Er würde nicht für sie zaubern können, würde Chris' Körper nicht für sie aus der Asche erwecken. Und jetzt, da sie wusste, dass der ganze Rat mit drinsteckte, konnte sie Naos auch nicht um Hilfe bitten, um Auckland vor dem Vulkanausbruch zu retten. Es war zu gefährlich. Sie brauchte Chris. Jetzt noch mehr als zuvor.

Adaras Finger verloren den Stein und ihr Blick fand den von Seth. Düster und undurchdringlich. Seth, der absolut ratstreu war. Seth, der Chris hatte sterben lassen. Seth, der niemals zulassen würde, dass sie die Katastrophe aufhielt, wenn der Rat wollte, dass sie eintrat.

Ohne Chris war alles verloren. Und ausgerechnet Seth war der Einzige, der ihr noch helfen konnte, Chris zurückzuholen.

31

Adara ging den Pfad zwischen den heißen Quellen entlang. Seth folgte ihr. Als sie ihm befohlen hatte, mit ihr zu kommen, hatte er nichts hinterfragt. Trotzdem oder gerade deswegen blieb das ungute Gefühl, dass er vielleicht etwas wusste. Dass er versuchen würde, sie aufzuhalten. Warum sollte er sonst freiwillig mit ihr kommen? Aber das würde ihm nicht gelingen. Sie war die Magierin und sie musste ihn nur berühren, um sich seine Magie zu nehmen, so sehr wollte seine Macht sich in sie ergießen. Nur ein Sekundenbruchteil würde reichen, damit sie ihm die Fessel anlegen und einen weiteren Zauber wirken konnte, der ihn daran hinderte, irgendetwas gegen sie zu unternehmen. Adara schluckte schwer. Sie hasste diesen Zauber. Sie hatte sich geschworen, ihn nie wieder zu benutzen. Aber nun hatte sie keine andere Wahl. Sie brauchte Seth, um mit ihm zu zaubern.

Aber dafür musste sie ihn an sich heranlassen. Sie musste zulassen, dass er sie mit Magie erfüllte. Und musste alles hinnehmen, was danach kam. Diese unfassbare Anziehung, die Seth auf ihren Körper ausübte, einfach nur, wenn sie fühlte, wie die Magie unter seiner Haut tobte. Adara schloss die Augen. Sie war so weit gekommen. Sie war so nah dran. Wenn sie mit Seth zaubern musste, um Chris zurückzuholen, würde sie es tun. Sie würde alles tun, um ihn zurückzubekommen. Um es ungeschehen zu machen. Um sich endlich wieder ganz zu fühlen.

»Hier ist es«, flüsterte sie, mehr zu sich selbst als zu Seth. Sie blieb stehen und konzentrierte sich auf den Ort, der vor ihnen lag. Bilder überfielen sie, Bilder von Chris, wie er sie an sich zog. Wie er lächelte. Sie küsste. Bald. Bald würde sie ihn zurückhaben. Nur wie? Sie war bereits einmal hier gewesen, an dem Ort, der sein Totem gewesen war, und hatte versucht, mit ihm zu reden. Ohne Erfolg. Adara dachte an Matteos Graffiti, konzentrierte sich auf jede Einzelheit. Die Frau, die mit den Toten und den Lebenden gleichzeitig sprach. In einer Höhle. Und doch war Adara sich sicher gewesen, dass dieser Ort der richtige war. Es war Chris' Totem-Ort, und wenn sie Tauru Glauben schenken konnte, dann hatte das etwas zu bedeuten. Noch einmal betrachtete sie im Geist das Graffiti. Dann keuchte sie auf. Was, wenn es keine Höhle war? Es war ein bläulicher Schimmer, deswegen hatte sie es für einen unterirdischen Ort gehalten. Aber was, wenn es eine Magieebene war? Vielleicht die Magieebene des Menschen, der mit dem Mädchen in der Abbildung sprach. Vielleicht war er ein Magier und man konnte nur über die Magieebene mit der Totensprecherin Kontakt aufnehmen?

Adara atmete tief durch. Wenn es so war, dann bedeutete das, dass nun der Zeitpunkt gekommen war. Sie wandte sich an Seth und streckte ihm die Hand hin. Seine Magie kribbelte in ihren Fingern, noch bevor sie sich berührten. Sie nahm sie wahr wie ein Toben unter seiner Haut, ein düsteres Wüten, das in vollkommenem Gegensatz zu seinem ruhigen Äußeren stand.

Für einen Moment zögerte sie. Denn wenn sie sich Seths Magie auf diese Art zu eigen machte, würde sie ihm endlich vollständig gehören. Und er ihr. Nicht nur sie würde ihn an sich heranlassen, wenn sie zauberten. Auch er würde sich ihr vollkommen ausliefern müssen, auf eine Art, wie er es wahrscheinlich noch nie getan hatte. Gerade er, der alles dafür gab, dass niemand wusste, wie es in ihm aussah, musste sich ihr nun vollkommen offenbaren. Sie wollte nicht so mit ihm verbunden sein. Chris war ihre Quelle. Seine Magie war im Einklang mit ihrer, erfüllte sie, anstatt sie bis an den Rand des Erträglichen zu berauschen. Wer wusste schon, ob sie danach jemals wieder mit Chris zaubern konnte? Vielleicht würde ihr Körper sich ihm verweigern und nur noch Seth akzeptieren. Vielleicht würde jede Faser von ihr dann nach Seth rufen, in jenen frühen Morgenstunden, die bisher Chris und ihr gehört hatten.

Magie ist gefährlich.

Endlich verstand sie die volle Tragweite dessen, was ihre Mutter einst zu ihr gesagt hatte. Magie bedrohte nicht nur das Leben, sie griff nach allem, was man besaß, vereinnahmte die Seele, die Träume und schließlich das Herz. Wenn die Magie sie zwang, sich Seth zuzuwenden, konnte sie nichts dagegen tun. Egal, wie sehr sie Chris liebte. Aber die Alternative war aufzugeben und das kam nicht infrage. Denn es ging nicht nur um sie und Chris. Es ging auch um Tausende von Menschen in Auckland, die sterben würden, wenn sie ihn nicht zurückbekam. Und vielleicht stand sogar noch viel mehr auf dem Spiel.

Adaras Finger zitterten, als sie sie um Seths Handgelenk schloss. Was würde sie vorfinden, wenn sie seine magische Energie akzeptierte? Die Magie drängte gewaltsam aus ihm heraus, und als Adara sich fügte, überflutete sie sie mit einer Heftigkeit, die sie fast von den Füßen riss. Schmerzhaft intensiv erfasste die Macht ihren Körper. Adara hielt der düsteren Welle stand, bemächtigte sich ihrer und ließ nur so viel Magie fließen, dass sie eine winzige Magieebene über ihren gefassten Händen öffnen konnte, mit der sie die Fessel erschuf. Dann wirkte sie den Zauber, der Seth dazu zwingen würde, ihr bedingungslos zu gehorchen.

Schließlich ließ sie die Magie frei.

Sie flutete die dunkle Welt um sie herum. Seths rohe Macht legte sich über die heißen Quellen, die Erde und den Nachthimmel wie ein glitzernder Schleier aus Onyxstaub. Der Anblick raubte ihr den Atem. Sie sah Seth an. Sein Gesicht war ausdruckslos wie immer, aber die Magie offenbarte ihr sein Innerstes. Ebenso wie er ihre Gefühle erspürte, ihre Wut, ihre Sehnsucht, ihre Liebe für Chris, spürte sie seine Verzweiflung und noch etwas anderes. Entschlossenheit. Sie ruhte in ihm, durchdrang ihn von Kopf bis Fuß, legte sich wie ein Schleier über sein ganzes Wesen und verbarg alles, was er nicht zeigen wollte. Verbarg es vor allen außer vor ihr. Weil er es vor ihr nicht verbergen konnte. Zum ersten Mal sah Adara die Tiefe seiner Gefühle, das Chaos, das unter seiner beherrschten Oberfläche wütete. Für einen Moment war sie fasziniert, konnte sich nicht davon losreißen. Sie fühlte, was er fühlte, und es trieb ihr die Tränen in die Augen. Sie versank darin. Wusste nicht, woher die Gefühle kamen, denn sie konnte seine Erinnerungen nicht sehen. Schmerz. Viel Schmerz. Und Angst. Und ganz unten in den tiefsten Abgründen seiner Seele nagender, alles zerstörender Zweifel. Entsetzt versuchte sie, sich loszureißen, versuchte, den Weg zurückzufinden, hinaus aus diesem intimen Bereich, den sie niemals hätte betreten dürfen. Nicht hätte betreten müssen. Sie fuhr auf, sah direkt in Seths Gesicht. Sah an seinem Entsetzen, dass er nicht gewusst hatte, wie tief sie einander berühren würden, wenn sie zusammen zauberten. Aber seine Macht ließ sie nicht los, drängte jetzt noch stärker in sie. Sie tilgte Adaras Bewusstsein, bis sie nur noch Hülle war, nur Gefäß für die unfassbare Energie, die ihr die Welt zu Füßen legte.

Du solltest aufpassen, hallte eine Stimme in ihr wider. Eindeutig eine männliche Stimme. *Es ist leicht, sich darin zu verlieren.*

Adara fuhr zurück in ihren Körper, erschrocken und verwirrt. Wer sprach da zu ihr? War es Seth? Sie sah sich zu ihm um. Er wirkte weggetreten, schien die Stimme nicht gehört zu haben. Aber wenn sie in Gedanken antwortete, würde er es hören, da war sie sich sicher. Auch Chris hatte ihre Gedanken immer hören können, wenn die Magie zwischen ihnen floss.

Ein leises Lachen umspielte ihren Geist wie Wind, der durch trockenes Herbstlaub fährt. *Andererseits wäre es dann nicht mehr so einsam hier.*

Wer bist du? Noch während sie die Frage in die Dunkelheit sandte, ahnte sie die Antwort. Ein Totensprecher. Sie hatte geglaubt, es gäbe nur einen, nur das Mädchen. Doch die Stimme gehörte eindeutig einem Mann. *Bist du ein Totensprecher?*

Wieder dieses leise Lachen. *So nennt man uns.*

Uns. Also gab es tatsächlich mehrere von ihnen.

Warum, weiß ich nicht. Denn man kann nicht mit ihnen sprechen.

Eiseskälte ergriff Adara. Sollte das heißen, dass alles umsonst gewesen war? *Aber die Geschichte, sie erzählt, dass du die Geister rufen kannst.*

Du kannst sie auch rufen.

Wirklich? Wie?

Die Frage ist, ob das etwas bewirkt. Ein Lachen rieselte durch ihren Geist und weckte leisen Ärger in ihr. Dieser Totensprecher spielte mit ihr.

Ich suche jemanden, fuhr sie fort. *Kannst du mir helfen?*

Du solltest besser fragen, ob ich es will. Wieder das Lachen.

Adara seufzte innerlich. *Ich möchte mit Chris reden. Mit meiner ehemaligen Quelle.*

Das Lachen verstummte. So lange hörte sie nichts, dass sie sich schon fragte, ob er verschwunden war. Dann schob sich ein leises *Warum?* zwischen ihre Gedanken.

Adara atmete tief durch. *Ich möchte ihn von den Toten zurückholen.*

Seths Finger zuckten an ihrem Handgelenk. Sie widerstand der Versuchung, sich nach ihm umzudrehen.

Unmöglich.

Adaras Herz sank. *Bitte …*

Er wurde verbrannt und der Wind hat ihn davon getragen. Niemand kann ihn zurückholen.

Wie erstarrt lauschte Adara der Stimme. *Woher weißt du das?*

Schweigen. Dann: *Ich bin überall. Ich weiß alles.* Und ein Anflug jenes Lachens. Sie würde nichts aus ihm herausbekommen, wenn er es nicht wollte. Es spielte auch keine Rolle. Sie steckte die Hand in ihre Hosentasche und zog den Schlüsselanhänger in Form einer Wolke hervor. Eine Erinnerung blitzte in ihr auf. Chris in der Höhle, wie er mit einem Spielzeug Licht machte. Mit bebenden Fingern löste sie die Abdeckung des Batteriefachs der kleinen Taschenlampe, unendlich vorsichtig, um den kostbaren Inhalt nicht zu verschütten. Dann hielt sie die Lampe vor sich ausgestreckt, damit der Totensprecher es sah. *Ich habe seine Asche.*

Etwas hüllte sie ein, nahm ihr den Atem und ließ schließlich eine merkwürdige Leere zurück.

Ich werde dir helfen. Aber es wird nicht leicht.

Ich schaffe das.

Du musst seinen Körper aus der Asche wiedererschaffen.

Wie?

Die Magie wird dich leiten.

Adara starrte auf die wenigen Krümel Asche, alles, was von Chris übrig war. Behutsam schüttete sie diese auf ein ebenes Stück Erde, nicht zu nah an den heißen Quellen. Eine Welle der Nervosität stieg in ihr auf, aber in dem Moment, in dem sie die Magie zusammenzog und sie in Chris' Überreste leitete, erfüllte sie eine seltsame Zuversicht. Sie beobachtete die Asche und bemerkte, dass die Magieebene um sie herum zu flirren schien. Staub ließ sich auf der Asche nieder, wurde von ihr angezogen. Auch größere Teilchen flogen darauf zu, Erde, Blätter. Adara begriff, dass die Magie sich Bausteine suchte, um aus dem Bauplan in der Asche Chris' Körper wiederauferstehen zu lassen. Hastig sah sie sich um, sorgte dafür, dass so viel organisches Material wie möglich im Bereich des Flirrens lag, damit es schneller ging. Es war kein schöner Anblick, der sich im Schimmern der Magieebene darbot. Staub, Erde, Blätter, Insekten, alles flog herbei, verschmolz zu einer merkwürdigen Substanz, aus der sich ganz allmählich ein Relief herausschälte. Die Ahnung eines Menschen wie die Skizze eines Bildhauers, der in Ermangelung besserer Materialien aus Schlamm einen Entwurf anfertigt. Doch je länger es dauerte, desto mehr Form nahm die Gestalt an, desto mehr Farbe und Kontur. Als Chris' Gesichtszüge erkennbar wurden, hatte Adara alle Mühe, nicht einfach auf ihn zuzustürzen. Es war eine schiere Kraftanstrengung, zuzusehen, Seths Hand nicht loszulassen und die Magie nicht aus den Augen zu verlieren, wenn direkt vor ihr das so lange vermisste Gesicht aus dem Nichts entstand. Er war so nah, seine Lippen, seine Haut, aber sie musste warten. Warten, bis auch das letzte bisschen Staub an seinem Platz war und Chris genauso vor ihr lag, wie sie ihn in Erinnerung hatte.

Dann, endlich, war es so weit. Ungeduldig drängte Adara die Magie zurück, doch sie wusste nicht, ob sie die Magieebene verlassen durfte, bevor der Prozess abgeschlossen war, also stürzte sie auf Chris zu, die eine Hand immer noch mit Seth verbunden, der ihr folgen musste, ob er wollte oder nicht. Sie ging vor Chris in die Knie und betrachtete ihn. Das geliebte Gesicht, schneeweiß, aber doch echt. Mit zitternden Fingern wollte sie ihn berühren, doch sie wagte es nicht, ließ ihre Hand über seinem Gesicht schweben, als könnte sie so erahnen, wie er sich anfühlen würde. Erst, als Seth ihre Hand drückte, merkte sie, dass sie weinte.

Das war nur der Anfang, hauchte eine Stimme wie warmer Sommerwind, der ihr Ohr streifte. *Jetzt kommt der schwierige Teil.*

Adaras Kehle war wie zugeschnürt. Der schwierige Teil? Egal, was es war, sie würde es tun. Sie würde nicht zulassen, dass jetzt noch etwas schiefging. *Wie kann ich dir helfen?*

Du kannst mir nicht helfen. Du musst es selbst tun.

Wie?

Die Toten sind unter uns. Ihr Wesen ist überall, vermischt mit Wind und Wellen, Sonne und Staub.

Es ist also wahr? Sie bleiben bei uns?

Ja und nein. Ihr Wesen ist ewig. Aber nur selten findet sich genug davon an einem Ort, um einen Geist zu formen.

Heißt das, Chris ist … zerfallen? Er existiert nicht mehr als ganze Seele? Heißt das … Sie erlaubte sich kaum, es zu denken. *Heißt das, er ist nicht hier? Spüre ich ihn deswegen nicht?*

Oh, er ist hier. Er hat sich nie gelöst. Die Stimme waberte wie Nebel über sie hinweg, darin aufgelöst Gefühle, Verwunderung, Trauer. Vielleicht Hoffnung.

Adara fragte sich, ob sie nicht zu viel hineininterpretierte. Konnte der Totensprecher diese Dinge wirklich empfinden? *Er ist hier?*, fragte sie zaghaft.

Er hat dich nie verlassen.

Tauru hatte also recht. Er wollte nicht, dass ich ihn spüre. Die Erinnerung an die Worte der Quelle vervielfältigten sich im Dunst des Sumpfes und lösten sich dann auf.

Er will nicht, dass du dich in Erinnerungen verlierst. Er ist gestorben, damit du lebst, aber du lebst nicht. Du bist tot. Das Einzige, was in dir lebt, sind die Erinnerungen an ihn.

Ich werde leben, Chris, dachte sie so klar und deutlich, wie sie konnte, und ein Lächeln legte sich auf ihre Lippen. *Sobald du es auch wieder tust.*

Adara schloss die Augen und hob das Gesicht an, als könnte sie Chris' Gegenwart in der feuchten Luft der heißen Quellen spüren. Nichts. *Warum meldet er sich nicht? Nicht mal jetzt?*

Du … kannst ihn nur nicht hören, antwortete die Stimme. *Aber bald ist es so weit. Du musst nur weitermachen.*

Ich will ja, ich weiß nur nicht, wie.

Sein Wesen ist ungebunden, körperlos, es zerfällt immer wieder und fügt sich neu zusammen. In deiner Nähe zu sein, so wie er es getan hat … das habe ich noch nie erlebt. So viel von ihm. Zärtlich umflossen sie die Worte. *Um wieder ganz zu leben, um sich seinen Körper wieder zu eigen zu machen, reicht es jedoch nicht. Er braucht einen gesunden Geist, an den er sich anlagern kann. Den Geist eines Menschen, den er geliebt hat. Deinen Geist.*

Adara zitterte vor Aufregung. *Ich bin da. Ich helfe ihm, leite ihn zurück in seinen Körper, was immer nötig ist.*

Willst du das wirklich?

Jaja, ich tue alles. Ihr Mund war trocken vor Aufregung und ihre Finger krampften sich wie ein Schraubstock um Seths Hand.

Du musst ihm ein Geschenk machen. Einen Teil von dir, den Teil, den er am meisten geliebt hat. Ein Stück deiner Seele, das ihm so viel bedeutet, dass er es durchdringen kann, sich daran festhalten, bis die winzigen Staubkörnchen seines Wesens wieder zusammengefunden haben.

Adara lauschte stumm, nur ihr Herz pochte unnatürlich laut wie das Ticken einer riesigen Uhr. *Ein Geschenk? Ich soll ihm ein Stück meiner Seele überlassen?*

Seths Finger schlossen sich so fest um ihre Hand, dass sie zusammenzuckte.

Sie zögerte. *Werde ich es zurückerhalten?*

Geschenke kann man nicht zurückfordern.

Adara starrte in die glitzernde Finsternis. Das Stück ihrer Seele, das er am meisten geliebt hatte. Wenn sie ihn zurückwollte, musste sie es opfern. *Wird er mich dann noch lieben?*, fragte sie mit Tränen in den Augen.

Spielt das eine Rolle?

Schmerz breitete sich so heftig in Adaras Brust aus, dass es ihr den Atem verschlug. *Ja, tut es. Für mich. Nur deswegen bin ich hier. Nur der Gedanke daran, dass er mich so ansieht, wie er es immer getan hat, hat mich durchhalten lassen. Nur die Hoffnung auf die Zärtlichkeit in seiner Stimme hat mich über die letzten Wochen gerettet.*

Liebst du ihn?

Mehr als mich selbst.

Mehr als dich selbst. Ein Echo im Dunst, das ihr die Antwort gab, nach der sie suchte. Es ging nicht nur um sie. Es ging auch um ihn. Sie wollte, dass er wieder lebte, nicht nur, damit sie ihn zurückbekam, nicht nur, damit sie die Katastrophe aufhalten konnte. Sondern weil er es verdiente zu leben. Sein Wesen war an die Zwischenwelt verschwendet. Aber würde er wollen, dass sie einen Teil ihrer Seele opferte, um ihn zurückzuholen?

»Oh, Chris«, flüsterte sie. »Sag mir doch, was ich tun soll. Sag mir, was du willst. Hilf mir.« Wie konnte sie diese Entscheidung für ihn treffen, wenn sie sie nicht einmal für sich selbst treffen konnte?

Entscheide nicht für ihn, entscheide für dich, säuselte die Stimme des Totensprechers. *Er will, dass du glücklich bist, und wenn du es willst, wird er zurückkommen, für dich. Wenn du glücklich bist, dann wird er es auch sein.*

Wenn ich einen Teil meiner Seele opfere, kann ich dann überhaupt glücklich sein?, dachte sie.

Stille. Zum ersten Mal, seit der Totensprecher sich gemeldet hatte, herrschte Stille, so vollkommen, dass Liliana eine Gänsehaut bekam. In ihr formte sich die Frage, ob sie dem Totensprecher trauen konnte. Wer wusste schon, welche Ziele er verfolgte.

Der Teil deiner Seele lebt in ihm weiter. Solange du bei ihm bist, wirst du glücklich sein.

Wenn ich es tue, dann kommt er zurück? Dann ist er so wie früher?

Alles von ihm, was ich rufen kann, wird wieder in seinen Körper hineinschlüpfen.

Die Härchen in Lilianas Nacken stellten sich auf. *Kannst du alles von ihm rufen? Sein ganzes Wesen?*

Den Teil von ihm, der dich geliebt hat. Genug, damit er wieder bei dir sein kann.

Aber nicht alles?

Schweigen. Ein Schweigen, das Antwort genug war.

Sie musste den Teil ihrer Seele opfern, den er am meisten geliebt hatte. Und doch würde nicht alles von ihm zurückkommen. Er wäre nicht ganz – genau wie sie. Für einen Moment war die Vorstellung tröstlich. Sie wären beide nicht perfekt, sie hätten beide etwas Wichtiges von sich aufgegeben. Aber was er an ihr liebte, würde in ihm fortleben und der Teil von ihm, der sie geliebt hatte, wäre wieder da. War das nicht das Wichtigste? Sie würden sich lieben und alles andere wäre ihnen egal. Wolken in blendendem Sonnenschein erschienen vor ihrem inneren Auge. Aussteigen. Alles hinter sich lassen. Gnädige Unwissenheit.

Ich will es so gerne.

Ein Flackern im düsteren Onyxschimmer riss sie aus der Vision. Zum ersten Mal, seit sie seine Magie genommen hatte, wandte sie sich zu Seth um. Er hatte alles mitgehört und außer ihm war niemand hier. Er war der Einzige, den sie um Rat bitten konnte. »Was soll ich nur tun?«, flüsterte sie und war sich bewusst, dass es eine gefährliche Frage war.

»Was immer du tust«, antwortete er schließlich, »wird alles ändern.«

»Musst du immer so kryptisch antworten? Bitte, kannst du mir nicht etwas raten?«

Seth schüttelte den Kopf.

»Warum nicht?«

»Weil es kein Rat wäre, sondern mein Wunsch«, flüsterte er. »Mein egoistischer Wunsch.«

Adara blinzelte ihn an. »Dein Wunsch?«

Seth verzog keine Miene. In seinen Augen ließ er sie lesen, was er sie denken lassen wollte, aber die Magie ließ sie tief in sein Herz sehen und zeigte ihr, was er wirklich begehrte. Es war ein Wunsch, der Adara sprachlos machte. Er brachte den Moment zurück, als Seth sie geküsst hatte. Den Moment, in dem er sie getröstet hatte, als ihre Zeichnung verblasst war. Ihre Brust zog sich zusammen und gleichzeitig breitete sich Wärme in ihr aus. Sie erinnerte sich daran, wie sie sich in Seths Armen gefühlt hatte. Die fehlende Erleichterung, als sie unterbrochen worden waren. In ihr reifte die Erkenntnis, dass sie nichts ungeschehen machen konnte, indem sie Chris zurückholte. Sie hatte sich verändert. Seth hatte sie verändert. Ohne dass sie es gemerkt hatte, war ein winziges Stück von ihrem Herzen von nun an für immer für Chris verloren, auch wenn der Rest immer noch ganz und gar ihm gehörte. Zittrig lächelte sie Seth an. Er hatte unrecht. Sein Wunsch war nicht egoistisch. Er wollte das Gleiche wie Chris. Er wollte, dass sie glücklich war. Nicht in der Vergangenheit, sondern hier und jetzt. Adara schluckte schwer. Sie wandte sich wieder um und betrachtete Chris' Körper. Wie sehr sie sich wünschte, er würde sie halten. Anlächeln. Worte in ihr Ohr flüstern. Wie sehr sie sich wünschte, das Gleiche für ihn zu tun.

Er will, dass du es tust, drängte der Totensprecher.

Warum sagt er dann nichts?

Er will, dass du lebst. Deswegen hat er sich dir nie gezeigt.

Er will, dass du lebst. Immer wieder drängten die Worte sich ihr auf, sodass es fast unmöglich war, einen klaren Gedanken zu fassen. Als ob jemand verhindern wollte, dass sie darüber nachdachte, was sie tun sollte. *Er will, dass du lebst.*

Adaras Herz krampfte sich zusammen. *Wenn er wirklich will, dass ich lebe, dann kann ich es nicht tun.*

Sie konnte ihn nicht zurückholen und sich einen Teil ihrer Seele entreißen. Das würde er nicht wollen, wenn er sich wünschte, dass sie lebte. Sie stand auf, zog Seth mit sich. Starrte Chris' Körper an, unschlüssig, was sie nun tun sollte. Sie würde ihn verbrennen müssen. Noch einmal.

Er ist gestorben, um dich zu retten. Wind peitschte ihr die Worte des Totensprechers entgegen. Anklagend. Zerstörerisch. *Du bist die Magierin, du hättest ihn retten müssen.*

Adara sank auf die Knie. Ließ die Worte in ihr Bewusstsein sinken. Er hatte recht. Sie hatte versagt. Sie hatte Chris im Stich gelassen. Sie hatte ihn sterben lassen. Und jetzt wollte sie ihn nicht zurückbringen, weil sie dafür einen Teil von sich opfern musste? Das war nicht richtig. Es war egoistisch. Sie war die Magierin. Sie hätte Chris beschützen müssen. Er war tot, weil sie unfähig war. Mit zitternden Fingern strich Adara Chris über die Wange. *Du verdienst es, zu leben. Egal, was es kostet.* Entschlossen griff sie nach der Macht, die Seth für sie bereithielt. Der Onyxschimmer über der Welt flackerte, aber sie wandte sich nicht nach Seth um. Es war egal, was er dachte. Wichtig war nur noch Chris. Sie hatte einen Fehler gemacht, als sie ihn hatte gewähren lassen. Sie schuldete es ihm, ihn zurückzuholen.

Sie griff nach seiner Hand, nahm seine kalten Finger in ihre, küsste seine Fingerspitzen. Dann schloss sie die Augen. Ließ sich von der Magie leiten, eine düstere Klinge aus schwarzem Staub, die in ihre Seele schnitt. Schmerz erfasste sie und darin blühte etwas auf wie ein Schmetterling aus blutroter Tinte auf einem seidenen Taschentuch. Das Gefühl war so überwältigend, dass sie vergaß zu atmen, dass ihr ganzer Körper zu zittern begann. Zu viel. Es war zu viel.

»Chris«, hauchte sie. Endlich spürte sie ihn, so allgegenwärtig, dass er in ihr realer war als sein lebloser Körper zu ihren Füßen. *Komm zu mir zurück. Meine Seele gehört dir.* Blutrote Schlieren tanzten vor ihren Augen. Schmetterlinge, die sich ihr näherten und ihr doch immer wieder entglitten. *Chris, ich bin hier.* Sie sah ihn vor sich, in jenem Moment, in dem er sie zum ersten Mal geküsst hatte. In jenem Moment, in dem er ihr gesagt hatte, was er fühlte. In jenem Moment auf den Klippen, als er sie gebeten hatte zu schweigen. Die blutroten Schmetterlinge flatterten, umschwirrten sie, flogen fort, statt sich auf ihr niederzulassen. *Du spürst ihn nicht, weil er es nicht will. Verstehst du nicht, was das bedeutet?* Adara keuchte auf.

32

Zarte Flügel streiften ihre Wange. Adara wollte mehr. Sie wollte ihn nicht aufgeben. Es war zu hart. Zu schwer. Zu unerträglich. Aber sie wusste in ihrem Herzen, dass es richtig war. Sie wusste auch, dass es schnell geschehen musste, bevor ihre schmerzende Seele sie zu etwas schrecklich Falschem trieb. Adara neigte sich nach vorne und legte eine Hand an Chris' Wange, beugte sich über ihn, küsste ihn. *Ich liebe dich. Ich liebe dich so sehr.* Sie berührte seine kalten, leblosen Lippen nur flüchtig, denn sie wollte seinen Kuss anders in Erinnerung behalten. Heiß und leidenschaftlich. Zärtlich. Liebevoll. Sie stand auf, Seths Hand immer noch fest in ihrer, und nahm sich noch einmal von ihm Magie. Dann leitete sie sie in Chris' Körper.

Der Totensprecher heulte in ihren Gedanken auf. *Was tust du da? Bist du verrückt geworden? Du musst ihn zurückholen, er ist für dich gestorben.*

»Du irrst dich«, sagte sie fest. »Er ist nicht für mich gestorben.« Chris hatte die Einwohner von Auckland retten wollen. Er war ein Risiko eingegangen, um sein Ziel zu erreichen. Und als er wusste, dass es kein Entkommen mehr gab, hatte er das Letzte getan, was er hatte tun können: Er hatte sie davor bewahrt, mit seinem Vorhaben in Verbindung gebracht zu werden. Er hatte sie gerettet. Aber er war nicht für sie gestorben. *Jemand muss übrig bleiben.* »Er ist für den Kampf gestorben.«

Flammen loderten, prasselten laut in ihren Gedanken, fraßen sich in seinen Körper. Es war, als würde sie Chris ein zweites Mal sterben sehen. Sein Körper glühte auf, als die Magie jede seiner Fasern durchdrang. Adara zwang sich, zuzusehen. Sie musste wissen, dass es vorbei war. Musste wissen, dass Hoffnung keinen Sinn hatte. Diesmal musste es endgültig sein. Adara versuchte nicht, ihre Tränen zurückzuhalten. Letztes Mal hatte sie nicht weinen dürfen, um sich nicht zu verraten. Diesmal spielte es keine Rolle. Seth wusste ohnehin, was sie fühlte, sie konnte es nicht vor ihm verbergen. Und der Totensprecher war ihr egal. Als sie wie gelähmt dastand und zusah, wie Chris ihr erneut genommen wurde, zischte es um sie herum wie ein wütender Sturm in einer parallelen Welt, die sie hören, aber nicht fühlen konnte.

Als Chris vollkommen verbrannt war, sandte sie Wind, der zwischen die Asche fuhr. Sie wirbelte um Adara herum auf und berührte sie an der Wange wie ein letztes Streicheln zarter Flügel. Dann wurde sie davongetragen und mit der Asche schwand auch das Gefühl, ihm nah zu sein. Seine Gegenwart verblasste in ihr und hinterließ eine schreckliche, gähnende Leere. Adara klammerte sich an Seths Hand, um nicht wieder in die Knie zu gehen. In einem Nebel aus Tränen verließ Adara den Ort, ließ den Totensprecher hinter sich, ebenso wie die Zeit, die sie mit Chris gehabt hatte. Seth folgte ihr schweigend. Erst, als sie aus den Dunstschwaden der heißen Quellen heraustraten, blieb er stehen und zog sanft an Adaras Hand, damit sie sich zu ihm herumdrehte. Wie betäubt folgte sie seiner stummen Bitte und löste den Zauber, der ihn zu absolutem Gehorsam zwang. Sie erwartete, dass er wütend sein würde, so benutzt worden zu sein, doch er erwähnte den Zauber mit keinem Wort.

»Warum hast du ihn nicht zurückgeholt?«, fragte er stattdessen.

»Er wäre nicht er selbst gewesen. Und ich nicht ich.« Er wäre nur ein Schatten seiner selbst gewesen, der nichts konnte, als sie zu lieben, und zwar einen Teil von ihr, der nicht mehr in ihr existierte, sondern in ihm. Das war auf so viele Arten abartig und verdreht, dass es ihr Angst machte, darüber nachzudenken. Ein solches Leben, so reduziert auf seine Liebe zu ihr, hatte er nicht verdient, egal, wie weh es tat, es einzusehen.

Du spürst ihn nicht, weil er es nicht will. Verstehst du nicht, was das bedeutet?

Sie hatte es verstanden. Gerade noch rechtzeitig. Er wollte, dass sie lebte und sich nicht in Erinnerungen verlor. Und deswegen hatte er eines nicht gewollt: dass sie ihn zurückholte. Vor allem nicht, weil sie sich schuldig fühlte. Sie hatte nicht versagt. Sie hatte getan, was sie ihm versprochen hatte: ihn wie einen Partner behandelt. Sie hatte ihm einen Teil der Verantwortung übertragen. Und er hatte getan, was er für richtig hielt.

Seth schien darauf zu warten, dass sie es ihm genauer erklärte, aber sie konnte es nicht. Wollte es auch gar nicht. Wenn Seth es nicht in ihren Gedanken gehört hatte, dann sollte es nicht sein. Es fühlte sich an wie eine tiefere Wahrheit zwischen ihr und Chris, ein letztes Geheimnis, das sie für immer mit ihm verbinden würde.

»Was wirst du jetzt tun?«, fragte Seth vorsichtig.

»Ich weiß es nicht.« Adara starrte auf ihre Hände. Sie waren immer noch verbunden. Angst stieg in ihr auf, vor dem Moment, in dem sie die Fessel lösen und den Fluss der Magie stoppen musste. Vor dem, was danach kommen würde. Schon jetzt spürte sie den Wunsch nach Seths Berührung, tief verborgen unter der Trauer um Chris, lauernd und unbezähmbar. Und es würde schlimmer werden, je länger sie es hinauszögerte.

Vorsichtig ließ sie die Magie los und löste dann die Fessel. Sie hörte Seth scharf die Luft einsaugen, sah, wie er die Fäuste ballte.

Ihr Blut war angefüllt mit seiner düsteren Macht, berauschte sie, machte sie schrecklich kopflos. Bis sie die Zeichnung auf seinen Händen sah. Jedes Gefühl in ihr fiel in sich zusammen. Die Zeit blieb stehen, als sie ihre Hände hob und sie betrachtete. Was sie die ganze Zeit befürchtet hatte, war eingetreten. Das Labyrinth aus Kreisen und Linien auf ihrer Haut bewies es. Im Gegensatz zu damals, als sie Chris' Zeichnung auf ihrer Haut entdeckt hatte, spürte sie keinen Triumph, sondern das Gefühl einer schrecklichen Niederlage. Was sie getan hatte, war richtig gewesen. Nicht nur für Chris und sich, sondern auch für das, was Chris gewollt hatte. Gleichberechtigung für Magier und Quelle. Die Verhinderung des erneuten Vulkanausbruchs. Die Aufdeckung der Machenschaften des Rates. Nichts davon hätte er erreichen können, wenn sie diese blasse Version von ihm zurückgebracht hätte. Und auch sie selbst wäre vielleicht nicht mehr in der Lage gewesen zu kämpfen. Denn sie fühlte, dass Chris gerade ihre kämpferische Sturheit an ihr geliebt hatte. Sie hätte sie aufgeben müssen, um ihn zurückzuholen.

Adara lachte bitter auf. Wenn jemand gewollt hätte, dass sie und Chris keine Probleme mehr machten, hätte er ihr nur helfen müssen, Chris zurückzubringen, und hätte sie damit beide außer Gefecht gesetzt. Adara stockte der Atem, als ein schrecklicher Verdacht sie einhüllte wie eiskalter Nebel. Sie griff nach dem Schlüsselanhänger und betrachtete ihn. Chris' Asche, die so wundersam aufgetaucht war. Seth, der ihr so bereitwillig gefolgt war. Er, der eine, besonders treue Wächter des Rates? War es alles nur Taktik gewesen, um sie von dem abzulenken, was er wirklich wollte? Chris zurückbringen und damit ihrer beider Seelen verstümmeln, um sie wirklich und wahrhaftig außer Gefecht zu setzen? Konnte das sein? Ihr fiel ein, wie Seth ihr geholfen hatte, vom Dach zu entkommen. Wie sie sich sicher gewesen war, dass Danes ihre Flucht bemerkt hatte. Und doch nicht eingegriffen hatte. Weil es von Anfang an so geplant gewesen war.

»Was haben sie dir versprochen?«, fragte sie mühsam beherrscht. »Damit du mir hilfst, Chris zurückzuholen?«

»Wie?« Seth blinzelte sie an. Es wirkte beinahe echt.

»Nach allem, was du getan hast, erweise mir wenigstens den Respekt, mich jetzt nicht anzulügen.«

Seth starrte sie unbewegt an. Dann flackerte etwas in seinen Augen, als würde er dieses eine Mal zulassen, dass sie seine echten Gefühle sah. »Es ging nie um Chris.«

Ihre Kehle war plötzlich eng. Sie hatte gehofft, dass er es abstreiten würde. Dass sie unrecht hatte. »Worum dann?«

»Danes hat mir versprochen, dass ich ganz sicher einen Sitz im Rat bekomme, wenn ich dich dazu bringe, mit mir bei dem erneuten Vulkanausbruch zu zaubern.«

»Aber das ergibt doch keinen Sinn«, murmelte sie. Warum hatte Danes ihr geholfen, die Verbindung mit Seth aufzuschieben, und damit wertvolle Zeit verschwendet, in der sie miteinander hätten üben können? Warum hatte er sie vom Dach flüchten lassen, wenn er wollte, dass sie die Katastrophe mit Seth zusammen aufhielt …? Aber nein. Das wollte er ja nicht. Er wollte, dass die Katastrophe eintrat. Adara sog scharf die Luft ein, als ihr endlich klar wurde, worum es wirklich ging. Er wollte Adara und Seth dabeihaben, damit es so aussah, als hätte er wirklich alles versucht, um die Katastrophe aufzuhalten.

Genauso war es damals mit Chris gewesen. Deswegen hatte man die Zeremonie hinausgezögert. Deswegen war dann alles so überstürzt geschehen. Damit die neuen Magier, Liliana, Laurent und Aurelia, nicht gut genug waren, um den Vulkanausbruch zu verhindern. Aber Danes hatte sie unterschätzt. Sie und Chris. Und diesen Fehler wollte er nicht noch einmal machen. Er hatte versucht, die Verbindung mit Seth zu verhindern, doch die Hohe Magierin hatte ihm einen Strich durch die Rechnung gemacht. Offensichtlich waren die Magier nicht in den Plan des Rates eingeweiht. Also war

Danes mit Seth einen Handel eingegangen. Mit mühsam beherrschter Wut sah sie zu Seth auf. »Du solltest dafür sorgen, dass ich dabei bin, wenn die Vulkane erneut ausbrechen, dass ich zaubere, aber dass ich es nicht schaffe, Auckland zu retten, nicht wahr? Damit der Rat Auckland in Schutt und Asche legen kann, so wie er es von Anfang an wollte, und hinterher vor der Gemeinschaft und der Hohen Magierin behaupten kann, sie hätten alles versucht, um es zu verhindern.«

Seth wandte das Gesicht ab.

»Warum? Warum wollen sie das? Und warum hast du zugestimmt, verdammt noch mal? Ist deine Karriere wirklich alles, was für dich zählt?«, sie schrie es heraus, ihre Wut, ihren Schmerz, ihre eigene Schuld. »Verdammt. Ich dachte tatsächlich …« Sie verstummte. *Ich dachte tatsächlich, ich könnte dich mögen.* Aber stimmte das wirklich? Hatte sie jemals geglaubt, sie könnte lernen, ihm zu vertrauen? Oder hatte sie sich nur selbst belogen, weil sie so unglaublich einsam gewesen war? »Als du mit mir nach Rom gegangen bist, als du Ida geholfen und meine Hände nicht fotografiert hast, als die Zeichnung verschwunden war … Das alles hast du nur getan, damit ich dir vertraue. Damit ich glaube, dass du nicht mit dem Rat unter einer Decke steckst und mit dir zaubere. Oder etwa nicht?«

Langsam wandte er sich ihr zu. »Ich will dein Vertrauen nicht und du solltest mir auch nicht vertrauen. Mir nicht und niemandem sonst.«

»Warum hast du es dann getan?«

Seth musterte sie lange. »Ich wollte, dass du kämpfst.«

»Was?« Entgeistert sah sie ihn an.

»Als der Rat mich angewiesen hat, dich nach Auckland zurückzuholen, damit wir verbunden werden können, als ich nach Rom kam und dich sah, wie du an der Wand lehntest …« Er schüttelte den Kopf. »Ich wusste, wenn ich dich sofort zurückbringe und sie uns verbinden, würde es dich endgültig zerbrechen. Aber ich musste die Magierin zurückbringen, die zu allem bereit ist, die sich um jeden Preis für ihre Ziele einsetzt. Ich musste deinen Kampfgeist wecken. Immer wenn du kurz davor warst aufzugeben.«

»Warte. Hast du mich deshalb nach unserer Verbindung so lange zur Weißglut gebracht, bis ich unbedingt nach Rom zurückwollte?«

Er nickte. »Ich wollte, dass du merkst, dass es sich lohnt zu kämpfen. Für deine Familie. Für die Menschheit. Für die Gemeinschaft.«

»Ich habe gekämpft!« Ihre Stimme bebte, Tränen stiegen ihr in die Augen. »Die ganze Zeit. Jeden Tag, jede Stunde, jede Minute. Jede verdammte Sekunde habe ich gekämpft!«

Seth schüttelte traurig den Kopf. »Nein. Du hast nicht gekämpft. Du hast gewartet. Du hast darauf gewartet, dass er zurückkommt und für dich kämpft.«

Sie wollte erwidern, dass das nicht stimmte, dass das ungerecht war, aber sie schwieg. »Du hast recht«, flüsterte sie schließlich. »Ich habe immer nur gewartet. All die Monate. Ich wollte verhindern, dass die Vulkane wieder ausbrechen. Ich wollte Danes erledigen, aber ich wusste nicht, wie ich das anstellen sollte. Und statt selbst darüber nachzudenken, habe ich alles darangesetzt, Chris so schnell wie möglich zurückzuholen. Ich habe mich immer darauf verlassen, dass es gelingen würde. Und jetzt … habe ich nichts.« Adara schwankte, ihre Knie wurden weich. Sie hob eine Hand an ihren Mund, dann streckte sie die andere aus, suchte etwas, woran sie sich festhalten konnte, irgendwas. »Er ist fort. Jetzt … jetzt ist er wirklich fort.« Zitternd atmete sie ein, schien den Schmerz mit der Luft in ihre Lungen zu saugen. Er griff über auf ihr Herz, ihre Glieder, ihren ganzen Körper. Ihre Beine gaben nach, sie sank zu Boden, in die weiche, feuchte Erde. Wie konnte man dieses Gefühl ertragen? »Ich weiß, dass es richtig war, aber es fühlt sich so schrecklich falsch an«, würgte sie hervor. »Ohne ihn bin ich nichts. Ich bin es so leid. Bin so verdammt müde, Seth. Ich will einfach nur, dass es aufhört. Ich will nicht kämpfen. Und ich … ich kann nicht glauben, dass du dir angemaßt hast, mich so zu manipulieren.«

»Es tut mir leid. Aber ich musste dafür sorgen, dass du etwas findest, wofür es sich zu kämpfen lohnt. Damit du wieder stark genug wirst, um meine Magierin zu sein.«

Seine Magierin? Adara schüttelte den Kopf. »Aber du hast doch alles drangesetzt, nicht mit mir verbunden zu werden.«

»Das war, bevor ich dich kannte«, erwiderte er leise. »Bevor ich dein Wächter war. Bevor Chris starb.«

Adaras Herz machte einen merkwürdigen Satz. »Soll das heißen, du … hast dich in mich …«

»Ich habe erkannt, dass ich jemanden wie dich brauche«, unterbrach er sie. »Jemanden, der mutig ist und trotzdem einen klaren Kopf behält, jemanden, der an meiner Seite kämpft.«

Adara versuchte zu verstehen, was er damit sagen wollte. »An deiner Seite kämpfen?« Sie schüttelte den Kopf. »Was meinst du damit?«

»Zunächst mit mir zusammen bei der Katastrophe zaubern, so wie der Rat es will.«

So wie der Rat es will. Das bedeutete … »Ich soll zulassen, dass sie eintritt?«

Seth nickte nur.

»Niemals. Warum sollte ich das tun?«

»Hast du je darüber nachgedacht, was geschehen würde, wenn es dir gelänge, diese Katastrophe aufzuhalten, so wie beim ersten Mal?«, fragte Seth ruhig.

Adara starrte ihn an. »Ich … ich dachte …« Sie stockte. Konnte nicht glauben, dass sie tatsächlich nie daran gedacht hatte. Sie hatte es immer nur aufhalten wollen. Mit Chris. Und dann Victor Danes entmachten. Aber jetzt war alles anders, weil er nicht alleine schuld war. Weil der ganze Rat mit drinhing. Sie krampfte die Hände ineinander. »Chris wollte es so.«

»Chris war ein Hitzkopf. Er war zu laut, zu auffällig.«

»Hör auf«, zischte sie. »Er ist tot. Rede nicht so über ihn.« Tränen traten ihr in die Augen. Er war tot, wirklich und wahrhaftig, und sie konnte nicht einmal seinen letzten Wunsch erfüllen. Die Aufgabe, die er ihr hinterlassen hatte.

Jemand muss übrig bleiben. Jemand muss verhindern, dass …

»Sie hätten es wieder versucht«, stieß sie widerwillig hervor. »Und wieder. Genau wie jetzt.«

»Und sie hätten gewusst, auf welcher Seite du stehst. Auf der falschen«, ergänzte er sanft. »Sie hätten nicht geduldet, dass ihr weitermacht.«

Er hatte recht, sie wusste es. »Das heißt, ich kann ihnen nicht helfen, den Menschen in Auckland? Ich kann nichts tun?«

»Was hast du denn gedacht, Adara? Dass du einfach die Katastrophe aufhältst und damit ist alles vorbei?«

Sie biss sich auf die Lippe, schluckte die Tränen hinunter. »Für mich. Für mich sollte es damit vorbei sein. Ich … ich wollte, dass es aufhört.«

»Ich will auch, dass es aufhört, Adara. Aber das erreicht man nicht mit einer einzigen, unbedachten Aktion. Man muss es langsam tun. Über Jahre hinweg.«

Verwirrt sah sie ihn an. Was wollte er damit sagen? »Aber wenn du auch willst, dass es aufhört, warum … können wir nicht einfach alles zum Einsturz bringen? Das ganze verdammte System?«

Seth schüttelte den Kopf. »Unmöglich. Du hast doch gesehen, welche Macht sie haben. Mit dem Augenstern kann der Rat die Magier mit einem Fingerschnippen beseitigen. Vor der ganzen Gemeinschaft. Auf offener Straße, wenn sie wollen. Sobald wir uns bekennen, so wie Chris, beseitigen sie uns.«

Sie? Das klang, als zählte er sich nicht dazu. Aber er war doch ratstreu, er wollte einer von ihnen werden. Liliana schüttelte den Kopf, versuchte, es zu begreifen.

Seth wartete, bis sie ihn wieder ansah. Es wirkte, als müsste er sich überwinden, die nächsten Worte auszusprechen. »Es gibt nur eine Möglichkeit, etwas zu ändern: den Kampf von innen heraus.«

Adara starrte ihn fassungslos an. »Das ist es also, was du vorhast?«

Seth nickte. »Ich arbeite schon lange daran, in den Rat zu kommen, damit ich etwas ändern kann.«

»Und das soll ich glauben?« Seth sollte auf ihrer Seite stehen? Er wollte das Gleiche wie Chris nur auf einem anderen Weg? Nein. Unmöglich. Es musste eine Falle sein. Das konnte nicht stimmen. »Was ist mit Ida? Du hast sie zurückgeschickt.«

»Was ich dir damals erklärt habe, war ernst gemeint. Ich wollte sie schützen. Aber ich habe es auf eine Art getan, die deine und meine Zukunft innerhalb der Gemeinschaft nicht gefährdet.«

»Warum hast du mir das nicht viel früher gesagt?«

»Was ich tue, ist von langer Hand geplant, Adara. Ich kann es nicht leichtfertig aufs Spiel setzen. Ich musste erst sicher sein, dass du das Gleiche willst wie ich.«

Es war so absurd wie logisch. Und sie hatte die ganze Zeit nie einen Gedanken daran verschwendet, dass er ihr auch nicht vertraute. »Wieso jetzt? Wieso bist du dir jetzt sicher?«, fragte sie.

In den Tiefen seiner schwarzen Augen glomm etwas auf, etwas, das nicht der Augenstern war. »Warum hast du Chris nicht zurückgeholt?«, fragte er statt einer Antwort.

Hilflos sah sie ihn an, fragte sich, ob er es in ihrem Gesicht lesen konnte. *Er ist für den Kampf gestorben.*

»Du hast die Liebe deines Lebens aufgegeben, um weiterkämpfen zu können«, sagte er leise. »Das war der Beweis, den ich brauchte.«

»Heißt das, du wusstest, was ich vorhatte? Die ganze Zeit?«

»Ich habe es geahnt. Und ich musste wissen, wie du dich entscheiden würdest.«

Deswegen hatte er sie also nicht aufgehalten. Wut kochte in ihr hoch, weil er sie von Anfang an manipuliert hatte. Doch sofort mischte sie sich mit Erleichterung. Und unbändiger, alles verzehrender Hoffnung. Seth war auf ihrer Seite.

»Ich brauche dich, Adara. Ohne dich werden sie mir meinen Wunsch nicht erfüllen. Und wenn ich nicht in den Rat komme, wird sich nie etwas ändern. Du musst mir helfen.«

Die Katastrophe. »Ich ... ich kann doch nicht einfach zusehen, wie Tausende von Menschen sterben.«

»Das wird so oder so geschehen«, erwiderte er grimmig. »Du kannst es nicht ändern. Du kannst aber bewirken, dass sich in Zukunft etwas ändert. Indem du mir hilfst.«

Sie atmete tief durch. Dachte darüber nach, was Chris getan hätte. Ein winziges Lächeln breitete sich auf ihrem Gesicht aus. Chris hätte gewütet, hätte Seth angeschrien, dass er niemals akzeptieren würde, dass er nichts ausrichten konnte. Er hätte Seth gesagt, dass er lieber sterben würde, als zuzusehen. Adara verspürte einen heftigen Stich in der Brust. Er war gestorben. Weil er nicht mehr hatte zusehen wollen. Chris war fort. Und nichts hatte sich geändert. Sein Tod hatte nichts bewirkt. Für einen Moment sah sie vor ihrem inneren Auge, was hätte geschehen können, wenn Chris sich anders verhalten hätte. Vielleicht könnte er noch leben und an ihrer Seite kämpfen. Aber Chris hätte nicht akzeptiert, dass dafür Menschen sterben mussten, und damit hätte er recht gehabt. Doch Seth hatte auch recht. Chris war zu hitzköpfig gewesen. Adara richtete sich auf. »Ich helfe dir«, sagte sie und war sich bewusst, was für ein Risiko sie damit einging. Sie konnte nicht sicher sein, dass Seth ihr die Wahrheit sagte. Aber sie hatten schon zu viel Zeit verloren. Bald konnte sie gar nichts mehr für die Menschen in Auckland tun. Sie musste jede Möglichkeit ergreifen, die sich ihr bot. Wie es danach weitergehen sollte, wusste sie nicht. Aber das war jetzt nicht wichtig. »Wir fahren jetzt nach Auckland zurück und du wirst mir ganz genau sagen, was der Rat vorhat und was sie erreichen wollen. Ich helfe dir, wenn ich weiß, dass es keinen anderen Ausweg gibt.« *Aber ich werde bis zum Schluss darum kämpfen, eine andere Möglichkeit zu finden.*

33

Adara und Seth rasten mit der Limousine über die Straße. Vor ihnen ragte Auckland aus dem Nebel, der Skytower wie ein außerirdisches Bauwerk inmitten einer glänzenden Stadt aus Stahl und Glas, die wie losgelöst über der Erde schwebte.

»Was ist der Plan? Wie sollst du mich daran hindern, Auckland zu schützen?«

Seths Hände krampften sich noch fester um das Lenkrad. »Ich sollte dich an einen Ort bringen, der nah genug war, um ein logischer Einsatzort zu sein, aber so weit weg, dass du den Vulkanausbruch nicht aufhalten kannst.«

So simpel und so genial. Sie hätte es nicht gemerkt.

»Aber warum? Ich verstehe einfach nicht, wozu das gut sein soll.« Sie zermarterte sich das Gehirn, ob Chris irgendwann eine Vermutung über die tieferen Absichten des Rates angestellt hatte.

Seth zögerte lange, bevor er antwortete. Als wäre er sich nicht sicher, ob er diese Informationen an sie weitergeben konnte. Sie fragte sich, was es ihn gekostet hatte, an dieses Wissen zu kommen.

»Sie wollen ein Zeichen setzen«, sagte Seth schließlich bitter. »Für die neuseeländische Regierung.«

Adara starrte ihn an. »Die Regierung?« Etwas regte sich in ihrer Erinnerung. Etwas, das Medea St. John gesagt hatte. *Die neuseeländische Regierung hat unser Gesuch ein weiteres Mal abgelehnt*. Plötzlich hatte sie auch Victor Danes' Worte wieder im Ohr. *Unser Ziel ist es, die Vorhersage der Katastrophen auszulagern und mit der Regierung zusammenzuarbeiten.*

»Der Rat will die Regierung erpressen, damit sie uns hilft?« Verwirrt schüttelte sie den Kopf. »Falsche Mittel, um einen guten Zweck zu erreichen?«

Seth verzog verächtlich den Mund. »Nein. Das ist nur ein Vorwand. Ein Vorwand, auf den der Rat schon lange gewartet hat.«

»Eine Machtdemonstration.« Adara überlief es eiskalt. »Wenn die Katastrophe eingetreten ist und die Regierung weiß, wozu die Gemeinschaft fähig ist, wird die Regierung alles tun, was der Rat verlangt.«

Seth nickte düster. »Der Rat hat die Regierung dann vollkommen in der Hand.«

»Aber die meisten Mitglieder glauben an den guten Zweck«, sagte Adara. »Meine Mutter, Naos, mein Onkel. Dafür tun sie das doch alles. Nur, um den Menschen zu helfen, nicht um … um Macht an sich zu reißen. Das ist … widerlich.«

»Viele sind nicht eingeweiht, nur ein Teil des Rates und einige Magier. Deshalb müssen die Verschwörer auch so tun, als würden sie die Katastrophe aufhalten wollen. Um die Mitglieder und die Magier, die immer noch an die Ziele der Gemeinschaft glauben, nicht gegen sich aufzubringen.«

»Dann müssen wir es den Magiern sagen, so wie Chris es wollte! Meine Mutter …«

Seth schüttelte den Kopf. »Auf keinen Fall. Der Rat hat zu viele Magier auf seiner Seite. Wir wissen nicht, wem wir trauen können.«

Adara schluckte schwer. Konnte sie wirklich sicher sein, dass ihre Mutter nicht Teil dieser Verschwörung war? Und ihr Vater, der selbst Ratsmitglied war? »Aber wenn du im Rat bist, kannst du herausfinden, wem wir trauen können?«

Seth nickte. Adara biss sich auf die Lippe. Veränderung. Von innen heraus.

»Der Plan ist so elegant wie perfide. Denn seit Danes' Interview wissen alle, dass die Regierung uns nicht unterstützen wollte. Aber wenn die Katastrophe eintritt, werden alle glauben, dass die Regierung so schockiert ist, dass sie uns jetzt doch helfen will.«

»Und dafür ist der Rat bereit, unzählige Menschen zu opfern? Im Herzen von Auckland? Unserer eigenen Heimat? Das ist einfach … unfassbar.«

»Es muss wehtun. Damit die Regierung einsieht, dass sie dem Rat nichts entgegenzusetzen hat.«

Adara lief es kalt den Rücken hinunter. »Aber warum? Warum müssen Menschen sterben? Reicht es denn nicht, wenn die Menschen nur bedroht werden?«

»Wie meinst du das?«

»Was, wenn wir es aufhalten könnten? Du und ich. So, dass der Rat trotzdem zufrieden ist?« Sie lächelte zaghaft. »Was, wenn meine Lösung sogar … eleganter ist?«

»Wie soll das funktionieren?«

»Eine Katastrophe dieses Ausmaßes loszutreten, zeugt von großer Macht. Aber woher soll die Regierung wissen, dass das Eintreten der Katastrophe kein Zufall war und wir wirklich die Macht haben, sie nächstes Mal auch aufzuhalten? Wenn die Vulkane ausbrechen und deutlich ist, dass der Rat dahintersteckt, aber niemand zu Schaden kommt, weil die Magier die Lage perfekt unter Kontrolle haben, ist das nicht ein viel mächtigeres Zeichen?«

Seth starrte sie an. »Das ist genial.« Er ließ sie ganz deutlich seine

Bewunderung sehen und noch etwas. Stolz. Weil er sie ausgewählt hatte, damit sie an seiner Seite kämpfte. Und sie war sich sicher, dass er in diesem Moment glaubte, sich richtig entschieden zu haben. »Wie willst du das anstellen?«

»Ich weiß nicht, ob wir eine Chance haben, aber eins ist sicher. Es wird nicht einfach. Und es kann sein, dass wir dabei draufgehen. Denn wir müssen dazu nah ans Geschehen heran.«

Etwas glomm in der bodenlosen Tiefe von Seths Augen auf. Etwas, das nicht der Augenstern war. »Das würde bedeuten, dass der Rat sofort bemerkt, dass ich nicht den ursprünglichen Plan verfolge«, sagte Seth zögerlich.

»Ja, aber doch nur, weil dir im letzten Moment eine viel bessere Lösung eingefallen ist, die du dem Rat hinterher präsentieren kannst. Eine, die nicht nur zeigt, dass du ein loyaler Diener bist, sondern ein wertvolles Mitglied des Rates.« Sie erschauerte. »Und ihrer Verschwörung.«

Seth schüttelte den Kopf. »Was, wenn es nicht funktioniert? Sie würden Verdacht schöpfen und das würde ihr Vertrauen in mich zerstören. Das kann ich nicht riskieren, nach allem, was ich getan habe, um in den Rat zu kommen. Nein, wir müssen uns eben doch an den ursprünglichen Plan halten.«

»Was? Nein!« Das konnte doch nicht sein Ernst sein.

»Wir machen alles so, wie der Rat es geplant hat. Wir nehmen am Einsatz teil und retten so viele Menschen wie möglich, ohne die Katastrophe zu verhindern. Das ist besser, als gar nichts zu tun«, bestimmte Seth.

Adara bekam eine Gänsehaut. Wie konnte er so darüber reden? Ungläubig starrte sie ihn an, bevor sich Entschlossenheit in ihr breitmachte. »Nein, das werden wir nicht. Du bekommst nur einen Sitz im Rat, wenn du mit mir zauberst. Und nur dann.«

Entsetzen schlich sich in seinen Blick, als er verstand. »Nein«, flüsterte er. »Tu das nicht.«

»Wenn du meinen Plan nicht umsetzt, werde ich nicht mit dir zaubern.«

Zum ersten Mal, seit sie ihn kannte, funkelte echte Wut in seinen Augen. Und etwas anderes. Angst. So fundamental, dass Adara sich sicher war, dass es nicht die Angst um sein eigenes Leben war. »Du weißt ja nicht, was du damit aufs Spiel setzt«, knurrte er.

Natürlich wusste sie es. Wenn er nicht in den Rat kam, dann würde sich nichts ändern. Nicht für Ida und nicht für die anderen. Vielleicht würden weitere Katastrophen ausgelöst werden, damit der Rat seinen Willen bekam. Trotzdem konnte sie nicht anders. »Doch. Aber ich muss versuchen, alle zu retten. Oder scheitern. Sonst ist ein Sieg nichts wert. Nicht mehr lange, dann wird uns die Entscheidung ohnehin abgenommen. Dann bricht die Katastrophe aus und wir kommen zu spät. Wenn du willst, dass ich mit dir zaubere, dann tust du es zu meinen Bedingungen.«

Wütend starrte Seth sie an, bis sich die Erkenntnis in seine Miene schlich, dass er verloren hatte. Und noch etwas. Erleichterung. Weil sie ihn zwang zu tun, was sein Verstand ihm verbot, was sein Herz sich jedoch wünschte. Zu versuchen, alle zu retten. Auch wenn es seinen Tod bedeutete und das Scheitern seiner Mission. Er schloss die Augen. Dann nickte er. »Also gut.«

34

Adara und Seth standen direkt am Meer, den Sand unter den nackten Füßen. Adara hatte diese Stelle ausgewählt, weil sie glaubte, von hier aus mit ihrer Macht am meisten ausrichten zu können. Voller Sorge spürte sie das Beben unter ihren nackten Fußsohlen. Das Vulkanfeld unter Auckland.

»Was, wenn es nicht klappt?«, fragte sie zaghaft.

»Dann hast du es wenigstens versucht«, flüsterte Seth.

Adara schluckte schwer und nickte. Als das Beben immer weiter zunahm, das Meer immer unruhiger wurde und aus einigen Spalten bereits Asche aufstieg, griff Adara nach Seths Hand. Seine Magie regte sich unter ihrer Berührung wie ein schlafender Tiger. Dunkel und wild ergoss sich der Onyxschleier über die Welt, während Adara die Fessel zauberte. Dann griff sie nach Seths Magie. Sie nahm alles, was er hatte, alles, was er ihr geben konnte. Macht durchströmte sie, von einer Gewalt, wie sie es noch nie erlebt hatte. Eine Energie, die sie trunken machte und sie beinahe ihre Aufgabe vergessen ließ. Sie keuchte auf, versuchte, der entsetzlichen Magie Herr zu werden. Einen Moment glaubte sie, es wäre um sie geschehen, während Seths düstere Macht durch ihren Körper rauschte, ihn zum Glühen brachte und beinahe von innen heraus zerstörte. Sie schrie auf, drängte die Magie zurück und lenkte sie um, in eine Magieebene, die ihresgleichen suchte. Noch nie hatte sie es geschafft, so eine große Magieebene aufzuspannen. Es verschlug Adara den Atem. Wie sehr hatte sie sich in Seths Macht getäuscht. Er war viel mächtiger, mächtiger noch, als Chris es ohne Fessel gewesen war.

Ein wütendes Grollen riss sie in die Gegenwart zurück. Der Vulkan unter ihr bäumte sich auf, stieß seinen heißen Atem nach oben und mit ihm Unmengen an gefährlicher Asche, die Auckland unter sich begraben würden. »Jetzt«, flüsterte sie. Sie griff nach der Magie, griff in die Natur hinein und versuchte, sie zu beruhigen. Nicht vollständig, aber das würde ihr ohnehin nicht gelingen. Es durfte nicht zu schnell gehen. Auckland musste beben. Auckland musste kurz vor dem Untergang stehen. Erst dann konnte sie ihren Plan in die Tat umsetzen. Adara hielt sich zurück, bis es fast zu spät war. Bis sie Schreie hörte, Chaos zwischen den Wolkenkratzern. Da erst machte sie sich ans Werk.

Sie musste die Temperatur senken. Aber diesmal würde es nicht reichen, Gestein zu lösen. Sie musste die Lava ableiten. Sie drückte dagegen, schob sie unter das Meer. Das Wasser bäumte sich auf unter dem Druck der Lava, die es zum Sprudeln brachte. Die Wassermassen stiegen an. Eine Flutwelle wälzte sich behäbig über das Meer. Mit Müh und Not gelang es Adara, sie zu zerstreuen. Aber es hatte gerade erst angefangen. Es war zu viel. Die Lava unter der Stadt. Die Flutwellen über dem Meer. Sie konnte nicht alles gleichzeitig unter Kontrolle halten.

»Ich kann nicht, Seth«, stöhnte sie. »Ich schaffe es nicht, ich …« Ich brauche Chris. »Chris«, flüsterte sie. Er hätte ihr Macht gegeben, sodass sie sich ganz auf die Zauber konzentrieren konnte. Seth besaß diese Fähigkeit nicht. Oder? Was, wenn doch? Immerhin war Chris nicht der Einzige gewesen, Sargas' Quelle hatte es auch gekonnt. Deswegen hatten ihre Augen beim Zaubern geleuchtet. Adara dachte an die vielen Male, die Seths Magie einfach auf sie übergesprungen war, die vielen Male, die sie sich kaum hatte wehren können und sich zu ihm hingezogen gefühlt hatte. Was, wenn er es doch konnte? Wenn er ihr, ohne es zu wollen, in jenen Momenten Energie gegeben hatte. »Seth?«, schrie sie.

Er wandte ihr den Kopf zu. Der Wind zerzauste seine schwarzen Haare, die Gischt spritzte ihm ins Gesicht.

Ich habe keine andere Wahl. Du musst mir vertrauen.

Sie sah, wie sich seine Augen weiteten.

Tu genau, was ich sage. Sie entfernte die Fessel.

Sofort floss Seths Magie in sie hinein, mit einer Gewalt, die ihr beinahe das Bewusstsein nahm.

Du musst sie kontrollieren, Seth.

Was? Wie soll das gehen? Das kann ich nicht.

Doch, das kannst du. Das glaube ich ganz fest. Sie musste es glauben. Es war ihre einzige Chance. *Du musst dich um die Magie kümmern. Du musst sie mir geben, immer so viel, wie ich brauche, damit ich mich ganz um den Zauber kümmern kann, verstehst du?* Sie warf ihm einen Blick zu, flehentlich. *Bitte, Seth. Vertrau mir. Versuch es.*

Er nickte. Dann spürte sie, dass er die Kontrolle übernahm. Er gab ihr die Magie, erst ruckhaft und plötzlich, Übelkeit erregend. Dann wurde langsam ein stetiger Strom daraus, den sie benutzen konnte. Erleichtert griff sie danach, formte die Magie, wie sie sie brauchte. Sie hatte vorgehabt, die Lava unter das Meer zu leiten, damit sie dort erstarrte. Natürlich war ihr klar gewesen, dass sie dadurch das das Meer aufwühlen würde, aber sie hatte unterschätzt, wie sehr. Entsetzt sah sie zu, wie sich weit draußen vor Auckland riesige Wellen bildeten, die sich umkreisten und sich einander einverleibten, um dann in einer schrecklichen, riesigen Einheit auf Auckland zuzurasen. Mit letzter Kraft warf sie der Flutwelle Energie entgegen, aber sie konnte sie nicht aufhalten. Umsonst. Alles war umsonst gewesen. Sie hatte Auckland vor der Lava und der Asche gerettet, nur damit es jetzt von einer riesigen Flutwelle erfasst wurde. Starr vor Entsetzen stand sie einfach nur da, unfähig, noch irgendetwas zu tun, als zuzusehen. Sie würde es als Erste treffen. Sie und Seth. Dann wäre Ruhe.

Adara! Gib nicht auf, gib jetzt nicht auf. Du hast die Lava umgeleitet und den Vulkan beruhigt. Du kannst das. Sie spürte Seths Magie wie eine tröstliche Umarmung, die ihr Stärke und Zuversicht verlieh. Und dann hatte sie eine Idee.

»Gib mir mehr«, schrie sie. *Mehr!,* schob sie in Gedanken hinterher. *Gib mir mehr! Alles, Seth, alles, was du hast.*

Er fragte nicht, ob sie sich sicher war. Sie wandte sich nach ihm um und keuchte auf. Seine Augen. Sie leuchteten. Genau wie die von Chris. Er war nur noch Magie, nur noch Hülle, nur noch Verwalter der unglaublichen Macht, die er ihr zur Verfügung stellte. Und er gab ihr mehr. Ohne Fragen, ohne Zweifel. So sehr glaubte er an sie.

Adara reckte das Kinn. Sie nahm die Macht, leitete sie in die Flutwelle, die sich nun riesig vor ihr auftürmte. Sie wühlte das Wasser auf, bis es nach oben schoss. Ein gewaltiger Geysir.

Die Magie schmerzte in ihr, zerriss sie beinahe. Es reichte nicht. *Mehr! Gib mir noch mehr, Seth.* Es war ihr egal, dass sie dabei sterben würde. Es gab kein Zurück mehr. Seth gab ihr mehr. Sie spürte, dass seine Hand zitterte, vor Macht, vor Kraft, die er ihr weiterleitete. So sehr, dass seine Finger beinahe abrutschten. Sie klammerte sich fester an ihn. *Lass mich nicht los, Seth, niemals.*

Er schloss die Finger krampfhaft um ihr Handgelenk. Dann gab er ihr so viel Magie, dass ihr schwarz vor Augen wurde. Sie leitete alles in das Wasser, ließ es noch höher aufsteigen, eine riesige Wolke aus Wasser hoch über Auckland. Dann ließ sie sie explodieren. Der Inhalt eines halben Meeres zerplatzte über ihnen am Himmel, stieg auf, raste nach oben, zur Seite, fiel schließlich nach unten. Regen. Salzig. Voller Algen. Aber Regen. Harmlos.

Adara sank zusammen, ihre Hand immer noch fest in der von Seth. Seine Fingernägel gruben sich in ihre Haut. Sie stolperte, konnte sich keinen Moment mehr auf den Beinen halten. Aber Seth ließ nicht zu, dass sie stürzte. Er zog sie an sich, hielt sie fest im salzigen Regen. Und als er sie küsste, wusste sie nicht, ob es Tränen waren, die sie schmeckte, oder das Meer.

Epilog

Adara stand auf dem Dach des Gemeinschaftsgebäudes in Auckland und wartete auf Seth. Unten im großen Saal tagte der Rat und es würde sich zeigen, ob ihr Plan funktioniert hatte. In der TV-App ihres Smartphones lief ein Interview mit Victor Danes. Adara konnte nur mühsam den Hass zurückhalten, den sie fühlte. Er war davongekommen. Er hatte einen Sündenbock gefunden. Hatte behauptet, dass die Magier am Tag der Namenszeremonie bei jenem Versuch, die Katastrophe beizulegen, Fehler gemacht hätten. Natürlich hatten sie das. Aber es waren Fehler gewesen, die er angeordnet hatte. Mit voller Absicht. Adara schaltete das Handy aus, widerstand der Versuchung, es über die Brüstung zu feuern, und schob es in ihre Tasche.

Dann wandte sie sich um. Der Altar, auf dem Chris verbrannt worden war, lag nur wenige Fuß vor ihr. Ein trauriges Lächeln schlich sich auf ihre Lippen. »Ich weiß, dass du hier bist«, sagte sie laut. »Du kommst jeden Tag hierher, nicht wahr?« Adara lauschte ihren Worten, die mit dem Wind in alle Ecken des Dachs schwebten. Keine Antwort. Adara senkte den Kopf. Sie hatte so sehr gehofft, dass sie die Gelegenheit bekommen würde, persönlich mit ihr zu reden.

Ein leises Rascheln ließ sie hochsehen. Also doch. An der Tür zum Dach stand eine schmale Gestalt. Zarte Hände umklammerten den Türgriff.

»Warte!« Adara machte ein paar Schritte auf sie zu, blieb dann aber stehen. Sie wollte das Mädchen nicht verscheuchen. Also nickte sie ihr nur zu. »Danke.«

Das Mädchen riss an der Tür, aber kurz bevor sie hindurchschlüpfte, wandte sie sich noch einmal um. Adara schrak zurück. Schmerz überrollte sie wie eine erstickende Welle. Sie sah ihm nicht ähnlich. Ihr Gesichtszüge waren vollkommen anders, ihre Haare etwas heller und ihre Augen nicht türkis, sondern braun. Aber das wütende Blitzen darin war so sehr Chris, dass es ihr den Boden unter den Füßen entzog. »Es tut mir leid.« Ihre Stimme schwankte. Sie wollte noch mehr sagen, wollte ihr erklären, warum sie ihren Bruder nicht zurückgeholt hatte, warum sie das kostbare Geschenk verschwendet hatte, das sie ihr gemacht hatte. Die Asche, die jemand bei Chris' Verbrennungszeremonie als Andenken für seine Schwester gestohlen haben musste. Aber da hatte das Mädchen sich schon umgedreht und war verschwunden. »Lucy.« Ihr Name verhallte ungehört im Wind. Oder vielleicht nicht. Sie spürte etwas. Eine Gegenwart, eine Nähe. Seine Nähe. Kaum merklich, aber doch deutlich. Gerade so stark, wie sie es ertragen konnte. »Es wird besser werden«, sagte sie in die Dunkelheit. »Mit mir. Und auch mit Lucy. Hoffe ich.« Der Wind heulte wie zur Antwort und riss das Gefühl, nicht alleine zu sein, mit sich fort. Adara fröstelte und schlang ihre Arme um sich.

Als sie das leise Quietschen der Tür hörte, fuhr sie herum.

Seth kam auf sie zu, der Wind fuhr brutal durch seine schwarzen Haare und riss an seiner nagelneuen Schärpe, die ihn als Mitglied des Rates auswies.

Adara hatte erwartet, dass sie erleichtert sein würde. All ihre Pläne und Hoffnungen stützten sich jetzt darauf, dass Seth in den Rat gewählt wurde und von innen heraus eine Veränderung bewirken konnte. Aber als er jetzt auf sie zukam, mit ernstem Gesicht, stieg nackte Angst in ihr auf. Die Angst, dass er sie betrogen hatte, benutzt, um zu erreichen, was er wollte. Die Angst, dass er sie jetzt fallen lassen würde und nie vorgehabt hatte, gegen das verbrecherische, menschenverachtende System zu kämpfen. Sie wartete darauf, dass sein Gesicht sich zu einem spöttischen Lächeln verzog und er sich darüber lustig machte, wie dumm sie gewesen war. Ihr Herz krampfte sich zusammen, allein bei dem Gedanken daran, und sie stählte sich innerlich, hob das Kinn, damit er ihre Zweifel nicht bemerkte. »Also«, begann sie, als er vor ihr stand. »Muss ich dich jetzt mit Rat anreden?«

Er tat ihr den Gefallen, ihr zu zeigen, was er fühlte, indem er schief lächelte. »Du musst nicht. Genauso wie ich dich nicht Adara nennen muss, Liliana.«

»Nenn mich nicht so«, flüsterte sie. Was würde sie dafür geben, wenn sie wieder Liliana sein könnte. In gnädiger Unwissenheit. »Ich bin nicht mehr das Mädchen, das diesen Namen getragen hat.« Das Mädchen, das so sehr an die guten Absichten der Gemeinschaft glaubte und von ganzem Herzen seine Pflicht erfüllen wollte. Das Mädchen, dessen größtes Problem eine aufrührerische Quelle gewesen war. Das Mädchen, das Chris geliebt hatte. »Ich glaube, ich muss dieses Mädchen hinter mir lassen.« Ihre Finger krampften sich um das Geländer.

»Du könntest beides sein«, sagte er sanft und trat neben sie.

Sie schüttelte den Kopf. »Die ganze Zeit, als ich versucht habe, ihn zurückzuholen, Seth, ich glaube, da habe ich in Wirklichkeit versucht, sie zurückzuholen.« Sie senkte den Blick auf ihre Hände. »Mich«, sagte sie, so leise, dass der Wind das Wort davontrug, so wie einst Chris' Asche. »Aber Liliana gehört der Vergangenheit an, genau wie Chris. Für das, was kommt, muss ich ganz und gar Adara sein.«

Seth antwortete nicht und Adara warf ihm einen fragenden Blick zu. War er anderer Meinung? Es spielte keine Rolle. Liliana war nicht geeignet für die Aufgaben, die vor ihr lagen. Und Adara wollte ihre Erinnerung an ihr unbeschwertes Leben als Liliana nicht zerstören. Sie wollte sie einschließen, für die dunklen Momente, die vor ihr lagen. Als Traum dessen, wie ihr Leben hätte sein können, wenn die Gemeinschaft wäre, was sie sein sollte. Und als Hoffnung dafür, was sie wieder sein könnte, wenn es nach ihr und Seth ging.

Sie legte eine Hand auf Seths und schenkte ihm ein winziges Lächeln. »Vielleicht kann ich eines Tages tatsächlich beides sein. Wenn wir Erfolg haben.«

Seth sah auf ihre Hände herunter, ernst und gefasst, dann sah er sie an. Sie merkte, wie viel Anstrengung es ihn kostete, seine Gefühle für sie offenzulegen. Als müsste er dafür eine mit schweren Schlössern versehene Truhe aufschließen, die er tief in sich vergraben hatte. »Das würde mir gefallen.«

Adara wusste, dass es die Wahrheit war, weil er es sie sehen ließ. Aber da war noch mehr. Er hatte dieses Gefühl nicht herausgesucht, er hatte ihr Einblick in sein Innerstes gewährt. Und einen Herzschlag lang sah sie nicht nur, was er sie sehen lassen wollte, sondern alles, was er fühlte. Die Hoffnung, dass sie Erfolg haben würden. Die Angst, dass es schiefgehen konnte. Und noch etwas anderes, Dunkles, das sich wie schwarz glitzernder Obsidianstaub über seine Gefühle legte. Die Zweifel.

In diesem Moment wurde Adara klar, dass alles, was sie über ihn zu wissen glaubte, vollkommen bedeutungslos war. Niemals würde sie ihn wirklich kennen. Niemals würde sie ihm vollkommen vertrauen können. Tauru hatte recht gehabt. Sie hatte ihn zu nah an sich herangelassen. Sie würde verletzt werden. Trotzdem konnte sie nicht anders, als ihre Finger fester um seine zu schließen und näher an ihn heranzurücken, damit er den Arm um sie legte. Sofort hüllte seine Magie sie ein, wollte sie überschwemmen und von den Füßen reißen. Adara drängte sie zurück, hielt dem Verlangen stand, bevor sie sich ergab. Magie flutete ihren Körper, bis ein schwarz glitzernder Schleier über der Nacht von Auckland lag. Die Macht, die Seth ihr gab, berauschte sie und machte ihren Kopf leicht.

In seinen Augen glomm etwas auf, das Adara bis in die Grundfesten erschütterte. »Ich habe gehofft, dass es so zwischen uns sein würde«, sagte er rau.

»Die Magie?«, fragte sie atemlos.

Seth lächelte spöttisch. »Die Magie«, erwiderte er. *Wenn du das glauben möchtest.* Er sagte es nicht, trotzdem konnte sie es förmlich hören. »Wir könnten großartig sein, Adara. Du und ich. Wir könnten wirklich etwas bewirken. Ich weiß, dass du mir nie restlos vertrauen wirst. Und ich werde dir auch nie restlos vertrauen. Aber wir beide wissen eines ganz genau. Egal, wofür wir einander benutzen, das Ziel wird es wert sein. Weil es dasselbe ist.«

Liliana sah ihn an. War es nicht das, was sie sich gewünscht hatte? Dass er auf ihrer Seite stand? Mit all seiner Macht, seinen Fähigkeiten, seiner düsteren, alles zerstörenden Magie? Jetzt könnte dieser Wunsch in Erfüllung gehen.

Zitternd sah sie auf ihre gefassten Hände herunter. Sie wusste, wenn sie ihn loslassen würde, wenn die Magie versiegte, würde sie ihn küssen wollen. Sie würde wollen, dass er sie berührte, würde sich in ihm verlieren wollen. Die ganze Zeit hatte sie Angst davor gehabt, Seth mit Haut und Haaren zu gehören. Wenn sie jetzt zustimmte, würde genau das geschehen. Sie wäre immer noch sie selbst, wäre nicht seine Freundin. Nicht seine Geliebte. Denn dazu gehörte Vertrauen. Und das würde ihr Verstand ihm niemals schenken. Aber ihr Körper und ihre Magie würden ihm für immer gehören. Es gab kein Zurück. Sie wollte es. Es war vernünftig. Logisch. Und richtig. Also nickte sie. Aber tief in ihrer Seele wusste sie, dass es sie zerstören würde. Denn ihr Herz würde niemals darauf hören, was ihr Verstand ihm sagte. Sie würde ihr Herz verlieren. Ein zweites Mal. Und diesmal für immer.

Alana Falk

Sternenfinsternis

Das Herz der Quelle

Als mächtigste Magierin der Gemeinschaft kann Adara niemandem trauen, schon gar nicht ihrer eigenen Quelle, dem undurchschaubaren Seth. Dabei ist er ihr einziger Verbündeter im Kampf gegen die Machenschaften des Rates. Immer wieder zwingt sie der Rat, grausame Aufträge auszuführen. Aber Adara und Seth haben keine Wahl, denn niemand darf auch nur vermuten, dass sie eigentlich nur eines wollen: die Schreckensherrschaft des Rates beenden. Doch je mehr sie füreinander empfinden und je näher Adara Seth kommt, desto mehr erfährt sie über ihn und seine Vergangenheit. Und plötzlich muss sie sich fragen, ob ihre Ziele wirklich auch seine sind.

Arena

Auch als E-Book erhältlich

440 Seiten • Gebunden
ISBN 978-3-401-60382-7
www.arena-verlag.de

S. J. Kincaid

Diabolic

Vom Zorn geküsst

Eine Diabolic ist erbarmungslos, stark, kaltblütig und tötet für die, die sie beschützen muss. Eine andere Art zu leben kennen Diabolics nicht. Das ist ihr Platz im Universum. Als Nemesis, eine junge Diabolic, erfährt, dass ihre Schutzbefohlene als Geisel an den Imperialen Hof berufen wird, zögert sie keine Sekunde, sich an ihrer Stelle in die Hände der Feinde zu begeben. Getarnt als zarte Senatorentochter reist sie an den Hof – ein Ort der Intrigen, der Dekadenz und der Gefahr. Doch während Nemesis immer tiefer in tödliche Machtspiele verwickelt wird, regt sich in ihr etwas, das nicht sein darf: ein Funke von Menschlichkeit – und von Liebe ...

Arena

Auch als E-Book erhältlich

488 Seiten • Arena Taschenbuch
ISBN 978-3-401-51132-0
www.arena-verlag.de